Ava Blum

Bis es Sterne regnet

Ava Blum

Bis es Sterne regnet

Roman

PIPER

Mehr über unsere Autoren und Bücher:
www.piper.de

Wenn Ihnen dieser Roman gefallen hat, schreiben Sie uns
unter Nennung des Titels »Bis es Sterne regnet«
an empfehlungen@piper.de, und wir empfehlen Ihnen
gerne vergleichbare Bücher.

ISBN 978-3-492-50285-6

Litho: Lorenz & Zeller, Inning am Ammersee
Redaktion: Cornelia Franke
Covergestaltung: Traumstoff Buchdesign traumstoff.at
Covermotiv: KireevArt und lemixgraf/shutterstock.com
Printed in Germany

Juri

Mit jedem Schritt werde ich langsamer. Was ist nur aus mir geworden?

Ein feiger Hund, beantworte ich mir selbst die Frage. Dabei geht es hier gar nicht um mich.

Während ich die Stufen im Treppenhaus des Altbaus hinaufsteige, ziehe ich den Reißverschluss meiner Wolljacke hinab. Oben angekommen, bleibe ich am Absatz stehen und streiche mit einem tiefen Seufzer durch meine vom Wind zerzausten Haare. *Komm, du schaffst das, es wird alles so sein wie immer.*

Als ich den Schlüssel ins Schloss stecken will, geht das Licht aus, graue Schatten hüllen mich ein. Das passiert mir ständig. Früher hätte ich darüber geflucht, jetzt nutze ich die Gelegenheit, um Zeit zu schinden. Ich lasse den Arm sinken, lehne den Kopf gegen die Tür und balle die Hände zu Fäusten. Für einen kurzen Moment halte ich die Luft an, weil ich Angst vor den Lauten habe, die sonst aus meiner Kehle emporsteigen. *Jetzt bloß nicht heulen, bleib stark.* Es ist schon schwer genug für sie. Also gebe ich mir einen Ruck, beiße die Zähne zusammen und drücke auf den Lichtschalter.

Dann entriegle ich so geräuschvoll wie möglich das Schloss und öffne die Tür.

Ich schlucke. Stille empfängt mich, dröhnt in meinen Ohren und lässt mein Herz stolpern. Draußen dämmert es erst, doch hier drinnen ist es stockduster.

»Mamutschka?« Meine Stimme klingt jämmerlich, beinah lächerlich für einen Achtzehnjährigen meiner Statur. Ich atme tief durch und versuche es ein zweites Mal, diesmal nachdrücklicher. »Mamutschka?« *Bitte antworte. Sag doch was, egal was.* Mein Puls pocht in den Schläfen und ich höre mein Blut in den Ohren rauschen. Wie festgewurzelt bleibe ich auf der Schwelle stehen und lausche. Mein persönlicher Albtraum. Seit Wochen geht das nun schon so.

Was würde ich darum geben, noch einmal von ihr angeschrien zu werden, weil ich unpünktlich war oder nicht hart genug trainiert habe. In diesem Moment wird mir schmerzlich bewusst, dass diese Zeit für immer vorüber ist.

»Juri?«, dringt ihre leise Stimme zu mir herüber. »Bist du das?«

Meine Anspannung löst sich und ich atme erleichtert auf. Diese paar Sekunden waren die Hölle. Die Angst, eines Tages diese Wohnung zu betreten und zu spät zu kommen, bringt mich noch um den Verstand.

Mit schnellen Schritten laufe ich den schmalen Flur entlang, bis ich das Schlafzimmer erreicht habe.

Die braunen Samtvorhänge sind zugezogen, nur der Fernseher, der tonlos vor sich hinflimmert, spendet ein wenig Licht. Die Luft ist stickig und vom Geruch der Krankheit geschwängert.

Ich knipse die Nachttischlampe an, die den Raum in gedämpftes Licht taucht, während Mama sich aufrichtet und ein Kissen hinter ihren Rücken schiebt.

»Mamutschka …« Wie geht es dir?, wäre mir fast über die Lippen gekommen. Doch die Frage ist überflüssig. Bei ihrem Anblick schnürt sich mir die Kehle zu. Was hat dieser verdammte Krebs nur aus ihrer anmutigen Erscheinung gemacht? Ihr Gesicht ist so eingefallen, dass ihre hohen Wangenknochen und ihre markante Nase sich scharf abheben. Sie trägt einen Turban, um die wenigen Haare zu verbergen, die ihr nach der letzten Chemo geblieben sind. Nur der Schwung ihrer schmalen Augenbrauen lässt noch erahnen, was für eine ausdrucksstarke Person sie einmal war.

»Ich lasse ein wenig frische Luft ins Zimmer, wenn es dir recht ist.« Wenn es dir recht ist. Seit sie Krebs hat, fasse ich sie mit Samthandschuhen an. Früher herrschte hier noch ein anderer Ton, geprägt von ihrer strengen Erziehung, in der Disziplin das A und O darstellte, und rebellischem Verhalten meinerseits. ›Ohne

Disziplin bist du ein verlorenes Kind‹, hat sie stets gesagt. Und wie immer recht behalten. Sonst wäre ich tänzerisch niemals auf meinem Niveau angelangt.

Doch dieses ›früher‹ gibt es nicht mehr. Nur noch Bedauern. Denn mit dem Wissen von heute hätte ich ohne Widerworte alles getan, was sie von mir verlangt hat.

»Mach das, mein Junge«, antwortet sie matt und ich eile mit angehaltenem Atem zum Fenster.

»Ich habe ein wenig geschlafen.«

Du schläfst doch nur noch, liegt mir auf der Zunge. »Das ist gut, Mamutschka«, erwidere ich stattdessen. Was soll ich auch sonst sagen, ich kann ihr unmöglich einen Vorwurf daraus machen, obwohl mein Herz blutet, sie so energielos und schwach zu sehen. Ich setze mich zu ihr auf die Bettkante und greife nach ihrer Hand. Sie fühlt sich knochig und kalt an. Als gäbe ich einem Skelett die Hand. »Hast du ordentlich gegessen?«

»Die alte Katinka hat mir eine Schüssel Soljanka hochgebracht. Du weißt doch, ich habe sie immer so gern gegessen …« Sie beendet den Satz nicht, presst stattdessen die Lippen aufeinander, als hätte sie Schmerzen. »Ich habe einen ganzen Teller geschafft, doch ich konnte nichts davon bei mir behalten.«

Ich seufze leise. »Mamutschka, lass mich dich endlich in ein Krankenhaus bringen.«

Ihre Mundwinkel verziehen sich zu einem spöttischen Lächeln. »Um dort zu sterben?« Sie schüttelt vehement den Kopf. Langsam hebt sie ihre Hand und fährt damit durch die Luft, als würde sie auf die Fotos an den Wänden zeigen. »Das kann ich auch hier.«

Nur mit Mühe kann ich ein Stöhnen unterdrücken. Ihre Sturheit wird sie nie ablegen. »Bitte, sag so etwas nicht ständig, du darfst nicht einfach aufgeben. Ich möchte dir helfen, für dich sorgen, aber du lässt mich ja nicht.«

»Ich habe Hilfe. Jeden Tag. Du sollst nicht dein Leben für mich opfern. Außerdem will ich nicht, dass du mein Elend ständig ertragen musst …«

»Aber ich will bei dir sein und mich um dich kümmern.«

»In der WG geht es dir besser, glaube mir.«

Ich gehe nicht darauf ein. Sie muss nicht wissen, dass ich mich dort selbst zu einem Außenseiter degradiert habe, der sich vor jedem abschottet. »Vielleicht würde sich dein Zustand verbessern, wenn ich wieder …«

»Du weißt, was die Ärzte gesagt haben. Ich glaube nicht mehr an ein Wunder. Wie war dein Training heute?«, wechselt sie abrupt das Thema.

»Wie immer.« Hastig senke ich den Blick. Ich konnte ihr schon als kleiner Junge nicht in die Augen sehen, wenn ich sie angelogen habe. Seit einem Monat war ich nicht mehr beim Unterricht. Ich kann nicht tanzen, während sie hier liegt, würde mich schäbig fühlen. Polina Iwanowa, einst gefeierte Primaballerina, jetzt zerfressen von Metastasen, die ihr die letzte Würde nehmen. Sie ist doch erst 44 Jahre alt, was hat sie Schlimmes getan, dass sie so leiden muss?

Mamutschka legt den Kopf schräg und mustert mich eine Weile lang. »Ich habe mit Sergei gesprochen, du warst seit Wochen nicht dort. Wo treibst du dich nur herum?«

Blját! Verfluchter Mist, sie weiß es also. Selbst ans Krankenbett gefesselt hat sie überall Augen und Ohren.

Sie sieht mich auffordernd an, doch eine Antwort bleibe ich ihr schuldig. Hastig weiche ich ihrem zärtlichen und gleichzeitig sorgenvollen Blick aus. Wie könnte ich ihr sagen, dass ich meinen Kummer in Alkohol ertränke, nachts um die Häuser ziehe und jeden Morgen neben einem anderen Mädchen aufwache?

»Ich will nicht, dass du auf die schiefe Bahn gerätst«, sagt sie, als hätte sie meine Gedanken erraten. »Deshalb möchte ich, dass du dich an der *NYC Academy of Ballet* bewirbst.«

»Was?« Nach New York? »Ich gehe nicht fort aus St. Petersburg, ich werde dich auf gar keinen Fall alleine lassen.«

»Wenn das Sommersemester dort anfängt, bin ich nicht mehr da, Juri. Ich habe nur noch ein paar Wochen.«

»Warum sagst du so etwas?« Meine Stimme klingt brüchig.

»Weil es so ist. Du weißt es genauso gut wie ich.«

Ich schüttle den Kopf. »Nein …« Ihre Konturen verschwimmen hinter einem Tränenschleier, ich kann nicht länger stark sein. Meine Schultern zucken und ein Schluchzen bricht mit aller Gewalt aus mir hervor. Ich schieße hoch, weiß nicht wohin mit meinen Gefühlen. Meine Schwäche macht mich rasend vor Wut. Ich schnappe mir eins der vielen weißen Kissen, die Mamas Kopf wie eine Leibgarde umzingeln, und kralle meine Finger so tief hinein, bis es wehtut. Ohne es zu wollen, steigt ein Knurren aus meinem tiefsten Inneren empor, das in einen haltlosen Schrei übergeht. Wie von einem weidwunden Tier. Ich werfe das Kissen mit aller Kraft auf den Boden. Wie soll ich nur ohne sie leben?

»Setz dich bitte zu mir«, sagt sie mit sanfter Stimme, als hätte mein Gefühlsausbruch nie stattgefunden.

Ich ziehe die Nase hoch und streiche mir mit einer Hand übers tränenfeuchte Gesicht. Nur widerwillig ziehe ich den Stuhl ans Bett und komme ihrer Bitte nach, doch diesmal brauche ich Abstand. Warum über eine Zukunft sprechen, in der sie nicht existiert?

»Wenn ich nicht mehr da bin, wird Marco sich um dich kümmern. Ich habe bereits mit ihm darüber gesprochen.«

»Du hast was?« Ich merke, wie Zorn in mir aufwallt. »Ohne das mit mir abzuklären? Ich kenne diesen Mann gar nicht.«

»Er ist dein Vater.«

Ich schnaube. »Ein Vater, der nie für mich da war.«

Sie seufzt leise. »Er wollte dich immer richtig kennenlernen, aber irgendwie …« Sie hebt die Schultern und lässt sie wieder sinken. »… ist es nie dazu gekommen. Er in New York, wir hier.«

»Er hat dich damals einfach sitzen lassen.« Meine Stimme überschlägt sich. Wie kommt sie nur auf diese absurde Idee?

»Es gehören immer zwei dazu. Wir waren jung, ich befand mich auf dem Höhepunkt meiner Karriere, war nur mit mir beschäftigt …«

»Da hat er sich ganz schnell eine Neue geschnappt …«

»So ist es nicht, Juri.«

»Du hast ihn noch nie in Schutz genommen.« Ich höre mich

an wie ein trotziges Kind, doch ich kann es nicht ändern. »Wieso jetzt auf einmal?«

»Er ist kein schlechter Mensch, ihr werdet euch aneinander gewöhnen. Du hast viel von ihm. Zum Beispiel seinen Dickschädel.« Sie schenkt mir ein aufmunterndes Lächeln. Das ich nicht erwidern kann. Und will.

»Aber warum kann ich meinen Abschluss zur Bühnenreife nicht an der *Waganowa*-Akademie machen, so, wie wir es geplant haben?« Wenn Tante Anouschka nicht so eine unerträgliche Spießerin wäre, könnte ich bei ihr wohnen. Aber das werde ich mir nicht antun.

»Bei Marco bist du in guten Händen«, stellt Mama ohne Umschweife fest. »Der Umzug nach New York wird deinen Horizont erweitern und dir helfen, dich später überall zurechtzufinden. Neue Erfahrungen prägen und inspirieren, dies habe ich in meiner Tänzerkarriere festgestellt. Und durch die Ballettakademie in New York steht dir die Welt offen. Ich bin davon überzeugt, dass du ein Stipendium erhältst, es gibt niemanden, der besser tanzt als du.«

Noch nie hat sie mir ein derartiges Kompliment gemacht. Es klang auch nicht wie eines. Meine Mutter besitzt die Gabe, es so klingen zu lassen, als wäre die Akademie in New York meine Berufung, die es zu erfüllen gilt. Das ist so typisch für sie. Selbst ihre bestimmende Art wird mir fehlen.

»Ich will das alles nicht.« Mutlos schüttele ich den Kopf und vergrabe mein Gesicht in den Händen.

Da spüre ich ihre Finger. Sie streicht zärtlich durch mein Haar, so, wie sie es immer getan hat. Wie werde ich das vermissen. Weitere Tränen lösen sich, strömen unaufhörlich aus mir heraus und benetzen meine Wangen. Ich weine still vor mich hin, bis Mama aufhört, meinen Kopf zu streicheln. Ich blicke hoch und nehme das Taschentuch entgegen, das sie mir reicht. Geräuschvoll schnaube ich hinein.

»Du hast immer gesagt, tanzen wäre dein Leben, erinnerst du dich?«

»Aber nicht ohne dich! Ich wollte so sehr, dass du mich auf

einer großen Bühne siehst und stolz auf mich bist.« Schniefend greife ich nach ihrer Hand.

Sie drückt sie ganz fest. »Das bin ich auch jetzt schon. Du bist so unglaublich talentiert. Die ganze Welt soll dich tanzen sehen, das ist mein größter Wunsch.« Sie hebt mein Kinn, damit ich ihr in die Augen sehe. »Tanze, bis es Sterne regnet und du trunken bist vor Glück, *moy malchik*.«

Mae

Alle Augen der fünf Juroren sind auf mich gerichtet. Ich muss Mr Coleman unwillkürlich anstarren, denn das durch die breite Fensterfront einfallende Licht der Mittagssonne wird von den runden Brillengläsern des Direktors reflektiert. Als er sich mit verschränkten Armen nach hinten lehnt, schabt sein Stuhl laut über den Linoleumboden.

Ist es Gleichgültigkeit oder Langeweile, die ich in den Gesichtern der Dozenten lese? Ich bin jedenfalls weit davon entfernt. Meine Fingerspitzen fühlen sich an, als hätte ich sie in Eiswasser gehalten und gleichzeitig läuft mir der Schweiß den Nacken hinab. Es gibt nichts, das ich mehr verabscheue als Prüfungssituationen. Mir fällt nur eine Sache ein, die mindestens genauso schlimm ist: Wenn man mich als Schlitzauge oder Reisfresser beschimpft – oh ja, man glaubt es kaum, aber sogar in NYC gibt es noch Leute, die sich über meine Herkunft lustig machen. Ich kaue nervös auf meiner Unterlippe, während mir tausend Gedanken durch den Kopf schießen. *Mae, konzentrier dich, verdammt noch mal!*

Fest entschlossen, mein Bestes zu geben, puste ich mir eine nicht vorhandene Haarsträhne aus meiner Stirn – eine dumme Angewohnheit, schließlich ist es bei dem strenggebundenen Dutt wohl kaum möglich, dass nur ein einziges Haar sich verselbstständigt. *Komm, Mae, du schaffst das.* Jeté-Sprünge und Pirouetten sind das, was ich normalerweise im Schlaf beherrsche, doch meine Angst, dass meine Nervosität mir ein Schnippchen schlägt, bringt mich gleich um den Verstand. Wieder einmal. Immer dann, wenn es darauf ankommt. Schließlich ist das hier alles, was ich je wollte.

Ein leises Räuspern bringt mich zurück ins Hier und Jetzt.

»Mae Sun?« Die schwarzhaarige Frau links neben Mr Coleman beäugt mich über den Rand ihrer Lesebrille hinweg. »Sind Sie soweit?«

Ich antworte mit einem kurzen Nicken.

Der Pianist spielt die ersten Takte und ich atme tief ein, versuche, meine Energie zu bündeln, so, wie ich es schon unzählige Male zuvor gemacht habe. Mein ganzer Körper spannt sich, ich recke mein Kinn, bringe meine Arme in Position. Und dann läuft alles ganz von selbst, mein Verstand schaltet ab und mein Körper übernimmt das Kommando: Temps levé-coupé-chassé-grand-jeté, und auch die weitere Schrittfolge tanze ich wie in Trance. Die Diagonale zurück mache ich Piqué-Drehungen, die ich mit einer vierfachen Pirouette abschließe und in einer Arabesque en pointe enden lasse. Ich bleibe solange stehen, wie ich mich auf einem Bein auf Spitze halten kann – trotz meiner Nervosität wider Erwarten fünf Sekunden – und gleite dann geschmeidig in die Schlusspose nach vorne.

Geschafft! Ich riskiere einen Blick zu den Juroren, die mich mit undurchdringlichen Mienen mustern. Ein kurzes Nicken, dann senkt Mr Coleman den Kopf, um sich Notizen zu machen.

»Danke, Mae«, sagt die Schwarzhaarige mit einer Stimme, die nicht mal einen Hauch an Spekulation zulässt.

Mit einem unterdrückten Seufzer trete ich zur Seite, denn der nächste wartet schon in Position. Ich setze mich zu den anderen Bewerbern vor den Spiegel. Während ich unauffällig den letzten Rest meines schwarzen Nagellacks vom Daumennagel abkratze – wie konnte ich nur so nachlässig sein, am wichtigsten Tag meines Lebens – frage ich mich, ob es von Vorteil ist, die letzte der weiblichen Bewerberinnen zu sein. Vielleicht bleibe ich ihnen dann besser in Erinnerung. Nur in guter hoffentlich.

»Hey, du warst echt klasse«, raunt mir die Rothaarige rechts neben mir zu. Sie ist mir vorhin schon aufgefallen, weil sie während ihrer Darbietung in vollkommener Konzentration versunken die Lippen aufeinanderpresste. »So einen Spann wie du hätte ich auch gerne.«

Ich lächele verlegen und schaue mir dabei unauffällig ihre Spitzenschuhe an. Sie sehen nagelneu aus – im Gegensatz zu meinen, die schon völlig zertanzt sind. Wahrscheinlich musste sie sie mit einem Hammer bearbeiten oder zwischen die Angeln einer Tür stecken, die sie dann ein paarmal zugeschlagen hat, um sie für das Vortanzen geschmeidig zu bekommen.

»Ich heiße Bonnie, und du?«

Ich betrachte sie genauer. Alles an ihr erscheint mir irgendwie überdimensional. Ihre riesigen grünen Augen, ihre langen hellen Gliedmaßen, im Stehen überragt sie mich bestimmt um einen Kopf. Aber ich finde sie wunderschön. »Mae.«

»Pssst«, macht es von hinten.

In dem Moment, als ich mich umdrehen will, um zu sehen, wer sich an unserem Geflüster stört, rammt Bonnie mir ihren Ellbogen in die Seite.

Halb verärgert, halb verdattert blicke ich hoch.

In der Mitte des Raumes kauert ein junger Mann auf dem Boden, auf seinem Oberarm prangt ein Tattoo, ein Schriftzug, den ich aus der Entfernung nicht erkennen kann. Er trägt nur eine hautenge Ballethose mit Trägern, die über seinen nackten Oberkörper spannen. Als die Musik einsetzt, streicht er sich durch sein dunkelbraunes Haar und steht dann in einer schwungvoll graziösen Bewegung auf. Hingerissen beobachte ich das Spiel seiner Muskeln, wie jede Sehne, jede Faser seines Körpers sich anspannt. Seine Bewegungen sind fließend und geschmeidig – das kann unmöglich ein Bewerber sein, er ist einfach zu perfekt. Ich ertappe mich dabei, wie mir vor lauter Faszination der Mund offen stehen bleibt. In einem Moment wirkt er gebrochen, im nächsten, als würde er sich freitanzen wollen. Und das mit einer Leichtigkeit und Eleganz, die mich staunend zurücklässt.

»Ob er so was wie ein leuchtendes Vorbild für uns sein soll, wie wir mal werden können, wenn wir uns anstrengen?«, flüstere ich meiner Sitznachbarin ins Ohr.

Sie zuckt die Schultern. »Auf jeden Fall tanzt er wie ein junger Gott.«

»Allerdings, er fliegt regelrecht durch die Luft.«

»Trotzdem wirkt er dabei so männlich«, seufzt Bonnie.

Ich muss mir ein Kichern verkneifen, als ich ihren verklärten Blick sehe.

»Vergiss es. Der ist so schwul, wie man als Balletttänzer nur sein kann.« Ich meine, einen enttäuschten Zug um Bonnies Mund zu erkennen, bis ihr Gesicht sich erhellt. »Wusstest du, dass es beinah so viele schwule Fußballspieler wie Ballett…«

»Schht!«, dringt die Mahnung zu uns herüber, so eindringlich, dass Bonnie verstummt und unsere Köpfe gleichzeitig zur Seite zucken.

Ein Mann steht an der Tür und fordert uns mit einem Fingerzeig auf, den Raum zu verlassen. Postwendend steigt mir Hitze ins Gesicht. Sein Blick trifft mich bis ins Mark. Ich kann nur hoffen, dass er nicht einer meiner Dozenten wird.

Meine Wangen brennen vor Scham, als ich mich mit gesenktem Kopf an ihm vorbeidrücke und hinter Bonnie den Tanzsaal verlasse.

»Na, wenn das kein gelungener erster Auftritt war.« Bonnie seufzt tief und guckt betreten zu Boden. »Noch nicht mal angenommen, werden wir gleich aus dem Saal verwiesen.«

Der Sarkasmus in ihrer Stimme entlockt mir ein kleines Lächeln. Und in dem Moment weiß ich, ich habe eine neue Freundin gefunden – die offenbar alles andere als einen guten Einfluss auf mich haben wird.

In der Umkleide angekommen, ist mir nicht mehr zum Lachen zumute. Bestimmt habe ich es versaut. Bestimmt hat das Tuscheln einen schlechten Eindruck hinterlassen. Niedergeschlagen lasse ich mich auf die Bank plumpsen und stehe kurz davor, in Tränen auszubrechen.

»Hey, was ist denn los? Hast du etwa Angst, dass sich das negativ auf unsere Bewertung auswirkt?« Bonnie setzt sich neben mich und streicht mir behutsam über den Rücken. »So eine Tänzerin wie dich werden sie sich mit Sicherheit nicht durch die Lappen gehen lassen.«

Ich blicke auf.

»Du hast dich für ein Stipendium beworben, nicht wahr?«

Mit gerunzelter Stirn sehe ich sie an. »Woher weißt du das?« Kann man mir etwa ansehen, aus was für ärmlichen Verhältnissen ich stamme? Sind meine zertanzten Schuhe so erbärmlich?

Sie zuckt mit den Schultern und sieht mich unverhohlen an. »Du hast vier saubere Pirouetten gemeistert.«

Ich blicke verlegen zu Boden, insgeheim freue ich mich aber darüber, dass das etwas Besonderes zu sein scheint. »Wenn ich kein Stipendium bekomme, kann ich die Ausbildung vergessen. Meine Eltern haben nur einen kleinen Haushaltsladen in Chinatown, sie können sich die Gebühren nicht leisten. Sie haben zwar Geld gespart und würden alles dafür tun, um mir meinen Wunsch zu erfüllen, aber ich will nicht, dass sie meinetwegen am Hungertuch nagen. Oder eine Hypothek aufnehmen.«

Bonnie löst die Bänder ihrer Spitzenschuhe. »Gegen dich komme ich mir richtig schäbig vor.«

»Wie meinst du das?«

»Naja, du bist so bescheiden. Mein Vater hat haufenweise Geld und liest mir jeden Wunsch von den Augen ab.«

»Und? Wir suchen uns doch nicht aus, in welche Familie wir geboren werden«, versuche ich, sie in Schutz zu nehmen. »Ich habe von klein auf lernen müssen, dass ich hart arbeiten muss, um mir gewisse Dinge zu leisten.«

»Ich weiß, dass ich in vielen Dingen eine verwöhnte Göre bin.« Unbefangen schält sie sich aus ihrem schwarzen Ballettanzug und ich senke verlegen den Blick, um ihr nicht auf ihre Brüste zu starren, die für eine Tänzerin erstaunlich üppig sind – was man von meinen nicht gerade behaupten kann. Höchstwahrscheinlich muss ich sie bald mit der Lupe suchen. Naja, wenigstens stören sie mich nicht beim Tanzen.

»Wollen wir einen Kaffee trinken gehen?«, fragt Bonnie, während sie in einen lässigen kurzen Jumpsuit schlüpft, der ihre langen Beine noch besser zur Geltung bringt. »Ich hab angefangen zu tuscheln, ich will nicht, dass du dir deswegen jetzt unnötig Sorgen machst.«

»Klar, warum nicht.« Bonnies Redefluss hält mich wenigstens davon ab, über den Ausgang des Vortanzens zu grübeln. Sie redet wirklich wie ein Wasserfall, aber das stört mich nicht, ich höre gerne zu, ich würde sonst nur bei meinen Eltern im Laden rumhängen. Sie war mir auf Anhieb sympathisch und die Vorstellung, gleich zu Beginn des Semesters eine Freundin zu haben, ist wundervoll – vorausgesetzt wir werden beide angenommen.

»Spitze! In der West 65th Street gibt es ein nettes Café, wo man gemütlich abhängen kann.«

»Meinst du etwa das Blackbirds?«

Bonnie nickt erfreut.

»Das ist mein Stammcafé! Ich gehe meist nach dem Training dorthin, mein Ballettstudio liegt gleich um die Ecke. Warum habe ich dich dort noch nie gesehen?«

»Naja, vielleicht liegt es daran, dass ich erst einmal dort war«, gesteht sie kleinlaut, während sie ihre schicke Sporttasche packt.

Kichernd streife ich meinen überlangen Schlabberpulli über meinen Ballettanzug. »Du kommst nicht aus New York, hab ich recht?«

»Hört man das etwa?« Sie zieht eine Schnute. »Dabei gebe ich mir solche Mühe mit dem Slang.«

Ein Lächeln huscht über mein Gesicht, als ich die Enttäuschung in ihren Augen lese. »Nein, dein Akzent klingt noch zu sehr nach Upper East Side. Normale Leute verzichten grundsätzlich auf das R.«

»Gut zu wissen, dann muss ich wohl noch ein wenig üben. Und du, kannst du Chinesisch sprechen?«

»Zuhause sprechen wir Mandarin, aber sobald andere dabei sind, die uns nicht verstehen, wechseln wir ins Englische.«

»Das ist cool, wenn man noch eine andere Sprache perfekt beherrscht.« Bonnie verzieht anerkennend die Mundwinkel, während ich ihr bewundernd dabei zusehe, wie sie die letzte Haarnadel aus ihrem Dutt entfernt, den Zopfgummi löst und ihre rote Mähne dann über ihre blassen Schultern fallen lässt.

»Ich komme ursprünglich aus Chicago«, erzählt sie und bürstet sich dabei ihr Haar, um es danach zu einem straffen Pferdeschwanz am oberen Hinterkopf zu binden. »Mein Vater ist Diplomat, also sind wir ständig umgezogen.«

»Du hast es gut«, seufze ich, während ich in meine Sneakers schlüpfe. »Ich bin noch nie weiter als Baltimore gekommen, und das auch nur, weil sämtliche Verwandten meiner Mutter dort angesiedelt sind.«

Bonnie beißt sich auf die Unterlippe und muss unwillkürlich lachen. Ich kann es ihr nicht verdenken.

»Woher kannst du so gut Ballett tanzen?«, will sie wissen.

»Ich tanze seit ich drei bin. Meine Tante ist Ballettlehrerin und war der Meinung, dass ich beste anatomische Voraussetzungen hätte. Sie hat mir bisher Unterricht gegeben, drei Stunden täglich. Sie war es auch, die mich überredet hat, vorzutanzen.«

»Wow, dann hattest du also eine Art Mäzen.«

»Eine was bitte?« Mit gerunzelter Stirn sehe ich sie an.

»Schon gut«, sagt Bonnie lachend und ich frage nicht weiter nach.

Nach einem letzten Kontrollblick, ob wir nichts vergessen haben, schnappen wir uns unsere Taschen und verlassen die Umkleide. Als wir den Ballettsaal passieren, öffnet sich die Tür und ich recke unauffällig meinen Hals, um nach dem Tänzer von vorhin Ausschau zu halten.

Eine Meute von Bewerbern – erstaunlicherweise die Hälfte davon Jungs – rauscht aus dem Raum, doch enttäuscht stelle ich fest, dass er nicht dabei ist.

Ehe wir durch das große Portal nach draußen gehen, bleibt Bonnie stehen und zieht mit geschlossenen Augen die Luft tief durch die Nase. Bei meinem fragenden Blick zuckt sie mit den Achseln. »Ich wollte noch ein letztes Mal Ballettluft inhalieren«, sagt sie theatralisch.

Lachend verdrehe ich die Augen. »Du scheinst nicht sehr optimistisch, dass sie dich nehmen.«

»Ich glaube, ich hatte keinen guten Tag. Aber das ist nicht so schlimm, es gibt ja mindestens noch zehn andere Ballettschulen, bei denen ich mein Glück versuchen kann«, winkt sie ab.

»Aber diese hier ist die beste. Außerdem würde ich mir wünschen, dass wir zusammen angenommen werden.«

Bonnie schenkt mir ein sanftes Lächeln. »Oh ja, das wäre wirklich großartig.«

Der Duft von frisch gemahlenem Kaffee weht uns entgegen, als wir das Blackbirds betreten. Die Geräuschkulisse ist ein Zusammenspiel aus Klappern von Geschirr, dem Zischen der Espressomaschine und dem munteren Geplauder der Gäste – es gibt keinen Ort, an dem ich mich heimischer fühle. Die Ziegelsteinmauern sind das einzige, was an den Industrial-Style erinnert, ansonsten machen bunt zusammengewürfelte Sitzmöbel den Raum so gemütlich wie ein Wohnzimmer – mein zweites Wohnzimmer. Am meisten liebe ich jedoch das raumhohe Bücherregal, das sich über die ganze Stirnseite erstreckt. Bücher können gespendet und auch mitgenommen werden. Manchmal sitze ich stundenlang an der Bar und blättere durch die Seiten, weil ich nicht weiß, für welchen Schmöker ich mich entscheiden soll.

Während ich Ausschau nach einem freien Platz halte, macht sich mein Magen durch ein leises Knurren bemerkbar, doch ich weiß, mehr als ein Kaffee ist wie immer nicht drin. Vor lauter Aufregung habe ich heute Morgen nichts weiter als ein halbes Erdnussbuttersandwich mit Bananenscheiben heruntergewürgt, normalerweise mein Lieblingsfrühstück. Wenigstens kommt mein schmales Budget meiner Figur zugute. Auf meiner Unterlippe kauend starre ich sehnsüchtig in die Kuchenauslage. Obwohl – vielleicht könnte ich meine letzten Cents für einen Donut zusammenkratzen.

»Ich glaube, für ein Stück Blueberry Cheesecake würde ich jetzt morden.«

Verdutzt blicke ich Bonnie an und erkenne am gierigen Funkeln ihrer Augen, dass auch ihr Heißhunger geweckt ist. Im nächsten Moment brechen wir beide in haltloses Kichern aus. »Anscheinend haben wir die gleichen Gelüste«, sage ich, nachdem der Lachanfall verebbt ist. »Wollen wir uns ein Stück Kuchen teilen?«

»Teilen? Kommt überhaupt nicht infrage. Noch müssen wir

nicht einzelne Salatblättchen rauspicken und Watteballchen runterwürgen, damit wir satt werden. Ich spendier dir eine Kalorienbombe deiner Wahl.«

»Dann entscheide ich mich für einen Cronut mit Schokocreme«, kommt es wie aus der Pistole geschossen aus meinem Mund, als hätte ich nur darauf gewartet, dass sie mich einlädt.

»Mmh, gute Wahl!«, pflichtet Bonnie mir bei, ehe ich mich für meine eilfertige Bestellung schämen kann. »Oh, schau mal, da wird gerade ein Platz frei.«

Ich komme kaum hinterher, als Bonnie sich einen Weg durch die Schlange an der Theke bahnt, um den gerade frei gewordenen Tisch in der Ecke zu ergattern.

»Was haben wir für ein Glück!«, seufzt sie erleichtert und lässt sich in das ausgesessene Polster des jadegrünen Sofas fallen.

»Allerdings«, stimme ich ihr zu und setze mich in den Ohrensessel mit dem Rücken zum Eingang. »Das hier ist mein absoluter Lieblingsplatz, auf den man normalerweise vergeblich warten muss, da er von jedermann heiß begehrt ist.«

Bonnie nickt zustimmend. »Von hier aus kann man den ganzen Raum überblicken und die Leute beobachten. Wie lief eigentlich das Stangentraining bei dir?«, wechselt sie zusammenhangslos das Thema.

»Die Dozentin stand eine Weile neben mir und hat mich nicht aus den Augen gelassen. Als sie dann endlich weiterging, hat sie nur kurz genickt.« Ich stelle meine Tasche ab und fühle mich, zum ersten Mal an diesem Tage, entspannt.

»Sie hat dich nicht verbessert? Wow, das ist echt ein gutes Zeichen! Bei mir hob sie einmal im Vorbeigehen mein Kinn an und korrigierte meine Armhaltung, sonst hat sie mir keinerlei Beachtung geschenkt.« Ein bedrückter Ausdruck stiehlt sich auf Bonnies Gesicht.

Ich lege besänftigend meine Hand auf ihre. »Du bist eine sehr gute Tänzerin, Bonnie. Mach dir keine Sorgen. Können wir bitte über etwas anderes sprechen? Mir wird flau im Magen, wenn ich nur daran denke.«

Bonnie grinst schief und nickt dann. »Ist dir eigentlich aufgefallen, dass es unter den Bewerbern beinah so viele Jungs wie Mädchen gab? Das bin ich gar nicht gewöhnt. Beim Ballettunterricht in Chicago gab es fast nur Tänzerinnen. Das bedeutet, in Zukunft muss ich mir sogar im Trainingsraum darüber Gedanken machen, wie ich mich am besten in Szene setze.« Bonnie wirft in einer übertriebenen Geste ihren Zopf nach hinten und bringt mich damit zum Lachen.

»Das sollte das kleinste Problem sein. Außerdem sind die meisten von ihnen doch sowieso schwul. Womit wir wieder beim Thema wären …«

»Hey, Lovelies, was darf ich euch bringen?«, unterbricht Janis, meine Lieblingskellnerin, unser Gespräch und zwinkert mir verschwörerisch zu. »Einen Chai Latte für Mae und für dich …?«

»Ich bin Bonnie und wir werden jetzt öfter das Vergnügen haben«, greift Bonnie vorweg und reicht ihr die Hand. Zur Abwechslung trägt Janis heute einen Afro. So mag ich sie am liebsten, denn dann kommen ihre mokkabraunen Kulleraugen am besten zur Geltung. Sie schlägt lachend ein. »Angenehm! Und was darf's für dich sein, Bonnie?«

»Für mich einen Latte macchiato. Außerdem einen Cronut mit extra viel Schokocreme und den Blueberry Cheesecake, das größte Stück, das ihr im Angebot habt.«

»Endlich mal jemand, der Mae darin bestärkt zu sündigen, und sie von ihrem asketischen Dasein abbringt«, sagt Janis anerkennend.

»Ich hätte liebend gern ein paar Kilos mehr auf den Rippen und damit endlich mal weibliche Rundungen, aber leider kann ich die fürs Tanzen nicht gebrauchen«, verteidige ich mich. »Oder findest du es schön, wenn mein Pas de deux-Partner unter meiner Last zusammenbricht?«

»Nun übertreib mal nicht, davon bist du noch meilenweit entfernt«, entgegnet Janis lachend und richtet ihr Wort an Bonnie. »Du siehst auch aus wie eine Ballerina … gibt es etwa was zu feiern?« Auf einmal schnappt sie nach Luft und schlägt sich mit der flachen Hand gegen die Stirn. »Ich Trottel, ich wusste, da war doch was, fast hätte ich es vergessen. Mae, wie war dein Vortanzen?«

»Ganz …«

»Sie war die Beste!«, fällt mir Bonnie ins Wort.

»Hab ich auch nicht anders erwartet!«, erwidert Janis trocken. »Braves Mädchen, die Kuchen gehen aufs Haus!« Sie zwinkert uns noch einmal zu und zieht dann weiter zum nächsten Tisch.

Dass ich die Beste war, hat Bonnie sicher nur so daher gesagt, um mir Mut zu machen. Meine Zweifel nimmt sie mir dadurch nicht. Auf meinen Fingernägeln kauend blicke ich durchs Fenster hinaus auf die belebte Straße. Es herrscht geschäftiges Treiben, wie immer um die Mittagszeit. Der Verkehr stockt, sowohl Geschäftsleute mit Aktenkoffern als auch Hipster mit Undercut und gepflegten Vollbärten laufen die Fensterfront des Cafés entlang.

»Wie meinst du, werden sie uns benachrichtigen?«

»Ich schätze, wir bekommen ein riesengroßes Paket mit einer Torte drin«, antwortet Bonnie, ohne eine Miene zu verziehen. »Daraus springt dann dieser wahninnig tolle Tänzer, um für uns ein paar Pirouetten zu drehen und uns schließlich trällernd zu verkünden, dass sie uns nehmen.«

Ich lache bei der Vorstellung laut auf. »Eine wirklich schöne Idee, aber deine Fantasie geht wohl gerade mit dir durch.«

»Ja, das tut sie öfters. Reines Wunschdenken.« Bonnie winkt ab und nimmt dann dankend Janis den gereichten Kuchenteller aus der Hand. Kurz nippt sie an ihrem noch dampfenden Latte macchiato, verzieht schmerzhaft das Gesicht, ehe sie ihn mit einem Klirren auf der Untertasse abstellt und sich gierig über den Cheesecake hermacht. »Nein, im Ernst«, sagt sie mit vollem Mund. »Ich schätze, sie werden dich bei einer Zusage telefonisch und bei einer Absage per Post benachrichtigen.«

Ich nicke zustimmend, ehe ich ein großes Stück von meinem Cronut abbeiße. »Mmh, der schmeckt einfach himmlisch«, sage ich kauend und halte ihn Bonnie vor die Nase. »Probier mal.«

Das lässt sie sich nicht zweimal sagen, sondern beißt herzhaft hinein. »Oh mein Gott!«, stöhnt sie laut auf und wischt sich die Schokoladencreme aus dem Mundwinkel. »Wie gut ist das denn!«

Unauffällig schaue ich mich um. Erleichtert stelle ich fest, dass Bonnies Gefühlsausbruch in der Betriebsamkeit des Cafés untergegangen ist und uns keiner Beachtung schenkt.

Nachdem wir gegenseitig von unseren Kuchen probiert und genüsslich vor uns hin gegessen haben, stelle ich die Frage, die mich schon die ganze Zeit beschäftigt. »Sag mal, dieser Tänzer da vorhin, weißt du, woher er kommt? Er sieht so osteuropäisch aus.«

»Ja, könnte sein. Allerdings, warum sollte er dann hier studieren? Ich dachte immer, in Russland gibt es die besten Ballettschulen.«

»Vielleicht erfahren wir es ja noch. Auf jeden Fall war seine Leistung beeindruckend.«

Bonnie grinst wissend, ehe sie ihr Glas mit beiden Händen umfasst, auf die heiße Flüssigkeit pustet und dann in vorsichtigen Schlucken trinkt. »Nicht nur seine Leistung war beeindruckend. Er hatte so etwas an sich …«

»Das gewisse Etwas«, beende ich ihren Satz. »Eine sexuelle Ausstrahlung …«

»Achtung, er steht genau hinter dir«, zischt Bonnie mir hinter vorgehaltener Hand entgegen.

Ich merke, wie meine Gesichtszüge entgleisen und ich knallrot anlaufe. Mein Herz stolpert, während ich langsam meinen Kopf zum Eingang drehe.

Doch da ist niemand. Abgesehen von einem Jungen, der ein Tablett mit Coffee-To-Go-Bechern in der einen Hand balanciert und mit der anderen versucht, die Tür nach draußen zu öffnen. Ich brauche einen kurzen Moment, um zu begreifen, dass Bonnie mich zum Narren gehalten hat, fast gleichzeitig vernehme ich ein unterdrücktes Kichern.

»Na warte, das wirst du mir büßen«, rufe ich in gespielter Empörung und werfe das nächstbeste Zuckerpäckchen nach ihr. Und ein ums andere Mal wundere ich mich, wie leicht ich mit Bonnie Freundschaft geschlossen habe.

Juri

Die Hände auf die Oberschenkel gestützt, stehe ich gebückt, mein keuchender Atem erfüllt den Ballettsaal. Ich habe mir gerade die Seele aus dem Leib getanzt. Die Musik hat mich völlig eingenommen, mein Körper ist ihr gefolgt und ich habe alles um mich herum vergessen. Es tat unendlich gut. Nach Mamas Tod ist es das erste Mal, dass ich mich körperlich so verausgabt habe. Ich hätte es schon viel früher machen sollen, aber ich war innerlich blockiert. Der Schmerz saß einfach zu tief.

Ihr Tod ist jetzt einen Monat her und kam nicht überraschend – nicht so, wie ich es immer befürchtet hatte. Stunden vorher hat sie mich zu sich gebeten, sie hat gespürt, wie das Leben langsam aus ihrem Körper wich. Die ganze Zeit habe ich ihre Hand gehalten und sie sanft in den Schlaf hinübergleiten sehen. Ich konnte nicht weinen, spürte nur eine furchtbare Leere in mir.

In den letzten Wochen habe ich funktioniert und Mamas letzten Willen erfüllt – sie hat alles bis ins kleinste Detail geplant von der Wohnungsauflösung, dem Einwanderungsantrag in die USA bis hin zu meinem Erbe, dass sie für mich fest angelegt hat und über das ich erst verfügen kann, wenn ich in Amerika als volljährig gelte – sie kannte mich gut genug, um zu wissen, dass ich einen Teil des Geldes gleich auf den Kopf gehauen hätte. Die gesamte Organisation der Beerdigung hat sie ihrer Schwester übertragen und ich war sehr dankbar, dass ich diese schmerzliche Aufgabe nicht übernehmen musste. In der Zeit habe ich Mamas Wohnung aufgelöst – nein, ich hab es noch nicht übers Herz gebracht, ihr Hab und Gut durchzuschauen, so weit bin ich noch lange nicht. Stattdessen habe ich eine Umzugsfirma beauftragt, ihre Sachen in

Kisten zu packen, um sie in einer angemieteten Garage zu deponieren. Selbst dafür hatte meine Mutter einen Bargeldbetrag zur Seite gelegt.

»Mr Iwanow«, reißt mich die Stimme des Direktors aus meinen Gedanken und der Mann winkt mich zu sich. »Ich möchte Sie gerne in einer Stunde in meinem Büro sprechen, bis dahin müssten wir hier durch sein«, sagt er, als ich vor ihm stehe. »Bitte ziehen Sie sich in der Zwischenzeit um und warten draußen.«

Ich fahre mir durchs Haar, das tue ich immer, wenn ich unsicher bin oder eine Situation nicht einschätzen kann, und nicke dann. Was er wohl von mir will?

Widerwillig komme ich der Aufforderung des Direktors nach und verlasse den Ballettsaal. Wie war gleich noch mal sein Name?

Egal. Ich mache das hier nicht für mich, sondern für Mama. Niemals wäre ich auf die Idee gekommen, nach New York zu gehen. Schon die Ankunft vor zwei Tagen hat mir gereicht. Müsste man St. Petersburg personifizieren, würde ich meine Heimatstadt als verletzlich, authentisch und irgendwie liebenswert bezeichnen. New York dagegen ist verroht, aufdringlich und arrogant. Die vielen Menschen auf der Straße sehen durch dich hindurch. Man muss im Strom mitschwimmen, sonst bleibt man auf der Strecke. Überall ist es laut, Sirenen und Gehupe an jeder Ecke. Nicht auszuhalten.

Kaum habe ich den Umkleideraum erreicht, schäle ich mich aus meiner Ballethose und gehe in eine der drei separaten Duschen. Ich drehe den Hahn so heiß, dass ich es gerade noch ertragen kann, presse die Handflächen an die geflieste Wand, senke den Kopf und lasse das heiße Wasser den Nacken hinunterlaufen. Ein wohliger Schauer durchströmt mich und ich spüre, wie sich meine verkrampften Muskeln entspannen. Ich lasse mir unendlich viel Zeit, denn momentan ertrage ich einfach keine anderen Menschen, bin am liebsten für mich und hänge meinen Gedanken nach.

Als auch die letzten Stimmen der anderen Bewerber verklungen sind und meine Haut schon ganz gerötet ist, schließe ich den Wasserhahn, schnappe mir mein Handtuch von der Haltestange und rubbele mir die Haare so gut es geht trocken. Ich stehe im Halbdunkeln, das automatische Licht ist schon längst erloschen, nur durch das Milchglasfenster fällt ein schwacher Schein. Ich schlinge mir das Handtuch um die Hüfte und laufe zurück zu meinem Spint.

Die Tür der Umkleide öffnet sich, jemand steckt seinen Kopf durch den Spalt und schaltet das Licht an. Ich blinzle, weil es mich im ersten Moment blendet, doch dann erkenne ich einen der Dozenten. Ich habe ihn im Ballettsaal gesehen, in der Jury saß er jedoch nicht.

Sein Blick schweift durch den Raum, als überprüfe er, ob noch jemand da ist. Als er mich bemerkt, verzieht sich sein Mund zu einem Grinsen, sein Blick verharrt auf meinem freien Oberkörper – für meinen Geschmack einen Tick *zu* lang.

»Bist du der Letzte?«, will er wissen.

Nein, die anderen haben sich alle in der Dusche versteckt, würde ich bei dieser scharfsinnigen Frage am liebsten antworten. »Ja, ich denke schon«, entgegne ich stattdessen.

Seine Züge verhärten sich. »Dann trödle nicht so lange, ich will abschließen.«

»Bin gleich soweit.« Hastig ziehe ich mir mein T-Shirt über den Kopf. Er steht noch immer in der Tür. Was soll das? Ich will das Handtuch nicht herunterziehen und mich vor ihm entblößen. Normalerweise wäre es mir egal, aber wenn er einer meiner Dozenten wird, muss er mich nicht nackt sehen.

Abwartend hebt er die Augenbrauen.

Ich spüre Zorn in mir aufwallen und habe Mühe, mich im Zaum zu halten. »Es würde schneller gehen, wenn ich dabei nicht unter Beobachtung stünde«, sage ich so sachlich und ruhig wie möglich.

Seine Augen fixieren mich.

Ich halte seinem Blick stand – von ihm lasse ich mich sicherlich nicht einschüchtern – bis er den Kopf schüttelt und ein heiseres Lachen ausstößt. »Genierst du dich etwa vor mir?«

Als eine Reaktion meinerseits ausbleibt, besinnt er sich und macht eine beschwichtigende Handbewegung. »Schon gut, wie du willst. Ich warte dann draußen.«

Ich schnaube, als die Tür hinter ihm zuschnappt. *Yebat!* So ein verfickter Scheiß. Der hat mir gerade noch gefehlt. Was sollte das? Ob er auf Männer steht? Oder wollte er mich einfach nur ein bisschen aus der Reserve locken, um zu sehen, wie ich ticke? Er scheint ein älteres Semester zu sein, so um die 50, wirkt sehr gepflegt und selbstsicher – um nicht zu sagen überheblich. Sollte ich an der Academy angenommen werden, werde ich versuchen, mich von ihm fernzuhalten. Nach diesem Aufeinandertreffen würde ich mich in seiner Gegenwart nur unbehaglich fühlen.

Fertig angezogen, trete ich aus dem Raum und werfe jeweils einen Blick zu beiden Seiten des Flures. Der Dozent ist verschwunden. Erleichtert atme ich auf und trotte zum Büro des Direktors, setze mich auf die Bank davor und warte, bis ich hineingebeten werde.

Während ich einen Energieriegel in mich hineinstopfe, schweifen meine Gedanken zum Tag meiner Ankunft zurück.

Das Zusammentreffen mit Marco – das Wort Vater kam nicht über meine Lippen, denn das hatte er nicht verdient – war mehr als unangenehm. Ich hatte ihn mir ganz anders vorgestellt – irgendwie italienischer. In meiner Erinnerung existierte nur ein blasses Bild von ihm: ein braun gebranntes Gesicht umrahmt von vollem, kinnlangen Haar und strahlend weißen Zähnen. Deshalb hatte ich einen dunkelhaarigen Italotypen erwartet mit Brusthaar, das aus seinem weit aufgeknöpften Hemd vorwitzig hervorlugt, und mindestens einem Goldkettchen.

Tatsächlich ist es so, dass man ihm seine Nationalität absolut nicht ansieht.

Wie Fremde standen wir uns am Flughafen in der Ankunftshalle gegenüber. Unsicher trat er von einem Bein aufs andere und fuhr sich über seinen ordentlich gestutzten Bart. Sein mittlerweile grau meliertes Haar trug er kurz geschnitten. Er konnte die Begrüßung gar nicht schnell genug hinter sich bringen.

Natürlich hatte ich nicht damit gerechnet, dass er mich mit Freudentränen an sich reißt. Doch er brachte weder eine Umarmung zustande, noch schaffte er es, mir unbeholfen auf die Schulter zu klopfen, wie man es vielleicht von einem Vater vermutet hätte, der seinen Sohn das letzte Mal als Baby gesehen hat. Körperkontakt vermied er tunlichst. »Hallo, Juri«, lautete seine kurze, fast schon förmliche Begrüßung. Er entriss mir meinen Trolley und ich hatte Mühe, ihm durch die Menschenmassen ins Parkhaus zu folgen. Nicht nur einmal prallte ich an der Schulter mit einem Passanten zusammen.

Ich staunte nicht schlecht, als ich mich im Inneren seines Chevrolets umschaute. »Offenbar hast du noch mehr Kinder in die Welt gesetzt?«, mutmaßte ich mit Blick auf den Kindersitz.

»Du hast noch eine Stiefschwester«, kam die schlichte Antwort. »Sie heißt Sara und ist sieben Jahre alt.«

Einmal mehr wurde mir bewusst, dass er für mich ein Fremder war. Ich wusste noch nicht einmal, womit er sein Geld verdiente.

Eigentlich wäre das der geeignete Zeitpunkt gewesen, um einander von unseren Leben zu erzählen, aber keiner wagte den Anfang. Die ganze Fahrt über herrschte unbehagliches Schweigen. Interessierte es ihn gar nicht, wie es mir ging oder wie ich mein bisheriges Leben verbracht hatte?

Irgendwann, als ich die erstickende Stille zwischen uns nicht mehr ertrug, holte ich mein Smartphone aus dem Rucksack, stülpte mir die Kopfhörer über die Ohren und stellte meine russische Lieblingsmetalband Walknut auf volle Lautstärke. Mit den Fingern trommelte ich im Takt aufs Armaturenbrett.

Es war kein besonders heißer Tag für Anfang August, aber Marco geriet schnell ins Schwitzen. Ich sah aus dem Augenwinkel, wie er sich mit dem Handrücken den dünnen Schweißfilm von seiner Stirn wischte.

Mit einem Mal hatte ich das Gefühl, dass das Innere des Wagens nicht für uns beide ausreichte und fuhr die Scheibe herunter, um frische Luft hinein zu lassen.

Mit ihm an meiner Seite fühlte ich mich einsamer als je zuvor.

Ich war kurz davor einzunicken, als der Wagen in Brooklyn vor einem zweistöckigen Ziegelhaus mit ordentlich gepflegtem Vorgarten und weiß gestrichenem Verandageländer hielt.

Idylle pur.

Ich wappnete mich innerlich darauf, unerwünscht zu sein, schließlich gehörte ich nicht zu der heilen Welt, in der Marcos Familie lebte. Aber auch das würde ich durchstehen. Ich musste mir nur vor Augen halten, dass es eine vorübergehende Wohngemeinschaft war, vielleicht ein Jahr lang, wenn ich zwei Semester überspringen konnte, maximal zwei, dann war ich ausgebildeter Tänzer und konnte mir eine eigene Bleibe von meinen Gagen leisten.

Als ich die Beifahrertür öffnen wollte, fasste Marco mich an der Schulter und hielt mich zurück. »Hör zu, Juri, die Situation ist nicht einfach für mich …« Er räusperte sich umständlich. »Und auch nicht für dich – für uns beide nicht.« Es klang, als hätte er sich die Worte zurechtgelegt sowie vorm Spiegel geprobt. »Lass uns die Zeit nehmen, die wir brauchen, um uns näherzukommen. Und noch eine Sache: Ich finde es okay, wenn du die Obsession deiner Mutter in Ehren halten willst, aber ich hoffe, dass du danach einen anständigen Beruf lernst.«

Ich blinzelte irritiert. Mit dieser *Obsession*, wie er es nannte, war sie über lange Zeit sehr erfolgreich gewesen und hatte uns gut über die Runden gebracht. Obwohl sie eine alleinerziehende Tänzerin gewesen war, hatte sie sogar für finanzielle Rücklagen für mich gesorgt. Was war daran also nicht anständig? Einen Moment lang blieb mir vor Fassungslosigkeit der Mund offenstehen. »Balletttänzer ist also kein anständiger Beruf für dich?«

»Nicht für einen Mann.«

Ich fühlte mich wie vor den Kopf gestoßen. So dachte er also darüber. Das war wohl der Gipfel der Engstirnigkeit. In welcher Welt lebte er eigentlich? »Um eins klarzustellen: Ich bin nur wegen der *NYC Academy of Ballet* hierhergekommen, wegen nichts anderem.« Er glaubte doch nicht ernsthaft, er hätte das Recht mir vorzuschreiben, was ich tun und lassen soll. »Es war Mamas größter Wunsch, dass ich Tänzer werde und meiner ist es auch.«

Von einem tiefen Seufzer begleitet ließ er mich los. Das Gespräch schien beendet. Offenbar wollte er die Sache erst einmal ruhen lassen, doch ich wusste, das Thema war noch lang nicht vom Tisch.

Ich konnte gar nicht schnell genug aus dem Wagen steigen.

Auf der Verandatreppe saß ein kleines Mädchen. Als sie mich kommen sah, sprang sie auf und lief mir entgegen, dass ihre blonden Locken nur so flogen.

»Du musst Juri sein!«, stellte sie lächelnd fest.

»Darf ich raten? Dann bist du Sara!«, sagte ich und erwiderte ihr Lächeln.

Sie nickte und grinste dabei wie ein Honigkuchenpferd. Ich kniete mich zu ihr hinab und reichte ihr die Hand. »Schön, dich kennenzulernen.«

Anstatt sie entgegenzunehmen, fiel sie mir um den Hals.

Im ersten Moment wusste ich nicht, wie ich reagieren sollte und versteifte mich, doch dann schloss ich die Arme um ihren kleinen Körper und drückte sie ganz fest.

Als ich mich von ihr löste, sah sie mich durch ihre runden Brillengläser aus quicklebendigen Augen an. Sie hatten den gleichen Blauton wie meine – und Marcos.

»Ich wollte schon immer einen großen Bruder!«, rief sie begeistert. »Komm, ich zeig dir unser Haus.« Dann fasste sie meine Hand und zog mich die Stufen hinauf.

Ich wollte es nicht, denn sie war das Sinnbild dafür, dass mein Vater weder mich noch meine Mutter in seinem Leben wollte. Nichtsdestotrotz musste ich sie einfach mögen, außerdem traf Sara keine Schuld an dieser vertrackten Situation.

Die Tür geht auf und – ah, jetzt fällt mir sein Name wieder ein – Mr Coleman bittet mich mit einem Wink in sein Büro.

»Trete näher, Juri«, sagt er mit einer raumgreifenden Handbewegung, ehe er sich dann hinter seinem Schreibtisch niederlässt.

Ob es etwas auf sich hat, dass er mich mit Vornamen anspricht? Ich mache ein paar unsichere Schritte vorwärts und schaue mich um. Die weißen Wände zieren gerahmte Zeitungsausschnitte und Schwarz-Weiß-Fotos von Tänzern, vermutlich ehemalige Schüler, alles wirkt sehr sauber und geordnet.

»Nimm bitte Platz.« Mr Coleman weist mit der Hand auf den schwarzen Ledersessel vor seinem Schreibtisch und ich folge seiner Aufforderung.

Erst jetzt nehme ich mir die Zeit, ihn näher zu betrachten.

Er trägt eine Glatze und einen säuberlich gestutzten Bart. Mir war so, als hätte er vorhin eine Brille auf der Nase gehabt, die ihn auf den ersten Blick älter erscheinen ließ. Jetzt schätze ich ihn knapp auf die Vierzig.

»Ich weiß, dass du vor kurzem deine Mutter verloren hast.« Seine freundlichen, dunklen Augen ruhen auf mir. »Es tut mir sehr leid. Mein herzliches Beileid.«

Ich antworte nicht, sondern nicke nur knapp.

»Ich kannte deine Mutter«, fährt er fort. »Nicht persönlich, wir sind uns nie begegnet, aber ich habe sie einmal in der Wiener Staatsoper die Giselle tanzen gesehen. Dein Talent hast du eindeutig von ihr.« Er mustert mich eine Weile und stützt sich dann mit den Händen auf dem Schreibtisch ab. »Um es kurz zu machen: Wir möchten dir gerne ein Stipendium anbieten. Wir mussten nicht lange überlegen, du hast uns mit deinen tänzerischen Fähigkeiten sofort überzeugt. Daher würden wir uns freuen, wenn wir dich somit unterstützen können und du bei uns deinen Abschluss machst.«

Ich lächle verhalten, denn irgendwie will es mir nicht gelingen, mich zu freuen. So schnell hatte ich nicht mit einer Zusage gerechnet.

»Einverstanden?« Mr Coleman steht auf und streckt mir seine Rechte entgegen.

Ich erhebe mich ebenso. Nach einem kurzen Moment des Zögerns ergreife ich seine Hand und lasse mich schließlich zu einem Lächeln hinreißen. »Einverstanden.«

Mae

Ich sitze neben Mum auf dem Drehhocker hinter der Kasse und starre aufs Telefon, als wäre ich im Stande, es durch reine Willenskraft klingeln zu lassen. Seit Tagen geht das nun schon so. Ich könnte mich genauso gut wie eine Eier brütende Henne darauf hocken, Mums Blick könnte nicht argwöhnischer sein. Sie weiß natürlich genau, was Sache ist und dass ich nur auf diesen einen Anruf warte. Normalerweise hat sie mich gerne um sich, aber ich glaube, langsam geht ihr meine penetrante Nähe auf die Nerven, da ich auch zu keinem vernünftigen Gespräch fähig bin, sondern vor Nervosität nur zusammenhangloses Zeug von mir gebe. Ungefähr so läuft dies im Moment ab:

Mum: »Warum triffst du dich nicht mit einer deiner Freundinnen?«

Ich: »Erst am späten Nachmittag.«

»Weil du vorher was machen musst?« Mums ironischer Unterton in der Stimme entgeht mir natürlich nicht.

»Frühstücken.« Gedankenverloren lasse ich den Hocker kreisen und rühre dabei im Becher meiner asiatischen *Cup Noodles* herum. Mum hasst es, wenn ich mich von diesen Fertiggerichten ernähre. Sie meint, ich würde die gesamte chinesische Kultur damit beschämen.

Ich hingegen bin der Meinung, es gibt nichts Besseres. Die Suppe ist lecker, macht satt, geht schnell und hat wenig Kalorien.

Mum schnaubt entrüstet. »Mittags um 12 Uhr? Dann mach dich danach wenigstens nützlich und hilf deinem Vater, die Regale zu entstauben.«

Zugegeben, es ist nicht mehr wirklich morgens, aber Schlafen ist neben Tanzen eine meiner Lieblingsbeschäftigungen. »Ich sollte auf jeden Fall noch an meiner Sprungkraft arbeiten …«, murmle ich und trinke die lauwarme Brühe direkt aus dem Becher.

Das Telefon klingelt.

Mein Herz stolpert und ich verschlucke mich beinahe an einer Nudel. Von einer Sekunde auf die nächste wird mir flau im Magen.

Mum schaut von ihrer Zeitung auf. Sie gibt mir mit einem Nicken und ausdrucksloser Miene zu verstehen, dass ich rangehen soll.

Von plötzlicher Panik übermannt, schüttele ich wild den Kopf. Ich würde kein Wort herausbringen.

Mit demonstrativ lautem Rascheln legt sie die Zeitung beiseite, schiebt ihre Lesebrille ins Haar und richtet sich zu ihrer vollen Körpergröße – knapp über einem Meter fünfzig – auf.

Es klingelt bereits zum vierten Mal, als sie endlich abnimmt.

Sie macht mich noch wahnsinnig mit ihrer Arschruhe.

»Chinese Hardware Store, Sun«, meldet sie sich.

Ich verziehe das Gesicht, als würden mich schlimme Zahnschmerzen heimsuchen. Mum klingt wie jemand, den man bei etwas sehr Wichtigem gestört hat. Von wegen Chinesen sind leise, höflich und lächeln immer. Meine Mutter ist der beste Beweis, dass es auch anders geht. Liegt wahrscheinlich daran, dass sie gebürtige New Yorkerin ist. Die Stadt färbt ab.

Ich kaue nervös auf meiner Unterlippe, ohne sie dabei aus den Augen zu lassen.

Mum brummt irgendetwas Unverständliches und wirft mir einen kurzen, undeutbaren Seitenblick zu. Dann nickt sie, als könnte der Anrufer sie sehen, sagt aber keinen Ton.

Flehend blicke ich sie an. *Bitte gebt mir ein Stipendium, mehr will ich gar nicht, ich werde mir auch so was von den Arsch aufreißen …*

Mum legt auf.

Wie jetzt? Das war's schon? Verdutzt starre ich sie an.

Sie starrt zurück. Die Ruhe selbst.

»War das …?« Ich lasse die Frage unvollendet im Raum stehen und halte den Atem an.

Mum setzt sich grummelnd zurück auf ihren Stuhl und schiebt ihre Brille wieder auf die Nase. »Hat sich verwählt.«

Ich schnappe nach Luft. Meine Nerven machen das nicht länger mit.

Dad, dessen schlaksige Gestalt hinter einer chinesischen Vase hervorragt, wirft mir einen mitleidigen Blick zu. Den Haushaltsladen meiner Eltern kennt jeder in Chinatown, denn trotz der kleinen Verkaufsfläche findet man hier alles, was man braucht. Die Regale reichen bis zur Decke und sind gefüllt mit Kurz- und Schreibwaren, Werkzeugen, Dekorationsartikel bis hin zu chinesischen Souvenirs.

Ein wimmernder Laut entweicht mir. Ich sollte hier nicht länger abhängen. Wenn man auf etwas wartet, kommt es sowieso nicht.

»Das Warten bringt nichts weiter, bloß dass du älter wirst«, sagt Dad, als hätte er meine Gedanken gelesen. »Lenk dich mit etwas ab, was dir Spaß macht …«

»… bevor du deinem Vater und mir noch den letzten Nerv raubst«, beendet Mum seinen Satz.

Das Klingeln der Glöckchen lässt unsere Köpfe zum Eingang zucken.

Die Tür geht auf, ein Schwall feuchte Luft schlägt mir entgegen und das Prasseln des Regens auf dem Asphalt dringt herüber.

»Jack, wenn du uns nur wieder Rechnungen bringst, kannst du gleich wieder gehen«, sagt Mum im gewohnt barschen Tonfall und wirft unserem Postboten einen vernichtenden Blick zu.

»Nicht nur«, erwidert er, während Wasser in Rinnsalen seine Regenjacke hinabläuft und den Boden volltropft. Dann gibt er einen lauten Nieser von sich, gefolgt von einer entschuldigenden Geste. »Die Klimaanlage im Post Office bringt mich noch um.«

»Der arme Junge«, mischt sich Dad ein. »So lange es wie aus Eimern schüttet, bleibst du besser hier bei uns im Trockenen. Ich werde dir eine Schale Grünen Tee holen.«

Während Jack Dad hinterher blickt, setzt er mit verlegenem Lächeln seine Kapuze ab, unter der ein Basecap zum Vorschein kommt. »Diesmal ist auch ein Brief für Mae dabei.« Er niest noch ein weiteres Mal, während er auf mich zukommt und mir einen weißen Umschlag entgegenhält.

Ich rutsche langsam vom Hocker, während ich den Brief entgegennehme und den Absender lese.

Sofort muss ich an Bonnies Worte denken, dass man bei einer Absage per Post benachrichtigt wird. Oh nein, bitte nicht! Unwillkürlich schießen mir Tränen in die Augen. Es wäre auch zu schön gewesen. All meine Träume zerfallen binnen einer Zehntelsekunde zu Staub. Wie sehr habe ich es mir ersehnt, irgendwann vor einem großen Publikum zu tanzen. Als Giselle. Odette. Ich habe es mir wohl zu inständig gewünscht … Ein Seufzer aus tiefster Seele entweicht mir. Und dieser Tänzer … Ich werde ihn nie wiedersehen. Völlig verrückt, in diesem Moment an ihn zu denken, ich weiß, aber er geht mir einfach nicht aus dem Kopf. New York ist zu groß, um jemanden zufällig ein zweites Mal zu treffen. Und vor der Academy rumlungern und ihn dann wie zufällig abfangen, kommt nicht infrage. Das überlasse ich lieber dem Schicksal.

Ehe ich weiter in Selbstmitleid versickern kann, reißt Mum mir den Brief aus der Hand. »NYC Ballet Academy«, liest sie laut vor. »Mae, mach ihn schon auf!« Als ihre Augen meinen tränenverschleierten Blick erfassen, gibt sie einen unwirschen Schnalzlaut von sich. »Soll ich es für dich tun?«

»Es ist sowieso nur eine Absage«, erwidere ich trotzig, stütze die Ellbogen auf die Tischplatte und halte mir die Hände vor die Augen.

»Woher willst du das wissen?«

Achselzuckend blinzle ich durch meine Finger hindurch.

Mum fackelt nicht lange und schiebt ihren Zeigefinger unter den Falz. Mit einem Ratsch zerfetzt sie die Oberseite des Kuverts und zieht einen weißen Brief daraus hervor. Ihre Lippen bewegen sich lautlos, während sie die Zeilen überfliegt. Mit ausdrucksloser Miene reicht sie mir den Brief und duldet keinen Widerspruch. Darin ist sie besonders gut.

Was soll das? Muss sie noch zusätzlich Salz in die Wunde streuen?

Nachdrücklich hält sie mir das Stück Papier entgegen.

Mit einem Stöhnen gebe ich mich geschlagen und lese den Text, bis mein Blick an folgender Zeile hängenbleibt:

… da Sie über beste anatomische Voraussetzungen verfügen und technisch schon sehr weit sind, möchten wir Ihnen ein 2-Jahres-Stipendium für die Dauer Ihrer Ausbildung zur Bühnenreife an unserer Academy anbieten.

Die Buchstaben verschwimmen auf dem Papier, meine Augen baden in einem Meer voller Tränen, während eine unbändige Freude wie Blubberblasen in mir aufsteigt. Zum Weiterlesen komme ich nicht, denn Mum gibt einen unnatürlich schrillen Quietschlaut von sich, der mir durch Mark und Bein fährt und sich anhört, als wäre jemand auf einen Hamster getreten. Dann packt sie mich an den Schultern und schüttelt mich.

Ich kann es noch gar nicht fassen. Mit aufgeklapptem Mund starre ich sie ungläubig an, ehe ich es ihr gleichtue, wie ein Flummi auf und ab hüpfe und in ihr Gekreische einstimme.

»Sag bloß, du hast es geschafft?«, will Dad wissen, als er sich zu uns gesellt und mir den Brief aus den Fingern zieht. Einen Augenblick später schließt er mich von hinten in die Arme und drückt mich ganz fest. »Mae, ich bin stolz auf dich! Du wirst es sicher sehr weit bringen.«

»Ich werde es auf jeden Fall versuchen«, sage ich mit vor lauter Freudentränen angerauter Stimme und wische mir mit dem Handrücken über die feuchte Wange.

»Gratuliere, Mae«, wirft Jack ein und erhebt die Schale mit Grünen Tee. Doch ehe er die Lippen zum Trinken ansetzen kann, überkommt ihn erneut eine Niessalve und bringt uns alle zum Lachen.

Als er zum wiederholten Male die Nase hochzieht, holt Mum ein Taschentuch aus der Schublade hervor und hält es ihm auffordernd hin.

Juri

Abgesehen vom Ticken der antiken Wanduhr durchbrechen nur unsere Schluck- und Kaugeräusche die unangenehme Stille. Ehrlich gesagt bin ich froh, dass Marco neben mir sitzt und ich mich nicht in seinem unmittelbaren Blickfeld befinde. Ich denke, er sieht das ähnlich. Wir haben uns eh nichts zu sagen.

Es gibt Braten mit Gemüse und Kartoffeln, so wie es in jeder richtigen Familie an Sonntagen üblich ist. Nur mit dem einzigen Unterschied, dass wir das nicht sind. Ich bin nichts weiter als ein Eindringling in ihrer heilen Welt.

Das Haus wirkt, als wäre es von einem Innenarchitekten eingerichtet worden. Jedes Möbelstück scheint wie ins perfekte Licht gerückt. Der Esstisch, an dem mindestens noch sechs weitere Leute Platz hätten, befindet sich in einem extra Salon, über ihm schwebt ein schwerer Kristalllüster.

Seit acht Tagen bin ich nun schon hier und erst in drei Wochen beginnen die Tanzklassen. Es ist zum Verrücktwerden. Nur, um nicht in Marcos Nähe zu sein, vertreibe ich mir die Zeit mit Joggen und drehe meine Runden um den Block. Wenn ich schon nicht trainieren kann, will ich wenigstens in Bewegung bleiben.

Lustlos schiebe ich ein paar Erbsen von einer Seite zur anderen. Meine Gabel schabt über das feine Porzellan, doch ich bringe keinen Bissen mehr herunter. Die Atmosphäre könnte unbehaglicher nicht sein. Kate lächelt mir zu, sobald ich schräg in ihre Richtung blicke, so, als wolle sie mir Mut machen. Sie hat die herbe Ausstrahlung einer gestandenen Frau, genau wie Mama eine war. Ich bin mir selbst noch nicht schlüssig, ob ich sie mag oder nicht. Bisher hat sie sich sehr zurückgehalten. Es scheint, als wolle sie mir die Zeit geben, die ich brauche, um mich einzugewöhnen.

Das werde ich nie. Das hier ist nicht mein Zuhause, genauso wenig wie das meine Familie ist. Vater und ich sind zwar aus dem gleichen Fleisch und Blut, aber das ist dann auch schon alles, was wir an Gemeinsamkeiten aufweisen können.

Kate arbeitet als Unfallchirurgin in einem Krankenhaus. Alles an ihr wirkt distinguiert. Ihre Art, ihre perfekt gestylten blonden Haare, ihre Kleidung, ihre Ausdrucksweise.

Ich frage mich ständig, wie sie an Marco geraten ist. Sie hätte zweifelsohne einen Besseren finden können. Er hat es nicht weit gebracht in seinem Leben, er ist nicht mehr als ein Trödelhändler, brüstet sich aber damit, einen exklusiven Antiquitätenladen in Williamsburg zu besitzen.

Sara schaut abwartend von einem zum anderen. »Ist doch toll, dass wir jetzt zu viert sind, oder?«

Kate und ich wechseln unsichere Blicke und müssen mit einem Mal grinsen.

»Ja, das ist toll«, stimmt Kate ihr zu und ich sehe aus dem Augenwinkel, wie Marco zustimmend nickt – klar, was soll er auch sonst tun. Insgeheim wünscht er sich sicherlich, Mama wäre nicht gestorben und ich würde ihm nicht zur Last fallen.

Unauffällig zwinkert Sara mir zu.

Wie kann man in dem Alter schon so unglaublich weise sein? Ihr ist die verkrampfte Stimmung zwischen uns nicht entgangen und sie hat versucht, sie zu lösen. Sie ist wirklich ein Sonnenschein, ohne Sara wäre ich wohl noch mehr verloren, als ich es eh schon bin.

»Kannst du mir nach dem Essen zeigen, wie man eine Pirouette dreht?«, fragt sie und beißt ein Stück von ihrer Kartoffel ab.

Sie scheint mich als ihren neuen Spielkameraden auserkoren zu haben. Ich kann sie gut verstehen. Als Einzelkind habe ich mich auch oft einsam gefühlt und war dankbar für jeden, der sich mit mir beschäftigt hat.

»Nichts lieber als das«, erwidere ich. Wie es aussieht, wird sie meine Verbündete in diesem Haus – ich kann ihr nämlich keine Bitte abschlagen.

Marco schnaubt belustigt. »Seit wann interessierst du dich fürs Tanzen?«, will er von Sara wissen. »Hast du nicht selbst gesagt, Ballett wäre nur was für Mädchen mit eingedrehten Löckchen und einer Vorliebe für Glitzer und Pink?«

Kate verdreht die Augen, tupft sich den Mund mit der Stoffserviette ab und legt sie dann beiseite. »Man kann seine Meinung auch ändern, nicht wahr, Sara?«

»Genau.« Sie strahlt mich an. »Ich dachte immer, Jungs tanzen kein Ballett, aber bei dir sieht es sicher cool aus.«

»Dein Vater dachte das auch«, sage ich wie zu mir selbst und erkenne aus dem Augenwinkel Marcos Blick auf mir.

»Dein Bruder muss ein sehr guter Tänzer sein, sonst hätte er kein Stipendium bekommen«, lenkt Kate ein. Offenbar ist ihr die seltsame Stimmung zwischen Marco und mir nicht entgangen. Wir haben heute noch kein Wort gewechselt.

»Was ist ein *Stupendium*?«, fragt Sara interessiert.

Kate hat Mühe, ein Lächeln zu unterdrücken. »Ein Stipendium ist eine Förderung, die besonders begabte Schüler mit Geld unterstützt.«

Ein besorgter Ausdruck huscht über Saras Züge. »Habt ihr denn kein Geld mehr, um die Ballettschule zu bezahlen?«

»Das könnten wir schon, aber die Akademie hat ihm dieses Angebot gemacht. Warum sollten wir es abschlagen?« Auf Kates Gesicht legt sich ein sanftes Lächeln.

Sara nickt verstehend und wirft mir dann einen anerkennenden Blick zu. »Du musst wirklich gut sein. Finley Scott ist beim Karate wirklich der Allerbeste und trotzdem müssen seine Eltern jeden Monat für ihn bezahlen.«

Ein amüsiertes Grinsen zupft an meinen Mundwinkeln. »Für welchen Sport interessierst du dich denn?«

»Seit ich vier bin, mache ich Karate und letztes Jahr habe ich mit Fußball begonnen.«

Ich schaue sie beeindruckt an. »Wow, du bist ja eine richtige Sportskanone! Karate könnte mir auch gefallen, aber Fußball war ehrlich gesagt nie mein Ding.«

»Das wundert mich nicht«, nuschelt Marco und räuspert sich.

Ich lege mein Besteck seitlich am Tellerrand ab. Mir ist der Appetit endgültig vergangen. Diese bissige Bemerkung hätte er sich verkneifen können. Ich will auch nicht hier sein, dennoch weiß ich mich zumindest zu benehmen.

»Schmeckt es dir nicht, Juri?« Kate runzelt die Stirn. Offenbar ist ihr Marcos Spitze entgangen.

»Ich habe gut gefrühstückt, es passt nichts mehr rein. Leider.« Demonstrativ lege ich die Hand an meinen Bauch, um die Lüge zu unterstreichen.

Kate mustert mich einen Moment lang. »Als Tänzer brauchst du Kraft. Du musst schließlich jede Menge hübsche Mädchen heben«, sagt sie mit einem Augenzwinkern.

»Ob die hübsch sind, wird sich noch zeigen.« Darüber habe ich mir ehrlich gesagt noch keine Gedanken gemacht. Mir steht überhaupt nicht der Sinn danach, in der Academy mit Mädchen zu flirten. Das gibt meist nur Stress.

»Als ob ihn das interessieren würde.« Marco lacht kurz auf und steckt sich dann einen Bissen Braten in den Mund.

Jetzt ist er zu weit gegangen. Mein Kopf zuckt in seine Richtung, mein Blick trifft seinen, nagelt ihn fest. »Hättest du etwa ein Problem damit, wenn ich homosexuell wäre?«

Marco hält im Kauen inne und läuft rot an. Seine stechend blauen Augen halten meinem Blick stand.

»Was ist homosexuell?«, will Sara wissen und bewirkt damit, dass Marco und ich voneinander ablassen.

»Wenn man das gleiche Geschlecht liebt, mein Schatz«, ergreift Kate schnell das Wort.

Sara blickt sie verständnislos an.

»Also, wenn ein Mann einen Mann liebt oder eine Frau eine Frau«, erläutert Kate genauer, während ihr Blick nervös zwischen Marco und mir hin und her huscht.

Sara zuckt enttäuscht mit den Schultern, als hätte sie etwas viel Spektakuläreres erwartet. »Ach so. Wie bei Annas Mums.«

»Genau. Komm, hilf mir, abzuräumen und den Nachtisch zu holen«, sagt Kate und erhebt sich mit ihrem Teller in der Hand.

Als die beiden außer Reichweite sind, schüttelt Marco resigniert den Kopf. »Hab ich es doch gewusst.«

»Was wusstest du?« In meiner Stimme schwingt ein aggressiver Unterton mit. Seine überhebliche Art macht mich rasend.

»Dass du anders bist«, sagt er und verschränkt wie zur Abwehr die Arme vor der Brust.

Ein Lächeln stiehlt sich auf mein Gesicht. Wenn er wüsste, mit wie vielen Mädchen ich schon geschlafen habe, würde er wohl vor Neid erblassen, mit mir kann er sicher nicht mithalten. Aber ich lasse ihn gerne in dem Glauben, dass sein Sohn schwul ist, wenn ihn das so fertig macht. Soll er doch von mir denken, was er will.

Ich nehme ebenfalls eine Abwehrhaltung ein, lehne mich zurück und schweige.

Schnaubend rutscht er mit seinem Stuhl auf dem teuren Perserteppich nach hinten, steht auf und wirft seine Serviette energisch auf den Tisch, ehe er den Raum verlässt.

Ich kann mir ein Grinsen nicht verkneifen: 1 zu 0 für mich, würde ich sagen.

Kate, Sara und ich löffeln schweigend den Obstsalat mit Vanillepudding, über Marcos Abwesenheit verlieren wir kein Wort.

Nachdem wir gemeinsam den Tisch abgeräumt haben, führt Sara mich in ihr Zimmer, wo sie vorsorglich ihre Legosteine vom Teppichboden klaubt und ihre Puppensammlung zur Seite schiebt, um mir Platz zu machen.

Ich gehe in Position und drehe eine doppelte Pirouette.

»Wie machst du das?« Saras Augen leuchten vor Begeisterung. »Ich will das auch können.«

»Kann ich dir gerne beibringen«, sage ich belustigt und nehme auf ihrem Bett mit Minions-Bettwäsche Platz. »Aber erst zeigst du mir eine Karate-Übung.«

Sie lächelt so breit, dass ich ihre obere Zahnlücke sehen kann. Dann zieht sie ihr T-Shirt am Saum glatt, setzt ihre Brille ab und legt sie auf ihren Schreibtisch. Bevor sie beginnt, holt sie tief Luft, als würde sie dadurch Kraft schöpfen.

Ich muss mir ein Grinsen verkneifen.

Jetzt macht sie einen Ausfallschritt nach hinten, ein Arm ist in Kampfposition nach vorne gestreckt, hebt das Bein und macht einen hohen Sidekick, wobei sie einen lauten Kampfschrei ausstößt, der mich unwillkürlich zum Lachen bringt. Dann dreht sie sich noch einige Male um ihre Achse, dass ihr blondes Haar nur so wirbelt, und fuchtelt dabei mit den Händen, als hätte sie ein Samurai-Schwert in der Hand, bis sie schließlich im Spagat landet.

Als sie mich mit stolzer Miene angrinst, klatsche ich begeistert Beifall. »Wie bei Karate Kid!«

»Und jetzt du!«, verlangt sie.

»Was, ich soll das jetzt machen?«, frage ich gespielt überrumpelt.

Sie nickt heftig. »Ich helfe dir auch.«

Ich erhebe mich und bewege mich nach ihren Anweisungen. Beim Kick stelle ich mich extra ungeschickt an, indem ich so tue, als ob ich das Gleichgewicht verliere, nur, um sie noch einmal zum Lachen zu bringen.

Sara kichert hinter vorgehaltener Hand. »Das musst du aber noch üben«, sagt sie im altklugen Tonfall.

»Hey, ihr zwei!«, unterbricht Kate meine erste Karate-Lektion. »Sara, du musst noch Hausaufgaben machen, vergiss das bitte nicht!«

Meine kleine Schwester stößt ein lautes Stöhnen aus. »Ach nö«, murrt sie und verschränkt die Arme vor der Brust.

»Doch, das hat Vorrang, morgen ist wieder Schule«, schließe ich mich Kate an. »Danach kannst du mir immer noch was beibringen.«

Nachdem Sara widerwillig ihre Hefte aus ihrem Rucksack gezogen hat, lasse ich sie allein und gehe nach nebenan.

Zuvor als Gästezimmer genutzt, wirkt der mir zugeteilte Raum dementsprechend unpersönlich: ein Doppelbett mit jeweils einem

Nachttisch, ein Kleiderschrank und eine kleine Kommode, über der ein ovaler Spiegel hängt.

Seufzend setze ich mich aufs Bett und lasse meinen Blick gedankenverloren durch den Raum wandern. »Du kannst das Zimmer ruhig nach deinem Geschmack einrichten«, hatte Kate bei meiner Ankunft gesagt. »Ein paar Bilder und Fotos an die Wand macht das Ganze schon viel lebendiger. Wenn du etwas brauchst, sag Bescheid, dann besorgen wir das.«

Ich habe nur genickt, aber ehrlich gesagt habe ich keine Motivation, irgendetwas zu ändern. Wozu auch? Ich werde sowieso nur zum Schlafen hier sein.

Sobald ich alleine bin, legt sich sofort Schwermut auf mein Herz, weil ich Mama so schrecklich vermisse. So auch jetzt. Meine Gedanken schweifen ab.

Ich sehe sie vor mir, wie sie im Bett liegt und mir ein bedauerndes Lächeln schenkt. Dieses Bild hat sich in meine Brust eingegraben, ich werde es nie vergessen. Es tut so schrecklich weh!

Fahrig streiche ich mir durch die Haare und stehe auf. Alles Vertraute ist mir genommen worden. Etwas Schweres droht, meine Brust zu zerquetschen, ich habe das Gefühl, keine Luft mehr zu bekommen.

Ich halte es hier drinnen nicht mehr aus. Es gibt nur ein Mittel diese Empfindung zu unterdrücken – mich betrinken und ein Mädchen flachlegen.

Hektisch fische ich meine Sneakers aus dem Schrank, setze mich aufs Bett und schlüpfe hinein. Auf eine Jacke verzichte ich, die wird bei den sommerlichen Temperaturen wohl nicht nötig sein. Anschließend schnappe ich mir mein Portemonnaie vom Nachttisch und stecke es in die Gesäßtasche. Mama hat mir zum Glück eine größere Summe an Bargeld hinterlassen, mit der ich zumindest die ersten Monate über die Runden komme, Marco um Taschengeld zu bitten, wäre momentan das Letzte, was für mich infrage käme.

Mit eiligen Schritten gehe ich an Saras Zimmer vorüber. Sie muss nicht wissen, dass ich weg will, ich hatte ihr schließlich versprochen, noch ein paar Übungen mit ihr zu machen, wenn sie ihre Hausaufgaben beendet hat. Aber es geht nicht, ich muss raus, sonst drehe ich noch durch.

Unten angekommen stecke ich meinen Kopf durch die Küchentür. »Ich laufe noch ein paar Runden um den Block, bis später«, sage ich zu Kate, die gerade den Geschirrspüler einräumt. Ohne ihre Antwort abzuwarten, mache ich, dass ich davonkomme.

Als ich aus der Tür trete, spüre ich einen Blick auf mir. Ich drehe mich zur Seite und sehe dem Mädchen von nebenan in die Augen, das gerade die Haustür aufschließt. Die Kleine ist mir schon bei meiner Ankunft aufgefallen. Sie hat mich gleich unter die Lupe genommen und ich habe so getan, als ob ich es nicht merke.

Unsicher hebt sie die Hand. »Hi.«

Ich nicke ihr nur kurz zu und laufe, ohne einen weiteren Blick zu verschwenden, davon. Normalerweise würde sie genau in mein Beuteschema passen: lange, dunkle Haare, süßes Lächeln und sportliche Figur. Aber ich lasse lieber die Finger von ihr. Etwas mit der Nachbarstochter anzufangen, bringt nur Ärger.

Ich sollte es besser so handhaben wie bisher: Keine Frauen aus dem persönlichen Umfeld, nur die, die ich treffe, wann ich es will.

Ich blinzle gegen das grelle Sonnenlicht an, das mir genau ins Gesicht fällt und mich blendet. *Yebat!* Ich habe vergessen, den Vorhang zuzuziehen. Nur langsam klären sich die Gedanken in meinem alkoholvernebelten Hirn.

Ein stechender Schmerz schießt durch meinen Schädel, als ich mich aufsetze und einen Moment lang ist mir schwindlig. Allmählich verlieren sich die tanzenden Punkte vor meinen Augen und ich sehe an mir herunter.

Ich bin angezogen, trage die Sachen, in denen ich gestern weggegangen bin. Aber was war dann?

Offenbar habe ich nach Hause gefunden. Ich schnaube. Zuhause. Alles an diesem Ort fühlt sich falsch an. Stöhnend lasse ich mich wieder zurück ins Bett fallen und streiche mit den Fingern durch mein Haar. Meine Zunge liegt schwer und pelzig in meinem Mund, als hätte ich eine tote Ratte verschluckt. Ekelhaft! Außerdem haftet ein süßlicher Geruch an mir. Ich schnuppere an meinem Oberarm. Viel zu süß! Und mit einem Mal kommt die Erinnerung zurück.

Nachdem ich gestern stundenlang durch die Straßen gestreift war, bin ich irgendwann in eine Bar eingekehrt. Der Typ hinter dem Tresen verlangte nach meinem Ausweis und wollte mir keinen Alkohol ausschenken, es half auch nichts, dass ich auf Russisch auf ihn einredete und ihn mit finsteren Blicken bedachte. Also bin ich einfach zu zwei Frauen in eine der Ecken gegangen – sie sahen mindestens zehn Jahre älter aus als ich. Ich habe ihnen einen fünfzig Dollarschein rübergeschoben und fragte, ob sie Lust hätten, mit einem echten Russen eine Flasche Wodka zu trinken. Die einzige Bedingung wäre, sie an der Bar zu besorgen. Ich schenkte ihnen mein charmantestes Lächeln, die eine fand mich süß, das habe ich gemerkt, weil sie ständig mit ihren langen Haaren spielte und ihre Augen strahlten. Beide kicherten und willigten schließlich ein. Die Bar füllte sich langsam und wir hatten einen schlecht einsehbaren Platz, mein kleiner Regelbruch fiel also nicht weiter auf.

Ich schüttete das erste Glas wie Wasser in mich hinein. Es tat so gut! Die Stimmung wurde schnell ausgelassen und die Blondine – wie hieß sie noch gleich? – fuhr mit der Hand unter mein T-Shirt, streichelte meine Brust. Dann erinnere ich mich, dass wir schnell wild rumknutschten. Als wir irgendwann aufschauten, war die andere verschwunden.

Sie nahm mich mit zu sich nach Hause, schleppte mich regelrecht ab und ich ließ es geschehen – das war genau das, was ich gewollt hatte – ein wenig Ablenkung. Die Veränderungen in meinem Leben wären sonst unerträglich für mich.

Wir torkelten nur zwei Häuserecken weiter. Ich erinnere mich schemenhaft an eine dunkle Wohnung. Ich nahm sie hart auf dem Küchentisch, sie schrie dabei laut meinen Namen. Danach bin ich gegangen und habe mir ein Taxi herangewunken.

Im Nachhinein kommt es mir vor wie ein Film, den ich gesehen habe. So, als hätte ich nicht wirklich daran teilgenommen.

Ich bin völlig ausgedörrt, meine Kehle ist trocken. Wankend gehe ich ins Bad, bespritze mein Gesicht mit kaltem Wasser und halte meinen Mund unter den Hahn, um den ersten Durst zu stillen. Das Wasser schmeckt nach Chlor. Widerlich. Ich sollte mir besser eine Flasche aus der Küche besorgen.

Ein Blick in den Spiegel verrät mir, dass ich aussehe, als wäre ich einem Zombiefilm entlaufen. Die Ringe unter meinen Augen könnten nicht ausgeprägter sein, die rot geplatzten Äderchen tragen ihr Übriges dazu bei. Schnell putze ich mir die Zähne und fahre mir mit nassen Händen durchs Haar. Als ich mein T-Shirt über den Kopf ziehe, um es zu wechseln, fallen mir sofort die roten Striemen auf, die – Lindsay? – mit ihren langen, rot lackierten Fingernägeln auf meiner Brust hinterlassen hat. Es scheint heiß hergegangen zu sein, doch irgendwie fehlt mir ein großes Stück Erinnerung. Ich weiß weder, ob es ein Quickie war oder wir es ein paar Mal miteinander getrieben haben und wie ich mich eigentlich von ihr verabschiedet habe. Achselzuckend werfe ich einen letzten Blick auf mein Spiegelbild. Scheiß drauf. Die sehe ich sowieso nie wieder.

Als ich barfuß den Flur entlang tapse, spähe ich durch die spaltbreit geöffnete Tür von Saras Zimmer. Sie ist nicht da. Dann fällt mir ein, dass heute Montag ist. Sicherlich ist sie schon in der Schule.

So leise wie möglich schleiche ich die Treppe hinunter, auf ein Aufeinandertreffen mit Marco kann ich jetzt gut verzichten.

Mit einem leisen Seufzer betrete ich die Küche. Leider Pech gehabt.

Marco sitzt am Küchentisch, blickt von seiner Zeitung auf und nippt in aller Seelenruhe an seinem Kaffee. Sein Blick ruht auf mir. Vorwurfsvoll. »Wo warst du die halbe Nacht?«

»Ich bin dir keine Rechenschaft schuldig«, sage ich so gelassen wie möglich.

»Und ob du das bist!« Er schlägt mit der Faust auf den Tisch, sodass die Kaffeetasse und die Teller klirrend tanzen. Sein Kiefer mahlt. »Ich trage schließlich die Verantwortung für dich. Also, wo hast du dich rumgetrieben?«

In einem Schwulen-Schuppen, hätte ich am liebsten geantwortet, nur um ihn zu provozieren, aber ich kann den Impuls noch rechtzeitig unterdrücken. »Ich bin wieder da, das reicht doch.« Schnell schnappe ich mir eine Flasche Wasser aus dem Kühlschrank und will wieder verschwinden.

»So geht das nicht, Junge!« Sein harscher Tonfall hält mich zurück. »In Zukunft sagst du mir, wo du hingehst. Haben wir uns verstanden?« Er betont das Gesagte mit dem drohenden Zeigefinger.

Wie soll ich ihn jemals ernst nehmen? Er redet mit mir, als wäre ich ein kleiner Junge, der etwas ausgefressen hat. Wahrscheinlich denkt er, er müsste all die Zeit nachholen, die er mit mir versäumt hat. Doch jetzt den Moralapostel zu spielen, ist wirklich lächerlich. Immerhin bin ich 18 Jahre alt. In Russland und Europa gelte ich rechtlich als erwachsen.

Ein tiefer Atemzug hilft, um mich zu beruhigen. Ich reibe mir übers Gesicht und nicke nur. Für Diskussionen oder Vorhaltungen bin ich absolut nicht in der Stimmung, das Einzige, was ich will, ist meinen Rausch ausschlafen.

Mae

»Irgendwie kann ich das alles noch gar nicht glauben«, sage ich zu Bonnie, während ich neben ihr den langen Gang in Richtung der Umkleiden entlanglaufe.

»Wenn ich unseren Unterrichtsplan so betrachte, hat mich die Realität schnell wieder eingeholt«, seufzt sie mit einem Blick auf den Zettel, den wir gerade im Sekretariat abgeholt haben. »Willkommen im Leben einer Tänzerin. In diesen Gemäuern werden wir viel Blut, Schweiß und Tränen lassen, an unsere geschundenen Füße gar nicht zu denken.«

Ein Grinsen umspielt meine Lippen, als ich den verzweifelten Ausdruck in ihrem Gesicht sehe. Die geborene Dramaqueen. »Geht's noch eine Spur theatralischer? Das war dein Traum, erinnerst du dich? Jetzt, so kurz davor, wirst du doch nicht kalte Füße kriegen?«

»Ich hab gehört, das Trainingsprogramm der Navy Seals ist nichts gegen eine Technik-Stunde bei Mrs Garcia.«

Lachend schüttele ich den Kopf. Offenbar steigert sie sich gerade in etwas hinein. »Wir werden es überleben. Als Erstes haben wir Warm Up und Stretching, da können wir uns entspan…« Mein Herz gerät mit einem Mal ins Stolpern.

Da vorne läuft der Tänzer, der seit Tagen in meinen Gedanken herumspukt.

Ohne den Blick von ihm abzuwenden, ramme ich Bonnie den Ellbogen in die Seite.

»Da ist ja unser Prachtexemplar. Wollen wir doch mal sehen, ob er wirklich auf Jungs steht.« Bonnie setzt ihr aufreizendstes Lächeln auf, *das Prachtexemplar* ist nur noch wenige Meter von uns entfernt. »Mach ihm schöne Augen, dann finden wir es heraus.«

Ich kann ihn nur anstarren.

Seine Augen.

Sind einfach.

Der Hammer.

Von einem strahlenden Blau. Und stehen in wunderbarem Kontrast zu dem braunen welligen Haar, das ihm lässig ins Gesicht fällt.

Ein leises Seufzen entfährt mir, als er an uns vorbeiläuft, ohne uns einen einzigen Blick zu widmen. Er scheint völlig in Gedanken versunken.

Ich kann sogar einen Hauch seines herrlich frischen Duschgels wahrnehmen. Hastig drehe ich mich um, damit ich noch einen Blick auf ihn erhasche. Sein Gang ist kraftvoll und wirkt selbstsicher, als er die Tür zur Männerumkleide aufzieht. So einer interessiert sich sicherlich nicht für unerfahrene Mädchen.

Bonnie schenkt mir ein amüsiertes Lächeln. »An dem hast du wirklich einen Narren gefressen, nicht wahr?«

Irritiert schweift mein Blick zu ihr. »Du etwa nicht?«

Sie lacht, während wir uns wieder in Bewegung setzen. »Er ist schon heiß, aber ich überlasse ihn dir. Schließlich bändle ich gerade mit dem tollsten Typen New Yorks an.«

Bei ihren Worten runzle ich die Stirn. »Und wer soll das bitte sein?«

»Patricio. Er kommt aus Brasilien und ist der Sohn eines Diplomaten. Seine Haut hat die Farbe von Cappuccino, er ist muskulös und besitzt das süßeste Lächeln der Welt«, schwärmt sie und fährt fort, ohne Luft zu holen. »Wir wurden uns auf dem Empfang letzte Woche vorgestellt. Er wurde an der *Columbia University* angenommen und wird dort Jura studieren. Und wir …«

»Und das erfahre ich erst jetzt?«, bremse ich ihren Redefluss für einen Moment.

Bonnie zuckt mit den Schultern und lächelt verlegen. »Naja, ich war mir noch nicht sicher, ob er auch auf mich steht. Aber gestern hat er mir eine Nachricht geschrieben, dass er mich treffen will.«

»Das ist ja fantastisch!«, jauchze ich, während wir die Umkleiden betreten. »Und was *das Prachtexemplar* betrifft: Seine sexuelle Präferenz kennen wir noch immer nicht.«

»Die werden wir früher oder später herausfinden. Aber bleib an ihm dran, ehe eine andere ihn dir wegschnappt. Du bist nicht die einzige, die ihm hinterher gestarrt hat. Die Konkurrenz schläft nicht und ihr würdet wirklich ein schönes Paar abgeben.«

»Ich kenne ihn doch gar nicht«, erwidere ich halb lachend, halb schnaubend. »Vielleicht ist er humorlos, eingebildet und hat Mundgeruch.«

Bonnie schmunzelt, während sie sich an ihrem zugeteilten Spint zu schaffen macht. »Nicht gleich den Teufel an die Wand malen, Honey!«

Nach dem Techniktraining lassen Bonnie und ich uns erschöpft auf die Bank in der Umkleide plumpsen.

Ich drehe den Verschluss meiner Wasserflasche auf und trinke in großen Schlucken. Es tut so gut, wie die kühle Flüssigkeit meine ausgedörrte Kehle hinabfließt.

»Mrs Garcia hätte im Mittelalter den perfekten Folterknecht abgegeben«, sagt Bonnie, noch völlig außer Atem und wischt sich mit einem Handtuch den Schweißfilm von der Stirn.

»Ja, ihr ist es wirklich gelungen, meine körperlichen Grenzen auszureizen«, erwidere ich. Die Beine weit gespreizt, stütze ich meine Ellbogen auf die Oberschenkel und lasse meinen Kopf hängen, um meinen Rücken ein wenig zu entlasten. »Und das schon am ersten Tag.« Ich blicke an mir herab. Mein fliederfarbenes Balletttrikot ist völlig durchgeschwitzt, ein einziger dunkler Fleck. »Bei ihr muss alles noch höher und noch weiter sein«, stöhne ich, weil mein Ballen von den vielen Relevés auf Spitze schmerzt. Schnell streife ich mir die Schuhe ab und massiere mir die Füße.

»Mr Coleman hat mich in die Improvisationsgruppe gesteckt, leider müssen wir uns jetzt trennen, Honey«, meint Bonnie.

Ich bemühe mich, ein kleines Lächeln zustande zu bringen. »Drück mir die Daumen, dass die nächste Ballettklasse nicht ganz so hart wird.« Ich pelle mich aus dem schweißnassen Trikot und dem Beinling, reibe mich mit dem Handtuch trocken und schlüpfe in eine schwarze Nylonhose mit passendem Ballettanzug.

»Was würde ich jetzt für ein riesiges Stück Cheesecake geben«, seufzt Bonnie und beißt so herzhaft in ihre Reiswaffel, dass Krümel zur Seite stieben.

Ich kichere. »Ich glaube, du bist dir selbst der beste Folterknecht, wenn du ständig an die süßen Leckereien denkst.«

Bonnie verzieht das Gesicht zu einem gequälten Lächeln. »Wenn ich nicht an Süßes denke, dann ploppen Unmengen von Chipstüten in allen erdenklichen Geschmacksrichtungen, fettige Pommes oder saftige Burger vor mir auf. Ist das besser?«

»Nicht wirklich.« Lachend schüttle ich den Kopf und binde die Bänder meiner Spitzenschuhe. Dann stehe ich auf, schließe die verschwitzten Klamotten in meinen Spint und drücke Bonnie einen Kuss auf die Stirn. »Bis später und viel Spaß beim Improvisieren!«

»Improvisieren ist schon immer eine meiner Stärken gewesen, da lege ich die Messlatte ganz hoch«, ruft sie hinter mir her und ich ziehe laut prustend die Tür zum Gang auf. Ich liebe Bonnies selbstironische Art.

Als ich den Ballettsaal betrete, muss ich schlucken. Denn der Erste, der mir ins Auge fällt, ist: *das Prachtexemplar.*

Lässig lehnt er mit einem Fuß an der Wand. Mit verschränkten Armen schaut er aus dem Fenster, als würde ihn das hier nichts angehen.

Die anderen dehnen sich am Boden oder stretchen ihr Bein an der Stange, üben vor dem Spiegel Sprünge oder Pirouetten. Ich geselle mich lächelnd zu einem Mädchen, dass ich schon aus der ersten Stunde kenne und tue so, als müsste ich mich noch warm machen. Ich lege mich auf den Bauch und gehe in Froschposition, sodass ich die Beine seitlich anwinkele und dadurch mein Auswärts dehne. So starre ich wenigstens nicht in *seine* Richtung.

Nur kurze Zeit später schneit eine junge Frau herein, die ich zuvor noch nicht gesehen habe. Ihrem selbstsicheren Auftreten nach kann es sich nur um die Dozentin Mrs Jones handeln. »Herzlich willkommen zu unserer ersten gemeinsamen Ballettklasse«, begrüßt sie uns mit kräftiger Stimme.

Sofort erheben sich alle und schenken der zierlichen Frau mit Afromähne ihre Aufmerksamkeit.

Ich trete unsicher von einem Bein aufs andere und weiß nicht wohin mit meinen Armen.

»Wie ich sehe, habt ihr euch schon alle warm gemacht. Deshalb will ich gleich mit dem Wesentlichen beginnen: Wie ihr vielleicht bemerkt habt, gibt es in dieser Klasse die gleiche Anzahl von Männern und Frauen. So muss es auch sein, denn in diesem Schuljahr beginnen wir mit Partnerarbeit, dem Pas de deux. Wer von euch hat schon Erfahrungen damit gesammelt?«

Alle Hände gehen hoch.

Außer meine, und ich möchte sogleich vor Scham im Boden versinken.

»Wie heißt du?«, spricht mich die Dozentin direkt an.

»Mae«, sage ich kaum hörbar. Ich räuspere mich. »Mein Name ist Mae«, wiederhole ich, diesmal eine Spur lauter.

»Mach dir keine Sorgen, Mae, du wirst es schnell lernen. Das Einzige, was du brauchst, ist ein Partner, auf den du dich verlassen kannst.«

Ich schlage die Augen nieder und beobachte *ihn* unauffällig aus dem Augenwinkel. Er scheint völlig abwesend, als befinde er sich in seiner eigenen Welt.

»Gibt es denn schon welche unter euch, die zusammen tanzen wollen?«

Zwei Paare treten zueinander und fassen sich an den Händen. Soviel ich weiß, hat das eine Paar schon vorher zusammen getanzt und das andere muss sich erst kennengelernt haben, doch während des Aufwärmens haben sie die ganze Zeit geschnattert, der Tänzer ist eindeutig schwul, so übertrieben, wie er gestikuliert.

Es soll bloß keiner auf die Idee kommen, mich zu fragen. Ich habe meinen Tanzpartner schon auserkoren. Obwohl – *er* scheint alles andere als motiviert. Mit gerunzelter Stirn blickt er auf den Boden, um nur nicht angesprochen zu werden.

Jedenfalls kommt es mir so vor.

»Den Rest von euch werde ich einteilen. Mae, ich möchte, dass du mit Juri tanzt. Wie ich weiß, ist er der erfahrenste Tänzer und kann dir Sicherheit geben.«

Irritiert sehe ich sie an. Mit wem soll ich tanzen? Ich folge ungläubig ihrem Blick. Mein Herz beginnt sogleich einen wilden Hürdenlauf.

Ich soll mit *ihm* tanzen. Meinem Prachtexemplar. Das kann doch kein Zufall sein. Fest beiße ich auf meine Unterlippe und versuche, mir meine Freude nicht allzu sehr anmerken zu lassen. Sein Name ist also Juri. Eindeutig ein russischer Name.

Seine blauen Augen ruhen auf mir, doch er verzieht keine Miene, sondern nickt nur knapp.

Begeisterung sieht anders aus.

Was soll ich jetzt bloß machen? Auf ihn zugehen?

Ehe ich mir darüber näher den Kopf zerbrechen kann, schiebt mich Mrs Jones in seine Richtung. »Nun geh schon, macht euch bekannt. Schüchternheit ist alles andere als angebracht. Ihr werdet von nun an den Schweiß des anderen auf eurer Haut spüren und euch berühren, wie es sonst nur Liebende tun.«

Bei dem Gedanken gerät mein Blut in Wallung. Jetzt nur nicht rot werden! Sehe ich wirklich so verkrampft aus? Ich darf es mir auf keinen Fall anmerken lassen und recke schnell das Kinn. Als ich vor Juri stehe, halte ich ihm lässig die Hand hin. Ich bin gut einen halben Kopf kleiner als er, ideale Voraussetzungen fürs Pas de deux.

Er nimmt meine Hand entgegen, schenkt mir mit schräg gelegtem Kopf den Ansatz eines Lächelns und sieht mir dabei tief in die Augen, als wolle er abschätzen, wie ich so ticke.

Mein Herz wummert mittlerweile im Takt eines Technobeats, doch ich halte seinem Blick stand. Meine Wangen glühen, obwohl ich noch nicht mal angefangen habe mich zu bewegen.

Ich kratze allen Mut zusammen, den ich aufbringen kann. »Ich habe dich tanzen gesehen und denke, ich kann mich glücklich schätzen, dich als Partner zu bekommen.«

Er legt seine Hand an die Brust und macht eine kleine Verbeugung. Dabei erinnert er mich an einen der Prinzen aus den Märchen, die ich als Kind so gerne im Fernsehen geschaut habe. Unwillkürlich muss ich grinsen.

»Ist mir ebenfalls eine Ehre«, erwidert er mit russischem Akzent, der hart, aber gleichzeitig unglaublich männlich klingt. Damit ist das Eis fürs erste gebrochen.

Bonnie wird mir nicht glauben, wenn ich ihr das erzähle.

»Die Damen gehen nun bitte ins Relevé und machen eine Arabesque«, sagt Mrs Jones, nachdem sie allen einen Partner zugeteilt hat.

Als die Klaviermusik einsetzt, erhebe ich mich auf Spitze.

Juri und ich sind direkt auf Augenhöhe. Verlegen senke ich den Blick, so eine Nähe zu einem Mann bin ich einfach nicht gewohnt. Ich drehe mich seitlich und strecke mein Bein in die Arabesque.

Juri steht hinter mir, die Hände an meiner Taille, und dreht mit mir eine Promenade.

Es fühlt sich gut an, aber ich bin ein wenig steif, ich muss mich wohl erst noch daran gewöhnen, geführt zu werden.

»Keine Angst, wir werden uns nicht verlaufen, ich finde den Weg zurück«, raunt mir Juri zu und bringt mich damit zum Kichern. Es fällt mir schwer, mich in seiner Nähe zu konzentrieren, dennoch bemühe ich mich, die Fassung zu wahren, und recke das Kinn.

Nachdem wir eine ganze Folge von Drehungen und sogar eine Hebung hinter uns haben, machen wir eine Pause und Juri zieht sich zurück in die Ecke.

Nach kurzem Zögern fasse ich mir ein Herz und gehe ihm hinterher. »Wo hast du gelernt, so gut zu führen?«

Juri lehnt sich mit dem Rücken an die Stange und reibt sich mit einem Handtuch über den Nacken. Kaum sichtbare Grübchen graben sich in seine Wangen. »Ich komme aus St. Petersburg und wollte meinen Abschluss an der *Waganowa* machen, doch dann hat es mich hierher verschlagen.«

Ich verschlucke mich fast an dem bereits schal schmeckenden Wasser, das ich gerade im Mund habe. »An der *Waganowa*-Ballettakademie? Das ist doch eine der besten Schulen der Welt!« Ich kann es nicht fassen. »Aber warum bist du dann hier?«

»Aus Gründen, die nur mich was angehen«, fertigt er mich plötzlich ab und ich fühle mich, als hätte er eine Tür vor meiner Nase zugeschlagen.

Mir kommt es vor, als wäre die Temperatur im Saal um einige Grade gefallen. Ich nicke verstehend, aber genau das Gegenteil ist der Fall. Wie kann jemand beim ersten Kennenlernen so unhöflich sein? Am liebsten würde ich den Raum verlassen.

Ich bemerke aus dem Augenwinkel, wie er sich übers Gesicht reibt. »Hör zu, das war gerade nicht nett von mir.«

Ich schlucke trocken.

»Kannst du mir noch mal verzeihen?« Er blickt mich abwartend an.

Ich zwinge mich zu einem Lächeln. »Klar«, entgegne ich mit heiserer Stimme. »Ich werde dir in Zukunft auch keine persönlichen Fragen mehr stellen.«

Er fährt sich durchs Haar, was irre sexy aussieht, und seufzt dann leise. »So war das nicht gemeint. Es ist nur …«

»Nehmt bitte wieder eure Plätze ein«, unterbricht Mrs Jones seinen Satz.

»Schon gut«, sage ich und trotte vor den Spiegel in Position.

Juri

Ich bin ein verdammter Idiot. Aber sie hat meinen wundesten Punkt getroffen. Dabei ist sie süß. Echt süß. Das erste asiatische Mädchen, das mir gefällt. Doch ich hab sie mit meiner schroffen Bemerkung verletzt, ihre warmen, schokobraunen Augen haben sich vor Schreck geweitet. Aber ich kann nicht aus meiner Haut, bin einfach noch nicht soweit, mich jemandem zu öffnen. Ich sollte es irgendwie wiedergutmachen. Schließlich wird sie meine Tanzpartnerin für dieses Jahr sein. Wenn die Chemie zwischen uns nicht stimmt, wird auch der Tanz darunter leiden – und das ist das Letzte, was ich will.

Bei jeder Bewegung, bei der sie mir entgegenkommt, versuche ich, sie mit einem freundlichen Blick zu besänftigen.

Mit den Händen an ihrer Taille stoppe ich Maes Pirouette genau vor mir, sodass sie mir ins Gesicht sehen muss, und zeige ihr mein gewinnendstes Lächeln.

Mae kichert.

Okay, vielleicht habe ich es mit den wackelnden Augenbrauen ein wenig übertrieben und mein Grinsen ist zur albernen Grimasse ausgeartet. »Darf ich dich als Wiedergutmachung auf einen Kaffee einladen?«, raune ich ihr zu.

»Ruhe, Mr Iwanow«, ermahnt mich Mrs Jones. »Das ist hier nicht der richtige Ort, um auf die Balz zu gehen, hier ist höchste Konzentration gefordert.«

»Natürlich«, entgegne ich laut und gebe ein kurzes Husten von mir. Doch ehe ich Mae um ihre Achse drehe, zwinkere ich ihr zu.

Nachdem wir mit unseren Übungen fertig sind und die Stunde beendet ist, warte ich auf Mae, die noch ihr Handtuch und ihre Wasserflasche von der Fensterbank holt.

»Und?«, frage ich, als wir gemeinsam den Saal verlassen.

»Du meinst, ob du mich zum Kaffee einladen darfst?«

Ich nicke zustimmend, doch sie schüttelt den Kopf. »Nein.«

Hat sie mir tatsächlich gerade eine Abfuhr erteilt? Perplex schaue ich sie an.

»... aber gerne auf einen Tee oder Kakao«, fügt sie grinsend hinzu und zieht dabei so süß die Nase kraus, dass ich ihr Lachen einfach erwidern muss.

»Du darfst natürlich trinken, was du willst.« Einen Moment lang schweigen wir, aber dieses Mal ist es ein angenehmes Schweigen.

»Kennst du ein nettes Café?«, frage ich sie, kurz bevor wir uns trennen müssen, da sich rechter Hand die Damenumkleide befindet.

»Ja, du kannst der waschechten New Yorkerin hier vertrauen. Wollen wir uns nach der letzten Klasse draußen am Springbrunnen treffen?«

»Abgemacht. Dann bis später.« Ich blicke Mae noch hinterher, ehe ich meinen Stundenplan aus der Sporttasche krame: Repertoire bei Mr Archer. Ich werfe einen Blick auf mein Smartphone. Fünf Minuten bleiben mir noch, ehe die nächste Unterrichtseinheit beginnt, das wird zu schaffen sein.

Schnellen Schrittes gehe ich in den Waschraum, erfrische mein Gesicht mit kaltem Wasser und wechsle mein verschwitztes T-Shirt mit einem sauberen.

Anschließend irre ich eine Weile an den Türschildern vorbei, bis ich feststelle, dass die nächste Stunde im anderen Gebäudekomplex stattfindet. *Yebat!* Hoffentlich finde ich den Raum rechtzeitig.

Ich hetze die große Freitreppe hinunter und folge dem rechten Gang Richtung Nebengebäude, der wie ausgestorben ist. Aus den Tanzsälen, an denen ich vorübereile, dringt gelegentlich Klaviermusik oder die Stimme eines Dozenten. Als ich den Gang hinter mir gelassen habe, nehme ich die Treppe ins erste Obergeschoss.

Da ist er. Endlich habe ich diesen verfluchten Saal gefunden! Ich höre gedämpft eine männliche Stimme hinter der Tür sprechen. Das hat mir noch gefehlt, in der ersten Repertoire-Stunde in den Unterricht zu platzen und die gesamte Aufmerksamkeit der Klasse auf mich zu ziehen!

Einen tiefen Atemzug später drücke ich die Klinke hinunter.

Kaum habe ich den Raum betreten, bleibe ich wie angewurzelt stehen, als hätte der Blitz in mich eingeschlagen. Der am schlimmsten anzunehmende Fall nimmt Gestalt an: Der Penner, der sich am Tag des Vortanzens in der Umkleide so anzüglich verhalten hat, steht vor der Klasse.

Als er mich sieht, macht er eine galante Handbewegung, um mich hereinzubitten. »Na, dann sind wir jetzt vollzählig.« Nichts an seiner Mimik lässt darauf schließen, dass zwischen uns etwas vorgefallen ist. Ist es im Grunde genommen auch nicht. Vielleicht ist sein Verhalten mir nur grenzüberschreitend vorgekommen und es war seinerseits ein harmloses Austesten, um mich genauer unter die Lupe zu nehmen.

»Verzeihung, ich hatte Schwierigkeiten, den Raum zu finden«, murmle ich in seine Richtung und lege meine Tasche in einer Ecke ab.

»Einmal ist keinmal. Doch beim nächsten Mal gibt's Haue.« Er grinst selbstgefällig, während ich Mühe habe, mich zu einem halbherzigen Lächeln durchzuringen.

Der dumme Spruch bringt ihm ein paar Lacher ein, die jedoch schnell wieder verebben, als er erneut seine Stimme erhebt: »Ich begrüße euch bei eurer ersten Repertoire-Stunde. Mein Name ist Bill Archer, aber es reicht, wenn ihr mich Bill nennt.« Er lässt seinen eindringlichen Blick über die etwa fünfzehn Schüler schweifen. »Gut ist nicht gut genug! Diesen Leitspruch solltet ihr verinnerlichen.« Während er spricht, knetet er seine Hände und durchmisst den Raum mit großen Schritten. »Um euch zum nächsten Level zu bringen, braucht es Fleiß, Disziplin und Perfektion. Jeder hier kämpft für sich selbst, um der Beste zu sein. Später dann darum, die Hauptrolle zu bekommen und gesehen zu werden.« Wiederholt streift sein Blick durch die Reihen, dann öffnet er den Reißverschluss seiner dunkelblauen Trainingsjacke und schiebt die Ärmel hoch. »So, und jetzt zeigt mir, was ihr draufhabt. Wir beginnen mit Adagio.«

Nachdem sich alle vor dem Spiegel aufgestellt haben, rattert Bill die Übungsfolgen herunter, markiert nur ganz leicht jede Bewegung. »Temps levé … Passé, Attitude … Allongé und Pas de Bourrée … erste Gruppe in Position.« Bill geht zum mechanischen Klavier und stellt es an.

Als die Musik einsetzt, hebe ich seitlich meine Arme und versuche, konzentriert seine Anweisungen zu befolgen.

Ich sehe im Spiegel, wie er langsam durch die Reihen geht und die Haltung der Tänzer korrigiert. Als er bei mir angelangt ist, hebt er mein Bein seitlich noch ein Stück höher. »Hintern schön anspannen!«, raunt er mir zu und drückt mir dabei zwei Finger in die linke Pobacke.

Das war absolut nicht nötig. Mein Po ist fest, kann angespannter nicht sein. Die Amis sind wirklich eigenartig, in Russland hat mich beim Training noch nie jemand auf diese Weise berührt.

Ich fange Bills herausfordernden Blick im Spiegel auf. Fast bin ich mir sicher, das eben war Absicht.

Es macht mich wütend, ihm so wehrlos ausgesetzt zu sein. Was denkt er eigentlich, wer er ist, seine Position so schamlos auszunutzen? *Mudak,* so ein Flachwichser! Am liebsten würde ich ihm die Fresse polieren.

Als die nächste Gruppe an der Reihe ist, beobachte ich ihn genau. Niemand anderen berührt er auf diese Weise. Oder bilde ich mir das nur ein, weil er mir von Anfang an unsympathisch war?

Nein, sicher nicht. Noch nie habe ich mich von einem Lehrer beim Ballett begrapscht gefühlt und es waren zweifellos einige dabei, die schwul waren. Als Bill mir nahe kam, verengte sich mein Brustkorb und ich habe mich sofort unwohl in seiner Gegenwart gefühlt. Das ist nicht normal. Langsam habe ich wirklich die Befürchtung, dass er es auf mich abgesehen hat. Allerdings sehe ich keine Chance, dagegen anzugehen. Wenn ich zu ihm gehe, und ihn bitte, es zu unterlassen, wird er es abstreiten und ich bin unten durch.

Die restliche Stunde verläuft ohne weitere Vorkommnisse, doch ich habe Mühe, nicht auf Bill loszugehen. Meine Gedanken kreisen die ganze Zeit darum, wie ich mich vor weiteren Übergriffen seinerseits schützen kann.

Kaum klingelt es zur Pause, schnappe ich mir meine Tasche, um schnellstmöglich hier rauszukommen.

»Juri!«, erklingt Bills Stimme hinter mir.

Blját! So ein verdammter Bullshit, bitte nicht. Sofort macht sich ein beklemmendes Gefühl in mir breit. Widerwillig drehe ich mich auf dem Absatz um.

»Warum so eilig?«, fragt er mich, während die anderen Schüler an uns vorbeiströmen und den Saal verlassen.

Ich unterdrücke ein Stöhnen.

Väterlich legt er mir eine Hand auf den Rücken. »Du weißt, was du willst, nicht wahr?« Mit dem Daumen beginnt er, meine Schulter zu massieren.

Augenblicklich zieht sich mein Magen zusammen, aber ich bemühe mich, meine Stimme fest klingen zu lassen. »Wenn Sie damit meinen, dass ich meine Ziele klar abstecke, haben Sie recht.«

»Das merkt man. Du hast offenbar das Talent deiner Mutter geerbt. Abgesehen davon, dass du technisch schon sehr weit bist, gefällt mir deine Disziplin. Im Gegensatz zu anderen Schülern bist du ernsthaft bei der Sache und sehr auf dich und das, was du machst, fokussiert.« Er ist meinem Gesicht jetzt so nahe, dass sein Atem mein Ohr streift und sein Aftershave mir in die Nase kriecht. Er überschreitet eindeutig eine Grenze, rückt mir viel zu nahe auf den Leib.

Ich nicke und winde mich dabei unauffällig aus seinem Griff, indem ich vorgebe, in meiner Tasche nach etwas zu suchen.

»Ich werde dich im Auge behalten. Sollte sich mein erster Eindruck von dir bestätigen, habe ich vor, dich schon dieses Semester für eine Hauptrolle vorzuschlagen.« Er sieht mich eindringlich an. »Ich hoffe, du weißt, was das bedeutet. Das ist deine Chance, dir schon während deiner Ausbildung einen Namen zu machen. Solltest du dich bewähren, stehen dir danach alle Türen offen.«

Mit einem kurzen Nicken fische ich meine Wasserflasche aus der Tasche. Hastig schraube ich den Deckel ab und nehme einen großen Schluck. Oh ja, ich weiß, was das bedeutet. Normalerweise müsste ich mich geehrt fühlen, denn das ist, worauf jeder hier hofft und hinarbeitet. Doch irgendwie lässt mich das Gefühl nicht los, dass seine Einschätzung kein Anlass zur Freude ist – ganz im Gegenteil.

Mit einem mulmigen Gefühl im Bauch mache ich mich auf den Weg in die Umkleide.

Seufzend stelle ich fest, dass ich nicht alleine bin.

Der Typ, der mich anstarrt, als ich den Raum betrete, ist mir schon heute Morgen in der Klasse von Mrs Jones aufgefallen. Sein Name ist Jason. Er dachte, ich merke es nicht, aber ich habe im Spiegel gesehen, wie er mich abschätzig gemustert hat. Offenbar stelle ich eine echte Konkurrenz für ihn da. Anders kann ich mir das Schnauben nicht erklären, dass er jetzt bei meinem Anblick von sich gibt. So einer hat mir noch gefehlt. Nach dem Gespräch mit Archer hatte ich gehofft, meine Ruhe zu haben. Dieser Jason soll mich bloß nicht dumm von der Seite anquatschen, meine Nerven sind eh schon zum Zerreißen angespannt.

Gemächlich und mit ausdrucksloser Miene gehe ich an ihm vorbei Richtung Dusche.

»Ich kann Typen wie dich nicht ab.«

Ich halte inne und fixiere ihn mit durchdringendem Blick. Hätte nicht gedacht, dass er den Mumm hat, mich anzusprechen. Mit seinen blonden Löckchen macht er auf mich eher den Eindruck eines Muttersöhnchens, das keine Eier in der Hose hat.

»Denkst du, du bist etwas Besseres, nur weil du der Sohn der großen Iwanowa bist?« Er starrt mich regungslos an.

Verdammt, wer meine Mutter war, hat sich schneller herumgesprochen, als ich dachte. »Wie kommst du darauf?«

»Du sprichst mit niemandem, gehst erhobenen Hauptes an mir vorbei und spielst dich auf, als wärst du Sergei Polunin persönlich.«

»Nein.« Ich reibe mir den Nacken. »Aber ich halte mich lieber fern von Idioten wie dir.«

»Was hast du da gerade gesagt?«, schnappt er.

»Fick dich.«

Ehe ich mich versehe, schießt er hoch, baut sich mit vorgerecktem Kinn vor mir auf – wir haben in etwa die gleiche Statur und Größe – und packt mich am Kragen meines durchgeschwitzten Shirts. »Nimm das sofort zurück!«

Ich balle meine Hände zu Fäusten und löse sie wieder. »Nimm du lieber deine dreckigen Finger von mir«, knurre ich zwischen zusammengepressten Zähnen hervor.

Er stößt ein verächtliches Lachen aus. Ein Zeichen, dass er mich nicht für voll nimmt.

Ich weiß nicht, was mit mir passiert, aber im Bruchteil einer Sekunde kocht blinde Wut in mir hoch und irgendwo in meinem Hirn legt sich ein Schalter um. Ohne lange zu fackeln, reiße ich mich los und verpasse ihm einen Kinnhaken.

Ein Schmerzensschrei ertönt, gefolgt von einem Ächzen.

Dermo! Verdammter Mist, mein Schlag ist so heftig geraten, dass er taumelnd zu Boden geht.

Jason stößt einen unverständlichen Fluch aus. In dem Moment öffnet sich die Tür und ein Dozent, dessen Namen ich noch nicht kenne, platzt herein.

»Was zur Hölle ist hier los?« Er schaut von einem zum anderen. Während er zu Jason prescht, wirft er mir im Vorübergehen einen finsteren Blick zu.

»Brauchst du Hilfe?« Er beugt sich über Jason und tätschelt seine Schulter. »Was ist passiert?«

»Dieser Idiot ist grundlos auf mich losgegangen«, keucht Jason mit mitleiderheischender Stimme und reibt sich das Kinn.

Ich schnaube. »Grundlos, dass ich nicht lache.« Was für ein feiger Wicht! »Du hast es nicht anders gewollt.«

Wenige Minuten später finde ich mich in Colemans Arbeitszimmer wieder.

»Wie konnte es so weit kommen?« Coleman hebt fragend die Augenbrauen.

Ich ziehe scharf Luft durch die Nase und weiche seinem prüfenden Blick aus. »Er hat mich provoziert und ich bin drauf angesprungen.« In einer hilflosen Geste reibe ich mir die Nase. »Ein Fehler, ich weiß.«

»Ich habe Verständnis für deine Lage, Juri, das kannst du mir glauben.« Zu meiner Verwunderung ist die Haltung des Direktors offen, er ist nicht wütend, höchstens enttäuscht. »Du hast vor kurzem deine Mutter verloren und musst dich in einem neuen Land zurechtfinden. Wofür ich jedoch kein Verständnis habe, ist, wenn man ohne Kopf und Verstand um sich prügelt.«

Ich nicke starr, während sich mein Brustkorb verengt. Wie konnte ich nur so austicken? Ich hätte mich besser unter Kontrolle haben müssen. Aber irgendwie hatte sich so viel Frust in mir angestaut, dass der kleine Wichser das Fass zum Überlaufen brachte.

»Schlägereien können wir an unserer Academy nicht gebrauchen. Streitereien mit Fäusten auszutragen, kann ich nicht tolerieren. Du hast eine Grenze überschritten. Mir ist klar, dass bei einem Streit immer zwei dazu gehören, jedoch sollte man sich niemals so reizen lassen. Gewalt ist nie eine Lösung. Es gibt nichts, was man nicht mit einem Gespräch regeln kann.« Er macht eine Pause, in der er mich nachdrücklich ansieht. »Sollte ich noch einmal erfahren, dass du gegen jemanden die Hand erhebst, wird das weitgreifende Konsequenzen haben, und zwar, dass du dann umgehend von der Schule verwiesen wirst. Diesmal kommst du mit einer Verwarnung und einem blauen Auge davon.«

Ich nicke knapp, um zu bestätigen, dass ich ihn verstanden habe, und erhebe mich mit trockener Kehle.

»Juri!«

Die Hand bereits an der Klinke, drehe ich mich zu ihm um.

Über den Rand seiner Brille hinweg sieht er mich eindringlich an. »Es wäre wirklich schade, wenn du dein Talent vergeudest, nur, weil du dich nicht unter Kontrolle hast.«

Verlegen lächelnd nimmt er es entgegen und schnaubt geräuschvoll hinein. Den armen Kerl hat es voll erwischt.

Plötzlich fällt mir Bonnie ein. Ob sie es auch geschafft hat? Ohne sie wäre meine Freude jedenfalls nur halb so groß. In den letzten zwei Wochen seit dem Vortanzen haben wir uns noch ein paar Mal getroffen und sie ist mir schon richtig ans Herz gewachsen.

Schnell zücke ich das Smartphone aus der Gesäßtasche meiner Shorts. Eine Textnachricht. Von Bonnie!

Angenommen! Das ist alles, was sie geschrieben hat.

Ich schlage vor Freude die Hand vor den Mund. Heute scheint mein Glückstag zu sein. »Bonnie hat es auch auf die Akademie geschafft!«, sage ich mehr zu mir selbst als zu meinen Eltern. »Ist das nicht der Wahnsinn?«

Ohne Mums und Dads Reaktion abzuwarten, tippe ich hektisch eine Nachricht. *Stipendium!*

Kaum eine Sekunde später summt mein Telefon. Als ich abnehme, schreien Bonnie und ich uns erst mal eine Zeit lang gegenseitig an vor Freude und jubeln uns was vor. Völlig hysterisch, aber es tut unfassbar gut. Es dauert eine Weile, bis wir uns wieder beruhigt haben, während Jack mich anglotzt, als würde er einen spannenden Film verfolgen.

»Oh. Mein. Gott! Du glaubst gar nicht, wie glücklich ich bin, dass wir es beide geschafft haben«, plappert Bonnie drauf los. »Wir haben es auf die renommierteste Ballettakademie New Yorks geschafft!«

»Es ist unglaublich!«, sage ich noch völlig außer Atem.

»Was hältst du davon, wenn wir zur Feier des Tages ins Blackbirds gehen und ein letztes Mal sündigen, bevor wir allen süßen Schweinereien abschwören müssen?«, schlägt Bonnie vor.

»Klingt nach einem guten Plan«, erwidere ich lachend.

Mae

Nachdem ich eine todlangweilige Stunde Tanz- und Musikgeschichte hinter mir habe, begebe ich mich auf den Weg in die Mensa, um nach Bonnie Ausschau zu halten. Ich muss ihr dringend von den Neuigkeiten berichten. Vor Aufregung bin ich schon ganz hibbelig. Hoffentlich plappere ich bei dem Treffen mit Juri nicht nur dummes Zeug.

Ich lasse meinen Blick über die bereits besetzten Tische schweifen, doch Bonnie ist nirgends zu sehen. Also beschließe ich, uns erst mal einen Platz zu reservieren, ehe ich mich an der Essensschlange anstelle.

Hastig bahne ich mir einen Weg durch die Stuhlreihen, um noch einen Tisch am Fenster zu ergattern. Mein Blick erfasst Juri, der sich in den hintersten Winkel zurückgezogen hat und mit Kopfhörern auf den Ohren nach draußen blickt. Mit den Gedanken scheint er weit weg zu sein, nimmt nichts und niemanden um sich herum wahr.

Juri ist der heißeste Typ, der mir je begegnet ist. Deshalb erstaunt es mich umso mehr, dass er offenbar ein Einzelgänger ist. Okay, es ist der erste Tag für ihn, aber warum schottet er sich so ab und sucht nicht den Kontakt zu anderen? Wie kann jemand wie er alleine am Mittagstisch sitzen? Vielleicht sollte ich ihn nicht nach amerikanischen Standards messen und in Russland ist es ganz normal.

Einen Moment lang ziehe ich in Erwägung, zu ihm zu gehen.

Besser nicht. Er sieht wirklich nicht danach aus, als wäre ihm nach Gesellschaft.

Sein Kopf zuckt zur Seite.

Verflixt! Er darf mich auf keinen Fall dabei ertappen, wie ich ihn groupiemäßig stalke.

Schnell drehe ich mich auf dem Absatz um und besetze den nächstbesten Tisch.

»Hi, Sweetheart!«, reißt mich Bonnies Stimme aus meinen Gedanken. »Alles klar bei dir? Du wirkst so aufgewühlt.«

»Hey!« Ich schüttele den Kopf. »Nein, alles gut.« Ich riskiere einen verstohlenen Blick über meine Schulter. »Ich frage mich nur, warum Juri sich so ausgrenzt.«

»Juri?« Bonnies Augen weiten sich vor Begeisterung. »Du weißt seinen Namen? Bedeutet das etwa, du hattest eine Tanzklasse mit ihm?« Sie lässt sich auf den Stuhl mir gegenüber fallen.

»Nicht nur das. Er ist mir als Pas de deux-Partner zugeteilt worden.«

Bonnies Mund klappt auf und ein seltsamer Laut entweicht ihren Lippen. Vermutlich ein unterdrückter Freudenschrei. »Ernsthaft? Das ist ja … wow! Erzähle mir bitte alles und lass nur nichts aus.«

Ich zucke mit den Schultern. »Naja, eigentlich scheint er nett zu sein …«

»Eigentlich?« Bonnie wirft mir einen skeptischen Blick zu. »Was bedeutet das?«

»Persönliche Fragen sollte man ihm besser nicht stellen.« Ich seufze, ehe ich fortfahre. »Als ich ihn gefragt habe, warum er nach New York gekommen ist, hat er gesagt, das habe mich nicht zu interessieren. Nur anders formuliert.«

Bonnie schnappt nach Luft, geht aber nicht auf das Gesagte ein. »Und dann?«

»Weil ihm seine schroffe Art doch irgendwie leidtat, hat er mich gefragt, ob er mich zum Kaffee einladen darf.«

»Waas?« Ihre Züge entgleisen nun vollends, vor Begeisterung fallen ihr fast die Augen aus dem Gesicht. »Das ist ja der Wahnsinn!«

Ich presse die Lippen aufeinander und nicke zustimmend.

Bonnie legt ihre Trainingstasche beiseite und erhebt sich. »Ich hole uns jetzt erst mal etwas zu essen und dann erzählst du mir den Rest.«

»Also eigentlich gibt es nichts mehr zu erzählen und vor lauter Aufregung kriege ich jetzt sowieso keinen Bissen runter.«

»Gar nichts zu essen, kommt nicht infrage«, sagt sie in resolutem Tonfall. »Heute steht Kürbissuppe auf dem Menüplan, wenigstens die werde ich dir einflößen.«

»Aber ich …«

»Keine Widerrede«, schneidet sie mir das Wort ab und macht sich augenblicklich aus dem Staub.

»… mag eigentlich keinen Kürbis«, beende ich den Satz, als Bonnie es längst nicht mehr hören kann, und gebe einen tiefen Seufzer von mir.

Nach meinem ersten, anstrengenden Tag an der Ballettakademie setze ich mich draußen vor den Springbrunnen des *Lincoln Centers* und warte auf Juri.

Als ich hörte, dass er auf Jason losgegangen ist, – es hat sich verbreitet wie ein Lauffeuer, mittlerweile weiß es die ganze Academy – habe ich mit mir gerungen, ob ich mich überhaupt mit ihm treffen soll. So ein Schlägertyp ist nun wirklich nichts für mich. Dennoch bin ich der Meinung, ich sollte ihm zumindest eine Chance geben und ihn erklären lassen, was den Ausschlag dafür gegeben hat.

Abgesehen davon platze ich vor Neugierde.

Bonnie besteht darauf, mir Gesellschaft zu leisten, damit ich mir vernünftig die Zeit des Wartens vertreibe. Ihre Worte. Doch ich habe sie durchschaut. Der wahre Grund ist, dass sie darauf brennt, Juri kennenzulernen – den Bad Boy, wie sie ihn hinter vorgehaltener Hand genannt hat – was ich ihr zugegebenermaßen nicht verübeln kann. Einen Anlass zur Eifersucht gibt es ohnehin nicht, jetzt, wo sie sich in diesen Patricio verguckt hat.

Bonnie zieht eine Schnute. »Es ist echt schade, dass wir so wenige Tanzklassen zusammen haben.«

»Vermutlich ist es besser so. Wir würden eh nur quatschen und kichern.«

Bonnie schickt mir einen kritischen Seitenblick und zieht die Augenbrauen hoch. »Ja, verstehe schon, die Stipendiatin ist froh, nicht von dem rothaarigen Störenfried abgelenkt zu werden.«

»So meinte ich das nicht.«

Ihr ansteckendes Lachen erklingt. »Weiß ich doch.« Bonnie knufft mich in die Seite und entlockt mir ein Lächeln.

Fasziniert blicke ich zur gläsernen Fassade des *David H. Koch Theaters* hinüber. Das gegenüberliegende Gebäude spiegelt sich in seinen hohen Fenstern und ein riesiges Banner des *American Ballet Theaters* mit Tänzern in anmutigen Posen ist über den Haupteingang gespannt. Eines Tages auf der großen Bühne zu tanzen, ist mein großer Traum. Natürlich ist mir bewusst, dass ich nicht die Einzige bin, die sich dies wünscht. Nichtsdestotrotz werden viele von uns scheitern, weil sie den Leistungsdruck nicht standhalten können oder weil sie merken, dass der Alltag als Tänzer sie nicht erfüllt.

Ich bin und war mir schon immer sicher, dass Balletttanz meine Bestimmung ist.

Das Wetter ist heute ausgesprochen angenehm. Ich schließe kurz die Augen und lasse mir die warmen Sonnenstrahlen ins Gesicht scheinen, während ich dem leisen Plätschern des Brunnens lausche.

Bonnie stößt einen wohligen Seufzer aus, offenbar genießt sie genauso wie ich, einfach mal schweigend zu relaxen.

Als ich die Augen wieder öffne, laufen ein paar Tänzer an uns vorbei, mit einigen von ihnen hatte ich heute die ein oder andere Klasse. Doch von Juri keine Spur. Eigentlich müsste er längst hier sein. Ich klappe das silberne Medaillon auf, das ich um den Hals trage und schaue, wie spät es ist.

Juri ist schon fünfzehn Minuten über der Zeit. »Ich glaube, wir sollten gehen. Der kommt bestimmt nicht mehr.«

»Vielleicht habt ihr euch auch nur falsch verstanden und er wartet ganz woanders«, versucht Bonnie, eine Erklärung zu finden.

»Sicher nicht, wir haben uns um 15:30 am Springbrunnen verabredet«, sage ich niedergeschlagen. Ich hätte es mir ja denken können …

Meine Freundin wirft mir einen mitleidigen Blick zu und erhebt sich. Gerade, als sie im Begriff ist, ihre Tasche umzuhängen, taucht Juri hinter ihr auf.

Ich schieße vom steinernen Brunnenrand hoch. Augenblicklich durchströmt mich ein aufgeregtes Kribbeln. Mit seiner ausgewaschenen Jeans, die tief auf seinen Hüften sitzt und dem roten Kapuzenshirt wirkt er ganz anders als im Ballettanzug – noch heißer und irgendwie unnahbar.

»Tut mir leid, dass du warten musstest«, entschuldigt er sich außer Atem. »Mir ist etwas dazwischengekommen.« Juri fährt sich durchs Haar, ehe sein Blick zu Bonnie schweift.

»Kein Problem«, sage ich mit verlegenem Lächeln und bin mir nicht sicher, ob ich erleichtert sein soll, dass er mich nicht versetzt hat. Vor lauter Nervosität ist mir ganz flau im Magen. »Das ist meine Freundin Bonnie.«

»Hi!«, sagt sie freudestrahlend und hebt die Hand. »Ich habe gehört, dass du ihr Tanzpartner bist«, plappert sie drauf los. »Ich habe erst morgen meine erste Pas de deux-Klasse und bin furchtbar aufgeregt, wem ich zugeteilt werde.«

Juri nickt, hebt die Mundwinkel und versucht sich an einem Lächeln, was ihm nur mäßig gelingt, irgendwie wirkt es verkrampft.

»Na gut, dann lasse ich euch allein.« Bonnie scheint auch bemerkt zu haben, dass Juri wenig Interesse an ihrem Small Talk zeigt. »Ich muss auch noch Einiges erledigen«, fügt sie hinzu, ehe sie mir einen Kuss auf die Wange drückt und eilig ihres Wegs geht.

»Kennst du dich hier schon ein bisschen aus?«, wende ich mich an Juri.

»Nein, du musst wohl oder übel die Führung übernehmen«, erwidert er lächelnd.

»Gut, dann zeige ich dir jetzt mein Stammcafé.«

»Einverstanden.«

»Es ist nur ein kurzer Fußmarsch bis dahin«, lasse ich ihn wissen.

Juri nickt und folgt mir.

Eine ganze Weile laufen wir schweigend nebeneinander her. Ich frage mich währenddessen, ob das so etwas wie ein Date ist oder doch nur ein Treffen, um sich als Tanzpartner näher kennenzulernen. Sicher das Letztere, denn Juri macht keine Anstalten, mit mir zu flirten. Genau wie zuvor in der Mensa scheint er tief in Grübeleien versunken.

»Stimmt es, was man sich erzählt?«, wage ich den Vorstoß.

Er sieht mich an und zum ersten Mal, seit wir nebeneinanderlaufen, habe ich das Gefühl, dass er mich wahrnimmt. »Was erzählt man sich denn?«

»Dass du Jason niederschlagen hast.«

»Ich habe ihm eine verpasst, das stimmt. Aber ich bin nicht gerade stolz darauf. Ich habe wohl etwas überreagiert.«

Damit habe ich nicht gerechnet. »Wie kam es dazu?«

»Er hat es drauf angelegt und ich bin dummerweise darauf eingestiegen. Normalerweise lasse ich mich nicht so schnell provozieren. Aber ich habe mich gerade bei ihm entschuldigt.«

Ich nicke. Deshalb ist er also zu spät gekommen. So viel Schuldbewusstsein habe ich ihm gar nicht zugetraut.

»Wie war *dein* erster Tag?« Juri blickt zu mir hinab. »Ich hoffe besser als meiner.«

»Eigentlich war das ein toller erster Tag, abgesehen von der Stunde Tanz- und Musikgeschichte bei Mr Elliot, dessen monotone Stimme mich in einen leichten Dämmerschlaf versetzt hat.«

Juri lacht auf. »Und einem komischen Russen ohne Manieren.«

»Du hast dich ja entschuldigt.« Ich streiche verlegen mein Haar zurück, das ich jetzt offen trage.

»Ich weiß auch nicht, was in mich gefahren ist.«

»Das ist schon in Ordnung. Wenn du nicht mit mir über persönliche Dinge reden möchtest, wirst du schon einen Grund dafür haben.«

Einen endlosen Augenblick lang hängt Schweigen in der Luft. »Meine Mutter ist gestorben, bevor ich nach New York kam«, sagt er, nachdem ich mit keiner Erwiderung mehr gerechnet habe. »Vor ihrem Tod hat sie mir das Versprechen abgenommen, bei meinem Vater zu leben, den ich praktisch nicht kenne.«

Ich beiße mir auf die Lippe, weiß im ersten Moment nicht, was ich sagen soll. Er ist also gar kein arrogantes Arschloch, wie ich es erst befürchtet habe, sondern trauert um seine Mutter. »Juri, das tut mir …«

»Schon gut«, unterbricht er mich. Offenbar will er nicht näher darauf eingehen. Ich kenne das. Wenn mir etwas in der Seele schmerzt, möchte ich auch nicht darüber reden, sonst tut es noch mehr weh.

»Sie war immer mein großes Vorbild, was das Tanzen betrifft«, nimmt er den Faden wieder auf. Seine Stimme klingt belegt. Die Traurigkeit, die darin mitschwingt, löst ein schmerzhaftes Ziehen in meiner Brust aus.

Iwanow … Iwanowa. Plötzlich fällt es mir wie Schuppen von den Augen. »Deine Mutter ist … war doch nicht etwa … Polina Iwanowa?« Ich halte den Atem an.

Er schenkt mir ein freudloses Lächeln. »Doch. Das war sie.«

Ich brauche einen Moment, um mich zu fassen, dann sprudeln die Worte nur so aus mir heraus. »Es tut mir so leid. Ich habe von ihrem Tod in den Medien gehört. Sie war wirklich eine der besten Solotänzerinnen unserer Zeit. Ich habe als Kind viele Liveübertragungen aus der Oper mit ihr gesehen und wollte immer tanzen wie sie.« Oje, jetzt rede ich mich wieder um Kopf und Kragen.

Ein Grinsen huscht über sein Gesicht.

Erleichtert atme ich auf. Er wirkt gar nicht sauer.

»Dann haben wir ja etwas gemeinsam.«

Die letzten Minuten sind wie im Fluge verstrichen, deshalb habe ich nicht gemerkt, dass wir schon längst beim Blackbirds angelangt sind.

Als wir direkt vor dem Eingang stehen, öffnet Juri mir ganz gentlemanlike die Tür.

Drinnen brummt der Laden, jetzt ist die Zeit, wo der meiste Andrang herrscht. Ein kurzer Blick verrät mir, dass mein Lieblingsplatz wie zu erwarten besetzt ist. Ich führe Juri an die Bar, wo er mir galant den Barhocker zurückzieht. Ich halte Ausschau nach Janis, denn insgeheim kann ich es gar nicht erwarten, dass sie mich auch mal in Begleitung eines coolen Typen sieht. Aber leider ist sie nirgends zu sehen, vermutlich ist heute ihr freier Tag.

»Also, einen Kakao oder einen Tee, was darf es sein, die Dame?«, fragt Juri schmunzelnd, während ich mich auf den Hocker schwinge.

»Oh, das hast du dir aber gut gemerkt.« Ich verziehe anerkennend das Gesicht. »Für mich bitte einen Chai-Latte.«

»Und wie kommst du mit deinem Vater klar?«, nehme ich das Gespräch wieder auf, nachdem er die Bestellung aufgegeben hat. Den Bruchteil einer Sekunde später möchte ich mir am liebsten die Hand ins Gesicht klatschen. Ich Idiot! Jetzt frage ich ihn schon wieder Löcher in den Bauch. »Es tut mir leid«, sage ich mit kläglicher Stimme. »Eigentlich wollte ich dich nicht über Persönliches ausquetschen.«

Juri schüttelt beschwichtigend den Kopf. »Du quetscht mich nicht aus. Von nun an darfst du mich alles fragen, was dir auf dem Herzen liegt. Als Pas de deux-Partner darf man das.« Juri grinst mir aufmunternd zu. »Aber zunächst erzähl mir von dir.«

»Ballett ist der Mittelpunkt meines kleinen Universums, seit ich zum ersten Mal beim Unterricht meiner Tante zugucken durfte. Die Schwester meiner Mutter war auch diejenige, die mich mit drei Jahren zum Tanzen gebracht hat.«

Juri nickt anerkennend und bedeutet mir mit einer auffordernden Handbewegung fortzufahren.

»Meine Eltern haben einen kleinen Laden in Chinatown, dort findet man alles, was die Welt nicht braucht«, sage ich, nur um noch einmal seine winzigen Grübchen zu sehen. »Aber auch so gut wie alles, was man im Haushalt benötigt«, vollende ich den Satz, als er mir meinen Wunsch erfüllt. »Ich habe einen Bruder. Er ist vierzehn und heißt Tian. Manche denken er ist Autist, weil er den ganzen Tag vor seinem Computer hängt und in seiner eigenen Welt lebt. Aber er ist einfach nur ein totaler Nerd und ich mag ihn so wie er ist. Ich kann ihm alles erzählen. Er wertet es nicht, lacht mich nicht aus. Doch eine Sache kann er nicht leiden: Nähe. Wenn ich ihn umarme, lässt er es gerade so über sich ergehen, und das nur, weil er mich liebt. Ich weiß das zu schätzen.« Ich lächle unsicher. Bestimmt habe ich fürs erste Treffen viel zu viel von mir preisgegeben.

Doch Juri hat mir aufmerksam zugehört. Mir zugewandt lehnt er mit einem Arm auf der Theke und schaut mich an, als warte er darauf, dass ich fortfahre.

»Jetzt bin ich wieder dran«, sage ich schließlich. »Hast du Geschwister?«

»Ich hab eine siebenjährige Halbschwester, sie heißt Sara und liebt Karate.« Er schmunzelt, scheint in Gedanken gerade bei ihr zu sein. Offenbar mag er sie.

»Wirklich? Ich würde sie gerne mal kennenlernen.«

»Vielleicht.« Sein Lächeln wird breiter. »Irgendwann. Erst mal muss ich sie selbst richtig kennenlernen.«

»Ja, sicher. Ich hatte ganz vergessen, dass du erst vor Kurzem ihre Bekanntschaft gemacht hast.« Ich streiche mir das Haar nach vorne über die Schulter, überlege dabei angestrengt, was ich ihn noch fragen könnte, ohne aufdringlich zu wirken.

Der Barista stellt unsere Bestellung vor uns auf die Theke, wir greifen gleichzeitig zu unseren Tassen und müssen unwillkürlichen grinsen. Ein warmes Gefühl von Zuneigung breitet sich in meinem Bauch aus. Wäre ich doch nur nicht so unerfahren, was Jungs betrifft. Wenn bisher ein Junge ernsthaft für mich Interesse zeigte, habe ich mich zurückgezogen, immer unter dem Vorwand, Ballett würde mein gesamtes Leben ausfüllen. Ein bisschen mehr Erfahrung im Umgang mit dem männlichen Geschlecht könnte jetzt nicht schaden. Obwohl ich mir alle Mühe gebe, so locker wie möglich rüberzukommen, bin ich innerlich so angespannt wie beim Vortanzen in der Academy.

»Warum sprichst du eigentlich so gut Englisch?«, will ich wissen, nachdem wir im einträchtigen Schweigen an unseren Heißgetränken genippt haben.

Lässig schwenkt er den Inhalt seiner Kaffeetasse und sieht auf die schwarze Oberfläche, als würde er daraus die Antwort ablesen. »In der Hoffnung, dass ich als gefeierter Balletttänzer in der Welt herumkomme, wollte meine Mutter, dass ich fließend Englisch beherrsche.« Juri zeigt mir ein schiefes Lächeln. »Als ich sechs war, engagierte sie deshalb ein amerikanisches Kindermädchen, das ausschließlich Englisch mit mir sprach. Noch heute lese ich am liebsten englische Bücher und sehe mir amerikanische Filme in Originalsprache an.«

Lächelnd nicke ich und wende mich dann aber schnell wieder meinem Chai Latte zu, um mich nicht in seinen blauen Augen zu verlieren. »Und wie gefällt dir New York?«, knüpfe ich direkt an die nächste Frage an.

Er trinkt in einem Zug seinen Kaffee aus und stellt ihn auf der Untertasse ab. »Ehrlich gesagt habe ich noch nicht viel von der Stadt gesehen, aber ich habe das Gefühl, dass die Leute hier immer in Eile sind. Ich vermisse die Gelassenheit.«

»New York ist die Stadt, die niemals schläft, hast du das nicht gewusst?«, kontere ich in einem neckenden Tonfall. »Auf den Straßen von Manhattan geht es hektisch zu, aber es gibt auch Orte, wo man sich zurückziehen kann und kleine Ruheoasen mitten in der Stadt findet. Hier ganz in der Nähe gibt es so einen Ort. Wenn du magst, zeige ich ihn dir.«

Juri

Ich mag Mae. Und ihr scheint es ähnlich zu gehen. Ihre liebenswerte und besonnene Art erdet mich. Erstaunlicherweise habe ich das Gefühl, ihr alles anvertrauen zu können.

Naja, fast alles. Sie ist eine gute Zuhörerin, das schätze ich sehr, und hat offenbar echtes Interesse an dem, was ich zu sagen habe. Mae ist die erste Person, in deren Gegenwart ich mich wohlfühle nach Mamas Tod – abgesehen von Sara.

»Klar, warum nicht«, erwidere ich, denn ich habe wirklich keine Eile, *nach Hause* zu kommen.

Sie lächelt und schlägt die Augen nieder.

Mir ist vorhin schon aufgefallen, dass sie das öfters macht und dazu eine leichte Röte der Verlegenheit ihren porzellanfarbenen Teint färbt. Das ist süß. Und ich hätte nicht gedacht, dass ich in nächster Zeit ein Mädchen süß finde.

Dabei passt sie absolut nicht in mein Beuteschema. Viel zu anständig.

Nachdem ich die Rechnung beglichen habe, folge ich ihr zur Tür. Der Laden gefällt mir. Man fühlt sich heimisch, als befände man sich bei einem guten Freund im Wohnzimmer. Hier werde ich jetzt wohl öfters meinen Kaffee trinken. Die Nähe zur Academy ist einfach perfekt.

»Willst du mir nun verraten, wo wir hingehen?«, frage ich Mae, nachdem wir das Café verlassen haben.

Als würde sie angestrengt überlegen, wandert ihr Blick mit gerunzelter Stirn nach oben. »Nein, eigentlich nicht!« Ihr Mundwinkel zuckt verräterisch.

Gespielt ergeben seufze ich. »Na gut, dann lasse ich mich eben überraschen.«

Kichernd hakt sie sich bei mir unter, zieht mich mit sich und plappert drauf los. Wie sehr sie sich freut, in Bonnie eine echte Freundin gefunden zu haben, wo sie doch befürchtet hat, wegen des allgegenwärtigen Konkurrenzdenkens unter Profitänzern keinen Anschluss zu finden. Und dass sie furchtbare Angst hatte, im Laden ihrer Eltern zu versauern, wenn sie das Stipendium nicht bekommen hätte.

Bei den meisten Mädchen geht es mir auf die Nerven, wenn sie reden wie ein Wasserfall. Aber Mae schafft es, mich auf andere Gedanken zu bringen und die Zeit mit ihr verstreicht wie im Fluge.

Als wir zwei Blocks hinter uns gelassen haben, bleibt sie vor einem Mini-Markt stehen. »Warte hier, ich muss kurz was besorgen.«

Verwundert blicke ich ihr hinterher, doch keine zwei Minuten später kommt sie mit einer riesigen Erdnusstüte zurück.

»Magst du die?«, will sie wissen.

»Nein, ich hab eine Nussallergie.«

»Oh!« Sie grinst. »Na, dann bleibt mehr für mich.«

»Die willst du alle alleine essen?« Ich versuche, meine Stimme so empört wie möglich klingen zu lassen. »Dann werde ich Mrs Jones morgen bitten, mir eine andere Partnerin zuzuteilen. Wie soll ich dich danach noch heben?« Ich necke sie mit einem verschmitzten Lächeln.

Ein helles, ansteckendes Lachen bricht aus Mae hervor. »Keine Angst, ich habe sie nicht für mich gekauft«, sagt sie und zieht mich weiter.

Irritiert kneife ich die Augen zusammen. Für wen bitte dann?

Als wir die Ampel überqueren, liegt vor uns ein riesiger Park.

»Ich nehme mal an, du bist noch nicht in das Vergnügen gekommen, den Central Park zu besuchen?«, fragt Mae, während wir den Eingang passieren.

Lautes Gelächter und Stimmengewirr schlagen uns entgegen, eine Meute von Schülern läuft an uns vorbei. Ich frage mich allen Ernstes, ob Mae mich auf den Arm nehmen will. »Bisher noch nicht. Aber unter einer *Ruheoase* verstehe ich eigentlich etwas anderes.«

Mae verdreht die Augen. »Geduld gehört auch nicht zu deinen Tugenden, was?«

»Du bist ganz schön frech, weißt du das?«, sage ich und pikse sie seitlich in die Taille.

Kichernd weicht sie mir aus. »Entweder wir laufen jetzt ein Stück, oder – wenn es dem Herrn nicht schnell genug geht – können wir uns auch herumfahren lassen.« Mae weist auf eine Rikscha, aus der gerade ein älteres Paar steigt.

Warum eigentlich nicht? Das wollte ich immer schon mal machen. »Komm«, rufe ich ihr über die Schulter hinweg zu und renne davon, dem Wagen entgegen.

Der Rikscha-Fahrer, ein Inder mit strahlend weißen Zähnen, grinst uns an und bittet uns mit einer Armbewegung Platz zu nehmen. Ich muss unwillkürlich auf seine muskulösen Beine schauen, die im krassen Gegensatz zu seinem sonst schmächtigen Oberkörper stehen. »Wo soll's denn hingehen?«, will er wissen und ich verweise auf Mae.

»Zum Shakespeare Garden, bitte«, antwortet sie und ich meine, ein freudiges Leuchten in ihren Augen zu erkennen.

Bevor es losgeht, stellt der Fahrer sein Radio an, aus dem indisches Gedudel erklingt.

Mae und ich tauschen einen Blick und haben Mühe, ein Kichern zu unterdrücken.

Die Rikscha biegt in einen breiten von großen Bäumen gesäumten Weg, dem wir eine ganze Weile folgen. Die Septembersonne verwandelt die gelborangen Farben der Blätter in ein Flammenmeer. Jogger, Inline-Skater und viele Spaziergänger kommen uns entgegen.

Wir passieren einen großen See, auf dem kleine Boote treiben. Überall herrscht Betriebsamkeit, als hätte das schöne Wetter ganz New York hierhergelockt. Langsam bin ich wirklich neugierig, was mich erwartet.

Ich atme tief durch und genieße den Wind, der mir angenehm warm ins Gesicht weht.

Unvermittelt hält die Rikscha vor einer schmalen steinernen Treppe und lässt uns aussteigen. Ich hätte ruhig noch eine Weile so herumkutschiert werden können.

Nachdem ich dem Fahrer zehn Dollar in die Hand gedrückt habe, laufe ich hinter Mae die Stufen hinauf in einen üppig bepflanzten Garten mit Statuen und wunderschönen Blumenbeeten. Sie lässt mich wissen, dass hier nur Blumen gepflanzt werden, die in Shakespeares Stücken und Gedichten erwähnt wurden. Aus irgendeinem Grund fasziniert mich ihr Wissen über diese Dinge, die vielleicht keiner sonst bemerkt.

Je weiter wir dem schmalen, gewundenen Steinpfad folgen, desto weniger Spaziergänger kommen uns entgegen. Außer dem Vogelgezwitscher in den Bäumen und dem leisen Rascheln von Kleintieren im Unterholz ist nichts zu hören.

Vor einer hölzernen Bank bleibt Mae stehen und knistert mit der Erdnusstüte.

»Bist du nach dem kurzen Fußmarsch etwa schon hungrig geworden?«, necke ich sie.

Sie lächelt vielsagend, öffnet die Verpackung und reicht mir eine.

Hat sie schon vergessen, dass ich eine Allergie habe? Stirnrunzelnd blicke ich kurz darauf, doch als ich Mae fragend ansehe, grinst sie nur.

Hinter mir höre ich plötzlich ein Knacken im Gebüsch und im nächsten Augenblick hüpft ein kleines Eichhörnchen auf uns zu.

Mae geht in die Hocke und hält ihm eine Erdnuss hin.

Schnell fasst das Tier mit seinen Pfötchen danach und zieht sie ihr aus der Hand. In einigem Abstand stellt es sich auf die Hinterbeine, knackt die Nuss in Windeseile mit seinen Zähnen und stopft sich damit die Backen voll. Sein buschiger Schwanz, der länger ist als sein gesamter Körper, schwingt dabei aufgeregt hin und her.

»Darf ich vorstellen: Das ist Will!«, sagt Mae.

Ich sehe sie an und suche in ihrem Gesicht nach einem Anzeichen, dass sie mich auf den Arm nimmt, aber sie beobachtet nur den kleinen Kerl.

»Hier gibt es doch sicher mehrere Eichhörnchen, denkst du nicht?«, erwidere ich mit ironischem Unterton.

»Ich komme öfters hierher und kann sie mittlerweile unterscheiden. Will ist der Mutigste. Zwar der Kleinste, aber dafür der Gefräßigste von allen.« Sie lacht und legt Will die nächste Nuss in die offene Hand. »Er ist immer der erste, der sich blicken lässt.«

Jetzt bücke ich mich ebenfalls und versuche es auch. Langsam strecke ich meine Hand aus und halte Will die Erdnuss entgegen. Doch bevor er reagieren kann, raschelt es im Gebüsch und das nächste Eichhörnchen springt mit einem Satz daraus hervor. Flink zerrt es mir die Nuss aus der Hand und flitzt damit zurück ins Unterholz.

Ich lache auf. »Und wie heißt der kleine Kerl?«

»Wenn ich mich nicht irre, muss das Speedy gewesen sein. Er ist etwas schüchtern, deshalb verzieht er sich mit seiner Beute immer gleich wieder.«

Ich grinse. »Wie passend!«

Nach und nach kommen immer mehr hinzu, bis sich fünf Eichhörnchen vor uns versammelt haben.

Mit einem tiefen Seufzer nehme ich auf der Bank Platz und sehe Mae eine Zeit lang dabei zu, wie sie die kleinen Kerle füttert.

So wohl habe ich mich lange nicht mehr gefühlt. Entspannt schließe ich die Augen und lasse mir von den Sonnenstrahlen, die durchs Blätterdickicht dringen, das Gesicht wärmen.

Meine Gedanken schweifen ab – zu Archer. Ich schlage die Augen auf und streiche mir fahrig durchs Haar. Was für ein mieses Arschloch! Er widert mich einfach nur an. An einem anderen Ort, zu einer anderen Zeit, hätte ich ihm einen ordentlichen Kinnhaken verpasst. Aber er hat mich in der Hand – und er weiß es.

Er ist übergriffig geworden, allerdings noch nicht so eindeutig, dass ich es melden könnte. Mal in den Po oder in den Bauch piksen, um daran zu erinnern, uns stärker anzuspannen – okay. Aber bei Archer war es anders. Er drückte seinen Finger richtig in mein Fleisch, als wollte er sich daran aufgeilen. Und selbst wenn das nur meine Einbildung gewesen ist, spätestens als er begann, meine Schulter zu massieren und mir zu nahe kam, wurden mir seine Absichten klar: Ganz eindeutig ist er scharf auf mich.

Aber warum ausgerechnet ich? Er denkt doch nicht wirklich, er kann bei mir landen? Oder ist er genau wie Marco der Meinung, dass alle Balletttänzer schwul sind?

Und wenn schon. Er hat kein Recht, mir so auf den Leib zu rücken. Ich denke, ich habe ihm durch meine ausweichende Art klar zu verstehen gegeben, dass ich nicht interessiert bin.

»Du bist so abwesend«, holt mich Mae zurück in die Realität. »Ist es wegen deiner Mutter?«

»Nein.« Ich zwinge mir ein Lächeln aufs Gesicht. »Ich … in den letzten Tagen ist einfach viel passiert.«

Mae nimmt neben mir auf der Bank Platz. »Möchtest du darüber reden?«

Ich schüttele den Kopf. »Momentan nicht.« Ich kann ihr unmöglich sagen, was mich belastet. Wir kennen uns ja erst seit heute. Ich weiß nicht, wie sie darauf reagieren würde. Nein, ich muss das mit mir allein ausmachen.

»Und, wie gefällt dir dieser Platz?«

»Ein echter Geheimtipp! Danke, dass du mich hierhergebracht hast.«

»Gern geschehen.« Wieder senkt sie verlegen den Blick und spricht dann leise weiter. »Ich habe schon als Kind die Eichhörnchen hier gefüttert. Und später, wenn ich mal einen miesen Tag hatte, bin ich nach der Schule zu meinen kleinen Freunden gegangen, habe ihnen erzählt, was mich bedrückt und augenblicklich ging es mir besser.«

Ich sehe sie überrascht an. Sie ist wirklich ein besonderes Mädchen.

»Was?« Sie erwidert meinen Blick. »Du hältst mich für total durchgeknallt, nicht wahr?«

Ein Grinsen stiehlt sich auf mein Gesicht. »Naja, vielleicht ein bisschen …«

Sie muss lachen, ich ebenso.

»Oh Mann, erzähl das bitte keinem.« Sie streicht mit den Fingern durch ihr langes Haar, das im Sonnenlicht glänzt wie schwarzer Lack.

»Dass du die Eichhörnchenflüsterin bist? Nein, Ehrenwort, das bleibt unser Geheimnis!«

»Pinky Swear!« Sie hält mir ihren kleinen Finger hin.

Ich runzle verständnislos die Stirn.

»Du gibst mir dein Versprechen, indem du den kleinen Finger um meinen legst«, klärt Mae mich auf.

»Ihr Amis habt wirklich seltsame Sitten ...«, sage ich kopfschüttelnd, komme aber ihrer Aufforderung nach und schlinge meinen kleinen Finger um ihren.

Für einen Augenblick sehen wir uns in die Augen, ein schiefes Grinsen auf den Lippen.

»Was passiert eigentlich, wenn ich mich nicht an diesen Schwur halte?«, will ich wissen, als wir die Finger voneinander lösen.

»Wenn du ihn brichst, musst du dich von dem Finger trennen«, sagt sie todernst.

Ich zucke die Achseln. »Naja, zum Tanzen brauche ich den ja auch nicht wirklich«, gebe ich ebenso gelassen zurück.

Wir prusten gleichzeitig los, gefolgt von einer merkwürdigen Stille.

Die Betonmauer, die ich in meiner Trauer um mich errichtet habe, gerät durch Mae gewaltig ins Wanken. Sie bringt mich zum Lachen und ist ein richtiger Kumpel. Ich bin froh, dass sie meine Tanzpartnerin geworden ist. Sie erwartet nicht, dass ich meine Gedanken preisgebe, aber falls, dann würde sie mir aufmerksam zuhören.

Im selben Moment, als ich Luft hole und die Stille durchbrechen will, setzt Mae an, etwas zu sagen, und wir müssen beide kichern. »Du zuerst«, kommt sie mir zuvor.

»Wollen wir langsam gehen?«, frage ich, weil mir auf die Schnelle nichts anderes einfällt. »Ich habe Sara versprochen, noch etwas mit ihr zu unternehmen.« Was der Wahrheit entspricht.

»Na klar.« Mae lächelt über meine weiteren Pläne. »Ich bin

auch total kaputt. Ich werde mich gleich auf die Couch hauen und meine Füße massieren.«

Nachdem wir uns verabschiedet haben und jeder mit der Metro in verschiedene Richtungen gefahren ist, komme ich eine Dreiviertelstunde später in unserer Straße in Brooklyn an. Marcos grauer Chevrolet rollt gerade die Auffahrt hinauf, der Kies knirscht unter den Rädern. Kaum, dass der Motor verstummt ist, öffnet sich die Tür rechts hinten und Sara springt, noch in ihrem Karateanzug, aus dem Wagen. Mit abgehackten Karate-Armbewegungen kommt sie auf mich zu.

Lachend schließe ich sie in die Arme. »Wie war dein Tag, *malen'kaya sestra*?«

Sara kneift fragend ihre Brauen zusammen.

»*Malen'kaya sestra* ist Russisch und bedeutet kleine Schwester«, lasse ich sie wissen.

In dem Moment steigt Marco aus und begrüßt mich mit einem kurzen Nicken, was ich erwidere.

»Also, wie war's heute in der Schule?«

»Nicht so gut«, antwortet Sara und ihr Gesicht nimmt einen betrübten Ausdruck an. »Maggy hat mich nicht in ihren Klub aufgenommen, weil ich nicht mit ihr gespielt habe.«

»Was für ein Klub?«, will ich wissen, doch das Zuschlagen einer Tür lenkt meine Aufmerksamkeit ab. Das Mädchen von neulich schließt die Haustür des Nachbargrundstücks hinter sich ab und grinst mich unverhohlen an.

Ich lächle verhalten zurück.

»Schönes Wetter heute, nicht wahr?«, ruft sie mir entgegen und klimpert dabei mit ihren langen Wimpern.

Ich nicke nur und wende mich wieder Sara zu.

»Na, Maggys Klub«, sagt Sara stöhnend, als wäre das eine gravierende Wissenslücke, und läuft die Stufen zum Eingang hoch. Marco holt derweil zwei dicke Aktenordner aus dem Kofferraum. »Sie will, dass ich nur mit ihr spiele und nicht mit anderen aus der Klasse.«

»Ist Maggy deine beste Freundin?«

Sara zuckt mit den Schultern. »Ich will halt auch mit anderen Kindern spielen, aber dann ist sie immer sauer.«

»Und in diesem Klub sind noch andere Kinder?«, hake ich nach.

»Ja, die wollen jetzt alle nichts mehr mit mir zu tun haben, weil Maggy mich nicht in ihren Klub aufnimmt.«

»Verstehe.« Ich beuge mich zu ihr hinab, bis wir auf einer Augenhöhe sind, während Marco die Haustür aufschließt. Aus dem Augenwinkel sehe ich, dass das Mädchen von nebenan mich noch immer anstarrt, ich würdige sie jedoch keines Blickes. »Bleib dir selbst treu«, rate ich Sara. »Und spiele nur mit den Kindern, mit denen du willst. Maggy hat nicht das Recht, über dich zu bestimmen.«

»Aber niemand will mehr mit mir spielen«, quengelt Sara und ich schiebe sie an Marco vorbei, in den Hausflur hinein.

»Das wird sich ändern, glaube mir. Irgendwann wird Maggys Klub auch langweilig.«

»Gib dir keine Mühe, Kasey«, sagt Marco hinter mir in einer Lautstärke, die darauf schließen lässt, dass er will, dass ich es höre. »Mein Sohn interessiert sich nicht für Frauen.« Damit lässt er buchstäblich die Tür hinter sich zufallen.

Ich grinse in mich hinein. Marco ist unmöglich, allerdings hält er mir damit das Mädchen vom Leib.

»Wo ist Kate?«, will ich wissen, als Sara und ich die Schuhe abstreifen.

»Kate hat Bereitschaftsdienst, musst wohl mit mir Vorlieb nehmen.«

Sara erwischt mich dabei, wie ich mit den Augen rolle und kichert hinter vorgehaltener Hand.

»Wie wär's mit leckeren Oladi zum Abendessen?« Ich wackle verheißungsvoll mit den Augenbrauen, bevor ich in die große Wohnküche gehe. Schnell angle ich mir eine Flasche Wasser aus dem Kühlschrank.

»Was sind Oladi?«, fragt Sara stirnrunzelnd und schmeißt ihren Rucksack in eine Ecke.

»Das sind russische Pfannkuchen«, erwidere ich. »Joghurt und Eier sind auch da, wie ich gerade sehe.« Während ich mit der linken Hand aus der Flasche trinke, schließe ich mit der rechten den Kühlschrank.

»Ich lieeebe Pfannkuchen!«, ruft sie voller Begeisterung aus und klettert auf einen der zwei Barhocker an der Küchentheke.

»Erst werden Hausaufgaben gemacht«, mischt sich Marco ein, erneut mit den schweren Aktenordnern beladen.

»Ich hab aber heute gar keine auf«, hält Sara dagegen, während sie ihre Brille auf der Nase zurechtrückt.

Marco seufzt und bedenkt mich mit einem mahnenden Blick. »Na gut, aber hinterlasst die Küche wieder so, wie ihr sie vorgefunden habt.«

»Aye, aye, Sir«, salutiere ich grinsend, als er schon längst aus der Tür ist. Vermutlich bringt er den Papierkram hoch in sein Arbeitszimmer.

Sara tut es mir kichernd gleich.

»Wo finde ich Mehl, Zucker und Backpulver?«, frage ich sie, während ich den Joghurt und ein Ei aus dem Kühlschrank hole.

»Da oben«, ruft sie und hüpft gleichzeitig mit einem Satz vom Hocker. Dann zieht sie sich ihren kleinen Tritt unter der Theke hervor und rückt ihn vor den Schrank. Freudig steigt sie hinauf und holt eine Tüte Mehl und ein Päckchen Backpulver daraus hervor. »Da drüben steht der Zucker«, sagt sie und zeigt auf den Schrank über mir.

Als wir alle Zutaten beisammen haben, füge ich den Becher Naturjoghurt und ein Ei in die Schüssel. Auf dem Hocker sitzend und die Ellbogen auf die Tischplatte gestützt, sieht Sara mir dabei zu.

»Das ist aber eine Gemeinschaftsarbeit, ohne dich schaffe ich das nicht«, sage ich und zwinkere ihr zu.

Sie zuckt hoch, ihre Augen leuchten vor Begeisterung. »Was soll ich machen?«

»Einen Esslöffel Zucker und eine Prise Salz hinzufügen.«

»Einen Esslöffel Zucker und eine Prise Salz«, wiederholt sie mit angestrengtem Gesichtsausdruck. Anschließend taucht sie den Löffel in den Zuckerbehälter und belädt ihn, um ihn dann zu den restlichen Zutaten hinzuzufügen. Mit konzentrierter Miene und hervorlugender Zunge lässt sie als nächstes eine großzügige Prise Salz hineinrieseln.

»Jetzt das Mehl wiegen und mit dem Backpulver mischen.«

Sara wiederholt jeden Satz, den ich ihr sage und ich komme mir vor wie in einer Kochsendung für Kinder. Ich muss grinsen, während ich ihr zuschaue. Nie hätte ich gedacht, dass ich meine kleine Schwester so ins Herz schließen kann. Sie ist meine Familie, die einzige, der ich mich zugehörig fühle. Ich werde auf sie aufpassen und für sie Verantwortung übernehmen, sie beschützen – wir kennen uns erst einen Monat, aber die Rolle des großen Bruders möchte ich so gut wie möglich erfüllen.

»Oladi hat meine Großmutter mir immer zum Frühstück gemacht, wenn ich bei ihr geschlafen habe«, erzähle ich ihr, während ich das Öl in der Pfanne erhitze.

»Nonna Maria?«, fragt sie, während sie das Mehl mit so viel Elan zu den restlichen Zutaten gibt, dass es ihr entgegenstaubt und ein Teil davon an ihren Brillengläsern haften bleibt. Als sie mich ansieht, muss ich schallend auflachen und sie bekommt einen so heftigen Kicheranfall, dass sie sich den Bauch hält.

»Nein, *Babuschka*, meine Oma mütterlicherseits«, knüpfe ich an unser Gespräch an, als sie sich wieder einigermaßen beruhigt hat. Behutsam ziehe ich ihr die Brille von der Nase und putze sie mit einem Zipfel meines Hoodies sauber.

»Ist sie schon tot?«, will Sara wissen.

»Ja, leider, schon lange. Sie ist gestorben, als ich in etwa so alt war wie du.«

»Das tut mir leid!«, sagt sie und zieht betrübt die Mundwinkel nach unten. Dann richtet sie den Blick zur Decke, denkt konzentriert über etwas nach. Wie bei der Eingebung des Jahrhunderts grinst sie mich plötzlich breit an. »Dann musst du unbedingt Nonna Maria kennenlernen. Sie ist meine Oma und auch deine, denn sie ist die Mutter von Papa!« Genauso schnell wie sich ihr

Gesicht erhellt hat, verblasst es auch schon wieder. »Aber sie lebt in Italien und kommt uns nie besuchen, weil sie schon sehr alt ist.«

»Dann müssen *wir* sie wohl mal besuchen, was meinst du?«

»Au ja, das machen wir! Wann denn?«

Ich muss schmunzeln. »Naja, sobald wir beide mal Zeit dazu haben. In den nächsten Sommerferien vielleicht. Italien soll wunderschön sein.«

Sara nickt begeistert und ich setze ihr die Brille wieder auf die Nase. »Sag mal, hast du schon mal die Eichhörnchen im Central Park gefüttert?«

»Nein, aber am Union Square. Die sind so niedlich!«

»Zeigst du sie mir irgendwann und wir nehmen Erdnüsse zum Füttern mit?« Sie muss ja nicht unbedingt wissen, dass ich das heute schon ohne sie gemacht habe.

»Ja!« Sie hüpft jubelnd auf und ab und einen Augenblick lang befürchte ich, dass sie vom Tritthocker herunterfällt.

»Können wir das gleich morgen machen? Ich war schon lange nicht mehr da!«

»Warum nicht, wenn nichts dazwischenkommt.« Ich zwinkere ihr zu. »Ansonsten laufen sie uns ja nicht davon. So, bist du bereit für deinen ersten Oladi?«

Sara nickt andächtig.

Ich reiche ihr die Schöpfkelle. »Dann nimm ein bisschen Teig und lasse ihn vorsichtig kreisförmig in die Pfanne fließen.«

Sara geht sehr behutsam vor, wieder lugt ihre Zunge aus dem Mundwinkel.

Als nächstes stelle ich den Herd auf mittlere Hitze, damit die Oladi nicht anbrennen.

»Mum lässt mich nie etwas alleine machen«, sagt Sara mit traurigem Unterton in der Stimme, während sie den sechsten und letzten Oladi in der Pfanne formt. »Sie hat einfach keine Geduld.«

»Das haben Erwachsene so an sich«, seufze ich und reiche ihr den Pfannenwender. »Du machst das schon wie ein echter Profi.« Ich streiche ihr eine Haarsträhne hinters Ohr, die sich aus ihrem Zopf gelöst und in ihr Gesicht verirrt hat.

»Daddy wird staunen, wie wir das gemacht haben!«

»Wie *du* das gemacht hast. Ich habe die meiste Zeit nur zugesehen.«

Sara rückt geschmeichelt ihre Brille zurecht.

Ich schaue ihr dabei zu, wie sie den ersten Oladi in der Pfanne wendet.

»Der ist perfekt«, lobe ich sie. »Goldgelb, so wie er sein muss. Den darfst du essen.«

Als alle Oladi gewendet sind, schauen wir in trauter Eintracht in die Pfanne und sehen den Pfannkuchen beim Brutzeln zu, bis Sara mir den Pfannenwender entgegenhält. Aufgeregt reibt sie die Hände aneinander. »Die sehen so lecker aus, mir läuft schon das Wasser aus dem Mund. Ich decke schon mal den Tisch.«

... das Wasser aus dem Mund. Ich unterdrücke ein Grinsen. »Gute Idee. Ich esse meine am liebsten mit Marmelade oder Honig.«

»Kann ich mir auch Schokocreme drauf machen?«, fragt Sara, während sie Teller auf den Küchentisch stellt.

»Klar. Oder Apfelmus, wenn du magst.«

»Essen ist fertig«, trällert Sara fröhlich durch den Hausflur, als wir den Tisch fertig gedeckt haben und ich für jeden je zwei Oladi auf seinem Teller übereinander geschichtet habe. Mit einem Mal geht mir auf, was ich heute alles erlebt habe. Es kommt mir beinahe so vor, als hätte ich schon ein halbes Ausbildungsjahr hinter mir – Mae, die mir als Pas de deux-Partnerin zugeteilt wurde, die erste Technikstunde bei diesem schmierigen Arschloch von Archer, Jason, den ich mit einem Kinnhaken niedergeschlagen habe, die Verwarnung von Coleman und schließlich der gemeinsame Nachmittag mit Mae. Ich möchte nicht wissen, was noch alles auf mich zukommt. Den ersten Tag nach zu urteilen, steht meine Zeit an der Academy unter keinem guten Stern – abgesehen von Mae, mit der ich es als Tanzpartnerin offenbar gut getroffen habe.

Wortlos setzt sich Marco zu uns an den Tisch, seine Augen huschen über seinen Teller. »Na, dann wollen wir mal«, sagt er und gibt uns damit den Startschuss.

»Mmh«, schwärmt Sara genießerisch und schließt für einen Moment die Augen, als sie den ersten Bissen hinuntergeschluckt hat, ihre Lippen bereits mit Schokoladencreme verschmiert.

Marco grinst und tupft ihr mit der Serviette die Mundwinkel sauber. »Hast du die etwa ganz alleine gemacht?«, will er wissen.

»Nein«, kichert Sara. »Aber fast!«

Ich stimme ihr kopfnickend zu. »Nächstes Mal schaffst du es ohne meine Hilfe!«

»Du hast mir noch gar nicht erzählt, wie dein erster Tag in der Academy war«, stellt Sara fest, während sie sich eine schwer beladene Gabel in den Mund stopft.

Eigentlich hätte diese Frage ein Vater stellen müssen, dessen Sohn seinen ersten Schultag in der Fremde angetreten hat, aber Marco tut noch immer so, als wäre ich Luft. Er hat sich offenbar vorgenommen, mich in der Zeit, in der ich bei ihm wohne, komplett zu ignorieren. Nur, weil ein Schwuler nicht in seine Vorstellung der perfekten Familie passt? Oder weil ich nicht dem Klischee des Sohnes entspreche, der mit seinem Vater Bälle wirft oder am Auto schraubt, so wie man das aus Hollywoodfilmen kennt? Ich werde einfach nicht schlau aus ihm.

»Gut!«, antworte ich. »Ich habe eine Tanzpartnerin zugeteilt bekommen. Sie heißt Mae und ist wirklich nett. Du würdest sie bestimmt mögen.«

»Bringst du sie mal mit zu uns nach Hause?«, will Sara wissen.

Mein Blick huscht kurz zu Marco hinüber, ehe ich antworte. »Vielleicht.«

»Kann sie genauso gut tanzen wie du?«, fragt sie weiter.

Ich grinse. »Mindestens so gut! Sie hat auch ein Stipendium bekommen und kann es wirklich gut gebrauchen, denn ihre Eltern haben wenig Geld.«

»Dann war das bestimmt sehr wichtig für sie, dieses *Stupendium*.«

Ein Lächeln stiehlt sich in meine Mundwinkel. Dennoch muss ich immer wieder feststellen, wie klug meine kleine Schwester für ihr Alter ist.

Marco stochert missmutig auf seinem Teller herum.

»Schmeckt es dir nicht?«, fragt Sara mit besorgter Miene.

»Doch, doch.« Marco legt das Besteck beiseite und streicht sich über den Bart. »Es ist nur … abends esse ich normalerweise nichts Süßes.«

»Dann hebe es dir doch für morgen zum Frühstück auf«, schlägt Sara vor. »Wir stellen es in den Kühlschrank. Wie hast du Juris Mum eigentlich kennengelernt?« Die Frage kommt so unvermittelt, dass einen Augenblick lang Schweigen herrscht, in dem Marco und ich einen irritierten Blick austauschen.

Marco schiebt seinen Stuhl nach hinten und steht räuspernd auf. »Ich war jung und habe im zweiten Semester Kunstgeschichte studiert. Unser Kurs machte eine Bildungsreise nach St. Petersburg, dort waren wir zur Eröffnung eines großen Museums, wo Juris Mutter einen Auftritt hatte.«

Dass er studiert hat, ist mir neu. Warum er den ganzen Tag im Laden steht und alten Trödel verkauft, ist mir schleierhaft.

Einen Moment lang warten wir noch, ob er fortfährt, aber offenbar hat er sich dagegen entschieden. Er räumt den Teller auf die Anrichte und zieht Klarsichtfolie darüber, als wäre das eine Aufgabe, die höchste Konzentration erfordert. Zumindest habe ich ihn noch nie so viel am Stück reden gehört.

»Und dann wurde Juri geboren?«, hakt Sara nach.

»Naja, da fehlen noch einige Schritte dazwischen, aber so ungefähr war das. Es ging alles ziemlich schnell und wir waren beide mit der Situation überfordert, weil wir Karriere machen wollten.«

Mama hat mir kaum davon erzählt, obwohl ich sie öfters darüber ausgefragt habe. Ich weiß bloß, dass sie vergeblich auf einen Heiratsantrag gewartet hat, nachdem sie Marco offenbart hatte, dass sie schwanger war. Als dieser ausblieb, hat sie sich von ihm getrennt.

»Ich wusste gar nicht, dass du einen Abschluss in Kunstgeschichte hast«, werfe ich höflichkeitshalber ein, bloß um mich am Gespräch zu beteiligen. Nur unter Aufbietung all meiner Selbstbeherrschung gelingt es mir, meine Stimme nicht abfällig klingen zu lassen. Sara sollte nicht unbedingt wissen, was Marco und ich voneinander halten. Deshalb muss ich wenigstens ein bisschen Interesse vortäuschen.

»Habe ich auch nicht«, gibt er wortkarg zurück. »Das Leben hatte andere Pläne mit mir.«

Ich habe Mühe, ein Schnauben zu unterdrücken. Das klingt, als hätte das Schicksal über ihn bestimmt und er keine andere Wahl gehabt.

»Dad ist durch die Welt gereist und hat ganz viele verschiedene Länder kennengelernt«, meldet sich Sara zu Wort und ich meine, einen Hauch Stolz in ihrer Stimme mitschwingen zu hören. Für eine Siebenjährige klingt das bestimmt nach einem aufregenden Abenteuer.

Für mich klingt das eher nach: Er hat alles hingeworfen und ist abgehauen, weil er mit der Situation überfordert war und keine Verantwortung für Mama und mich tragen wollte – und bestätigt somit den ersten Eindruck, den ich von ihm hatte.

Negodjai! Mein Vater ist nichts weiter als ein Schlappschwanz.

Mae

Ich schwebe wie auf einer Wolke, während ich beschwingt die Tür zum Laden öffne. Das Treffen mit Juri war mehr, als ich mir erhofft hatte. Zeitweilig spürte ich eine Nähe zwischen uns, als würden wir uns schon eine Ewigkeit kennen.

Mums verdrießlicher Blick trifft mich unvermittelt und mein Lächeln fällt in sich zusammen wie ein angestochenes Soufflé. Wenn jemand sich nicht der Norm entsprechend verhält, dann ist bei ihr erst einmal Skepsis angesagt.

»Warum kommst du erst jetzt? Hattest du nicht gesagt, der erste Schultag endet um halb vier?« Demonstrativ wirft sie einen Blick auf ihre Armbanduhr. »Jetzt ist es bereits kurz nach sechs.«

Ach, daher weht der Wind. Die Zeit habe ich völlig außer Acht gelassen. Bitte keine Moralpredigt, das ist das Letzte, was ich jetzt gebrauchen kann. »Ich war mit Bonnie im Café und wir haben uns irgendwie verquatscht.« Sie muss ja nicht wissen, dass ich mich gleich am ersten Tag mit einem Jungen getroffen habe. Das würde sie womöglich überfordern, während der High-School-Zeit hatte ich schließlich kein einziges Date.

»Nächstes Mal schickst du mir eine Nachricht«, sagt sie mürrisch und hebt ihr Mobiltelefon in die Luft. »Wofür hast du denn das teure Ding, wenn du es nie benutzt?«

»In Ordnung, Mum.« Ich gehe mit gesenktem Kopf an ihr vorbei und hoffe, dass mir dadurch eine längere Standpauke erspart bleibt. Ich will einfach nur die Füße hochlegen und mich ein wenig ausruhen. Der erste Tag an der Akademie hat mir doch mehr zugesetzt, als ich dachte.

»Wie ist es gelaufen?«, halten ihre Worte mich zurück.

Noch mal die Kurve gekriegt. Mums unersättliche Neugier hat den Vorteil, dass sie nie lange sauer auf mich sein kann. Ihr könnte ja eine Neuigkeit entgehen.

Ich mache auf dem Absatz kehrt und gehe lächelnd auf sie zu. »Es war toll! Manche Einheiten waren wirklich schweißtreibend, aber das habe ich erwartet. Ich bin gut mitgekommen.«

Mum nickt zufrieden. »Das freut mich, so soll es sein! Ruh dich ein wenig aus, damit du morgen wieder fit bist.«

Ich trete an sie heran, beuge mich zu ihr hinab und drücke ihr einen Kuss auf die Wange. »Das werde ich.«

»Ich habe dir Wan Tans von heute Mittag übrig gelassen.« Sie zwinkert mir verschwörerisch zu.

Beim Gedanken an die lecker gefüllten Teigtaschen macht sich mein Magen mit lautem Knurren bemerkbar. Die Kürbissuppe habe ich nur halbherzig bis zur Hälfte gelöffelt und nur ein paar von den Erdnüssen – die ich eigentlich überhaupt nicht mag – geknabbert. Deshalb kommen die Wan Tans wie gerufen. Zum Teufel mit der Diät, ich hab sie mir heute mehr als verdient.

»Du bist die Beste«, stoße ich hervor und umarme Mum überschwänglich, sodass sie einen Moment lang auf ihrem Stuhl ins Schwanken gerät.

Mit leisem Kichern drückt sie mich von sich weg. »Ja, ja, ist schon gut«, scheucht sie mich mit einer Handbewegung davon. »Jetzt mach, dass du fortkommst, ehe du mir meinen letzten Kunden verschreckst.«

Was für einen Kunden? Irritiert blicke ich mich um.

Im letzten Gang, bei den Werkzeugen und Lacken, fällt mir ein junger Mann auf. Einen Augenblick lang starrt er mich an, doch als ich ihm höflich zunicke, zuckt sein Blick ertappt zurück zum Regal.

Ich kann mir ein Grinsen nicht verkneifen. »Wo ist eigentlich Dad?«, frage ich – und kann mir die Antwort schon denken.

»Er wollte uns einen Tee bringen, weiß auch nicht, wo er wieder solange bleibt.«

Meditative Klangschalenmusik dringt mir aus dem hinteren Abstellraum entgegen, den meine Eltern zu einer kleinen Wohnküche umfunktioniert haben. Manchmal setzt sich Dad im Schneidersitz auf den Boden und ist stundenlang nicht ansprechbar. Es sei ihm gegönnt. Der Arme hat es wirklich nicht leicht mit Mums bestimmender und teilweise aufbrausender Art. Ab und zu muss er sich einfach eine Auszeit von ihr nehmen.

Als ich den Raum betrete, erblicke ich Dad, der in der Ecke auf einem großen Sitzkissen in sich zusammengesunken ist und leise Schnarchgeräusche von sich gibt.

Auf leisen Sohlen drehe ich um und schleiche kichernd davon. Er soll ruhig noch ein wenig schlafen.

Unsere Wohnung befindet sich im ersten Stock und ist über eine schmale Wendeltreppe zu erreichen. Mein Zimmer liegt direkt über dem Laden.

Nachdem ich mir in atemberaubender Geschwindigkeit alle übrig gebliebenen Wan Tans einverleibt habe, klopfe ich leise an Tians Zimmer und öffne die Tür, noch bevor er mir antwortet. Eine dumme Angewohnheit von mir, aber bei was sollte ich ihn schon stören? Bisher hat er sich nie beschwert.

»Hi!« Ich setze mich neben ihn auf den Sessel vor seinem Schreibtisch.

»Hi«, grüßt er zurück, ohne den Blick vom Bildschirm zu lösen.

Schon mal ein gutes Zeichen. Wenn er richtig in einer Aufgabe steckt, verliert er vollkommen das Gefühl für Raum und Zeit. Man könnte ihm einen Blumentopf auf den Kopf stellen, ohne dass er es bemerkt.

»Was machst du Schönes?«, frage ich ihn, weil er immer seine Zeit braucht, um mit mir oder anderen warm zu werden und in ein Gespräch zu finden. Ich folge seinem Blick und sehe mich einem komplizierten Formelgebilde gegenüber. Wenn ich länger darauf schaue, verschwimmen die Zahlen vor meinen Augen.

Er antwortet nicht. Außenstehende würden sein Verhalten als abweisend interpretieren. Doch das ist Tian nicht. Er ist einfach nur kein kommunikativer Mensch, mag es aber, wenn ich von mir erzähle und ihn um Rat frage. Mathematik ist für ihn Yoga für den Kopf und alles, was gerade angesagt ist, geht irgendwie gnadenlos an ihm vorbei. Dafür liebe ich ihn umso mehr, denn Menschen, die immer der neuesten Mode nachrennen, waren mir schon immer suspekt.

»Stell dir vor, du findest jemanden total nett und anziehend, aber du weißt nicht, ob er sich auch mehr vorstellen könnte«, falle ich direkt mit der Tür ins Haus. »Wie würdest du dich ihm gegenüber verhalten?«

Tian sieht mich an, als hätte ich ihm eine unheimlich knifflige Rechenaufgabe gestellt. »Abwarten«, sagt er schließlich.

»Auf was denn?«, frage ich begriffsstutzig.

»Darauf, dass er dir Avancen macht.«

»Und wenn er das niemals tut?«, frage ich und mache es mir im Schneidersitz bequem. »Ist es nicht besser, man gibt ihm irgendwie zu verstehen, dass man ihn mag? Mehr als mag?«

»Um mal zusammenzufassen: Du hast heute an deinem ersten Tag an der Academy einen Typen kennenlernt, den du scharf findest. Und jetzt weißt du nicht, ob du ihm das zeigen sollst oder doch lieber darauf wartest, dass er den ersten Schritt macht.«

Ich staune immer wieder über Tians schnelle Kombinationsgabe.

Er schaut mich mit hochgezogenen Augenbrauen an, als warte er auf eine Bestätigung meinerseits.

Ich bringe ein schiefes Lächeln zustande. »So ähnlich. Ich weiß, es klingt ein wenig voreilig, aber er ist mir schon vor vier Wochen beim Vortanzen aufgefallen. Bonnie und ich waren ziemlich überzeugt davon, dass er auf Männer steht. Aber er wurde mir als Pas de Deux-Partner zugeteilt und …«

»Du kennst ihn doch erst ein paar Stunden. Was erwartest du?«

Ich stoße einen tiefen Seufzer aus. »Du hast ja recht. Es ist nur, weil wir in einem Moment miteinander lachen können und ich im nächsten den Eindruck habe, dass er sich mir nur bis zu einem bestimmten Punkt öffnet.«

Tian reibt sich seufzend übers Gesicht. »Vielleicht hat er eine

Freundin, der er treu bleiben will, und sieht in dir eine Versuchung.«

Ich schüttle heftig den Kopf. »Nein, er kommt aus Russland und ist erst seit Kurzem in New York, deshalb kennt er hier noch niemanden.«

Tian nickt verstehend. »Schau, wie er sich die nächsten Tage dir gegenüber verhält, dann weißt du mehr.« Er dreht sich mit seinem Stuhl wieder zum Computer. Kurz hält er inne, als würde er über etwas nachdenken, dann wendet er sich noch mal zu mir um. »Frag ihn doch, ob du ihm ein wenig New York zeigen darfst, wenn er sich hier noch nicht auskennt.«

Ich stehe auf und umarme ihn, was etwas ungeschickt wirkt, weil er sich wie immer versteift und die Umarmung nicht erwidert. »Du süßes kleines Genie!« Als ich ihn wieder freigebe, schleicht sich ein kleines Lächeln auf sein Gesicht.

Den Mund voller Haarnadeln steht Bonnie vor dem Spiegel des Umkleideraums und schlingt ihr langes rotes Haar zu einem Knoten. »Nun sag schon, hast du es gestern endlich herausgefunden?«, nuschelt sie.

Sie spricht in Rätseln. Mit gekräuselter Stirn sehe ich ihrem Spiegelbild entgegen. »Was?«

Bonnie rollt mit den Augen. »Na, ob Juri schwul ist?«

Ich seufze niedergeschlagen, während ich aus meinen Aufwärmklamotten schlüpfe und die Schläppchen gegen meine Spitzenschuhe tausche. »Wenn ich das nur wüsste. Wir hatten wirklich Spaß miteinander, aber von flirten kann kaum die Rede sein.«

»Du hast ja noch viel Zeit, um es rauszufinden. Ich hatte gerade meine erste Stunde Repertoire bei *Bill Archer*«, fährt sie zusammenhangslos fort und betont den Namen, als müsse er mir ein Begriff sein.

»Muss man den kennen?«

»Das ist der Typ, der uns beim Vortanzen vor die Tür gesetzt hat.«

»Oh mein Gott! Sag jetzt bloß nicht, dass er dich deshalb auf dem Kieker hat.«

»Sieht leider so aus.« Sie schlägt die Augen nieder und stößt ihre nächsten Worte gepresst hervor, eine Mischung aus Wut und tiefster Verletzung. »Er hat mich vor versammelter Mannschaft heruntergeputzt.«

»Was?« Fassungslos springe ich auf und lege meine Hand tröstend auf ihre Schulter.

»Naja, er findet, ich bin zu pummelig«, sagt sie und steckt ihre letzte Haarnadel so energisch in den Dutt, dass es mir schon beim Zusehen Schmerzen bereitet. »Wenn aus mir etwas werden soll, muss ich beim Essen mehr Disziplin an den Tag legen«, fährt sie fort. »Und meine Körperspannung wäre vergleichbar mit einem nassen Waschlappen. Das waren seine Worte. Dabei habe ich mich mächtig ins Zeug gelegt, ihn zu beeindrucken.«

Bonnie und pummelig? Wut kocht in mir hoch, ich kann es einfach nicht fassen. Wie kann jemand so verletzend sein? »Du bist genau richtig, so wie du bist«, sage ich und schließe sie fest in die Arme, sobald sie auf der Bank Platz genommen hat.

»Nein, das bin ich nicht«, widerspricht Bonnie mir, als ich mich von ihr löse. »Nicht für eine Balletttänzerin. Ehrlich gesagt habe ich früher oder später damit gerechnet. Ich habe Brüste, das ist schon eine halbe Katastrophe. Und mein Po ist einfach nicht knochig genug.«

Ich stoße ein bitteres Lachen aus. »Oh Mann, ich würde alles dafür geben, um ein wenig mehr weibliche Formen zu haben.«

»Aber abschneiden kann ich mir meine Titten wohl schlecht.« Ich höre den Trotz, der sich in ihre Stimme geschlichen hat.

Wenn es nicht so traurig wäre, würde ich über ihren letzten Satz lachen, doch mir bleibt nur, ihr mitfühlend entgegenzublicken. Wie paradox! Andere würden sich für große, volle Brüste eine Hand abhacken oder viel Geld für Implantate bezahlen. In der Welt des Balletts sind weibliche Rundungen ein Grund, degradiert zu werden.

»Ich frage mich wirklich, ob ich hierhergehöre. Vielleicht sollte ich doch abbrechen und meinen Abschluss machen, damit ich auf die Uni gehen kann.« Ihre Stimme klingt, als würde sie jeden Moment losheulen.

Der Gedanke daran, dass Bonnie wegen so einem Arschloch alles hinschmeißt, macht mich fertig. Eine Freundin wie sie finde ich so schnell nicht wieder.

Im normalen Leben wären wir nie aufeinandergetroffen. Sie lebt in einer völlig anderen Welt, verkehrt in ganz anderen Kreisen als ich. In der High-School wäre ich nie auf die Idee gekommen, jemanden wie sie anzusprechen. Ich kann mir keine Designerkleider oder das neueste iPhone leisten, stattdessen trage ich Second-Hand-Klamotten. Ich war noch nie auf einer angesagten Party, geschweige denn auf einem Empfang mit wichtigen Persönlichkeiten, alles Dinge, die ganz selbstverständlich zu Bonnies Leben gehören. Chinatown ist so ziemlich das Gegenteil von glamourös, aber es ist mein Zuhause.

Ich schlucke und lege den Arm um sie. »Hör auf, so zu reden. Tanzen ist dein Traum, du darfst nicht bei der ersten Kritik aufgeben. Du hast gewusst, dass es kein Zuckerschlecken wird. Momentan bist du vielleicht noch ein Rohdiamant, der geschliffen werden muss, damit er seinen wahren Glanz entfaltet, aber dann wirst du der Star am Balletthimmel sein.«

Bonnie lacht, doch in ihren Augen stehen Tränen. »Du bist so lieb. Was würde ich nur ohne dich machen, ich wäre hier völlig verloren.« Sie schlingt ihre Arme um mich und im nächsten Moment tropft etwas Warmes auf meine Schulter.

Schniefend löst sie sich von mir und wischt sich mit der Hand die Tränen fort. »Von jetzt an heißt es, strenge Diät halten ohne Kohlenhydrate, am besten nur noch Rohkost. Ich habe schon drüber nachgedacht, ob ich anfangen soll zu rauchen.«

Bin ich froh, dass ich sie wieder auf die richtige Spur gebracht habe. »Tu das bitte nicht, dann wirst du kurzatmig und dir fehlt die Puste für die ganzen Sprünge.«

Bonnie stößt einen tiefen Seufzer aus. »Ich weiß. Außerdem bin ich irgendwie nicht auf den Geschmack gekommen, ich hab es schon ein paar Mal probiert.« Ein verschmitztes Lächeln zupft an ihrem Mundwinkel.

Ich möchte es erwidern, aber irgendwie kriege ich diesen Dozenten nicht aus meinem Kopf. »Ich komme einfach nicht darüber hinweg. Wie kann dieser Archer dich vor allen bloßstellen?«

»Jean, ein Mädchen aus meinem Kurs, meint, im *Corps de ballet* ist das gang und gebe, ihre Freundin tanzt dort seit einem Jahr. Ich sollte mich damit abfinden, sonst bin ich hier fehl am Platz.«

»Aber hätte er dir seine Meinung nicht unter vier Augen mitteilen können?«, halte ich dagegen. »Dieser Archer ist mir jetzt schon unsympathisch, obwohl meine erste Stunde bei ihm noch bevorsteht.«

»Sag das bloß nicht so laut«, sagt Bonnie mit gesenkter Stimme und schaut verstohlen um sich. Doch abgesehen von drei Mädchen, die in einigem Abstand ein munteres Gespräch führen, ist keiner da. »Er scheint viel Einfluss zu haben. Er soll ein großer Tänzer gewesen sein und nach seinem Karriereaus hat er eine Zeit lang das NYC Ballet geleitet.«

»Im Ernst?« Ich schnaube. »Dann sollen wir uns geehrt fühlen, von einem Arsch unterrichtet zu werden?«

»Ja, sollten wir. Wahrscheinlich ist es sogar gut, dass ich ihm überhaupt aufgefallen bin – wenn auch im negativen Sinne. Besser auffallen, als in der Masse untergehen«, fügt Bonnie mit einem Anflug von Sarkasmus in der Stimme hinzu.

»Vielleicht sieht er Potenzial in dir und will alles aus dir rausholen, was du zu bieten hast.«

Bonnie bedenkt mich mit gerunzelter Stirn. »Du meinst also, es ist so was wie ein Ritterschlag, von ihm bloßgestellt zu werden?«

Ich lächle schief. »Zumindest solltest du es so sehen. Versuch, drüber zu stehen und das Beste draus zu machen. Ich weiß, du schaffst das!«

Bonnie zieht die Nase hoch, ehe sie die Schultern strafft und das Kinn reckt. »Eine Bonnie Edwards lässt sich niemals unterkriegen. Ab jetzt werde ich mir so etwas nicht mehr zu Herzen nehmen, sondern mir den Arsch aufreißen und einfach noch härter an mir arbeiten. Was uns nicht umbringt, macht uns stark!«

»Das ist meine Bonnie!« Ich bewundere wirklich ihre Stärke, im Gegensatz zu mir ist sie ein richtiges Stehauf-Männchen.

Bonnie drückt mich kurz, aber fest an sich. »Danke, dass du mich wieder aufgebaut hast«, flüstert sie mir ins Ohr.

»Gern geschehen. Doch du hättest das auch für mich getan.«

Bonnie schenkt mir ein warmes Lächeln. »Bei dir brauche ich das nicht, du bist einfach die perfekte Ballerina. Archer wird dich lieben.«

Als Bonnie das sagt, zieht sich meine Brust zusammen. Anstatt mich über ihr Kompliment zu freuen, ergreift mich einmal mehr die Angst, die hohen Erwartungen nicht erfüllen zu können. Schließlich habe ich ein Stipendium bekommen und muss von nun an gleichbleibend hohe Leistung zeigen.

»Stellt sich nur die Frage, warum er hier als Dozent arbeitet«, lenke ich schnell vom Thema ab. »Der Job, den er vorher hatte, ist wohl nicht zu toppen.«

Bonnie zuckt die Schultern. »Als Intendant eines so großen Theaters trägt man eine große Verantwortung, dem Druck kann man bestimmt nicht ewig standhalten. Aber dafür hat er sicherlich gute Verbindungen zum neuen Leiter und kennt viele wichtige Leute. In seiner Stunde solltest du versuchen hervorzustechen.«

Während der Mittagspause in der Mensa ist Bonnie wieder ganz die Alte. Lachend und plaudernd sitzt sie an einem der Tische, rechts und links von ihr zwei Jungs, die ich bereits aus dem Techniktraining kenne und ihr gegenüber ein Latina-Mädchen, das mir schon durch ihre feurige Ausstrahlung aufgefallen ist. Als Bonnie mich sieht, winkt sie mir freudestrahlend zu.

Ich winke zurück, doch zunächst stelle ich mich an der Essensausgabe an. Unauffällig halte ich Ausschau nach Juri. Er ist mir heute noch gar nicht über den Weg gelaufen. Jedes Mal, wenn ich irgendwo um die Ecke biege, hoffe ich, dass er mir entgegenkommt. Ich seufze leise. So ist das also, wenn man verknallt ist.

Ich hätte nie gedacht, dass man jemanden vermissen kann, den man erst einen Tag kennt.

Nachdem ich mir einen Salat mit Hühnchen und Tofu geholt habe, setze ich mich zu den anderen.

In einer kurzen Vorstellungsrunde erfahre ich, dass Brad und Selena mit Vierzehn an der Academy begonnen haben. Wie die meisten hier absolvieren sie gleichzeitig ihren High-School-Abschluss. Viele Schüler kommen aus aller Herren Länder, um das Ballettinternat zu besuchen. Da mich Tante Xia schon von Kindesbeinen an gefördert hat, konnte ich später einsteigen, wofür ich ihr heute noch dankbar bin. Mum und Dad war es sehr wichtig, dass ich erst die Schule beende, bevor ich mich ganz dem Tanzen widme.

»Ich hab 'ne Frage an euch, Jungs«, meldet sich Bonnie zu Wort, nachdem wir uns alle kurz miteinander bekannt gemacht haben. »Was denkt ihr, steht Juri auf Männer oder auf Frauen?«

»Ist das der Russe, der auf Jason losgegangen ist?«, will Miles wissen, der ein bisschen wie Shawn Mendes aussieht.

Bonnie und ich nicken einstimmig.

»Also, ich bin ja kein Fan davon, einen Streit mit Fäusten auszutragen, aber Jason muss sich nicht wundern, wenn er immer sein Maul soweit aufreißt«, sagt Miles. »Bei ihm war längst mal eine Abreibung fällig. Er verkraftet einfach nicht, wenn jemand besser ist als er.«

»Frag mich mal, ich musste zwei Jahre lang ein Zimmer mit ihm teilen«, wirft Brad augenrollend ein. »Er kann wirklich unausstehlich sein. Und um auf die eigentliche Frage zurückzukommen: Der Russe steht eindeutig auf Männer. Er weiß es nur noch nicht.«

Selena lacht auf. »Das hättest du wohl gerne. Vermutlich bist du derjenige, der ihn bekehrt, hab ich recht?«, neckt sie ihn.

Brad zuckt grinsend die Schultern. »Ich hätte nichts dagegen einzuwenden.«

»Jetzt mal im Ernst«, versetzt Selena. »Schätzungsweise achtzig Prozent aller Balletttänzer sind schwul. Warum macht ihr überhaupt ein Thema draus. Wen interessiert's?«

Bonnie richtet ihre Augen auf mich. »Mae zum Beispiel. Sie ist seine Tanzpartnerin.«

Sofort schießt mir die Röte in die Wangen. Oh Mann, jetzt wissen wohl alle, dass ich ihn heiß finde.

»Echt?«, fragt Selena interessiert nach. »Mensch, hast du ein Glück. Mir ist der steife Jeremy zugeteilt worden. Bei ihm habe ich jedes Mal das Gefühl, mich bedanken zu müssen, wenn er mich nicht fallen lässt.«

Wir müssen alle losprusten und Selena kichert ebenfalls. »Lacht nicht. Wenn ich mit gebrochener Nase und Blutergüssen die Gänge entlang krieche, müsst ihr euch nicht wundern. Aber jetzt mal im Ernst, Juri ist ein toller Tänzer, einer der besten.«

»Das ist er wirklich«, stimme ich zu. »Seine Mutter war die Iwanowa«, versuche ich, das Thema geschickt in eine andere Richtung zu lenken. Im nächsten Moment verfluche ich jedoch mein loses Mundwerk. Juri ist es bestimmt nicht recht, wenn ich das einfach so herumposaune.

Drei Augenpaare richten sich fassungslos auf mich. Brad vergisst sogar zu kauen. »*Die* Iwanowa?«, ergreift er übertrieben laut und mit vollem Mund das Wort. »Ist die nicht gerade an Krebs gestorben?«

Ich bringe nur ein niedergeschlagenes Nicken zustande und blicke peinlich berührt um mich. Ich kann nur hoffen, dass Juri nicht in der Nähe ist und das gehört hat. Besonders, wenn ich mich an seine erste Reaktion auf persönliche Fragen erinnere.

»Sein Talent hat er wohl eindeutig von ihr geerbt«, sagt Selena mehr zu sich selbst.

»Wenn man vom Teufel spricht …«, murmelt Bonnie und alle folgen ihrem Blick Richtung Essensausgabe.

»Wink ihn bitte hierher, ich will ihn unbedingt kennenlernen«, zischt Brad mir entgegen.

Als Juri sich mit seinem voll beladenen Tablett umdreht, begegnen sich unsere Blicke und ein aufgeregtes Kribbeln durchströmt mich.

Sein Gesicht erhellt sich und ich winke ihn zu uns. »Tut mir einen Gefallen und sprecht ihn nicht auf seine Mutter an«, bitte ich die anderen mit gesenkter Stimme.

»Geht klar«, sagt Selena und alle nicken einvernehmlich.

»Komm, setzt dich zu uns«, sage ich, als Juri vor uns steht und schiebe den Stuhl für ihn zurück.

Unschlüssig tritt er von einem Bein aufs andere und schaut dann zum Ende des Essensaals, als würde dort jemand auf ihn warten. Vermutlich sehnt er sich nach seiner ruhigen Ecke.

»Wir beißen auch nicht«, fügt Brad grinsend und mit hochgezogener Augenbraue hinzu. »Außerdem könnten wir jemanden gebrauchen, der unseren Tisch verteidigt.«

Wenn das nicht eine Anspielung auf die Tracht Prügel ist, die er Jason verpasst hat. Ich beiße mir auf die Lippen, weiß nicht, ob ich in Bonnies Gekicher einstimmen oder vor Scham im Boden versinken soll.

»Manche Leute sind halt lieber für sich, als dumme Sprüche über sich ergehen zu lassen«, wirft Selena ein, ihre Augen blitzen dabei herausfordernd in Brads Richtung.

Der verzieht beleidigt den Mund und äfft dann tonlos ihre Mimik nach, was mir ein Grinsen entlockt. So piesackt man sich nur, wenn man jahrelang aufs gleiche Internat geht.

»Danke, ich nehme euer Angebot gerne an«, sagt Juri schließlich und lässt sich auf dem Stuhl neben mir nieder.

Er wirft einen Blick auf meinen halb leer gegessenen Teller. »Denk daran, nicht zu viele Salatblätter auf einmal, sonst kann ich dich später nicht mehr heben«, feixt er und schenkt mir ein verschmitztes Grinsen.

Wenn er wüsste, was das in mir auslöst. Ein paar Sekunden lang verliere ich mich in den unergründlichen Tiefen seiner blauen Augen. Wärme breitet sich in meiner Brust aus und mein Herz beginnt wie ein kleiner Vogel nervös zu flattern. Schnell senke ich den Blick und schenke dem Rest meines Salats meine volle Aufmerksamkeit.

Wider Erwarten ist Juri äußerst unterhaltsam und gesellig, als hätte man einen Schalter bei ihm umgelegt.

Brads bewunderndem Blick nach zu urteilen, ist er ganz hin und weg von ihm.

»Bei uns in Russland sind Trinksprüche sehr beliebt«, sagt Juri nach einer Weile und erhebt sein Wasserglas. »Trinken wir auf ein erfolgreiches Jahr an der Academy!«

»… und dass wir alle, die hier sitzen, bis zum Schluss durchhalten«, ergänzt Bonnie und erhebt ebenfalls ihr Glas.

»Hier gibt keiner auf, wir sind doch alles Kämpfer!«, ruft Miles.

Wir strecken unsere Arme sternförmig nach vorne und lassen klirrend die Gläser aneinanderstoßen.

Nur widerwillig stehen wir fünf Minuten vor dem nächsten Stundenbeginn von unseren Stühlen auf. Der Austausch mit den anderen hat richtig Spaß gemacht. Nie hätte ich gedacht, dass ich so schnell Anschluss finde.

Als ich mein Tablett in den dafür vorgesehenen Wagen schiebe, tritt Brad vertrauensvoll an mich heran. »So bedauerlich es auch ist, aber Juri ist so was von hetero«, flüstert er mir ins Ohr. »Du hast hiermit meine Erlaubnis, ihn dir zu schnappen.«

Juri

Mittlerweile sind es mehr als zwei Wochen, in denen ich auf die Academy gehe. Archer hat mich in Ruhe gelassen und ich hoffe, es bleibt dabei. Durch Mae habe ich noch ein paar andere Tänzer kennengelernt, mit denen ich mich jeden Tag um die Mittagszeit in der Mensa treffe. Sie sind locker drauf und wir lachen viel, genau das, was ich gebraucht habe. Sie stellen keine dummen Fragen und mit ihnen kann ich so sein, wie ich vor Mamas Krankheit war: unbeschwert und jederzeit einen Spruch auf den Lippen.

Der tief in mir sitzende Zorn ist nicht verschwunden, aber ich fühle mich nicht mehr wie ein Vulkan kurz vor der Explosion.

Mit Mae läuft es richtig gut. Sie lässt sich vollkommen auf mich ein und vertraut mir. Mrs Jones hat uns sogar beiseitegenommen und uns zu verstehen gegeben, dass sie uns den Hauptpart bei der Weihnachtsaufführung zuteilen möchte, bei dem wir auf der Bühne ganz alleine tanzen. Aber auch, dass wir uns mehr anstrengen müssen, da Mae noch sehr unerfahren mit Hebefiguren ist. Dieses Jahr wird ein modernes Ballett mit dem Namen *Winterblues* inszeniert, bei dem ein Liebespaar à la Romeo und Julia im Mittelpunkt steht.

Ich bin mir sicher, dass wir es rocken werden, denn Mae ist eine fantastische Tänzerin und unsere Körper scheinen beim Tanzen wie füreinander geschaffen.

Sie hat mich gefragt, ob ich Lust hätte, noch weitere stille Orte in New York kennenzulernen, und ich habe natürlich zugestimmt. Also haben wir uns heute nach dem Unterricht verabredet. Wie beim letzten Mal habe ich keinen blassen Schimmer, was sie vorhat. Aber ich weiß jetzt schon, dass es ein toller Nachmittag wird.

Wie immer nach einer Stunde Repertoire bei Archer hechte ich als einer der ersten aus der Klasse, inständig hoffend, dass er mich nicht wieder zurückpfeift. Kaum bin ich ihm entkommen, betrete ich mit deutlich besserer Laune den Umkleideraum. Ich habe es mir zur Gewohnheit gemacht, in der Schule zu duschen. Ich fühle mich besser, wenn ich sauber und frisch in die U-Bahn steige. Doch jedes Mal achte ich darauf, dass ich nicht der Letzte bin. Auf ein weiteres Zusammentreffen mit Archer in der ausgestorbenen Umkleide kann ich gut verzichten.

Als ich mich nach dem Duschen anziehen will, halte ich inne. *Dermo!* Ich habe meinen Hoodie auf der Stange im Trainingsraum hängen gelassen. Heute ist es sehr windig, ohne Jacke werde ich frieren. Eine Erkältung kann ich mir absolut nicht leisten, ich muss zurück und sie holen.

Nachlässig hänge ich meine Trainingstasche an einen Haken über der Sitzbank und spurte zurück zum Ballettsaal. Hoffentlich ist noch nicht abgeschlossen.

Ich drücke die Klinke hinunter. Zum Glück, die Tür ist offen.

Mein erster Blick fällt sofort auf die Ballettstange, an die ich den Hoodie gehängt habe.

Yebat! Er ist nicht mehr da, sicherlich hat ihn Archer mit ins Lehrerzimmer genommen. Fuck. Fuck. Fuck.

Gerade als ich mich umdrehen will, um den Raum zu verlassen, hält mich ein lautes Räuspern zurück.

Mein Herz macht einen ungesunden Satz. In der Ecke steht Archer und sieht mich mit wölfischem Lächeln an.

Ich bin ein verdammter Idiot. Ich hätte wissen müssen, dass ich ihn hier noch antreffe. Was macht er hier überhaupt noch?

»Juri! Wie nett, dich zu sehen, wo du dich nach meiner Stunde immer so schnell rar machst. Komm doch mal bitte her, ich will kurz etwas ausprobieren.«

Gehetzt wende ich den Kopf. »Also ehrlich gesagt, habe ich wenig Zeit, ich wollte nur kurz meinen Pulli holen, ich muss ihn vorhin hier vergessen haben.«

Archer grinst selbstgefällig und macht eine raumgreifende Handbewegung. »Einen klitzekleinen Moment deiner kostbaren Zeit wirst du mir schenken können. Schließlich wird das eine Sequenz aus dem Tanz, für den ich unter anderem *dich* vorgesehen habe.«

Widerstrebend nähere ich mich ihm. Was bleibt mir auch anderes übrig. Ich kann ihm nicht jedes Mal unterstellen, mich begrapschen zu wollen.

»Stell dich vor mich, mit dem Rücken zu mir«, sagt er. »Dann spring hoch und nimm gleichzeitig die Arme mit nach oben, ich fange dich in der Luft auf.«

Ich blicke ihn einen Moment lang skeptisch an. Archer ist etwa so groß wie ich, allerdings etwas kräftiger, er wird mich sicherlich halten können.

Nachdem ich seine Anweisung befolgt habe, schlingt er beide Arme um meinen Bauch und hält mich fest – ich habe den Eindruck, länger als nötig – ich spüre seinen warmen Atem an meiner Schläfe, was mir Unbehagen bereitet. Er verströmt einen Geruch nach herbem Aftershave, für meinen Geschmack zu intensiv. Ich stehe kurz davor, mich von ihm loszureißen, so widert er mich an.

Bleib professionell, ermahne ich mich. Normalerweise erarbeiten wir solche Stücke mit unserem Partner während der Ballettklasse. Ob ich den Part der Frau tanze oder das Stück für zwei Männer gedacht ist, ist mir unklar.

»Gleite jetzt durch meine Arme hindurch«, weist er mich endlich an. »Dann drehe dich um.«

Als ich tue, was er verlangt, greift er um, sodass er mich an den Handgelenken festhält. Ich lasse mich von ihm führen, bis ich hinabsinke und auf dem Boden liege.

Beim Paartanz gehört eine gehörige Portion Vertrauen dazu. Man muss sich komplett auf den anderen verlassen. Das konnte ich schon immer gut, weil ich keine Angst davor habe, mich auf jemanden einzulassen.

»Arme seitlich ablegen und die Beine nach oben strecken«, fährt Archer fort. Als nächstes umfasst er meine Fußfesseln, ich rolle mich mit seiner Hilfe zur Seite. Eine merkwürdige Bewegung, wie ich finde, allerdings im Modernen Ballett nichts Ungewöhnliches.

»Ja, das könnte gehen«, sagt er. »Wie würdest du jetzt am besten aus dieser Position aufstehen?« Er tritt einen Schritt zur Seite.

Ich öffne meinen Brustkorb, dehne ihn und ziehe mich wie von einem unsichtbaren Faden geführt nach oben, Arme und Kopf folgen dem Oberkörper, bis ich die aufrechte Sitzposition erreiche.

Zeigefinger und Daumen um sein Kinn gelegt, läuft Archer grübelnd durch den Raum. »Nicht ganz, wie ich es mir vorgestellt habe, aber nicht schlecht für den Anfang. Da müssen wir noch dran feilen.«

»Ich muss jetzt wirklich los«, sage ich, während ich mich erhebe, und laufe rückwärts Richtung Tür. »Haben Sie vielleicht meinen Pulli gesehen?«

»Aber ja!« Er geht zum Klavier in der Ecke. So langsam, dass man ihm unterwegs die Schuhe besohlen könnte.

Ich unterdrücke einen genervten Seufzer und folge ihm.

Archer hält meinen Hoodie in die Höhe, will offenbar, dass ich zu ihm komme und ihn mir hole.

Als ich in einigem Abstand vor ihm stehen bleibe, strecke ich die Hand danach aus, doch er zieht sie zurück. Stattdessen lehnt er sich gegen das Klavier.

Das Blut kocht in meinen Adern. Was soll dieses dämliche Spiel?

Archers Blick ist durchdringend, ich fühle mich plötzlich nackt. »Was wollen Sie?«

Er saugt meine Abwehrhaltung mit seinem dunklen Blick ein. »Dich ein bisschen besser kennenlernen. Du bist so verschlossen.«

Ein kalter Schauer läuft mir über den Rücken. Der Kerl ist so was von widerlich. Was bildet er sich überhaupt ein? Sein unverschämtes Grinsen und seine gesamte Haltung sind so selbstgefällig, dass ich plötzlich von einer ungeheuren Wut erfasst werde.

»Nun komm schon näher, ich tu dir doch nichts.«

Wieder gebe ich nach und komme ihm entgegen. Diesmal warte ich allerdings, ehe ich nach meinem Hoodie greife.

»Juri, warum sträubst du dich so dagegen, ein bisschen nett zu mir zu sein?«

Einen Moment lang glaube ich, mich verhört zu haben. Doch dann wird mir mit einem Schlag bewusst, was hier abläuft. »Ich respektiere Sie als meinen Dozenten, aber auch nicht mehr und nicht weniger.« Mein Kiefer mahlt, ich habe große Mühe, mich im Zaum zu halten.

Er tritt ganz nah an mich heran. Seine Augen wandern über mein Gesicht und sein Blick bleibt auf meinen Lippen kleben.

Ich weiche automatisch einen Schritt zurück.

In einer blitzschnellen Bewegung packt er meine Handgelenke, drückt sie seitlich weg und kommt mir so nahe, dass ich seinen erigierten Schwanz spüre. »Wenn du hier weiterkommen und etwas erreichen willst, musst du offener sein.« Er spricht sehr leise, doch die unterschwellige Drohung in seiner Stimme ist nicht zu überhören. Sein Atem geht stoßweise, ich ahne, wie sehr er sich zusammenreißt, mich nicht anderweitig zu berühren.

Meine Kehle wird trocken, schnürt sich zu. Ich kann nicht glauben, dass das gerade passiert. Doch leider ist dies kein Albtraum, sondern die Realität. Ich möchte mich aus seinem stählernen Griff lösen, aber er gibt mich nicht frei. Das Wissen meiner Machtlosigkeit ihm gegenüber verstärkt meinen Hass noch mehr. Eine wütende Hitze breitet sich in meinem Magen aus, ich erwidere seinen unnachgiebigen Blick und beiße die Zähne aufeinander. Wenn er mich nicht auf der Stelle freigibt, werde ich ihm so hart mit dem Knie in die Eier treten, dass er seinen dreckigen Schwanz bestenfalls noch zum Pinkeln benutzen kann.

Als hätte er meine Gedanken gelesen, lässt er locker. Schnell reiße ich mich los, vergrößere die Distanz zwischen uns und balle die Hände zu Fäusten. Ein tiefer Atemzug vertreibt meine Anspannung. Ich weiß, dass ich einen kühlen Kopf bewahren muss und mich nicht durch meine Gefühle leiten lassen darf. »Zeige stets emotionale Stärke und Selbstbeherrschung«, höre ich die Stimme meiner Mutter in meinem Kopf, »dann kann dir keiner was anhaben.«

»Es tut mir wirklich leid, wenn ich falsche Signale gesendet habe, aber ich stehe nicht auf Männer«, sage ich bemüht ruhig und höflich.

Er stößt ein heiseres Lachen aus. »Ach ja? Ich glaube, du weißt es nur noch nicht.« Er kommt wieder einen Schritt auf mich zu, legt eine Hand auf meine Schulter und beginnt sie zu kneten. »Ich biete dir an, es mit mir herauszufinden. Dann werde ich alles tun, was in meiner Macht steht, um dich groß herauszubringen.«

Mein Blick schweift zu seiner Hand und wieder zurück. »Und wenn ich auf ihr Angebot nicht eingehe, was passiert dann?«

Etwas Dunkles flackert kurz in seinen Augen auf. »Überleg es dir gut.« Endlich lässt er von mir ab, wendet sich um und geht ein paar Schritte durch den Raum. »Ich kann dich aufbauen, doch ich kann dich ebenso wie eine heiße Kartoffel fallenlassen. Das liegt ganz in deiner Hand.« Der wohlwollende Klang seiner Stimme steht im harten Widerspruch zu seinen Worten.

Meine Befürchtung bewahrheitet sich. Er missbraucht seine Position, um Gefälligkeiten von mir zu verlangen.

Ich halte es keine Sekunde mehr in seiner Gegenwart aus, muss schnellstens hier raus, sonst explodiere ich.

In einer fahrigen Handbewegung streiche ich mir das Haar zurück, schnappe mir den Pulli aus seiner Hand und verlasse mit großen Schritten den Raum.

»Juri!« Die unmissverständliche Warnung in seiner Stimme lässt mich innehalten.

»Mein Angebot bleibt unser kleines Geheimnis. Es wäre doch schade, wenn deine tänzerische Laufbahn endet, ehe sie überhaupt begonnen hat.«

Ich brauche mich nicht umzudrehen, ich kann sein schmieriges Grinsen regelrecht hören.

Angebot, dass ich nicht lache. Das war pure Erpressung!

Mein Herz schlägt hart gegen meine Rippen und mein Puls rast mir davon, während ich den Gang entlanglaufe.

Nachdem ich die Tür der Umkleide hinter mir zugemacht habe, lehne ich mich mit dem Rücken dagegen, schließe die Augen und atme mehrmals durch. Noch immer meine ich, Archers Griff um meine Handgelenke zu spüren.

Ublyudok, diese miese Drecksau! Die Vorstellung, weiterhin seine Tanzklasse zu besuchen und so zu tun, als ob zwischen uns nichts vorgefallen wäre, erscheint mir fast unmöglich.

Doch mir bleibt keine Wahl. Er hat mich deutlich davor gewarnt, nicht zu Coleman zu gehen. *Es wäre doch schade, wenn deine tänzerische Laufbahn endet, ehe sie überhaupt begonnen hat,* waren Archers Worte. Coleman würde mir nicht glauben, sondern ihm, und mich wegen Verleumdung von der Academy schmeißen. Und dann hätte ich keine Chance, hier irgendwo in New York meinen Abschluss zu machen.

Und wenn er nur blufft? Er kann doch unmöglich so viel Einfluss haben.

Hastig stülpe ich mir meinen Hoodie über den Kopf, schnappe mir meine Trainingstasche und verlasse die Umkleide. Mit gesenktem Kopf durchquere ich den Flur, damit mich bloß keiner anspricht.

Immer zwei Stufen auf einmal nehmend, flitze ich die Treppe hinunter, bis ich die schwere Holztür öffne und endlich frische Luft atmen kann.

Ein kühler Wind schlägt mir entgegen. Hastig ziehe ich mir die Kapuze über den Kopf. Wo soll ich jetzt hin? Ich kann unmöglich nach Hause. Ich brauche Ruhe zum Nachdenken. Schnellen Schrittes passiere ich den Springbrunnen. Wenn irgendjemand davon erfährt, würde das einen Skandal auslösen. Ich kann nicht riskieren, dass man mir nicht glaubt. Auf keinen Fall darf ich mein Ziel aus den Augen verlieren.

Kann man diesen Wichser nicht irgendwie zur Rechenschaft ziehen? Ich spüre immer noch den geisterhaften Abdruck von seinen Händen und es ekelt mich an.

Nein, ich sollte mir Archer nicht zum Feind machen. Es muss noch einen anderen Weg geben. Irgendetwas muss mir einfallen.

Am liebsten hätte ich Alkohol, um meine kreisenden Gedanken zum Schweigen zu bringen.

Das ist die Idee! Wenn ich mich auf sonst niemanden verlassen kann, eine Flasche Wodka hat immer geholfen.

Mae

Diesmal lässt Juri mich wirklich hängen. Mit einem tiefen Seufzer schließe ich meinen Uhrenanhänger und erhebe mich vom Brunnenrand, ich warte schon geschlagene zwanzig Minuten. Ich weiß nicht, ob ich sauer oder nur enttäuscht sein soll. Die letzten Tage schien er so aufgeräumt. An unserem Stammtisch in der Mensa haben wir viel gelacht und sind zu einer richtig tollen Gruppe zusammengewachsen.

Plötzlich sehe ich ihn mit großen Schritten den Platz überqueren, als hätte er es eilig. Sein Gesichtsausdruck ist schwer zu deuten: irgendwas zwischen zornig und gehetzt. Nicht ein einziges Mal schaut er sich nach mir um, offenbar hat er unsere Verabredung völlig vergessen.

Oder läuft Juri vor mir davon? Wenn er unser Treffen nicht wollte, hätte er es mir sagen können.

Jetzt rauscht er an mir vorbei, den Blick starr ins Leere gerichtet. Sein Balletttrikot fällt ihm aus der Trainingstasche, die er offengelassen hat. Er scheint es gar nicht zu bemerken.

Erst jetzt kommt Bewegung in mich. Ich klaube den verschwitzten Anzug auf und renne hinter ihm her, während ich laut seinen Namen rufe.

Endlich bleibt er stehen und dreht sich zu mir um. »Mae«, rutscht es ihm überrascht über die Lippen.

»Alles in Ordnung bei dir?«

Juri senkt den Blick und reibt sich über den Nacken. Eine Antwort bleibt er mir schuldig.

»Wollen wir los?« Nur nicht lockerlassen.

Sein Blick schweift in die Ferne, er scheint mit den Gedanken ganz woanders. »Wohin?« Jetzt streicht er sich mit einer Vehemenz die Haare zurück, als würde ihm das beim Denken helfen.

Oh Mann! »Es scheint, du hast unsere Verabredung vergessen.« Ich lächle und der Versuch, es freundlich und nicht verletzt klingen zu lassen, gelingt.

Juri kratzt sich am Kopf, sucht scheinbar nach den richtigen Worten. »Hör zu Mae, ich kann leider nicht.« Fahrig streicht er sich durchs Haar. Ihn scheint wirklich etwas zu beschäftigen. »Vielleicht ein andermal.« Ohne meine Reaktion abzuwarten, wendet er sich ab und eilt davon.

Vielleicht ein andermal? Was soll das denn jetzt? Ich fühle mich erneut, als hätte er mich im Regen stehengelassen. Mit einem Mal fröstelt es mich und ich ziehe mir meine Strickjacke enger um den Körper.

Was ist los mit ihm? Wie soll ich bloß jemals aus ihm schlau werden? Ich hatte so sehr gehofft, dass wir uns bei diesem Treffen ein wenig annähern. Obwohl ich jedes Mal Angst habe, er könnte mir meine Aufregung anmerken, bin ich unheimlich gern mit ihm zusammen.

Doch warum weicht er mir auf einmal aus, anstatt mit mir zu reden? Habe ich etwas falsch gemacht? In den letzten Wochen ist er so aufgetaut und deshalb habe ich mich gestern endlich getraut, Tians Ratschlag zu befolgen und mich ihm ein weiteres Mal als Fremdenführerin anzubieten.

Juri sagte sofort zu. Ich meinte, etwas in seinen Augen aufblitzen zu sehen, und hatte das Gefühl, dass er sich wirklich gefreut hat.

Ich muss unbedingt Bonnie um Rat fragen.

Hektisch krame ich mein Smartphone aus der Seitentasche meines Rucksacks und tippe eine Nachricht an sie.

SOS. Verstehe die Welt nicht mehr. Kannst du sie mir erklären?

Keine Minute später vibriert mein Smartphone.

»Hey, was ist los? Ich dachte, du bist mit Juri verabredet?«

Ich atme auf, so erleichtert bin ich, Bonnies Stimme zu hören. »Das dachte ich auch. Aber er hat mich einfach stehen lassen.« Ich klinge so niedergeschlagen, wie ich mich fühle.

»Wo bist du?«

»Immer noch am Lincoln Center.«

»Stell dich vorn an die Columbus Ave, ich bin spätestens in sieben Minuten da und hol dich ab.«

Ehe ich etwas erwidern kann, hat sie bereits aufgelegt. Wenn ich ehrlich bin, verhält sie sich so, wie ich es gerade brauche – sie nimmt mir die Entscheidung ab. Das Adrenalin, das sich zuvor durch die anstrengenden Trainingseinheiten und die Nervosität, gleich Juri zu sehen, in mir angestaut hat, wurde durch die Begegnung mit ihm einfach abgezapft.

Was ist nur los mit ihm? Ich frage mich wirklich, wer für seinen finsteren Ausdruck verantwortlich ist. Heute Mittag in der Mensa war er noch bei bester Laune.

Ob ihm irgendetwas über die Leber gelaufen ist? Vielleicht hat ein Dozent ihn runtergemacht, so wie Archer es bei Bonnie getan hat.

Andererseits passt es gar nicht zu ihm, dass er sich so etwas zu Herzen nimmt. Und wer sollte seine tänzerischen Fähigkeiten großartig kritisieren? In unserer Pas de Deux-Klasse ist er immer konzentriert bei der Sache und gibt sein Bestes.

Den Blick auf den glatten Steinboden gerichtet, laufe ich Richtung Hauptstraße. Mein Kopf schwirrt, während ich nach einer Antwort für Juris seltsames Verhalten suche. Wenn er in Schwierigkeiten steckt, warum vertraut er sie mir nicht an? Probleme sind leichter zu bewältigen, wenn man sie mit jemanden teilt. Davonlaufen bringt doch nichts.

Ich würde ihm so gerne helfen.

Frontal knalle ich auf etwas Hartes und schaue verwirrt auf, bis ich merke, dass ich gegen die Brust eines Hünen gestoßen bin. Direkt in ihn reingelaufen bin ich und er hat mich offenbar auch nicht gesehen. Mit verlegenem Lächeln entschuldigen wir uns beieinander, bis jeder wieder seines Weges geht.

An der Columbus Ave angekommen, stelle ich mich an den Bordstein und beobachte den Verkehr auf der Suche nach Bonnie. Ehrlich gesagt habe ich keine Ahnung, nach was ich Ausschau halten soll. Was für einen Wagen fährt sie überhaupt? Oder kommt sie vielleicht mit dem Taxi?

Autos rauschen an mir vorbei, das Geräusch röhrender Motoren hallt in meinen Ohren.

Wie Juri sich jetzt wohl fühlt? Hat er überhaupt jemanden, dem er sich anvertrauen kann? Wie ich herausgehört habe, ist das Verhältnis zu seinem Vater alles andere als gut. Seine Schwester ist noch zu klein, um sich bei ihr das Herz auszuschütten. Und seine Stiefmutter? Über die hat er bisher noch gar nichts erzählt, außer dass sie als Ärztin im *Lenox Hill Hospital* arbeitet.

Ein roter Mustang Cabriolet kommt mit quietschenden Reifen neben mir zum Stehen und reißt mich aus meinen Gedanken. Das Fenster an der Beifahrerseite fährt herunter und ich sehe Bonnies Kopf durch die Öffnung. »Komm, Honey, steig schnell ein.«

Ich habe Mühe, meinen heruntergeklappten Kiefer wieder zu schließen, während ich die Tür aufmache und mich neben Bonnie auf den schwarzen Sitz sinken lasse. Ihm haftet der Geruch nach neuem Leder an, alles wirkt sauber und kein einziges Staubkorn ist auf dem schwarzen Armaturenbrett zu erkennen.

Sosehr ich immer mal Cabrio fahren wollte, jetzt bin ich froh, dass das Verdeck geschlossen ist, denn heute weht ein frischer Wind und mir fröstelt es immer noch.

»Gibt dir dein Dad seinen Wagen einfach so?« Bonnie fädelt sich souverän und mit schnittigem Fahrstil wieder in den Verkehr ein.

»Braucht er gar nicht. Das ist mein Baby.«

Verblüfft sehe ich sie an. »Nicht dein Ernst!«

Bonnie zuckt nur mit den Schultern.

»Was gibt es noch, was ich nicht über dich weiß? Fläzt du dich nachts in einem Nachtklub auf dem Piano und singst mit rauchiger Stimme?«, scherze ich, als ich mich wieder einigermaßen gefangen habe. »Oder tanzt du Burlesque?«

»Nein! Aber das wollte ich immer schon mal ausprobieren.«

»Im Ernst?« Ich kneife die Brauen zusammen. »Du willst einzig mit Nippel-Pasties bekleidet vor lüsternen Männern tanzen?«

»Das ist Kunst!«, protestiert Bonnie und fährt im rasanten Fahrstil die Avenue entlang. »Burlesque ist eine ausgereifte kabarettistische Bühnenvorstellung, bei der man im Gegensatz zum Striptease nicht alle Hüllen fallen lässt. Dabei könnte ich endlich mal meine Weiblichkeit zeigen. Oder um es mit Archers Worten zu sagen: Meine pummelige Figur in Szene setzen.«

Ich muss gegen meinen Willen grinsen. Gott sei Dank kann Bonnie Archers Kritik mittlerweile mit Humor sehen und es ist ein wenig Gras darüber gewachsen. Seitdem hat er sie in Ruhe gelassen und mich hat er in meinen Stunden Repertoire nicht beachtet.

»Schön, dass du schon einen Plan B hast, falls es mit der Ausbildung zur Bühnentänzerin nicht klappt«, feixe ich mit hochgezogener Augenbraue. »Was für dunkle Geheimnisse willst du mir noch offenbaren? Los, raus damit. Ich kann heute einiges vertragen, schließlich wurde ich gerade abserviert.«

Bonnies Blick huscht zu mir hinüber. Dann stößt sie einen tiefen Seufzer aus. »Ach Süße! Was ist bloß mit dem Typen los? Du solltest dir das auf jeden Fall nicht so zu Herzen nehmen. Er wird schon seinen Grund haben, warum er dich stehengelassen hat.«

Ich nicke nur. Heute ist Freitag, daher bin ich wirklich gespannt, ob er sich am Montag zu seinem Verhalten äußern wird.

Bonnie biegt in die nächste Straße ein und fährt auf eine Einfahrt. Sie nimmt eine schmale Fernbedienung aus der Mittelkonsole und drückt auf einen Knopf. Im nächsten Moment fährt das Tor hoch, das den Blick auf eine schmale Garageneinfahrt freigibt und die Lichter gehen an.

Bonnie braust in einem Tempo die Rampe hinab, dass mir ganz schummrig wird. Ich halte den Atem an. Wenn uns jetzt ein Auto entgegenkommt, haben wir verloren.

Als wir den unterirdischen Parkplatz erreicht haben, atme ich erleichtert auf.

Bonnie bedenkt mich mit hochgezogenen Augenbrauen. »Was ist?«

»Wenn du das nächste Mal vorhast, dich umzubringen, lass mich bitte vorher aussteigen. Ein entgegenkommendes Auto hätte bei deinem Tempo keine Chance gehabt zu bremsen.«

Bonnie prustet los. »Mae, die Ausfahrt befindet sich auf der anderen Seite.«

Nachdem ich Bonnie den Spaß gegönnt habe, sich ausreichend auf meine Kosten zu amüsieren, lasse ich den Blick fasziniert über die teuren Karosserien gleiten. Neben schnittigen Sportwagen stehen Oldtimer, einer glänzt mit dem anderen um die Wette.

Während der Fahrstuhl in die fünfzehnte Etage fährt, durchläuft mich ein aufgeregtes Kribbeln. Es ist das erste Mal, dass Bonnie mich mit zu sich nach Hause nimmt und ich bin so angespannt, als würde mein erstes Solo vor mir liegen.

Die Fahrstuhltür öffnet sich mit einem lauten *Pling* und ich halte einen Augenblick inne. Noch nie habe ich einen so prunkvollen Raum betreten. Dabei scheint das erst der Eingangsbereich zu sein. Im ersten Moment traue ich mich gar nicht, Bonnie aus dem Fahrstuhl hinaus zu folgen.

Über die Schulter sieht sie zu mir zurück und gibt mir mit einem kurzen Kopfnicken zu verstehen, auszusteigen.

Zaghaft mache ich den ersten Schritt in den hell erleuchteten Flur. Der Boden ist mit kleinen Mosaiksteinen ausgelegt, die ein wunderschönes Muster aus filigranen Formen bilden. Die edlen Messingleuchter an den Wänden hüllen den Raum in warmen Glanz. Nachdem ich meinen Blick einen kurzen Moment umherschweifen lasse, wird mir klar, dass dies kein Flur ist, der zu mehreren Wohnungen führt, sondern zu einer einzigen Tür.

Vor der Bonnie steht und ungeduldig mit den Augen rollt. »Kommst du oder wolltest du hier festwachsen?«

Mit klopfendem Herzen betrete ich hinter ihr die Wohnung und komme mir dabei vor, wie *Pretty Woman*, die zum ersten Mal die Suite des *Four Seasons* betritt. Ich wusste zwar, dass Bonnie aus reichem Elternhaus stammt, aber das übertrifft meine Vorstellung bei Weitem.

Als ich mich gerade aus meiner Strickjacke gepellt habe und dabei bin, sie in meinen Rucksack zu stopfen, rauscht uns eine gut gelaunte, ältere Dame entgegen und entreißt sie mir. »Ich habe euch gar nicht kommen hören«, sagt sie, während sie meine Jacke in den Garderobenschrank auf einen Bügel hängt. »Wen hast du denn da mitgebracht?« Neugierig mustert sie mich.

Ist das etwa Bonnies Mutter?

Nein, sie hat null Ähnlichkeit mit ihr. Sie kann nur die Haushälterin sein, das schwarze Uniform-Kleid verrät ihren Angestelltenstatus.

»Das ist Mae, meine Freundin aus der Academy«, antwortet Bonnie.

Die Haushälterin nickt mir freundlich zu. »Na, dann viel Spaß euch beiden.« Im nächsten Moment ist sie so schnell verschwunden, wie sie aufgetaucht ist.

Während ich mir mein T-Shirt glatt streiche, sehe ich mich um. Die riesige Fensterfront gibt eine atemberaubende Sicht auf New Yorks Skyline frei und zieht mich magisch an. Mit zaghaften Schritten nähere ich mich der Verglasung – ich möchte nicht wissen, wie lange man braucht, damit die Scheiben so sauber aussehen – und riskiere einen Blick nach unten, um den beeindruckenden Ausblick einen Moment lang auf mich wirken zu lassen.

Von hier oben wirkt New York beinahe utopisch. Ich komme mir vor wie in *Das fünfte Element*, fehlt nur noch, dass ein kleines Flugobjekt an der Scheibe vorbeirauscht, aus dem mir Bruce Willis zuwinkt.

Mein Magen fühlt sich mit einem Mal flau an und meine Knie weich. Hastig trete ich einen Schritt zurück. Wenn man hier wohnt, sollte man in jedem Fall schwindelfrei sein.

Nachdem ich mich umgedreht habe, fällt mir der blonde Haarschopf einer Frau ins Auge, die auf einer riesigen, üppig gepolsterten Couch am anderen Ende des Raumes sitzt und in einer

Zeitschrift blättert. Vor lauter Faszination habe ich sie vorher gar nicht gesehen.

»Hallo, Mum«, sagt Bonnie und ihre Mutter hebt den Kopf, als hätte sie uns erst jetzt bemerkt.

»Ach Bonnie.« Mrs Edwards kommt uns in ihren sündhaft teuer aussehenden Pumps entgegengestöckelt. Als wäre sie der neuesten Vogue entsprungen.

Ich versteife mich augenblicklich. Jemanden aus Bonnies Familie anzutreffen, darauf war ich nicht vorbereitet.

»Das ist Mae, meine Freundin aus der Academy«, stellt Bonnie mich vor. »Ich habe dir von ihr erzählt, erinnerst du dich?«

Ich verspüre das Bedürfnis, einen Knicks zu machen, kann mich aber gerade noch zurückhalten. Von Bonnie weiß ich, dass ihre Mum diejenige ist, die das ganze Geld in die Familie gebracht hat. Mrs Edwards wurde mit dem silbernen Löffel im Mund geboren, ihr Vater hat ein riesiges Bierimperium.

»Sicher«, sagt Mrs Edwards, macht aber nicht den Eindruck, als kenne sie meinen Namen. In einigem Abstand reicht sie mir die Hand, an der drei Diamantringe glitzern und ich kann nicht anders, einen kurzen Augenblick starre ich darauf.

»Willkommen, Mae, fühl dich bei uns wie zu Hause.« Ein Lächeln umspielt ihre aufgespritzten Lippen, das alles andere als echt wirkt. Dann wendet sie sich um und geht zurück auf ihren Platz. Offenbar ist sie grad nicht in Stimmung, mit uns zu reden.

Bonnie zieht mich am Unterarm mit sich und ich folge ihr den langen Flur hinunter. »Meine Mutter leidet unter Boreout«, sagt sie mit gesenkter Stimme.

Ich frage mich einen Moment lang irritiert, ob ich sie falsch verstanden habe. »Du meinst Burn-out?«

»Nein: Boreout. Sie weiß einfach nichts mit sich anzufangen, außer sich mit ihrem Aussehen zu beschäftigen.«

»Oh«, sage ich nur, weil ich nicht weiß, was ich sonst sagen soll. Für Bonnie tut es mir leid, denn sie scheint kein inniges Verhältnis zu ihrer Mutter zu haben. Da ist mir meine Mum allemal lieber, die zwar ab und zu den Hausdrachen heraushängen lässt, aber immer für mich da ist, wenn ich sie brauche.

Bonnies Zimmer ist riesig und offenbart ebenfalls einen grandiosen Blick auf die Stadt. Neben einem großzügigen Himmelbett erweckt eine Art Fotostudio in der entgegengesetzten Ecke des Raumes meine Aufmerksamkeit. Zwei Blitzschirme, Hintergrundreflektoren, Lampenstative und ein Spot sind vor einer weißen Wand auf einer mit weißer Folie überzogenen Bühne aufgebaut – das sind zumindest die Dinge, die ich benennen kann. Davor steht auf einem Stativ eine teuer aussehende Kamera.

Ich komme aus dem Staunen nicht mehr raus. An der Wand daneben hängen Schwarz-Weiß-Fotos von Balletttänzern in verschiedensten Positionen. Eins gefällt mir besonders: Es ist von oben aufgenommen und zeigt eine Tänzerin, die in die Kamera schaut. Ihre Augen strahlen und vermitteln, dass Tanzen das Schönste ist, was es gibt.

»Hast du die gemacht?«

Bonnie nickt und ein schiefes Grinsen erscheint auf ihren Lippen. »Andere hängen sich Poster von Popstars an die Wand, ich wollte als Kind immer Fotos von Primaballerinen, die ich verehrte. Da es die nicht gab, beschloss ich, sie irgendwann selbst zu machen.« Verlegen klemmt sie sich eine Haarsträhne hinters Ohr. »Okay, es ist noch ein langer Weg bis dorthin, aber der Wunsch ist bis heute geblieben.«

»Warum hast du mir nie davon erzählt? Sie sind wunderschön!« Ich trete näher an die Fotogalerie heran und lasse meinen Blick darüber wandern. Abgesehen von mehreren Studiobildern scheinen einige während einer Ballettklasse aufgenommen worden zu sein. »Du hast wirklich Talent! Soweit ich das als Laie beurteilen kann. Du zeigst die kleinen, besonderen Momente, in denen die Tänzer in höchster Konzentration oder während tiefer Entspannungspausen sind und nicht merken, dass sie fotografiert werden.«

Bonnie stellt sich mit verschränkten Armen dicht neben mich und betrachtet die Bilder, als wenn sie sie zum ersten Mal sieht.

»Ich hatte noch nie die Gelegenheit, mit professionellen Models zu arbeiten. Die Aufnahmen entstanden während einer Trainingsstunde in meiner alten Ballettschule, kurz bevor wir nach New York gezogen sind. Nur meine Lehrerin war eingeweiht. Ich hatte ihr gesagt, dass ich ein paar Erinnerungsfotos knipsen möchte. Dass diese Bilder auch einen künstlerischen Hintergrund für mich darstellen, habe ich ihr allerdings verschwiegen.«

Stirnrunzelnd wende ich mich zu ihr. »Warum?«

Bonnie seufzt leise. »Ich habe mich geschämt, weil ich dachte, sie sind nicht gut genug. Doch dann habe ich ihr ein paar Abzüge als Abschiedsgeschenk übergeben – war ich ihr irgendwie schuldig.« Bonnie lächelt, lässt den Moment Revue passieren. »Sie hat sich wahnsinnig gefreut und sie gleich überall im Studio angebracht.«

»Ich hätte auch an ihrem Verstand gezweifelt, wenn sie das nicht getan hätte«, schnaube ich und kann es immer noch nicht fassen, dass sie mir dieses Talent vorenthalten hat. »Wie lange fotografierst du schon?«

»Vier Jahre ungefähr«, antwortet Bonnie, geht zu einer großen Fototasche, die auf einem Tisch steht und zieht eine Canon daraus hervor. »Das ist eins meiner Babys.« Ihr zärtlicher Tonfall lässt darauf schließen, welchen ideellen Wert die Kamera für sie hat. »Neben Ballett hat sich Fotografieren zu einer richtigen Leidenschaft für mich entwickelt. In meinem privaten Umfeld hat die Fotos bisher kaum jemand zu Gesicht bekommen. Ich hatte einfach noch nicht den Mut dazu.« Bonnie führt die Kamera an ihr Auge und beginnt, Fotos von mir zu schießen.

»Hör auf damit, ich bin sicher nicht das geeignete Model.« Ich muss kichern und als sie an mich heranzoomt, halte ich abwehrend die Hand vors Gesicht.

»Und ob du das bist«, hält Bonnie dagegen, während der Auslöser dutzende Male hintereinander klickt. »So eine natürliche Ausstrahlung wie du hat nicht jeder. Sei so, wie du bist, dann bist du perfekt.« Bonnie lässt die Kamera sinken und sieht mit fachmännischem Blick auf das Display. »Schau mal, die Serie, die ich gerade von dir gemacht habe.« Sie hält mir die Anzeige vor die Nase und klickt durch eine Reihe von Fotos.

Normalerweise mag ich mich nicht auf Bildern, da ich mich sofort versteife, sobald eine Kamera in Sicht ist. Mein Lächeln sieht meist so verkrampft aus, als hätte man eine Pistole mit der Drohung *Lächle oder stirb* auf mich gerichtet. Aber dadurch, dass Bonnie mich abgelenkt und zum Lachen gebracht hat, sind natürliche Schnappschüsse von mir entstanden. Auf den herangezoomten Bildern erkennt man jede Mimikfalte und jede kleinste Unebenheit in meinem Gesicht. Aber es stört mich nicht, denn sie wirken authentisch und zeigen mein wahres Ich.

»Naja, so lange du sie nicht irgendwo ins Internet stellst«, wäge ich im scherzhaften Tonfall ab.

»Ach schade. Auf Instagram hätten wir gleich testen können, wie du bei meinen Followern ankommst.« Sorgfältig verstaut sie ihre Canon wieder in der Tasche.

Halb ungläubig, halb fragend sehe ich Bonnie an. »Du lädst die Bilder auf Instagram hoch?«

»Ja, um Feedback zu bekommen. Ich kann besser damit umgehen, von Fremden Kritik zu ernten, als von meiner Familie und Freunden.«

Mit dem Ellbogen buffe ich sie in die Seite. »Nun komm schon, zeig sie mir.«

Ein Ausdruck von Freude gepaart mit Unsicherheit huscht über Bonnies Gesicht. »Na gut, aber bitte sag mir deine ehrliche Meinung.«

»Na klar, was denkst du denn.«

Bonnie zückt ihr iPhone aus der Trainingstasche, tippt und scrollt darin rum, bis sie es mir schließlich entgegenhält.

»Bonnies_ballet_love«, lese ich laut den Namen rechts neben einem hübschen Bild von ihr. Dann schweift mein Blick auf die Abonnentenzahl und mir stockt der Atem.

»Was?« Fassungslos blicke ich sie an. »Du hast 10 114 Follower?«

Bonnie senkt nur bescheiden den Blick und zuckt die Achseln.

»Dann bist du ein richtiger Influencer, sozusagen der Shooting-

Star unter den Ballett-Fotografen.« Meine Stimme überschlägt sich beinah vor Aufregung.

Bonnie stößt ein kurzes Lachen aus. »Das bin ich noch lange nicht.«

Fasziniert betrachte ich die Ballett-Bilder in ihrem Feed. »Ich würde sagen, Plan B steht bei dir.« Im Gegensatz zu mir. Ich habe nie etwas anderes gewollt, als Balletttänzerin zu werden.

»Wie meinst du das?«, fragt Bonnie und deutet mir, mich mit ihr an die elegante Kombination aus Sesseln und Récamiere zu setzen.

»Naja, wenn du es geschickt anstellst und an die richtigen Leute gerätst, kannst du viel Geld damit verdienen.«

Kichernd winkt sie ab. »Ach, dafür brauche ich ein Fotografie-Studium.«

»Oder du musst halt die richtigen Leute kennen …«

»Ich glaube nicht, dass das so einfach geht.«

»Wie auch immer, ich finde es großartig, dass du neben dem Tanzen noch so ein spannendes Hobby hast, bei dem du dich auf andere Weise kreativ austoben kannst.«

Bonnie verzieht einen Mundwinkel zu einem traurigen Lächeln. »Eins wusste ich schon immer genau: Auf keinen Fall will ich so werden wie meine Mutter. Ohne ein Ziel ist das Leben belanglos, oberflächlich und sinnlos – nichts als eine Aneinanderreihung von unmotivierten Ereignissen.«

Bonnies Worte stimmen mich einerseits traurig, andererseits bewundere ich ihre Stärke, die sie ohne mütterlichen Rückhalt entwickelt hat.

»Außerdem kann ich mich nur kreativ *austoben*, wenn ich geeignete Models dafür habe. Ich würde dich so gerne beim Tanzen fotografieren. Hast du Lust, mal für mich Model zu stehen?«, fügt sie nach einer kurzen Pause hinzu und setzt einen Welpenblick auf, der wohl jedes Herz erweichen würde.

Ich muss schmunzeln, denn ich habe bereits mit dieser Frage gerechnet. »Wenn mich eine so talentierte Fotografin vor die Linse bittet, kann ich schlecht Nein sagen, oder?«

Juri

Eine ganze Zeit lang irre ich umher und frage mich, wo ich etwas Hochprozentiges auftreiben kann. Momentan ist mir jedes Mittel recht, um an eine Flasche Wodka zu kommen. Allerdings ist mir heute nicht danach, eine Frau aufzureißen, ich will einfach nur in Ruhe gelassen werden. Also beschließe ich, den nächsten Liquor Store anzusteuern. Die strengen Alkoholgesetze in den USA sind lächerlich, ich werde mich bestimmt nicht daran halten. Ich scheiße darauf. Wer sich betäuben will, wird es tun, ob es ein Gesetz gibt oder nicht.

Zum ersten Mal bin ich Kate für die Prepaid-SIM-Karte dankbar, die sie mir gleich am Anfang in die Hand gedrückt hat. »Für den Notfall, sie ist bereits mit 20 Dollar aufgeladen«, waren ihre Worte. Schnell suche ich in Google Maps nach dem nächsten Liquor Store und folge dann dem angegebenen Weg des Routenplaners. Er führt mich raus aus den Häuserschluchten, zwischen denen ich mir teilweise den Kopf verrenke, um ein Stück Himmel zu sehen. Diese Stadt gibt mir jeden Tag aufs Neue das Gefühl, nur ein kleines Rädchen im Getriebe zu sein.

Irgendwie zieht es mich Richtung Hudson River. Ich brauche das Gefühl von Freiheit, will meinen Blick weit übers Wasser schweifen lassen, vielleicht gelingt es mir dann endlich wieder durchzuatmen.

Den ganzen Weg über denke ich darüber nach, wie ich an die Flasche Wodka kommen soll. Normalerweise schätzt man mich älter als achtzehn Jahre, aber der Typ in der Bar neulich hat mich gleich nach meinem Ausweis gefragt.

Komm, gib dir einfach einen Ruck, Iwanow, vielleicht ist das Glück ja auf deiner Seite.

Ich sehe den Schriftzug des Ladens schon vom Weiten und werde immer langsamer. Mit klopfendem Herzen nähere ich mich dem Eingang.

Jetzt oder nie.

Ein älterer Mann tritt mir plötzlich in den Weg, ich war so in Gedanken, ich habe ihn gar nicht kommen sehen. Er wirkt verwahrlost. Ungepflegtes graues Haar umrahmt sein verhärmtes Gesicht und er riecht, als hätte er sich durch eine Abfalltonne gewälzt.

Mit gerümpfter Nase trete ich ein Stück zurück.

»Junge, hast du eine Zigarette für mich?«, fragt er im vertraulichen Tonfall.

Ein Lächeln zupft an meinem Mundwinkel. Ihn schickt der Himmel. »Nein, aber ich gebe dir Geld für eine ganze Schachtel, wenn du mir einen Gefallen tust.«

Seine Augen verengen sich zu Schlitzen. »Was soll ich tun?« Misstrauen und Neugier zugleich sprechen aus seinem glasigen Blick.

»Besorg mir eine Flasche Wodka.«

Sein Grinsen ist breit genug, um einen schwarzen Zahnstumpf und ein paar Lücken zu offenbaren. »Nichts leichter als das, mein Junge.«

»Komm mit.« Ich zerre ihn in den nächsten Hauseingang und ziehe einen 20-Dollar-Schein aus der Gesäßtasche meiner Jeans, den ich schon vorsorglich aus meinem Portemonnaie genommen habe.

Der Fremde entreißt ihn mir gierig. »Das wird nicht reichen, mein Bester.« Er hält mir seine offene Hand hin und bewegt auffordernd seine Finger vor und zurück.

Seufzend ziehe ich mein Portemonnaie aus der Tasche und fördere noch einen 10-Dollar-Schein zutage. »Den Rest kannst du behalten.«

Er nickt zufrieden und setzt sich in Bewegung.

Das ging ja leichter als gedacht. Jetzt nur Ruhe bewahren und sich unauffällig verhalten. Stattdessen trete ich nervös von einem

Bein aufs andere und die Befürchtung macht sich in mir breit, dass er mich übers Ohr gehauen hat. Ich habe ihn zwar hineingehen sehen, aber vielleicht ist er am Hintereingang wieder heraus und hat sich mit meinem Geld aus dem Staub gemacht.

Verstohlen riskiere ich einen Blick durchs Schaufenster und stoße erleichtert den angehaltenen Atem aus. Er steht an der Kasse und bezahlt.

»Laufen wir ein Stück«, sage ich zu ihm, als er aus dem Laden rauscht und sich einen Flachmann in die Jackentasche schiebt. Nachdem wir um die nächste Ecke gebogen sind, huscht sein Blick verstohlen zu allen Seiten, dann zieht er aus seinem ausgebeulten Mantel eine braune Papiertüte hervor.

Was dieser Affenzirkus soll. Genervt seufzend nehme ich die Flasche entgegen und verstaue sie in meiner Trainingstasche. Zum Abschied nicke ich dem Alten kurz zu und mache, dass ich davonkomme.

Ich steuere in Richtung *Greenway*, möchte so schnell wie möglich ans Wasser, das ein befreiendes Gegengewicht zu der bedrückenden Enge der Häuserschluchten setzt.

Kaum an der parkähnlichen Strecke entlang des Hudson Rivers angekommen, halte ich Ausschau nach einer Bank, auf der ich nicht ganz so auf dem Präsentierteller sitze. Es ist früher Abend, genug Passanten, Jogger und Radfahrer sind noch unterwegs.

Auf einem kleinen Abschnitt im Schutz einer Böschung werde ich fündig. Nachdem ich Platz genommen habe, schiebe ich meine Trainingstasche weit von mir, damit keiner auf die Idee kommt, mir Gesellschaft zu leisten. Hastig ziehe ich die Papiertüte hervor, schraube den Deckel der Wodkaflasche auf und setze sie an meine Lippen. Ich trinke in gierigen Schlucken, sodass der Alkohol eine brennende Spur von meinem Hals bis in meinen Magen hinterlässt. Im nächsten Moment kneife ich die Augen zusammen und schüttle mich. *Blját!*

Allmählich dämmert es und das Licht der untergehenden Sonne malt rosafarbene Schlieren an den Horizont.

Ich war so mit meiner Suche nach Alkohol beschäftigt, dass

ich für kurze Zeit sogar Archer vergessen habe. Doch jetzt taucht sein Gesicht vor mir auf, verschwommen erst, dann so deutlich, dass ich den durchdringenden Blick seiner dunklen Augen auf mir spüre. Ich schüttle mich erneut.

Warum riskiert er so viel? Bloß für ein bisschen Adrenalin für zwischendurch? Oder bin ich womöglich nicht der Einzige, den er belästigt? Warum sucht er sich nicht jemanden, der auf ihn steht?

Weil er es liebt, seine Machtposition auszureizen, beantworte ich mir selbst die Frage.

Ich habe schon öfters davon gehört, dass es gerade im Leistungsbereich Sportler gibt, die von ihrem Trainer belästigt werden. Doch meist sind Frauen die Opfer. Dass mich so etwas irgendwann trifft, hätte ich nie für möglich gehalten. In meiner näheren Umgebung ist so etwas noch nie vorgekommen.

Aber Moment, woher will ich das eigentlich wissen? Die Dunkelziffer ist bestimmt hoch. Die meisten Opfer gehen damit nicht ans Licht der Öffentlichkeit, aus Angst, dass ihnen keiner glaubt, weil es keine Zeugen gibt. Oder aus Schamgefühl. Oder aus Angst, sich die Karriere zu versauen.

Wenn ich könnte, würde ich diesem miesen Schwein vor seiner Haustür auflauern und ihm die Kehle durchschneiden. Durch ihn werde ich mich ganz bestimmt nicht von meinem Ziel abbringen lassen.

Erneut setze ich die Flasche an und lasse die brennende Flüssigkeit meine Kehle hinabfließen. Ich will, dass meine Gedanken endlich verstummen. Wenigstens für diese Nacht. Denn sosehr ich mir auch den Kopf zerbreche, mir will nicht einfallen, wie ich mich gegen seine Übergriffe wehren kann, ohne seinen Zorn herauszufordern.

Jedenfalls heute nicht mehr.

Nach weiteren Schlucken stellt sich endlich das benebelnde Gefühl in meinem Kopf ein, auf das ich die ganze Zeit warte. Doch es reicht noch nicht, um die Erinnerung an das Zusammentreffen mit Archer zu verdrängen. Noch lange nicht.

Mein Blick verliert sich in den Weiten des schwarz glänzenden Sees. Die Wolkenkratzer zeichnen farbige Lichtsäulen auf das Wasser und lassen die Umgebung unwirklich erscheinen. Ich vermisse die Kanäle in St. Petersburg, wie die Newa sich zwischen den barocken und neoklassischen Monumenten entlangschlängelt. Den Hafen, die Strände am Stadtrand …

Ich schließe die Augen, zwinge mich, noch mehr zu trinken, bis ich mehr als die Hälfte des Wodkas intus habe.

Atemlos lasse ich die Flasche sinken. Mein Magen verkrampft sich und als ich aufsehe, dreht sich alles vor meinen Augen. Ein wirbelnder Kreisel aus bunten Fragmenten, die sich mit den schwarzschimmernden Partikeln des Wassers verbinden.

Plötzlich ragt ein Schatten vor mir auf und blendet mich mit einer Taschenlampe. Das Letzte, was ich erkenne, ist eine Schirmmütze mit dem goldenen Abzeichen des New York Police Department, ehe ich zur Seite wegkippe.

Laute Stimmen dringen in mein Bewusstsein. Ich höre das Klimpern eines Schlüsselbunds. Ein Schloss wird geöffnet.

Allmählich komme ich zu mir. Nur mit Mühe kann ich die Augen öffnen, ich fühle mich hundeelend. Stöhnend lasse ich meinen Blick durch den Raum schweifen.

Ich liege auf einer dünnen Gummimatratze in der Ecke einer leeren Zelle. Eindeutig eine Ausnüchterungszelle, in der ich mich befinde.

Ehe ich mich erheben kann, taucht Marcos Gesicht in meinem Blickfeld auf. Verbitterung ist alles, was ich darin lese.

Yobannoe dno!, murmle ich. Nein, noch beschissener kann die Situation wirklich nicht werden … Ich wünschte, das hier wäre nichts mehr als ein böser Albtraum! Aber das ist es nicht, das Pochen meines Schädels bringt mir die Erinnerung an die letzte Nacht zurück und katapultiert mich mitten in die Realität.

Marcos Blick streift mich kurz, darin liegt nichts als Verachtung. Er schämt sich für mich.

»Sie können ihn mitnehmen«, sagt der Police Officer neben ihm.

Übelkeit steigt in mir hoch, als ich mich zu schnell erhebe. Mit hängendem Kopf gehe ich an Marco vorbei, ich kann ihn nicht ansehen.

Warum musste das passieren? Ich habe doch nichts verbrochen. In diesem Land darf man noch nicht einmal seinen Kummer in Alkohol ertränken.

Marco spricht kein Wort, während wir warten, dass man mir meine Tasche aushändigt. Er muss etwas unterschreiben und blättert mehrere Dollarscheine auf den Tresen, lässt mich dabei gewaltig spüren, was er von mir hält. Kopfschütteln. Tiefes Durchatmen. Verächtliche Blicke.

Ich versuche, ihn zu ignorieren, und krame in meiner Tasche nach der Flasche Wasser, die ich gestern beim Training nur bis zur Hälfte getrunken habe. Ich habe einen fürchterlichen Brand.

Erst als wir im Auto sitzen, wendet er sich an mich. »Das ist jetzt schon das zweite Mal, dass du dich sinnlos betrinkst.« Ein Muskel zuckt unter seinem Auge. Er ringt mit sich, hat Mühe, die Fassung zu wahren.

Was soll ich darauf antworten? Ich werde mich sicherlich nicht bei ihm entschuldigen. Alles, was ich tue, ist in seinen Augen eh falsch.

»Oder dachtest du, ich hätte deinen Alkoholexzess das letzte Mal nicht mitbekommen?« Er schnaubt. Offenbar hat er mein Schweigen falsch gedeutet. »Deine Alkoholfahne konnte man Meilen gegen den Wind riechen. Ist das in Russland üblich? Versteht ihr das unter Freizeitbeschäftigung?«

Mir ist übel, mein Magen steht in Flammen. Ich kann kaum aufrecht sitzen, geschweige denn die Augen offenhalten, und muss dieses dumme Gerede über mich ergehen lassen. Klar, ich kann ihm ja schlecht weglaufen.

»Abgesehen davon, dass ich eine hohe Geldstrafe für dich bezahlen musste, blamierst du mich bis aufs Blut.« Er beißt die Zähne zusammen und atmet schwer.

Ich lehne meinen Kopf an das Fenster und schließe die Augen. *Swólatsch.* Dieses verdammte Arschloch. Behandelt seinen eigenen Sohn wie einen Aussätzigen. Keine Nachfrage, warum ich das getan habe. Oder wie es mir geht.

Am liebsten würde ich ihm sonst was an den Kopf werfen, doch mir fehlt die Energie. »Es wird nicht wieder vorkommen«, ringe ich mir deshalb ab, nur damit er endlich Ruhe gibt.

Als der Wagen auf die Auffahrt fährt, wird es langsam hell. Die aufgehende Sonne taucht den Horizont in purpurnes Licht. Was würde ich dafür geben, diesen Anblick in St. Petersburg mitzuverfolgen. Mama würde noch leben, ich würde an der *Waganowa* studieren und alles wäre beim Alten. Stattdessen befinde ich mich in einem fremden Land, wo ich mich nie heimisch fühlen werde, mein Vater nichts mit mir zu tun haben will und mein Traum von einer Karriere als Tänzer bereits zu scheitern droht.

Ein tiefer Atemzug bewahrt mich davor, in Tränen auszubrechen. Es ist lächerlich, nur aus einer sentimentalen Stimmung heraus Schwäche zu zeigen.

Während ich mich die Verandatreppe hochschleppe, wird mir einmal mehr bewusst, dass dieser Absturz ein Fehler war. Ich fühle mich schlechter als zuvor. Der Alkohol konnte nur vorübergehend mein Problem ausblenden, jetzt tritt es mit Anlauf und vollem Karacho in mein Bewusstsein. Nur ein Nickerchen kann mir jetzt noch helfen.

Sobald ich meinen Rausch ausgeschlafen habe, begebe ich mich in die Küche, um meinen knurrenden Magen zu besänftigen.

Kate sitzt am Küchentisch und blickt auf, als ich eintrete. »Alles wieder in Ordnung?«

»Ja, ich brauche nur Koffein«, murmele ich und steuere auf die Kaffeemaschine zu.

»Lass nur«, sagt Kate und erhebt sich. »Ich mach das.«

Ich nicke dankbar und nehme Platz.

Kate füllt eine Tasse mit Kaffee und reicht sie mir.

»Wo sind die anderen beiden?«, frage ich, nur um zu wissen, ob ich eine Weile Ruhe von Marco habe.

»Samstags spielt Sara immer Fußball. Vater-Tochter-Tag sozusagen.«

Ich unterdrücke ein Schnauben. Vater-Tochter-Tag. Wenigstens einem seiner Kinder schenkt er Aufmerksamkeit.

Kate setzt sich mir gegenüber und sieht mich eindringlich an. »Wie geht es dir?« Sie greift nach meiner Hand und streicht mit dem Daumen über meinen Handrücken.

Diese Nähe zu ihr ist so ungewohnt, dass ich mich augenblicklich anspanne. Ich senke den Kopf. »Gut soweit, nur noch ein wenig Kopfschmerzen. Ich bin hart im Nehmen.« Ich zwinge mich zu einem Lächeln.

»Das meine ich nicht.« Kate lässt meine Hand los und schiebt ihr halbaufgegessenes Sandwich zur Seite. »Hast du dich ein bisschen eingelebt? Fühlst du dich wohl bei uns?«

Ich schlucke trocken. Was soll ich ihr antworten? Die Wahrheit kann ich Kate unmöglich anvertrauen. Also senke ich den Blick. Ich spüre ein merkwürdiges Ziehen in der Brust.

Im Gegensatz zu Marco scheint sie wirklich verständnisvoll zu sein. Immerhin bin ich das Kind einer anderen Frau, das ihr jetzt auf der Tasche liegt.

»Juri, dein Vater braucht ein wenig Zeit, um sich an die neue Situation zu gewöhnen. Er kann ein ganz schöner Brummbär sein, aber ihr werdet klarkommen, da bin ich mir sicher.«

Brummbär. Originelle Umschreibung für das Wort Arschloch. Ihre Zuversicht ist jedoch bemerkenswert. Ich nehme einen großen Schluck Kaffee, um nicht antworten zu müssen. Das Koffein belebt sogleich meine Sinne.

»Das wird schon wieder.« Sie streicht sich durchs Haar, legt ihre Hand an die Wange und stützt einen Ellbogen auf den Tisch. »Und wie läuft es in der Academy?« Sie sieht mir direkt in die Augen. Ich kann echtes Interesse darin lesen.

Meine Miene versteinert, meine Finger krampfen automatisch um die Kaffeetasse, ich kann nichts dagegen tun. »Könnte besser laufen«, höre ich mich mit belegter Stimme sagen. »Ich bin gerade an einem Punkt, wo ich am liebsten alles hinschmeißen möchte.«

Habe ich das gerade gesagt? *Durak!* Ich bin so ein verdammter Idiot!

»Glaub an deinen Traum, Juri. Er ist dir aus einem bestimmten Grund gegeben worden.«

Ich nicke und reibe mir den Nacken. »Ja, ich weiß. Ich will auch nichts anderes tun. Es ist nur …« Ich rede mich gerade um Kopf und Kragen. Was ist nur los mit mir?

Kate schaut mich fragend an, als warte sie darauf, dass ich fortfahre.

Ich räuspere mich. Sie gibt mir gerade das Gefühl, dass ich ihr alles anvertrauen kann. Nichts würde ich lieber tun, als ihr mein Herz auszuschütten. Aber wenn ich jetzt mit der Wahrheit herausrücke, würde ich es später womöglich bitter bereuen – wer weiß, vielleicht rennt sie zu Coleman und er würde ihr ebenso wenig glauben. »Ein Dozent hat mich auf dem Kieker, er macht es mir nicht gerade leicht im Unterricht«, sage ich deshalb, um annähernd bei der Wahrheit zu bleiben.

»Was bedeutet das? Führt er dich vor? Stellt er dich vor den anderen bloß?«

Ich nicke und wende hastig den Blick ab.

»Nimm es dir nicht so zu Herzen. Höchstwahrscheinlich sieht er großes Talent in dir und will das Beste aus dir herausholen. Gehe deinen Weg und lass dich von nichts beirren. Egal, welche Steine dir das Leben auch in den Weg legen mag, versuche, das Gute darin zu sehen und stelle dich der Herausforderung.« Sie lächelt mir aufmunternd zu.

Versuche, das Gute darin zu sehen. Ich unterdrücke ein Schnauben. Wenn sie wüsste, was mich wirklich beschäftigt, würde ihr Rat anders ausfallen. Ganz sicher würde sie von mir verlangen, zum Schulleiter zu gehen. Mama war da ganz anders. Die hätte gesagt, ich soll mir meine Unsicherheit nur nicht anmerken lassen und nach außen hin den Unerschütterlichen mimen. Bloß keine Schwäche zeigen. Niemals jemandem die Macht verleihen, mir Schmerz zuzufügen.

»Ich muss ins Krankenhaus.« Bedauern schwingt in Kates

Stimme mit. Als sie an mir vorbeiläuft, hält sie kurz inne und drückt mir einen Kuss auf die Stirn. Ein pudriger Duft ihres Parfums weht mir entgegen und lässt mit einem Mal die Erinnerung an Mama in mir aufsteigen.

Als Kate die Küche verlässt, blicke ich ihr hinterher und mir wird schmerzlich bewusst, wie sehr mir Mamas Nähe fehlt. Ich seufze leise. Zumindest die Frauen in meiner Familie geben mir ein wenig das Gefühl dazuzugehören.

Ich starre eine Weile ins Leere, bis mich plötzlich ein Gedanke überfällt.

Archer scheint sich sicher, dass es nur ein wenig Überzeugungskraft bedarf, mich fürs andere Geschlecht zu begeistern. Wenn er aber sieht, dass ich auf Frauen stehe, lässt er mich vielleicht in Ruhe und erkennt, dass er mich nie und nimmer bekehren kann.

Das ist die Lösung meines Problems! Ein aufgeregtes Kribbeln breitet sich in meinem Magen aus. Ich stürze meinen beinah kalten Kaffee in einem Zug hinunter. Ich brauche eine Fake-Beziehung! Die einzige, die mir als Alibi-Freundin in den Sinn kommt, ist Mae. Abgesehen davon, dass sie meine Tanzpartnerin ist, wäre sie vielleicht auch nicht abgeneigt. Ich muss mit ihr zusammenkommen. Wenn wir ein Paar sind, dann wird sich dies schnell herumsprechen und wir werden uns nicht verstecken, darauf werde ich schon Acht geben.

Ein breites Grinsen stiehlt sich auf mein Gesicht. Besonders, wenn Archer in der Nähe ist.

Ich beiße einen großen Bissen von Kates Schinken-Käse-Sandwich ab und spüre förmlich, wie die Energie aus Kohlenhydraten und Eiweiß mir neue Kraft zuführt.

Mae

Mrs Jones hat uns nahegelegt, am Sonntagmittag die Generalprobe des *NYC Ballets* für die anlaufende Vorstellung anzusehen.

Bonnie und ich gehen hin. Während der Weihnachtsaufführung der Company ist es üblich, dass die Schüler der Academy aus den zwei Jahrgängen der Ausbildungsklassen zwei der Vorstellungen übernehmen dürfen. Der Aushang der Besetzungsliste rückt immer näher und die Aufregung steigt. Die Gerüchteküche ist bereits in vollem Gange und schon seit Wochen wird gerätselt, wer dieses Jahr ein Solo tanzen darf oder nur eine unter den vielen des Corps wird.

Ich wünsche mir sosehr, dass ich eine größere Rolle ergattere. Denn wer einen Solopart bekommt, hat sogar Chancen, vor Beendigung der Ausbildung in die Company aufgenommen zu werden. Der Traum eines jeden Tänzers.

Meine Hoffnung, Juri im Theater anzutreffen, ist vergebens. Während die weißen Schwäne über die Bühne schweben, bin ich mit meinen Gedanken die meiste Zeit bei ihm. Ich sehe eine Masse sich synchron bewegender Leiber – die Schwäne sind für mich nichts weiter als ein einziges Schneegestöber – zugleich male ich mir jede erdenkliche Szene aus, wie wir am Montag zusammentreffen werden. Vielleicht wird Juri so tun, als wäre gar nichts gewesen. Oder er geht mir aus dem Weg. Womöglich erscheint er aber auch gar nicht. So niedergeschlagen, wie er aussah, hat er vielleicht alles hingeworfen.

Aber wenn nicht einmal Juri den harten Druck standhält, wie sollen durchschnittliche Tänzer das schaffen?

Ein tiefer Seufzer entfährt mir, bringt jedoch keine Erleichterung. Ich bin so unruhig, dass ich erst merke, dass ich die Innenseite meiner Wange blutig gekaut habe, als sich ein metallischer Geschmack auf meiner Zunge ausbreitet.

Während der Pause erzählt Bonnie mir ausführlich von ihrem Kinobesuch mit Patricio am Vortag. Sie kann sich weder an den Inhalt des Films noch an die Schauspieler erinnern. »Es ist ganz schön zur Sache gegangen«, lässt sie mich wissen und kichert dabei albern vor sich hin.

Ich grinse aus Höflichkeit, möchte mir aber am liebsten die Ohren zuhalten. Sie beschreibt mir bis ins kleinste Detail, wie sie Zärtlichkeiten ausgetauscht haben. Mit Mühe gelingt es mir schließlich, die Bilder zu verdrängen, wie Patricio ihr unter die Bluse ging und ihre Zungen einen wilden Tanz vollführten, ehe sich meine Gedanken noch mehr verselbstständigen. Zu dem Thema schweige ich lieber, denn was die Liebe betrifft, bin ich so grün hinter den Ohren, dass ich mich manchmal für mein eigenes Gedankenkino schäme.

Auch im zweiten Teil von *Schwanensee* fällt es mir schwer, mich auf die Darbietung zu konzentrieren und still zu sitzen.

Als die Generalprobe zu Ende ist, bin ich richtig erleichtert. Mein schlechtes Gewissen gibt mir jedoch einen Dämpfer. Das hier ist das, was ich will. Ich sollte mich wirklich nicht von einem Typen, der mir die kalte Schulter zeigt, von meinem Traum ablenken lassen.

Kurz bevor ich am nächsten Morgen das Studio der Pas de Deux-Klasse betrete, fängt Juri mich ab.

Ein kleiner aufgeregter Schauder durchläuft mich, als er mich von hinten an den Schultern fasst und zu sich dreht. Sein Haar trägt er heute glatt nach hinten frisiert. Ich frage mich, wie er es hinbekommen hat, die Wellen zu bändigen. Aber es steht ihm. Momentan könnte ich nicht sagen, wie er mir besser gefällt.

»Mae.« Unbeholfen kratzt er sich am Hinterkopf. »Das mit Freitag tut mir leid.« In seinem Blick liegt etwas Ehrliches und Bedauerndes. »Das ist schon das zweite Mal, dass ich mich dir gegenüber wie ein *swólatsch* verhalte.«

Mit schräg gelegtem Kopf runzle ich die Stirn. »Und was soll das bitteschön heißen?«

»Ich bin ein verdammter Vollidiot.« Ein entwaffnendes Grinsen legt sich um seine Lippen, das meine Knie weich werden lässt, und unwillkürlich frage ich mich, wie viele Herzen er damit schon erobert hat.

Juri legt die Hand auf seine Brust und sieht mich eindringlich an. »Ich würde nichts lieber tun, als mit dir heute einen weiteren stillen Ort zu besuchen.«

Ich senke verlegen den Kopf, meine Mundwinkel zucken vor Freude, aber das muss er nicht wissen. Als ich wieder hochschaue, wandert Juris Blick zur Seite und sein Lächeln erstirbt. In seinen Augen flackert eine Emotion auf, die ich nicht deuten kann. Ist es Zorn? Oder Angst?

Ich merke, wie er sich anspannt und die Luft anhält. Mit einem kurzen Blick über die Schulter erspähe ich Archer, der das Studio neben unserem aufschließt.

Als er Juri bemerkt, werden seine Augen für den Bruchteil einer Sekunde noch dunkler. Meine Vermutung erhärtet sich immer mehr, dass etwas mit Archer vorgefallen ist. Juris finsterer Blick lässt darauf schließen. Ob er sich mit ihm angelegt hat?

Ich kann nur hoffen, dass es nicht so ist, denn dann hätte Juri schlechte Karten.

Gerade zieht er hörbar Luft durch die Nase und schenkt seine ganze Aufmerksamkeit wieder mir. Von einer Sekunde auf die nächste werden seine Gesichtszüge weich. Er greift nach meiner Hand, legt sie an seine Brust und sieht mir tief in die Augen. »Würdest du mir diesen Gefallen tun?« Sein linker Mundwinkel hebt sich leicht.

Ich spüre, wie mir das Blut in die Wangen schießt. Sein Verhalten ist irgendwie seltsam. Flirtet er mit mir oder bilde ich mir das nur ein?

Aber warum so plötzlich? Hat er über das Wochenende auf einmal Gefühle für mich entwickelt?

Absurd.

Außerdem wüsste ich gar nicht, wie ich auf Flirtversuche reagieren soll. Ich habe in meiner Freizeit nie etwas anderes gemacht als Ballett. Ich müsste mir von Bonnie ein paar Tipps einholen und …

Ich muss völlig überrumpelt aussehen, denn Juris Grinsen wird breiter und er hebt abwartend die Augenbrauen.

Ich wäre schön blöd abzulehnen, wenn er einmal von sich aus auf mich zukommt. Aber ich sollte ihn zumindest ein wenig zappeln lassen.

»Klar!« Ich unterdrücke ein Augenrollen. *Mae, reiß dich zusammen, gib dich ein bisschen selbstbewusster!*

Schnell setze ich einen neutralen Gesichtsausdruck auf und tue so, als wäre mir noch etwas eingefallen. Juri sieht mich erwartungsvoll an, und ich kann meine Show kaum länger aufrechthalten, deshalb zucke ich lässig die Achseln. »Also, ich meine … wieso nicht!« Ich kann seinen Herzschlag unter meiner Hand spüren. Er riecht so gut. Trotz des Geruchs nach sauberer Wäsche kann ich eine männlich-herbe Duftnote an ihm wahrnehmen. Einen Augenblick lang schließe ich die Augen und sauge seinen Duft in mich ein. Er ist mir so nah, am liebsten würde ich mich jetzt an seine Brust schmiegen und …

Ein Räuspern erklingt. »You made my day«, sagt er im betont russischen Akzent und bringt mich damit zum Lächeln. Mit einer galanten Handbewegung lässt er mir grinsend den Vortritt in den Ballettsaal.

Was war denn das gerade? Wo bitte ist das schwarze Loch, das mich jetzt auf der Stelle verschlingt? Wie kann ich mich nur so gehenlassen? Hitze steigt erneut in meine Wangen. Schnellen Schrittes laufe ich an Juri vorbei ins Studio.

Mrs Jones ist schon da, hat anscheinend nur auf uns gewartet. Mit vor der Brust verschränkten Armen und hochgezogenen Augenbrauen sieht sie uns entgegen. »Freut mich, dass ihr euch voneinander loseisen konntet.« Ihre Augen verengen sich, während ihr Blick uns folgt. »Die Frauen beginnen, bitte auf Position.«

Eilig pfeffere ich meine Trainingstasche in die Ecke.

Im Auswärts-Ballerinen-Gang schwebe ich nach vorne, seitlich vor den Spiegel und hoffe, dass sie uns die kleine Verspätung nicht nachträgt.

Während des Adagios spanne ich jede Faser meiner Muskeln an, ehe ich mit einem Développé in die Arabesque übergehe. Bei der Promenade blicke ich mit erhobenem Kinn über meine Fingerspitzen hinweg. Als ich auf einem Bein an Juri vorüberziehe, bin ich mir seiner Blicke bewusst. Ich gebe mein Bestes – diesmal nur für ihn, denn ich möchte ihm gefallen. Sosehr, dass ich vor lauter Anspannung beinah einen Krampf bekomme.

Als die Jungs an der Reihe sind, beobachte ich Juri verstohlen. Nicht das erste Mal bewundere ich seine Beinmuskeln und breiten Schultern. Wie von selbst gleitet mein Blick über seinen Körper. Wenn er nur nicht so sexy wäre … Sein Trainingsshirt spannt über seiner Brust- und Rückenmuskulatur, jede Bewegung wirkt bei ihm kinderleicht. Nur der Schweißtropfen, der träge seinen Hals hinabrinnt, verrät die Anstrengung. Noch nie hat Mrs Jones ihn ermahnt – alle anderen jedoch schon. Ich glaube, er ist ihr heimlicher Lieblingsschüler, wenn ich die aufmerksamen Blicke richtig deute, mit denen sie ihn manchmal mustert.

Nachdem auch die Jungs das Adagio beendet haben, kommt der Pas de Deux-Teil. Mit einer Schrittfolge aus Tombé, Pas de Bourré, Glissade und Piqué tanze ich in Juris Arme. Er hebt mich hoch für den Pas de Chat, und wir überkreuzen uns mit den Paaren von der linken Seite, bewegen uns dabei im vollkommenen Einklang.

Bei der Partnerpromenade auf Spitze führt Juri mich und als sich unsere Blicke treffen, spüre ich ein leichtes Kribbeln im Bauch, das von Juris Nähe herrührt. Dessen Ursache aber genauso gut mein leerer Magen sein kann. In letzter Zeit esse ich bis zum Mittag kaum noch etwas, um mich möglichst leicht und schwerelos zu fühlen.

Nach dem Training laufen wir zur Mensa – in einvernehmlichem Schweigen, das unvermittelt durch das laute Knurren meines Magens unterbrochen wird.

Peinlich berührt beiße ich mir auf die Unterlippe und werfe

einen verstohlenen Blick zu Juri. Er muss es gehört haben, doch er lächelt mich an. Irgendwie beschleicht mich das Gefühl, dass ihm etwas auf dem Herzen liegt, das er loswerden will. Vermutlich spart er sich das jedoch bis zu unserem Treffen auf.

Brad, Selena und Bonnie unterhalten sich angeregt, als wir an den Tisch am Fenster treten.

»Soll ich dir etwas zu Essen mitbringen?«, wendet sich Juri an mich.

Ich nicke dankbar. Das Angebot nehme ich gerne an und bestelle das Kichererbsen-Kokos-Curry, das heute auf der Karte steht.

Als ich mich setze, verstummt das Gespräch und alle sehen mich neugierig an.

Ich runzle die Stirn. »Habe ich etwas verpasst?«

»Das wollte ich dich gerade fragen.« Selena mustert mich interessiert. »Was ist mit Juri, seit wann ist er so zuvorkommend?«

Ich zucke die Achseln. »Seit heute. Er muss wohl sein schlechtes Gewissen beruhigen, weil er mich neulich einfach stehengelassen hat.«

»Oha.« Brad zieht mit lautem Schlürfen seine Coke Zero durch den Strohhalm.

In dem Moment tritt Miles an den Tisch. Dunkle Ränder unter den Augen zeugen von einer schlaflosen Nacht.

»Hey Leute.« Erschöpft lässt er sich auf den leeren Stuhl plumpsen.

Brad schaut ihn an, als sähe er sich einer ekligen Spinne gegenüber. »Wer hat dich denn bitte heute Nacht vom Schlafen abgehalten?«

»Mein Bruder«, antwortet Miles, während er sich einen von Brads Nachos klaut und tief in die Käsesoße tunkt. »Ich musste für jemanden in seiner Bar einspringen.«

»Ich dachte, unter Einundzwanzig darf man nirgendwo arbeiten, wo Alkohol ausgeschenkt wird«, wirft Juri ein, der sich gerade mit vollem Tablett zu uns gesellt.

Ein diabolisches Grinsen legt sich auf Miles' Gesicht, während

Juri das Curry vor mir auf den Tisch stellt und mir Besteck reicht. »Man muss nur die richtigen Kontakte haben, dann bekommt selbst deine kleine Schwester einen Studentenausweis.«

Juri verzieht anerkennend die Mundwinkel und lässt sich auf seinen Platz nieder. »Gut zu wissen.«

Ich stutze einen Moment lang. Wofür sollte Juri sich älter machen wollen? Nachdenklich rühre ich mein Curry um, ehe ich mir einen vollen Löffel in den Mund schiebe. Es ist nur lauwarm, schmeckt dafür aber lecker. Während ich esse, lausche ich Miles, der erzählt, wie voll der Laden war, und prahlt, wie viele heiße Mädchen ihn nach seiner Nummer gefragt haben.

Als ich die leer gegessene Schale von mir schiebe, fällt mein Blick auf Juri. Amüsiert verfolgt er das Gespräch, schaut abwechselnd von Brad zu Selena, die sich ein heißes Wortgefecht über den Unterschied von homo- und heterosexuellen Anbaggersprüchen liefern.

Der Rest der Unterhaltung rauscht an mir vorbei. Ich verliere mich in Juris blauen Augen, seinen markanten Gesichtszügen, seinem sinnlichen Mund und stelle mir vor, wie es wäre, ihn zu küssen. Ob er das genauso gut kann wie tanzen?

Mein Magen schlägt einen Salto nach dem anderen bei dem Gedanken, ihn später allein zu treffen. Dieser Blick, wenn Juri sich mit dem Zeigefinger an der Unterlippe entlangfährt – ich darf ihn nicht länger so anstarren, sonst fällt es ihm noch auf. Jetzt war er einmal nett und aufmerksam zu mir und sogleich bin ich ihm verfallen.

Nur widerwillig reiße ich mich von seinem Anblick los und tue so, als würde ich in meinem Rucksack nach etwas suchen.

Drei Tanzklassen später ist der Tag an der Academy zu Ende und mein Körper völlig ausgelaugt. Als ich frisch geduscht und mit offenem Haar das Gebäude verlasse, bringt mich ein ungewohnter Anblick zum Lächeln.

Juri ist diesmal derjenige, der wartet. Seinen Kopf in den Händen vergraben hockt er am Brunnenrand. Erst erwäge ich, mir einen Scherz mit ihm zu erlauben, indem ich ihn ignoriere und einfach an ihm vorbeieile. Doch als er unvermittelt seinen Kopf hebt und sein Blick mich trifft, rutscht mir das Herz in die Hose und ich laufe wie ferngesteuert auf ihn zu.

In der U-Bahnstation holt Juri Luft, um etwas zu sagen, doch der Lärm und die Zugluft der einfahrenden Metro ersticken seinen Versuch im Keim und der Moment verpufft so schnell, wie er gekommen ist.

Jetzt bin ich ganz sicher, dass er mir etwas Wichtiges zu sagen hat. Als wir aus der Metro aussteigen, ist Juri ungewohnt still. Ich will ihn auf andere Gedanken bringen, aber irgendwie fällt mir nichts ein, deshalb schweigen wir eine Weile.

Unter schattenwerfenden Bäumen folgen wir dem Weg hinauf zum Kloster, das mittelalterlichen Vorbildern nachempfunden wurde. Er ist länger, als ich ihn in Erinnerung habe, ich bin schon eine ganze Weile nicht mehr hier gewesen.

»Willst du mich bekehren?« Belustigung blitzt in Juris Augen, als wir das steinerne Tor durchlaufen.

Ich muss grinsen. »Könnte ich es denn?«

Juri lacht. »Wohl eher nicht.«

»Habe ich mir gedacht«, entgegne ich feixend, dann deute ich auf das Innere der imposanten Eingangshalle. »Du wolltest eine weitere Ruhe-Oase, hier hast du sie. Wenn ich *The Cloisters* betrete, kommt es mir immer vor, als hätte jemand auf die Pause-Taste gedrückt. Schon nach kurzer Zeit gelingt es mir, mich zu entspannen.«

Als wir im Kirchenschiff stehen, betrachtet Juri die bunten Fenster, durch die nur wenig Licht einfällt, die Scheiben aber auf diese Weise zum Strahlen bringt. Der Geruch von feuchtem Stein, vermischt mit Weihrauch und Kerzenwachs, erfüllt den Raum.

»In der Gotik strebt alles nach oben, zu Gott«, sagt er, ohne den Blick vom Fenster zu lösen.

»Woher kennst du dich so gut aus?«

»Die verschiedenen architektonischen Kirchenbaustile haben mich schon immer fasziniert. Als ich klein war, hat Mama mich auf Tournee mitgenommen. Wenn sie frei hatte, haben wir uns Kirchen angesehen. Ich glaube, für sie war es immer ein Weg, um zwischen der Hektik und dem Stress der vielen Vorstellungen Ruhe zu finden.« Juris in sich gekehrter Blick verrät, dass er in Gedanken gerade bei ihr ist und ich lasse ihn ein wenig seinen Erinnerungen nachhängen.

Als wir nach draußen schlendern, lotse ich ihn durch den Kreuzgang in den grün bepflanzten Klostergarten. Der Duft nach würzigen Kräutern und Blumen liegt in der Luft. Wir setzen uns auf die Mauer zwischen einen Arkadenbogen und lassen uns die Sonne ins Gesicht scheinen. Nur wenige Menschen schlendern an uns vorüber und wenn, sprechen sie im Flüsterton, als wäre es verboten, in den heiligen Gemäuern die Stimme zu erheben.

Unruhig lässt Juri seinen Blick über den kleinen Garten des Innenhofs schweifen. Es ist nicht zu übersehen, dass es ihn einiges an Überwindung kostet, um auszusprechen, was ihm auf der Seele brennt.

Die Szene mit Archer drängt sich mit Gewalt in meine Gedanken. Gerne würde ich ihn danach fragen, aber vielleicht ist es besser, ihm mit dem, was er auf dem Herzen hat, den Vortritt zu lassen.

Obwohl es schon spät am Nachmittag ist, hat die Sonne noch nicht an Kraft verloren. Auch Juri scheint es warm zu werden, denn er zieht sich den Hoodie über den Kopf, unter dem ein schwarzes ärmelloses Shirt zum Vorschein kommt.

Unwillkürlich bleiben meine Augen an seinem Oberarm kleben. Sanft streiche ich mit den Fingern über die gewundene Schrift, die mich irgendwie magisch anzieht.

Juri zuckt im ersten Moment zurück, als hätte ich ihm durch meine Berührung einen elektrischen Schlag versetzt. Doch dann lächelt er und ich traue mich, ihn nach dem Tattoo zu fragen. »Was bedeutet das?«

Juri schaut auf die mit dunkler Tinte durchzogene Haut, so, als wüsste er es selbst nicht mehr. Nach einem Moment des Schweigens sagt er kaum hörbar: »*Mamutschka, ich werde nie aufhören, für dich zu tanzen.*«

Ich muss schlucken, so belegt und verletzlich klingt seine Stimme. Die Worte sind so gefühlvoll und zeigen die verwundbare Seite, die er bisher hinter seiner coolen Fassade verborgen hat. Am liebsten würde ich ihn in den Arm nehmen. Doch da ist etwas, was mich zurückhält. Ich habe Angst, dass er wieder dicht macht.

»Ihr größter Wunsch war es immer, mich auf einer der großen Bühnen tanzen zu sehen«, fährt er fort, diesmal mit fester Stimme. »Ihr Traum wurde zu meinem. *Tanze bis es Sterne regnet und du trunken bist vor Glück*, hat sie mir kurz vor ihrem Tod mit auf den Weg gegeben. Ich habe mir meine Antwort am Tag ihrer Beerdigung stechen lassen.«

Ich möchte so gerne etwas darauf erwidern, aber irgendwie bekomme ich nur ein Nicken zustande. Meine Kehle ist vor Mitgefühl zugeschnürt.

»Ich habe als Kind gestottert«, sage ich nach einer ganzen Weile des Schweigens, um ihm auch etwas Persönliches von mir preiszugeben. »Die Kinder in meiner Schulklasse haben sich über mich lustig gemacht, nur beim Ballettunterricht habe ich mich gut gefühlt. Was mir mit Worten nicht gelang, schaffte ich mit meinem Körper. Durchs Tanzen lernte ich mich auszudrücken, entwickelte Selbstbewusstsein und konnte schließlich das Stottern ablegen.«

Juri schenkt mir ein anerkennendes Lächeln. Dann nimmt er meine Hand und drückt sie. Seine Finger fühlen sich warm an und mein Herz beginnt, schneller zu schlagen.

»Tanzen ist ein Weg, sich selbst zu finden und zu lieben. Körper und Seele werden in Einklang gebracht. Mit nichts kann man seine Gefühle besser ausdrücken als mit Tanz.« Er senkt seinen Blick, wirkt plötzlich wieder abwesend.

»Juri?« Jetzt bin ich diejenige, die seine Hand drückt. »Was beschäftigt dich die ganze Zeit?«

Juri wendet sich zu mir, sodass wir uns gegenübersitzen, doch er sieht mich nicht an, sondern durch mich hindurch.

»Könntest du dir vorstellen …« Er seufzt tief, schüttelt dann den Kopf, als hätte er es sich anders überlegt, und sagt schließlich doch: »Würdest du mir einen Gefallen tun?«

»Klar«, höre ich mich sagen. »Was soll ich machen?«

»Für eine Zeit lang so tun, als wären wir ein Paar.«

Perplex warte ich auf eine Erklärung. Doch sein Gesicht ist wie versteinert, kein einziger Muskel bewegt sich.

Ich weiß nicht, was ich davon halten soll. Denkt er etwa, als echtes Paar würden wir einfacher den Solopart bekommen? Ich könnte mir zwar nichts Schöneres vorstellen, als mit Juri zusammen zu sein, jedoch bloß Gefühle vorzutäuschen – zumindest von seiner Seite aus – das ist das Letzte, was ich will.

Plötzlich fällt es mir wie Schuppen von den Augen.

Also doch! Ich löse meine Hand aus seiner. Mein seltsames Gefühl hat mich nicht getäuscht. Ich bin so dumm, habe sein Verhalten heute einfach nur falsch gedeutet.

»Aber warum stehst du nicht einfach dazu?«, bringe ich schließlich hervor. »Das tut Brad doch auch. Bei Tänzern ist das nichts Besonderes.«

Irritation spiegelt sich in Juris Gesicht.

Vielleicht hat er sich ja auch in einen Tänzer verknallt, der seine Gefühle nicht erwidert und hat deshalb unsere Verabredung am Freitag sausen gelassen. Brad würde ihn jedenfalls sicher nicht von der Bettkante schubsen.

»Zu was stehe ich nicht?«

»Naja …« Ich stocke. Vermutlich ist es ihm unangenehm, so ein Geheimnis, wie er daraus macht.

Juri stößt ein heiseres Lachen aus. »Du glaubst doch nicht etwa, dass ich schwul bin?«

Ich beiße mir auf die Unterlippe und sehe ihn mit großen Augen an.

Juri schüttelt den Kopf. »Bin ich nicht. Es ist ein anderer Grund, warum ich dich um diesen Gefallen bitte.«

Ich verspüre Verwunderung und Erleichterung zugleich. »Welcher ist es dann?«

Juri weicht meinem Blick aus, lehnt sich nach vorne und stützt seine Arme auf die Oberschenkel. »Archer belästigt mich. Versucht sogar mich zu erpressen.«

Ich runzele die Stirn. »Was meinst du damit: Er belästigt dich?«

»Er hat mich bedrängt und sexuelle Gefälligkeiten von mir verlangt. Wenn ich darauf eingehe, will er mich protegieren. Wenn nicht, wird er dafür sorgen, dass ich es als Tänzer nicht weit bringe.« Auf einmal sprudeln die Worte regelrecht hervor.

Mir stockt der Atem. Ich schlage die Hand vor den Mund. Den Blick auf den Boden gerichtet, versuche ich, das Chaos in meinem Inneren zu sortieren. Das ist unfassbar. Erst macht er Bonnie runter und jetzt diese Ungeheuerlichkeit. Das erklärt auch Juris feindseligen Blick heute Morgen. Ohne es zu wollen, schießen mir Tränen in die Augen. Auf so etwas war ich nicht vorbereitet. Und ich habe die ganze Zeit gedacht, es hat etwas mit mir zu tun. Ich bin so eine dumme Gans!

»Damit darf er nicht durchkommen!«, presse ich hervor, während ich versuche, die Tränen wegzublinzeln. »Du musst zu Coleman gehen und ihm davon berichten.«

Juri stößt ein schnaubendes Lachen aus, von Bitterkeit getränkt. Mit einer fahrigen Handbewegung streicht er sich durchs Haar und richtet sich gleichzeitig wieder auf. »Archer hat viel Einfluss. Wenn er ihn geltend macht, bin ich geliefert. Er wird alles abstreiten und tja, wem wird man wohl glauben? Bestimmt nicht mir. Das kann und will ich nicht riskieren.«

Ich presse meine Lippen aufeinander, bis es schmerzt, denn ich weiß, dass er recht hat. Selbst wenn Juri innerhalb unserer Clique sein wahres Gesicht zeigt, die meisten halten ihn immer noch für einen arroganten Überflieger, der sich gerne prügelt. Oder aber Juri würde für den Rest seiner Karriere den Stempel tragen: Vorsicht, fühlt sich sofort sexuell belästigt. Ein Todesurteil in unserer Branche.

»Wenn er mitbekommt, dass ich eine Freundin habe«, fährt Juri fort, »besteht die Chance, dass er mich in Ruhe lässt. Vielleicht sieht er endlich ein, dass er bei mir nicht landen kann.«

Ich nicke. »Es wäre zumindest einen Versuch wert.«

Juri sieht mich an. Eindringlich. Im nächsten Moment schließt er mich fest in die Arme. »Danke, Mae.« Sein warmer Atem streift dabei mein Ohr und jagt ein heißes Ziehen durch meine Eingeweide. Seine Nähe fühlt sich so gut an. Ob er mich um diesen Gefallen gebeten hätte, wenn er wüsste, was ich wirklich für ihn empfinde?

Als Juri ruckartig die Umarmung löst, fühle ich mich einen Augenblick lang verloren.

Um die Fassung zu bewahren, atme ich einmal kräftig durch. Jetzt gibt es einen triftigen Grund für sein merkwürdiges Verhalten, sowohl für die Umarmung als auch das geplatzte Treffen. Obwohl ich mir nichts lieber wünsche, als gäbe es ihn nicht.

»Als dein Boyfriend brauche ich deine Handynummer, die du mir bisher vorenthalten hast.« Jury grinst mich an und mir wird ganz flau im Magen. Er wirkt auf einmal wie ausgewechselt.

»Die hättest du schon längst haben können, aber du hast mich nie danach gefragt.«

»Das war wirklich dumm von mir.« Einen kurzen Moment lang blickt er mir noch tief in die Augen, dann sagt er: »Nur eine Sache musst du mir versprechen: Es darf keine Menschenseele davon erfahren. Nicht mal Bonnie. Falls Archer mich irgendwie wegen Verleumdung rankriegt, will ich nicht, dass noch mehr mit reingezogen werden.«

Ich beiße mir auf die Unterlippe. Er verlangt kein kleines Schauspiel von mir, sondern so viel mehr: Wir müssen nicht nur Archer, sondern auch alle anderen im Glauben lassen, wir wären ein Paar. Ich seufze leise. Das wird sehr überraschend kommen. Ebenso wird es mir unendlich schwerfallen, Bonnie nicht einzuweihen, aber ich weiß, dass kein Weg daran vorbeiführt.

»Du kannst dich auf mich verlassen, Juri.«

Juri

Ich sitze in der U-Bahn, während mein Blick vergeblich versucht, an etwas haften zu bleiben.

Es war seltsam. Wir wussten beide nicht, wie wir uns voneinander verabschieden sollten, bis ich ihr schließlich einen Kuss auf die Wange gegeben habe.

Aber unser Gespräch hat mir gutgetan. Ich war es Mae einfach schuldig, ihr die Wahrheit zu sagen. Ihr Gefühle vorzuspielen, nur um Archer von mir fernzuhalten, wäre mies. Das hat sie nicht verdient. Außerdem wird sie niemandem davon erzählen, ich vertraue ihr. Schon vom ersten Tag an hatte ich das Gefühl, dass sie ein aufrichtiger Mensch ist. Ich fühle mich besser, jetzt, wo ich dieses dunkle Geheimnis nicht mehr mit mir alleine herumtragen muss. Zuversichtlicher, endlich einen Plan zu haben.

Die nächsten vier Tage kommen mir vor wie ein Versteckspiel. Ständig befürchte ich, dass Archer mir hinter der nächsten Ecke auflauert, deshalb achte ich penibel darauf, stets von Mitschülern umgeben zu sein.

Während seines Unterrichts blende ich ihn aus und tanze nur für mich. Doch wenn es zur Pause klingelt, fühlt es sich an, als wären Tage vergangen und nicht sechzig Minuten. Ich hetze immer als erster aus dem Raum. Bisher hat er mich nicht aufgehalten und allmählich keimt in mir die Hoffnung, dass er aufgegeben und endlich begriffen hat, dass weitere Übergriffe sinnlos sind.

In den anderen Tanzklassen treibe ich mich zu Höchstleistungen an, um der beste Tänzer zu sein, der ich sein kann. Keiner der Dozenten soll Archer zustimmen, falls er mich schlecht macht.

Auf seine Hauptrolle scheiße ich. Hauptsache, ich kann hier meinen Abschluss machen. Woanders werde ich seinetwegen womöglich gar nicht genommen. Die gute Beurteilung der anderen Dozenten ist deshalb für mich das A und O.

Am Ende des Tages muss mein Körper der Anstrengung Tribut zollen – alles schmerzt und ich falle am Abend erschöpft ins Bett.

Doch sobald Mae in meiner Nähe ist, fühle ich mich sicher.

Ich habe ihr heute früh eine Nachricht geschrieben, dass ich sie von ihrer Ballettklasse abhole und wir gemeinsam zur Mensa laufen. Ich möchte so viel wie möglich mit ihr gesehen werden. Und wenn ich ehrlich bin, verbringe ich gern Zeit mit ihr. Gestern Nacht habe ich geträumt, sie zu küssen, und konnte dann an nichts anderes mehr denken. Sie gefällt mir. Sie gefällt mir wirklich. Nicht nur menschlich, sondern auch als Frau. Wüsste ich es nicht besser, würde ich denken, ich stehe kurz davor, mich in sie zu verlieben. Aber momentan habe ich wirklich andere Probleme, als mich auf jemanden einzulassen. Seit der Nacht mit – Lindsay? – lief nichts mehr bei mir. Momentan ist mir weder danach, mir im Vollrausch die Nächte um die Ohren zu schlagen, noch nach Sex mit fremden Frauen.

Als unsere Clique uns am Dienstag, einen Tag nach unserer Vereinbarung in *The Cloisters*, Hand in Hand in die Mensa laufen sah, reagierten sie ziemlich perplex. Doch nach einem kurzen Moment des Erstaunens freuten sich alle für uns. Wenn wir zusammen sind, tun wir unser Bestes, um ein frisch verliebtes Paar abzugeben. Mae macht das einfach großartig, ich hätte mir keine bessere Alibi-Freundin zulegen können.

Mein Blick irrt auf der Suche nach ihr im Gang umher, doch in dem Gewusel aus Dozenten und Schülern kann ich sie nicht erkennen. Vielleicht ist sie noch im Studio, um sich nachzudehnen.

In meinem Augenwinkel taucht plötzlich Archer im Gang auf. Trotz des Gedränges läuft er geradewegs auf mich zu.

Mein Brustkorb verengt sich auf unangenehme Weise, ich will nur noch weg. Gerade, als ich die Flucht ergreifen will, spüre ich eine Hand auf meiner Schulter.

Mae! Ich bin so erleichtert, sie zu sehen. Augenblicklich beruhigt sich mein Herzschlag wieder. Ohne zu zögern, beuge ich mich vor und drücke ihr einen Kuss auf ihre Lippen. Es ist unser erster und es fällt mir weiß Gott nicht schwer, sie zu küssen. Ihre Lippen fühlen sich gut an. So weich. Ich könnte mich daran gewöhnen.

»Hi!« Verlegen tupft sie mit ihrem Handtuch über den dünnen Schweißfilm auf ihrer Stirn und blickt mich erwartungsvoll an.

Ein paar feine Strähnen kräuseln sich an ihrem Haaransatz und die durch die Anstrengung rosigen Wangen stehen ihr ausgesprochen gut. Sie ist ungeschminkt und trotzdem oder gerade deshalb wunderschön. Ich bewundere ihre natürliche Ausstrahlung und ihr zartes Wesen.

Schnell werfe ich einen Blick über ihre Schulter. Archer wird uns jeden Moment passieren. Die Vertrautheit mit Mae muss also echt wirken. Ich muss jetzt alles geben, damit er uns das verliebte Pärchen abnimmt.

Ich schenke Mae ein breites Lächeln. Ein Lächeln, das nur Verliebte zustande bringen. In einer zärtlichen Geste streiche ich ihr eine Haarsträhne hinters Ohr und küsse sie noch mal auf den Mund, diesmal etwas länger.

Ich kann Archers Blick spüren. Es fühlt sich einen Moment lang so an, als quetsche er mein Herz mit seiner Faust zusammen. Ein eiskalter Schauer durchrieselt mich – er lacht. Lacht heiser und beinahe lautlos, aber zweifellos macht er sich über uns lustig. Vielleicht war es aber auch nur eine Übersprunghandlung, weil er mit unseren Vertraulichkeiten nicht gerechnet hat.

Mae hat jedoch mitgespielt. Nur habe ich gespürt, wie ihr Körper sich bei unserem Kuss versteifte. Der Kuss selbst war unschuldig, ohne Zunge, doch trotzdem wird sie noch röter als ohnehin schon. Sie scheint noch ziemlich unerfahren, das ist irgendwie süß und bringt mich zum Lächeln. Wundern tut es mich allerdings nicht. Die meisten Ballettmädchen haben erst spät Freunde, weil sich ihr ganzes Leben ums Tanzen dreht.

»Wir waren gut«, sage ich, während ich Archer kurz hinterherblicke. Ich schenke Mae ein Lächeln und nehme ihre Hand, während wir uns Richtung Mensa bewegen. »Ich hoffe, gut genug.«

»Mrs Jones glaubt doch sowieso schon, wir sind ein Paar. Das spricht sich sicher schnell herum.«

»Ja, da haben wir ungewollt gute Vorarbeit geleistet.« Ich zwinkere ihr zu.

Mae sieht mich so merkwürdig von der Seite an, als müsste sie mir etwas beichten. Ich kann nur hoffen, dass sie die ganze Aktion nicht wieder abblasen will.

»Bonnie hat einen Anschlag auf dich vor. Ich sage es dir lieber gleich, damit du vorbereitet bist.«

Erleichtert atme ich durch. »Sie will mich hoffentlich nicht als Stripper für ihre nächste Geburtstagsparty engagieren?«, sage ich in amüsiertem Tonfall. »Du kannst ihr ausrichten, selbst sie hat nicht so viel Geld, um mich zu bezahlen.«

Mae kichert. »Fast, aber auch nur fast.« Sie macht eine künstlerische Pause und wirft mir einen vielsagenden Blick zu. »Sie will ein Shooting mit uns.«

Ich lege die Stirn in Falten und sehe Mae abwartend an.

»Bonnie macht wunderschöne Fotos von Tänzern, das ist ihre Leidenschaft. Sie hat sich gewünscht, uns beide zu fotografieren.«

Ich stoße einen gespielten Seufzer aus. »Das werden wir uns einiges kosten lassen, meinst du nicht?«

Mae setzt ein Pokerface auf. »Auf jeden Fall. Wir machen es nur, wenn sie verspricht, mir bis ans Ende unserer Ausbildung die Bändchen meiner Spitzenschuhe anzunähen und dir deine Trainingstasche jeden Tag direkt bis ins Studio zu tragen.«

»Das ist das Mindeste«, erwidere ich ebenso ernst und wir müssen beide kichern.

Als wir die Mensa betreten, fasse ich wie selbstverständlich nach ihrer Hand. Zugegeben, es fällt mir nicht sonderlich schwer. Sie gefällt mir von Sekunde zu Sekunde besser, obwohl das alles andere als geplant war.

»Das wurde auch langsam mal Zeit«, sagt Brad mit nasalem Tonfall, während wir uns gegenüber auf die beiden freien Stühle an unserem Tisch niederlassen. Seit Mae und ich in der Öffentlichkeit vorgeben ein Paar zu sein, hat er im Bett gelegen, um seine Grippe auszukurieren. Selbst jetzt sieht er noch blass um die Nase aus. Einen überdimensionalen Schal um seinen Hals geschlungen, pickt er lustlos ein paar Cashewnüsse aus seinem Salat.

»Also ich fand, es kam schneller als erwartet«, wirft Selena ein und beäugt uns so eingehend, als wollte sie uns durchleuchten. Wenn sie es im Ballett nicht weit bringt, hätte sie sicherlich gute Chancen als Profilerin.

»Durch die Nähe beim Tanzen hat es irgendwie gefunkt zwischen uns.« Mae schenkt mir ein beinah schüchternes Lächeln, ich glaube, eine leichte Röte in ihrem Gesicht zu erkennen. Ich weiß nicht, ob ich das nur süß oder schon heiß finden soll. Sie macht das wirklich verdammt gut.

Ich habe Mühe, ein Grinsen zu unterdrücken. Wie zur Bestätigung greife ich über den Tisch nach ihrer Hand. Sie ist kalt und ich beginne, sie zwischen meinen Handflächen warm zu reiben. »Wie kann man sich nicht in dieses Mädchen verlieben?« Ich küsse Maes Hand und werfe einen demonstrativen Blick in die Runde.

Bonnie verdreht die Augen.

»Die Frage würde bei Brad anders lauten«, sagt Selena kichernd und verzieht einen kurzen Moment später schmerzlich das Gesicht. »Das tat richtig weh.« Während sie sich das Schienbein reibt, bedenkt sie Brad mit einem tödlichen Blick.

Der zuckt mitleidlos die Achseln. »Selbst schuld.«

»Wo ist eigentlich Miles?« Bonnie nimmt einen großen Schluck von ihrem Karottensaft und schaut uns fragend an.

»Er hat ein Gespräch mit Archer«, erwidert Selena.

Mae und ich werfen uns alarmierte Blicke zu und auch Bonnies Augen weiten sich vor Schreck.

»Weißt du, um was es geht?« Ich lasse Maes Hand los, lehne mich mit verschränkten Armen zurück und versuche, so locker wie möglich zu wirken.

Selena schüttelt den Kopf. »Bisher war er wohl recht zufrieden mit ihm. Vielleicht geht es um das Weihnachtsballett. Möglich, dass er ihn für die männliche Hauptrolle vorgesehen hat.«

Ich schlucke trocken. Wenn es nur das ist. Was, wenn er es jetzt bei ihm versucht, weil er bei mir auf Granit beißt?

Ich kann nur hoffen, dass meine Befürchtung sich nicht bewahrheitet.

Bonnie hat mir eine Adresse in Brooklyn gegeben, nicht weit von meiner neuen Wohngegend entfernt. Nach einer kurzen Fahrt mit dem Bus finde ich mich jedoch nicht vor einem schicken Einfamilienhaus, sondern in einer leer stehenden Lagerhalle eines Fabrikgeländes wieder.

Das Shooting ist schon im vollen Gange.

Flankiert von riesigen schwarzen Blitzschirmen sitzt Mae in anmutiger Pose auf dem mit Malerfolie abgeklebtem Boden. Rechts und links hängen weiße, bodenlange Tücher von der hohen Decke, die den Bereich abgrenzen. Bei näherer Betrachtung fällt mir auf, dass die Gerätschaften alle mit Klarsichtfolie umwickelt sind. Seltsam.

Bonnie hockt vor dem Stativ einer teuer aussehenden Kamera und sieht hochkonzentriert aus. Die Rolle der Fotografin steht ihr, sie wirkt höchst professionell. Unter den vielen Helfern, die um sie herum wuseln, entdecke ich auch Miles und Selena. Damit, dass die Shooting-Location Ausmaße eines Filmsets hat, habe ich nun gar nicht gerechnet.

Ich stehe hinter einer der tragenden Säulen, bis jetzt hat mich noch niemand bemerkt. Das ist auch gut so, ich möchte Mae noch ein wenig aus der Ferne beobachten.

Ihr Haar fällt ihr seidig weich über die Schultern. Das sieht sexy aus, sie sollte es öfters offen lassen. Abgesehen von einem weißen Ballettbody trägt sie nur ihre Spitzenschuhe.

Offenbar hat sie keine Scheu vor der Kamera. Sie strahlt regelrecht von innen heraus. Obwohl sie nicht lächelt, vermittelt sie, dass es nichts Schöneres gibt als Ballett.

Sie bewegt sich jetzt nach Bachs *Cello Suite*, die leise im Hintergrund spielt. Ein Bein angewinkelt, geht sie auf Spitze, den Oberkörper in ein tiefes Cambré gewölbt. Mit einer anmutigen Geste hebt sie den Arm in die Höhe, der eine Linie mit dem Standbein bildet.

Ich könnte ihr stundenlang dabei zusehen, wie sie eine Pose nach der anderen macht.

»Hey, Stalker.« Selenas Stimme hinter mir lässt mich kurz zusammenzucken.

Ich drehe mich um. Sie zieht eine Augenbraue in die Höhe, wie eine Lehrerin, die wortlos ihren Schüler tadelt. »Wie lange stehst du schon hier? Wir warten auf dich.«

Ohne ihr zu antworten, lasse ich meinen Blick über ihre Kleidung wandern. Zu meiner Verwunderung trägt sie einen weißen Overall mit Kapuze, den Mundschutz hat sie sich in die Haare geschoben.

Ehe ich nachfragen kann, was dieser Aufzug soll, hat mich Bonnie bemerkt. »Hey, Juri!« Sie rappelt sich auf. »Zieh dich aus, dann fangen wir gleich an. Du brauchst nur ein langes schwarzes Trikot, mehr nicht.«

»Damit eins klar ist: Ausziehen tue ich mich nur für Mae, sonst für keinen.« Meine todernste Miene zerfällt zu einem unverschämten Grinsen. In diesem Moment wendet Mae sich zu mir um.

Ihr Lächeln raubt mir den Atem und erhellt alles um mich herum. Ich bin ihr so höllisch dankbar dafür, dass sie so glaubwürdig meine Freundin spielt.

Sie kommt auf mich zu. Ihre Augen leuchten. Beinah könnte man glauben, die Freude darüber, mich zu sehen, ist echt.

Als sie vor mir steht, geht sie hoch auf Spitze, schlingt ihre Arme um mich und haucht mir einen zarten Kuss auf den Mund. Das ist das erste Mal, dass sie das von sich aus macht. Für einen viel zu kurzen Augenblick spüre ich ein Kribbeln, einem leichten Stromschlag gleich. Ich bin so überrascht, dass es mir die Sprache verschlägt und ich in ihren Augen versinke.

Irgendwo fällt etwas zu Boden. Ich zucke herum.

Alle Umstehenden starren uns an und senken dann ertappt den

Kopf, tun so, als hätten sie gerade etwas unglaublich Wichtiges zu tun.

Ich bin mir sicher, mit dieser Begrüßung haben wir auch die letzten Zweifler davon überzeugt, dass wir verrückt nacheinander sind. Wir waren so gut, dass ich es fast selbst glaube.

Bonnie räuspert sich geräuschvoll. »Ich habe etwas ganz Besonderes mit euch vor.« Ihre Augen strahlen vor Begeisterung.

»Und wirst du uns auch verraten, was das ist?« Mit hochgezogener Augenbraue blicke ich sie an.

»Nicht so ungeduldig.« Sie zeigt hinter sich auf einen riesigen Bottich.

Ich verziehe abschätzend meine Mundwinkel und nehme das weiße Pulver darin näher in Augenschein. »Sieht aus wie bei Tony Montana zu Hause.«

»Wer bitte ist Tony Montana?«, fragt Selena.

»Noch nie was von *Scarface* gehört?« Ich wende mich wieder zu Bonnie. »Wird das hier eine geheime Koksparty?«

Mae kichert, stößt mir aber im nächsten Moment ihren Ellbogen in die Seite.

In Bonnies Augen blitzt Empörung, doch ihre Mundwinkel zucken verräterisch. »Das sind 30 Kilo Mehl, du Blödmann!« Unbeeindruckt fährt sie fort: »Ich werde mit euch ein Flour-Shooting machen. Selena und Miles sind hier, um mir zu assistieren und euch mit Mehl zu bewerfen. Das wird grandios.« Sie klatscht begeistert in die Hände. »Und jetzt lasst uns nicht länger Zeit verlieren und anfangen.«

Während ich mich hinter einer der herabhängenden Folien entkleide, höre ich, wie Bonnie alle Helfer auf Position scheucht.

Wüsste ich es nicht besser, würde ich Miles und Selena für Tatortreiniger halten. Jeweils mit einer Kehrschaufel bewaffnet, stehen sie rechts und links von uns und warten nur darauf, dass sie den Startschuss von Bonnie bekommen. Ein kurzes Zunicken, dann ziehen sie wie auf Kommando Kapuze und Mundschutz über.

Miles Augen funkeln vor Begeisterung. Er ist genau der richtige für diesen Job, kann es offensichtlich kaum abwarten.

»*Nu ohuet teper*«, murmle ich.

Mae schaut mich fragend an.

»Wir sind so was von am Arsch«, übersetze ich und werfe Miles einen mahnenden Blick zu. »Wenn du mir das Zeug ins Auge pfefferst, bist du ein toter Mann.«

Ein unterdrücktes Prusten dringt unter seinem Mundschutz hervor.

»Wer zuletzt lacht ...«, zische ich ihm zu.

»Ich glaube, es wäre nicht schlecht, wenn ihr euch vorab ein paar Posen überlegt, bevor hier unnötig Mehl verschossen wird«, sagt Bonnie und kratzt sich am Kinn.

Mein Blick wandert wieder zu Miles und ich wackle spöttisch mit den Augenbrauen.

Nur widerwillig trotten Selena und er zur Seite, um uns Platz zu machen.

Ich kann mir ein Grinsen nicht verkneifen.

Als Erstes probieren wir eine Pose, die wir beide schon oft geübt haben. Ich fasse Mae dabei am Rücken und hebe ihren nach hinten gewölbtem Körper über meinen Kopf. Das funktioniert reibungslos und wir machen gleich weiter. Als nächstes lasse ich sie von einer Arabesque in den ›Fisch‹ gleiten, ihr vorderes Bein öffnet sich in den Spagat.

Nachdem wir noch eine ganze Reihe an Lifts probiert haben, erweckt Bonnie durch einen durchdringenden Pfiff unsere Aufmerksamkeit. »Das ist ja alles gut und schön, aber irgendwie fehlt mir die Emotion. Könnt ihr nicht ein paar Hebungen zueinander machen, bei denen ihr euch anschaut? Ich will Bilder, bei denen der Betrachter die Liebe zwischen euch spürt.«

Ich sehe Mae an und zucke lässig mit den Schultern. »Meinst du, wir schaffen das?«, flüstere ich ihr zu.

Ihr rechter Mundwinkel hebt sich zu einem halben Lächeln und sie nickt. Dieses geheime Spiel zwischen uns reizt mich irgendwie. Langsam beginnt es, mir Spaß zu machen.

»Kriegen wir hin«, erwidert Mae laut und zu Bonnie gewandt.

Ich nicke zustimmend. »Wir können anfangen. Mae und ich improvisieren.«

Nachdem Selena bis drei gezählt hat und ich Mae in einen hohen Lift hebe, erfasst uns die erste Mehlattacke am Oberkörper. Es blitzt von allen Seiten. Ich schließe kurz die Augen und als ich sie wieder öffne, staubt noch immer alles um uns herum.

Ein paar Lifts später sind unsere Körper vor lauter Mehl kaum noch zu erkennen.

Bonnie klatscht in die Hände und erbarmt sich unser. »Das war toll für den Anfang. Weiter so! Jetzt möchte ich, dass ihr im hohen Jeté aneinander vorbeispringt. Mae, lass deine Haare dabei von vorne nach hinten fliegen.«

Bei diesem Foto erwischt Mae eine Schippe Mehl voll im Gesicht. Sie fängt an zu niesen, reibt sich die Augen und es dauert eine ganze Weile, bis sie sich wieder beruhigt hat.

»Ich schlage vor, dass du dir deine Haare zu einem Dutt hochsteckst, dann können wir richtig schöne Ballerina-Bilder machen«, sagt Bonnie, als wir eine Trinkpause einlegen.

Während Mae sich die Haare bürstet, sehe ich mir neben Bonnie die Bilder auf dem Laptop an.

Mae und ich tanzen in einer Wolke aus Mehl, die teilweise den Elementen Feuer, Erde oder auch Wasser gleicht. Unsere Bewegungen vereinen sich mit ihr und gewinnen dadurch an Dynamik.

»Die sind wirklich verdammt gut geworden.« Anerkennend verziehe ich die Mundwinkel. »Hätte nicht gedacht, was so ein bisschen Mehl alles bewirkt.«

Die Augen auf den Bildschirm gerichtet, erscheint ein kleines Lächeln auf Bonnies Gesicht und ihre Augen leuchten vor Stolz.

Nachdem wir unsere Haare so gut es geht vom Mehlstaub befreit und unsere Körper mit einem Handtuch abgerieben haben, gehen wir wieder auf Position.

»Jetzt bitte ein bisschen mehr Gefühl«, hallt Bonnies Stimme zu uns herüber.

»Aber gerne doch«, rufe ich zurück und zwinkere Mae zu, die sich mir gegenüber aufstellt.

Während Selena langsam einzählt, legt Mae ihre Hände auf meine Schultern. Auf meinen Oberkörper gestemmt, hebe ich sie in einen hohen Lift, halte ihre Oberschenkel, sodass ihre durchgestreckten Beine nach oben zeigen.

Ich spüre den Aufprall des Mehls auf meinem Rücken, sehe, wie der Staub sich in der Luft entfaltet und mir dann allmählich die Sicht auf Maes Gesicht freigibt.

Ihre Augen schimmern im Blitzlichtgewitter. Sie sind wunderschön. Ich merke, wie ich mich in ihnen verliere.

»Macht weiter, nicht aufhören, beendet die Hebung, wie ihr es sonst auch machen würdet.« Bonnies Stimme klingt ganz aufgeregt. Was wir ihr anbieten, scheint ihr zu gefallen.

Mae schlingt ihre Arme um meinen Nacken. Ihre Haut fühlt sich an wie Samt, doch ihre Sehnen und Muskeln darunter sind fest.

Ich merke plötzlich, wie mein Körper auf sie reagiert. In meiner Brust breitet sich ein heftiges Ziehen aus und Hitze steigt in mir hoch. Ich will sie. Mit jeder Faser. Warum wird mir das jetzt erst bewusst?

Mein Blick wandert zu ihren Lippen. Ich muss sie küssen. Jetzt. Ich kann mich nicht entsinnen, wann ich das letzte Mal etwas so sehr gewollt habe.

Ihr Gesicht schwebt nur wenige Zentimeter über mir, ihre Lippen kommen direkt auf mich zu. Es gibt nur noch sie und mich. Langsam lasse ich ihre Beine herab, während sie eng an meinen Körper gepresst an mir hinabgleitet. Unsere Augen lassen nicht voneinander ab. Sie ist mir so nah, dass ich ihren pochenden Herzschlag an meiner Brust spüre. Oder ist das mein Herz, was so heftig schlägt? In diesem Augenblick wünsche ich mir nichts mehr, als dass meine Lippen die ihren genauso magisch anziehen und sie mich endlich mit einem Kuss erlöst.

Mae vergräbt ihre Hände in meinen Haaren. Und dann geschieht es. Ihre Lippen senken sich auf meine. Ganz sanft.

Ich fühle nur noch, mein Kopf ist leer. Langsam öffne ich die Lippen, lecke sanft über ihre.

Mit voller Wucht trifft mich ein Mehlwurf an der Wange, es muss eine volle Schaufel gewesen sein. Blitzlichtgewitter leuchtet hell auf, erst dann wird mir wieder bewusst, wo ich bin und was ich hier eigentlich tue.

Verdattert öffne ich die Augen und blicke genau in Maes. Als sie mich anlächelt, durchzieht ein heftiges Kribbeln meinen gesamten Körper. In dem Augenblick weiß ich, dass es um mich geschehen ist.

»Ihr beide wart genial«, platzt Bonnies Stimme dazwischen. »Kommt her und schaut euch die Fotos an.«

Die Hände um Maes Taille gelegt, mache ich keine Anstalten, mich von ihr zu lösen. Es fühlt sich so gut an, sie in meinen Armen zu halten.

»Ich glaube, du kannst mich jetzt loslassen«, raunt sie mir zu.

»Du hast das großartig gemacht.« *Das ist mein Mädchen*, ergänze ich in Gedanken.

Sie schenkt mir ein schiefes Lächeln. »Du aber auch.«

Ich frage mich, ob sie das Shooting meint oder das Vorgeben des verliebten Paares. Letzteres ist mir ein Vergnügen. Denn was Mae nicht weiß: Diesmal musste ich nichts spielen. Meine Gefühle waren und sind echt.

Mae

Allgemeine Aufbruchsstimmung macht sich breit. Überall wird zusammengeräumt, Folien werden entfernt und das Mehl wird weggefegt. Ich stehe unnütz in der Gegend herum und kratze mir eine juckende Stelle am Kopf. Aber eigentlich benötige ich einen Moment, um mich zu sammeln. Um meinen Empfindungen nachzuspüren.

Ich hätte noch eine Ewigkeit eng umschlungen mit Juri verharren können. Es hat sich so gut angefühlt zwischen uns. Dabei war nichts davon echt. Seine Vorstellung war wirklich Oscar reif, beinah habe ich ihm abgenommen, dass er in mich verliebt ist. Naja, als Tänzer muss er in verschiedene Rollen schlüpfen können.

Bisher war er eher zurückhaltend mir gegenüber, wir haben uns auf kumpelhafte Weise geneckt und ab und an hat er sich einen Scherz mit mir erlaubt. Aber dieser durchdringende Blick eben galt nur mir und ging mir durch und durch. Juri stand kurz davor, mich richtig zu küssen, seine Zunge leckte entlang meiner Lippen – Gott, das war das Heißeste, was ich je erlebt habe – hätte uns das Mehl nicht erwischt … Ich bin jetzt noch ganz zittrig, mein Herz schlägt so schnell, dass es meine Brust zu sprengen droht.

Da legt Selena eine Hand auf meine Schulter und ich erinnere mich daran, dass ich wie völlig durch den Wind in der Gegend herumstehe. Hektisch sammele ich meine Sachen zusammen und schlüpfe in meine Jogginghose. Immer noch rieselt von irgendwoher Mehl auf den Boden, obwohl ich mich gründlich abgeklopft habe. Ich darf Juri nicht in die Augen sehen, sonst steigt sofort Hitze in mir hoch und ich schwebe auf Wolke sieben. Ich hätte es nicht für möglich gehalten, aber diese Paarnummer zwischen uns hat meine Gefühle für ihn zusätzlich in Aufruhr gebracht und verstärkt – ich bin ihm noch mehr verfallen als ohnehin schon.

»Was habt ihr jetzt vor?«, fragt Bonnie an mich gerichtet, während sie ihre Kamera vom Stativ schraubt. »Wir könnten noch einen Kaffee trinken gehen, wenn wir hier fertig sind.«

»Klar, ich komme mit«, meint Selena, während sie Miles dabei hilft, die Reflektoren zusammenzufalten und in einer Kiste zu verstauen. »Ich brauche dringend Koffeinzufuhr, wenn du uns am Samstag so früh aus dem Bett scheuchst.«

»Kaffee klingt perfekt«, pflichtet Miles ihr bei.

Bonnie grinst. »Ihr seid natürlich eingeladen!«

»Wie spät ist es denn?«, will Juri wissen. Er hat sich bereits komplett angezogen, das Mehl hat sein Haar ganz weiß gefärbt, was seine Anziehung auf mich jedoch in keiner Weise beeinträchtigt.

»Kurz vor drei«, ruft irgendjemand von hinten.

»Dann muss ich los.« Eilig schwingt Juri seine Trainingstasche über die Schulter. »Ich habe Sara versprochen, mit ihr Coney Island zu besuchen.« Er hält in der Bewegung inne und sieht mich mit schräg gelegtem Kopf an. »Mae, möchtest du mitkommen?«

Die Frage trifft mich völlig unvorbereitet. Außerhalb der Academy müssen wir nicht miteinander abhängen, deshalb freut mich sein Angebot umso mehr. Nichts würde ich lieber tun, als die beiden zu begleiten. Andererseits habe ich ein schlechtes Gewissen Bonnie gegenüber. Soviel ich weiß, muss sie die Halle besenrein übergeben. Ich kann sie jetzt unmöglich im Stich lassen. Aber wie soll ich Juri mit seinem süßen, offenen Lächeln etwas abschlagen?

»Bonnie, wie kann ich mich nützlich machen?« Ich hoffe sie sagt jetzt nicht, ich soll eins der technischen Geräte abmontieren oder auseinanderbauen. Mit meinen zwei linken Händen bringe ich es womöglich noch fertig, etwas von ihrer teuren Fotoausstattung zu ruinieren.

»Du fasst mit deinen Mehlfingern nichts an, sondern gehst so schnell wie möglich unter die Dusche. So wie du aussiehst, lassen sie dich sicher nicht in den *Luna Park* rein.« Sie zwinkert mir zu.

»Habt Spaß ihr beiden. Ihr habt tolle Arbeit geleistet. Die Bilder hätten nicht besser werden können.« Bonnie kommt auf mich zu und zieht mich in eine feste Umarmung.

»Ich bin so stolz, eine so talentierte Fotografin als Freundin zu haben«, flüstere ich ihr zu und streiche ihr über den Rücken, selbst wenn ich damit ihre teuren Klamotten einsaue.

Ich lasse Bonnie los und wende mich an Juri. »Du hast es gehört, ich brauche unbedingt eine Dusche. Wir können uns später dort treffen.«

Juri legt eine Hand an meine Wange. »Mit der Dusche bin ich anderer Meinung. So sexy wie jetzt, bist du genau richtig.« Er küsst mich auf die Nasenspitze, gleichzeitig umfasst er auch mit der anderen Hand mein Gesicht.

Oh mein Gott. Ich fühle, wie meine Wangen unter seinen Fingern brennen. Wüsste ich es nicht besser, würde ich glauben, seine Worte entsprächen der Wahrheit.

»Dennoch sollst du dich wohlfühlen«, fügt er hinzu. »Du kannst bei mir duschen. Jetzt nach Chinatown zu fahren, lohnt sich nicht. Kate bringt uns dann mit dem Auto nach Coney Island.« Er lässt seine Hände sinken und ich vermisse sofort seine Berührung.

Juri nimmt meine Hand und zieht mich zum Ausgang. »Macht's gut, Leute, wir sehen uns am Montag.«

»Ja, ihr auch«, ruft Bonnie uns hinterher. »Und treibt's nicht zu wild.«

Ich verdrehe die Augen, wende mich noch mal zu ihr um und strecke ihr die Zunge raus.

»Meinst du wirklich, Kate hat nichts dagegen, wenn ich einfach so bei euch auftauche und eure Dusche benutze?«, frage ich, als wir aus der Halle hinaustreten. »Schließlich kennt sie mich gar nicht.« Ich blinzle gegen das helle Licht der hochstehenden Sonne an, die uns draußen empfängt.

»Was sollte sie dagegen haben? Kate ist in Ordnung. Sie hat heute ihren freien Tag und freut sich immer, wenn ich etwas mit Sara unternehme. Und die kann es gar nicht abwarten, dich endlich kennenzulernen.«

»Du hast ihr von mir erzählt?«

Ein Grinsen huscht über sein Gesicht. »Warum sollte ich das nicht?«

»Und was, wenn ich fragen darf?« Ich schenke ihm einen misstrauischen Seitenblick.

»Dass ich das Glück hatte, das hübscheste Mädchen aus dem ganzen Jahrgang als meine Tanzpartnerin zu bekommen.«

Ich presse die Lippen zusammen und kann mich nicht entscheiden, ob ich geschmeichelt sein oder seine Worte nicht ernst nehmen soll. Ich entscheide mich für das letzte und buffe Juri hart in den Oberarm. »Mit Sicherheit hast du das nicht gesagt.«

Er grinst. »Stimmt. Aber gedacht.«

Eine peinliche Stille entsteht zwischen uns, in der ich mir eine nicht vorhandene Haarsträhne aus meiner Stirn puste. Was soll ich auch erwidern? Bestimmt denkt er, er müsste was gutmachen, weil ich ihm helfe, und flirtet deshalb mit mir. Ich darf mir auf keinen Fall etwas darauf einbilden.

An der Haltestelle müssen wir nicht lange warten. Als der Bus neben uns stoppt, steigen wir ein, scannen unsere MetroCards und suchen uns einen Stehplatz vor dem Ausgang, da wir weiterhin Mehlreste verteilen.

Der Bus fährt an. Ich bin nicht darauf vorbereitet, wanke und pralle gegen Juri, der sich an einer Halteschlaufe festhält. Meine Nase stößt gegen seine harte Brust und sein Duft vermischt mit Waschmittel strömt mir entgegen. Wie eine Umarmung umhüllt mich sein Geruch. Männlich. Kraftvoll. Einfach Juri. Er riecht so gut, ich möchte ihn umklammern und nicht mehr loslassen. Gleichzeitig könnte ich mir in den Hintern treten. Das Letzte, was ich will, ist, dass Juri mich für ungeschickt hält. Verstohlen linse ich zu ihm auf.

Er streicht sich eine Haarsträhne beiseite, die ihm in die Stirn gefallen ist. Die Intensität, mit der er mir in die Augen sieht, lässt mich trocken schlucken.

Er lässt den Blick über mein Gesicht wandern, nimmt sich Zeit dafür.

Eine ungemeine Hitze überkommt mich und es prickelt in meinem Bauch, als hätte ich Brausepulver geschluckt. Ich versuche, das heftige Pochen zu ignorieren, das sich in meiner Brust ausbreitet. Ob es wirklich so eine gute Idee ist, Juri nach Coney Island zu begleiten? Wenn ich ihn weiterhin so anschmachte, kann ich mir gleich ein Schild umhängen mit der Aufschrift: Ich bin verrückt nach ihm. Darunter einen Pfeil, der in Juris Richtung zeigt. Damit es auch noch der letzte Begriffsstutzige mitbekommt.

Ich muss das abstellen. Und zwar sofort.

»Mae …« Juris Stimme hat einen rauen Klang angenommen. Er betont meinen Namen anders als sonst. Als würde darin die Antwort aller Fragen liegen.

Wie oft hat er Frauen wohl auf diese Weise herumbekommen? Bestimmt nicht wenige, wenn er den russischen Mädchen den Kopf genauso verdreht hat wie mir.

Hastig sehe ich nach draußen. Straßenzüge ziehen gemächlich an uns vorbei.

Er ist mir nichts schuldig, und doch gibt er mir das Gefühl, als müsste er als Gegenleistung besonders nett zu mir sein. Unerwiderte Gefühle sind etwas Furchtbares. Aber zusätzlich noch zu spüren, dass Juri mir nur aus Dankbarkeit Zuneigung entgegenbringt, verletzt mich. Ich werde mich ganz sicher nicht auf seine Annäherungsversuche einlassen. Wir sind Freunde. Und Tanzpartner. Nicht mehr und nicht weniger. Nur, weil er sich mit seinen schauspielerischen Fähigkeiten selbst übertroffen hat, darf ich nicht vergessen, dass unsere Fake-Beziehung nichts weiter als ein Täuschungsmanöver ist, das einem bestimmten Zweck dient. Selbst auf den Schein hereinzufallen, wäre mehr als dumm.

»Mach dir keinen Kopf, ich werde das so lange durchziehen, wie es nötig ist«, sage ich mit belegter Stimme. »Ich habe es dir versprochen.«

Der Bus hält. Schweigen steht zwischen uns, nur durchbrochen vom Zischen der sich öffnenden Tür. Kurz frage ich mich, ob Juri überhaupt verstanden hat, was ich gesagt habe. Bis er mich ansieht.

Juri legt die Stirn in Falten, als hätte er keinen blassen Schimmer, wovon ich rede.

»Ich meine, du bist mir nichts schuldig, du musst nicht extra zuvorkommend zu mir sein. Wir sind Freunde. Und das soll auch so bleiben«, setze ich noch dahinter, um das Ganze nicht ganz so hart klingen zu lassen.

»Aber … du glaubst doch nicht …« Juri schüttelt den Kopf. Schnaubt.

Menschen drängeln sich an uns vorbei, um noch rechtzeitig rauszukommen, schubsen ihn zur Seite, doch er stört sich nicht daran. Seine Augen verdunkeln sich, lassen nicht von mir ab.

Sein gekränkter Blick versetzt mir einen Stich in die Brust.

Dann steigt er aus, ohne mir Bescheid zu geben.

Einen Augenblick lang spiele ich mit dem Gedanken, einfach stehenzubleiben und ihn ziehen zu lassen.

Kindisch! Schließlich habe ich mir nichts vorzuwerfen. Wir können das klären.

Die Türen quietschen in den Angeln, als sie sich schließen. Im letzten Moment quetsche ich mich hindurch und springe aus dem Bus, um zu Juri aufzuschließen.

Er macht keine Anstalten, auf mich zu warten. Wenn mich nicht alles täuscht, habe ich mit meiner Vermutung den Nagel auf den Kopf getroffen, und er weiß nicht, wie er sich rausreden soll. Er wirkt ernsthaft verletzt. Dabei wollte ich doch nur, dass nichts zwischen uns steht.

»Ich wollte nur, dass du weißt, dass du dich auf mich verlassen kannst«, sage ich nach einer Weile des Schweigens, um endlich die graue Wolke, die über uns hängt, zu vertreiben.

Juri nickt stumm. Noch immer habe ich das Gefühl, als stünde eine Wand zwischen uns.

Und wenn ich ihm unrecht tue? Vielleicht ist er auch so sehr mit seiner Rolle verschmolzen, dass er nicht mehr zwischen selbst erschaffener Illusion und Wirklichkeit unterscheiden kann. Unser Spiel hat Gefühle in ihm hervorgerufen, die real gar nicht vorhanden sind. Genau, wie unsere Nähe mich in ein völliges Gefühlschaos gestürzt hat. Die Grenzen sind verschwommen und haben sich schließlich mit dem Mehl um uns herum in Luft aufgelöst.

Ja, so muss es gewesen sein. Er hat sich verliebt in das Gefühl, das wir künstlich hergestellt haben.

Wir haben uns verloren, es zugelassen und dann selbst nicht mehr gefunden.

Ich habe schon oft gehört, dass Schauspieler, die eine Liebesszene miteinander spielen müssen, auch in Wirklichkeit ein Paar werden. Aber meist hält es nicht lange, weil sie beide zu spät erkennen, dass der Zustand, den sie selbst heraufbeschworen haben, nichts weiter als ein Trugbild ist, das im Alltag nicht Bestand hält.

Den ganzen Weg über zu seinem Haus reden wir kein weiteres Wort. Während ich versuche, mit Juri Schritt zu halten, überlege ich krampfhaft, wie ich die Stimmung zwischen uns wieder kitten kann. Unausgesprochene Worte, Unsicherheit und verletzte Gefühle schweben in der dunklen Wolke über uns, die einfach nicht verpuffen will. Ich wünsche mir die Unbeschwertheit zurück. Die Ausgelassenheit, den Schalk, der Juri ständig im Nacken sitzt und die Albernheiten zwischen uns.

Juri

Wie kann Mae mich nur so vor den Kopf stoßen? Ich bin verrückt nach ihr, zeige es ihr und sie lässt mich abblitzen. Das tut verdammt weh. Noch nie hat eine Frau mir auf so eine Weise eine Abfuhr erteilt.

Genau genommen wurde ich noch nie abgewiesen.

Fahrig streiche ich mir mein Haar zurück und krame in meiner Tasche nach dem Hausschlüssel. Sie hat zwar versucht, die Wogen zu glätten, aber so schnell komme ich nicht darüber hinweg. Lieber wäre mir es, Mae würde gehen. Aber Beharrlichkeit scheint eine ihrer Stärken zu sein. Sie wegzuschicken, bringe ich ebenso wenig übers Herz.

Seufzend werfe ich ihr einen Seitenblick zu. Ich sollte über meinen Schatten springen und es gut sein lassen. Wenn die Stimmung zwischen uns mies ist, können wir am Montag auch nicht das verliebte Paar spielen.

Hat sie wirklich geglaubt, ich fühle mich ihr verpflichtet, weil sie mir einen Gefallen tut? So ein Bullshit. Wie kommt sie nur darauf?

Hätte ich mich nicht zu diesem verdammten Shooting überreden lassen, wäre das nicht passiert. Alles war gut zwischen uns, bis die Gefühle mit mir durchgegangen sind und mein Körper in ihrer Nähe verrücktspielte. Noch eine Baustelle in meinem Leben kann ich wirklich nicht gebrauchen.

Als ich den Schlüssel im Schloss drehe, erklingt drinnen das Trippeln kleiner Füße. Sara erwartet uns bereits. Wenigstens ihr sollten wir einen schönen Tag bereiten.

Mae wird sofort von Sara in Beschlag genommen. Kichernd

rennt sie mit ihr durchs ganze Haus und lässt sich jedes Zimmer zeigen.

Auch Kate scheint gleich angetan von ihr. Sie begrüßt sie mit einem Kuss auf jede Wange und macht eine anerkennende Bemerkung über ihre Figur. Dass man ihr sofort ansieht, dass sie Tänzerin ist, oder so etwas in der Art.

Durch die offenstehende Tür sehe ich Marco in seinem Sessel sitzen und ein Baseball-Spiel verfolgen. Er scheint kein Interesse an meinem Besuch zu haben. Hätte ich ein anderes Verhältnis zu ihm, würde ich ihm Mae als meine Freundin vorstellen. Hätte. Es kommt mir so vor, als wollte er seine Vorurteile gar nicht aus dem Weg räumen. Vermutlich hat er sich nur einen Vorwand gesucht, um mich auf Abstand zu halten. So ein verdammter Idiot!

Als Sara das nächste Mal mit Mae im Schlepptau an der Hand an mir vorbeirennt, halte ich Mae am Handgelenk fest. »Wenn wir noch vor Sonnenuntergang da sein wollen, solltest du jetzt duschen.« Eigentlich wollte ich meine Bemerkung witzig klingen lassen, stattdessen wirkt sie eher gereizt. Um meinen Worten den Stachel zu ziehen, verziehe ich meine Lippen zu einem angespannten Lächeln.

»Wenn du mir zeigst, wo, gerne«, kontert Mae und zieht neckisch eine Augenbraue in die Höhe, was das Eis zwischen uns fürs Erste bricht, denn ich muss unwillkürlich grinsen.

Ich führe sie in Saras Bad, lehne mich draußen an die Duschwand und bleibe demonstrativ mit verschränkten Armen davorstehen. Ein unverschämtes Grinsen schleicht sich auf mein Gesicht.

»Falls du darauf wartest, dass ich mich vor dir ausziehe, kannst du lange warten.« Mae erwidert meinen Blick, ohne eine Miene zu verziehen.

Ich stoße mich träge von der Duschkabine ab. »Schade. Aber einen Versuch war's wert.« Danach suche ich ein großes und ein kleines Handtuch aus der Badkommode und lege sie ihr auf dem Korbstuhl neben der Dusche bereit. Mit einem schiefen Grinsen schließe ich die Tür hinter mir.

Nur den Bruchteil einer Sekunde später dreht sich der Schlüssel im Schloss.

Schnaubend schüttele ich den Kopf. Jetzt, wo wir uns so nahe waren, fällt es mir schwer, so zu tun, als wäre nichts zwischen uns gewesen. Dabei hat es mich zum ersten Mal in meinem Leben richtig erwischt. Je mehr ich mir darüber im Klaren werde, desto stärker fühle ich mich zu ihr hingezogen. Und das nicht nur im körperlichen Sinne. Ihr ganzes Wesen und ihre Art haben es mir angetan.

Während Mae ihren Körper vom Mehl reinigt, dusche ich mich ebenfalls. Eiskalt, um meine heißen Gedanken abzukühlen.

Als wir uns danach im Flur begegnen, kann ich nicht anders, als sie anzustarren. Ich lasse meinen Blick langsam über ihren Körper wandern, von ihrem nassen Haar hinab zu dem Handtuch, das sie sich um ihren Körper gewunden hat. Einfach umwerfend.

»Hast du einen Föhn für mich?« Sie schenkt mir ein entwaffnendes Lächeln.

Ich spüre ein merkwürdiges Ziehen in meiner Brust.

Was stellt sie nur mit mir an?

Mit den vom heißen Wasser geröteten Wangen und den feuchten Strähnen, die ihr ins Gesicht fallen, sieht sie einfach zum Anbeißen aus. Wie es wohl ist, mit ihr im Bett zu liegen und über ihre nackte Haut zu streichen?

Ich schlucke hart, versuche, den Gedanken schnell zu verdrängen.

Erfolglos.

»Ja, sicher.« Ich reibe mir den Nacken. »Warte einen Moment, ich besorge ihn dir.« Lieber hätte ich gesagt ›Ich besorge es dir‹, habe aber gerade noch die Kurve bekommen.

Für ein Mädchen ist Mae wirklich schnell. Sie hat es geschafft, in weniger als zehn Minuten geduscht, geföhnt und angezogen zu sein.

Während der Autofahrt wird sie von Sara mit Fragen bombardiert. Ich grinse in mich hinein, lasse mich tiefer in den Beifahrersitz sinken und lausche dem Gespräch der beiden.

Mae wird nicht müde, jede Frage zu beantworten. Welche Lieblingsfarbe sie hat.

Die Antwort lautet: hellblau.

Welche ihre Lieblings-Disneyfigur ist.

Nach langem Zögern antwortet sie *Lumiere, der Kerzenleuchter* aus *Die Schöne und das Biest* – da er einen so charmanten französischen Akzent hat.

Wie viele Kaugummiblasen sie hintereinander schafft.

Weiß sie nicht, muss sie ausprobieren, aber fünf bestimmt.

Was sie neben dem Tanzen in ihrer Freizeit am liebsten macht.

»Essen«, antwortet Mae.

»Das ist gelogen.« Ich blicke über die Schulter nach hinten. »Sie isst wie ein Spatz auf Diät.«

»Nur, wenn mir jemand dabei zusieht«, hält Mae dagegen. »Sobald ich zu Hause bin, mache ich mich über alles her, was der Kühlschrank und Mums gute Küche zu bieten haben.« Das bringt sogar Kate zum Lachen.

»Glaub ihr kein Wort«, sage ich an Sara gewandt und werfe Mae einen abschätzigen Blick zu. »Mit Sicherheit führt sie so ein Tagebuch, wo sie jede einzelne Kalorie zählt.«

Mae sieht mich aus zusammengekniffenen Augen an. »Tue ich nicht.«

»Was ist Kalorien?«, fragt Sara interessiert.

»Nichts, über das du dir in deinem Alter schon Gedanken machen solltest«, ergreift Kate das Wort und übernimmt ab da an das Gespräch.

Sie will wissen, wo Mae wohnt, woher ihre Eltern stammen und wie lange sie schon in New York leben.

»Wo genau liegt der Laden deiner Eltern?«, erkundigt sie sich.

»In der Canal Street, in einem roten Haus mit blauer Feuerleiter.«

Langsam wird mir dieses Verhör wirklich zu bunt. Ich frage mich, warum Kate das alles so genau wissen will. Aus Höflichkeit? Sie hat sicher noch nie einen Fuß ins Chinatown-Viertel gesetzt. Aber wenigstens hat sie keine Vorurteile wie Marco.

Als sie uns direkt vor dem Luna Park aussteigen lässt, habe ich das Gefühl, endlich wieder durchatmen zu können.

Nachdem ich für die beiden Mädchen und mich den Eintritt bezahlt habe – obwohl Mae mehrere Male Einspruch erhoben hat und es ihr sichtlich unangenehm war, als ich mich schließlich durchgesetzt habe – steuern wir rechter Hand Richtung Kettenkarussell.

Der Geruch nach gebrannten Mandeln, Zuckerwatte und fettiger Bratwurst liegt in der Luft und weckt Erinnerungen daran, wie ich als kleiner Junge jedes Jahr mit *Babuschka* über den Weihnachtsmarkt gelaufen bin. Ich habe diese winterliche Stimmung geliebt, die bunten glitzernden Lichter und die Holzbuden, an denen ich so viel futtern durfte, wie ich wollte. Die Puppenspiele haben mich immer besonders fasziniert.

Sara rüttelt an meinem Arm und reißt mich damit aus meinen Gedanken. »Darf ich mit Mae fahren?«

Ich lächle ihnen zu und bin froh, dass ich aus der Nummer raus bin. »Klar.«

Ich beobachte, wie sie sich nebeneinander in die herabhängenden Sitze setzen und Sara nach Maes Hand fasst. Es dauert nicht lange, da steigt das Karussell in die Höhe, um dann nach unten seine Kreise zu ziehen.

Danach will Sara unbedingt einen Hotdog essen. Also zögere ich nicht lange und kaufe für jeden einen mit extra viel gerösteten Zwiebeln und Ketchup. Als ich mit stolzer Miene jedem eine mit Brötchen ummantelte Wurst reiche, werde ich eines Besseren belehrt. Sara mag keine Zwiebeln, lässt sich aber dann mit viel Genörgel doch noch breitschlagen, den Hotdog zu essen, aber erst, nachdem ich die Hälfte der Zwiebeln im Mülleimer entsorgt habe.

Und Mae will überhaupt keinen Hotdog, weil sie keine Wurst mag. »Außerdem beklagst du dich sonst wieder, dass ich zu schwer bin und du mich nicht halten kannst«, setzt sie augenzwinkernd noch eins oben drauf.

Ich lerne daraus, dass man Frauen niemals ungefragt etwas mitbringen sollte.

»*Yoptel-mopsel*«, fluche ich leise vor mich hin, was bei den Mädchen für Belustigung sorgt.

»Mopsel«, kichert Sara und Mae stimmt mit ein. »Was soll das denn heißen?«

»Ja, amüsiert euch nur auf meine Kosten.« Gespielt beleidigt gehe ich voran, während ich abwechselnd mal rechts, mal links von den Hotdogs in meinen Händen abbeiße. Von hinten weht immer wieder Gekicher zu mir herüber und ich muss unwillkürlich grinsen. Dieser Jahrmarkt versprüht den Charme längst vergangener Zeit. Eine leichte Meeresbrise liegt in der Luft und ich nehme mir vor, später noch einen Abstecher zum Strand zu machen.

Nach einer Weile verstummt das Gekicher und ich werfe einen Blick über die Schulter.

Die beiden sind nicht mehr hinter mir.

Meine Augen suchen die Menge nach ihnen ab. Am Ende einer Schlange entdecke ich sie an der Kasse anstehend.

Sara hat sich für weiß-blau gemusterte Untertassen entschieden, die sich im Kreis und um die eigene Achse drehen. Diesmal fährt sie allein.

»Der Lunapark ist zwar keine Ruheoase, jedoch kann man hier auch auf wunderbare Weise dem Trubel der Stadt entfliehen«, sagt Mae, kaum dass wir alleine sind und zu Sara hinaufschauen, die uns fröhlich zuwinkt.

»Ich kann mich nicht entsinnen, wann ich das letzte Mal in einem Vergnügungspark war.« Ich sehe Mae an und lächle. »Sara mag dich. So schnell wirst du sie nicht mehr los.«

»Ich mag sie auch.« Mae hebt die Hand und winkt zurück. »Hier gleich um die Ecke liegt das russische Viertel *Little Odessa*, wenn du magst, können wir hingehen. Dort sprechen alle Russisch oder Ukrainisch, es gibt russisches Essen und Souvenirs aus deiner Heimat.«

Ich schnaube. Mae denkt, ich habe Heimweh. »Ich vermisse nicht die Sprache oder das Essen, mir fehlen die Menschen, die mir nahestanden.«

Mae nickt verstehend. »Wer gehört zu diesen Menschen?«

»*Babuschka*, Mama und mein erster Ballettlehrer. Sie alle sind tot.«

Mae schluckt betroffen und senkt den Blick zu Boden.

Durak! Ich bin ein verdammter Idiot. Sie wollte nur nett sein und ich lenke das Gespräch in eine Richtung, die zu allem anderen als guter Stimmung beiträgt.

»Dein erster Ballettlehrer?«, nimmt sie den Faden wieder auf. Und ich bin ihr dankbar dafür. »Was war das für ein Typ?«

Ich zucke mit den Schultern. »Er hat mir das Tanzen beigebracht und war so eine Art Vaterfigur für mich.«

»Dir hat man das Tanzen beigebracht?« Ihre Augen leuchten amüsiert. »Ich dachte immer, du bist schon tanzend auf die Welt gekommen.«

Ich ramme ihr sachte den Ellbogen in die Seite, doch lieber würde ich sie an mich ziehen und küssen. »Das hatte ich doch eigentlich von dir gedacht.« Ich grinse sie an. »Wie schätzt du deine Chancen auf die Hauptrolle ein?«

Mae zögert einen Moment, bevor sie antwortet. »Wenn ich das nur wüsste … Mir würde ein kleines Solo schon reichen.«

»Sei nicht so bescheiden. Du hast wochenlang darauf hingearbeitet. Ein bisschen mehr Selbstvertrauen würde dir guttun.«

Sie seufzt leise. »Ich weiß nicht, ob ich die hohen Erwartungen, die an mich gestellt wurden, erfüllen konnte.«

»Keine andere hat es mehr verdient als du.«

»Danke.« Ein kleines Lächeln huscht über ihr Gesicht. »Wenn ich dann noch mit dir das Pas de Deux tanzen darf, wäre ich der glücklichste Mensch der Welt.«

Mein Mundwinkel hebt sich leicht, zu einem Lächeln reicht es nicht. Ich schätze die Chancen darauf ziemlich gering ein, aber das sage ich ihr lieber nicht. Archer hat mich zwar in Ruhe gelassen, seit ich mich mit Mae als Paar zeige, aber das schützt mich nicht vor den angedrohten Konsequenzen.

Plötzlich quetscht sich Sara zwischen uns und nimmt Maes Hand. »Was machen wir jetzt?«

»Was würdest du denn gerne als nächstes fahren?«, fragt Mae.

Ich falle ein Stück hinter den beiden zurück und beobachte ihr angeregtes Gespräch. Ich weiß jetzt schon, dass Sara mir tagelang von Mae vorschwärmen und darum betteln wird, dass ich sie bald wieder mit nach Hause bringe.

Selbst beim Dosenwerfen darf nur Mae sie unterstützen. Kurz erwäge ich, beleidigt zu sein, bin dann aber froh, dass Mae mitgekommen ist und ich ein paar Kinderkarussells auslassen kann.

The Tickler ist die erste Attraktion, die wir alle gemeinsam fahren. Ab einer bestimmten Höhe haben wir einen grandiosen Ausblick auf das Gelände, das vor der Kulisse riesiger Hochhäuser liegt, vor denen gerade die Metro vorüberfährt. Auf der anderen Seite erstreckt sich der breite Sandstrand.

Während ich den runden Waggon mit dem kleinen Lenkrad unaufhörlich zum Drehen bringe, rattert er die Bahnschiene hinauf und hinab und die Mädchen kreischen wie am Spieß.

Nachdem wir alle Attraktionen, die für Saras Alter geeignet sind, ausprobiert haben, treibt es uns Richtung Strand.

»Trägst du mich auf den Schultern?«, bettelt Sara.

Ich blicke mit zusammengezogenen Augenbrauen zu ihr hinab. »Eigentlich müsstest du mich tragen. Du machst schließlich Kampfsport und bist die Stärkere von uns beiden.«

Sara winkt kichernd ab. »Nein, du bist zu schwer für mich.«

Ich stoße einen demonstrativen Seufzer aus. »Na gut, komm her.« Ich fasse sie um die Taille und setze sie auf meine Schultern. Sie ist federleicht. Als ich mit ihr ein paar Meter wie ein Pferd galoppiere, schreit sie vor Vergnügen, sodass alle Passanten sich nach uns umdrehen.

»Kaufst du mir ein Eis?«, fragt Sara, als wir die Promenade erreichen.

»Klar.« Sofort steuere ich die nächste Eisdiele an.

Während Mae an ihrem gebutterten Maiskolben knabbert und Sara an ihrem Wassermeloneneis leckt, suche ich uns ein schönes Plätzchen am Strand.

Nahe am Ufer setzen wir uns in den feinkörnigen Sand und

sehen den Wellen dabei zu, wie sie träge ans Ufer schwappen. Wir haben den Moment richtig abgepasst. Die Sonne versinkt gerade im Meer und färbt den Horizont in ein flammendes Rot.

»Ist Mae jetzt eigentlich deine Freundin?« Sara schaut interessiert von einem zum anderen. »So richtig mit küssen?«

»Ja«, antwortet Mae, im gleichen Moment, in dem ich verneine. Wir müssen beide grinsen. Mein Blick bleibt einen Augenblick zu lang an ihren Augen hängen, deren Ausdruck ich nicht zu deuten weiß. Verlegenheit? Oder blitzt doch ein Funke Feuer in ihnen?

»Was denn nun?« Sara lässt nicht locker.

Mae hat recht, wir sollten auch vor unseren Familien so tun, als ob wir ein Paar sind, das ist sicherer. »Naja, eigentlich schon.«

Sara scheint mit dieser vagen Antwort nicht zufrieden. »Eigentlich schon? Was bedeutet das? Ich dachte, man ist entweder zusammen oder nicht.«

»Ja, da hast du recht.« Ich nehme ihr das Eis aus der Hand und lecke einmal am Rand der Waffel entlang, ehe das klebrige Zeug ihre weiße Hose volltropft. »Wir sind erst seit Kurzem ein Paar, deshalb ist es noch ein bisschen ungewohnt.«

»Dann habt ihr euch also schon richtig geküsst?«, hakt Sara grinsend nach und nimmt mir die Waffel aus der Hand.

»Ja, wenn du es so genau wissen willst, wir haben uns auch schon richtig geküsst.« Ich verziehe meine Mundwinkel zu einem halben Lächeln. Ich bin wirklich ein miserabler Lügner.

Sie kichert hinter vorgehaltener Hand, während Mae über ihre nackten Füße Sand rieseln lässt. »Ich dachte immer, wenn man mit jemanden geht, hält man seine Hand.«

»Deine Eltern halten doch auch nicht die ganze Zeit Händchen.« Mein miesepetriger Vater und Kate Händchen haltend, das kann ich mir beim besten Willen nicht vorstellen.

»Ach die. Die sind doch auch schon viel zu alt«, gibt Sara altklug von sich.

Mae und ich tauschen einen Blick und haben Mühe, nicht loszuprusten.

»Du meinst also, wenn man älter ist, sollte man nicht mehr

Händchen halten?«, hake ich nach. »Diese These sollte ich mir unbedingt merken.«

»Wenn man verheiratet ist, macht man so etwas nicht mehr.« Sara beißt in ihre Waffel und krümelt ihre Hose voll.

Mit Maes Serviette reibe ich Saras Wassermelonenmund sauber. »Von dir kann ich offenbar noch eine Menge lernen.«

Am Ende eines langen Tages spendiere ich uns ein Taxi.

Als wir vor unserem Haus ankommen, gebe ich dem Fahrer Geld, damit er auch Mae nach Hause bringt. Dann steige ich aus und öffne Sara die Tür.

»Hat es dir Spaß gemacht?«, fragt Mae und streicht Sara dabei ihr blondes Haar zurück.

»Es war toll. Machen wir das bald wieder?«

»Wenn ihr mich noch mal mitnehmt, gerne.« Ihr Blick schweift zu mir hinüber. Dann wieder zu Sara. »Gute Nacht, ihr beiden, schlaft schön.«

»Du auch.« Sara schlingt ihre Arme um Mae und hält sie eine Weile fest. Als sie sie wieder freigibt, schaut sie auffordernd von mir zu ihr.

Mit einem Grinsen beuge ich mich über Sara hinweg zu Mae und gebe ihr einen kurzen Kuss auf den Mund. Meine Lippen prickeln, obwohl ich sie für höchstens zwei Sekunden berührt habe. Ich weiß, ich muss Sara nach Hause bringen, doch mein Körper will etwas anderes.

Sara lächelt mir zufrieden zu und quetscht sich dann an mir vorbei ins Freie.

Selbst, als der Wagen schon abfährt, stehe ich noch gebeugt da und blicke Mae durch die Scheibe hindurch an.

In der Nacht liege ich stundenlang im Bett und kann nicht schlafen. Mae geht mir einfach nicht aus dem Kopf. Wie ein furchtbarer Ohrwurm summt sie mir durchs Hirn. Ihr Gesicht tanzt vor mir, wie diese schwarzen Punkte, wenn einem schwindelig ist. Das Echo ihres Lachens hallt durch mich hindurch – und die Berührung ihrer Lippen fehlt mir schmerzlich. Widersprüchliche Gefühle toben in mir, während ich mich von einer Seite zur anderen wälze. Ich will ihr sagen, was ich für sie empfinde, doch eine innere Stimme rät mir davon ab. Sie ist der beste Freund, den ich je hatte.

Ich will sie nicht verlieren.

Als ich am Montag durch die Gänge der Academy laufe, vibriert die Luft vor Aufregung. Heute Mittag soll die Besetzungsliste für die Weihnachtsaufführung ans Schwarze Brett gepinnt werden, bei der auch Lehrer der Company im Publikum sitzen werden. Wenn Archer seine Drohung wahr gemacht hat, werde ich wohl nicht darauf stehen. Aber das ist in Ordnung, so lange er mich in Ruhe lässt.

Es sei denn, er hat sich ein neues Opfer gesucht. Bei dem Gedanken an Miles wird mir ganz mulmig zumute.

Die erste Klasse Techniktraining tropft vor sich hin wie ein kaputter Wasserhahn. Alle sind unruhig, niemand ist richtig bei der Sache. Mrs Garcias Ermahnungen, wir sollen uns mehr konzentrieren, zeigen keine Wirkung, denn jeder sehnt das Ende der Stunde herbei.

In der Pause bis zur nächsten Trainingseinheit läuft mir Miles vor den Toiletten über den Weg.

»Na, Alter, was sagt dein Gefühl?« Ich lege kumpelhaft den Arm um seine Schulter. »Meinst du, dass du eine Rolle abbekommst?«

Miles Lippen verziehen sich zu einem Lächeln. »Archer hat mir schon verraten, dass er mich für ein Solo vorgeschlagen hat.«

Ich suche in seinem Gesicht nach einem Hinweis, der verrät, dass Archer ihn auch belästigt hat. Doch da ist nichts. Sein Lächeln wirkt ehrlich und entspannt. Das Gespräch scheint also gut gelaufen zu sein. Ich atme einmal kräftig durch. »Freut mich für dich.« Ich boxe ihm freundschaftlich gegen die Schulter. »Wenn Archer sich für dich einsetzt, ist das schon mal ein gutes Zeichen. Nicht jeder hat das Glück«, taste ich mich weiter vor.

»Ja, da hast du wohl recht. Er kann ein ganz schönes Arschloch sein. Besonders die Mädels fasst er nicht gerade mit Samthandschuhen an.«

»Ich muss weiter, Mrs Garcia setzt sonst wieder ihren Feldwebel-Blick auf«, würge ich das Gespräch ab. »Wir sehen uns in der Mensa.«

Pünktlich um 12 Uhr strömen alle aus unserer Stufe Richtung Schwarzes Brett. Ich lasse mir Zeit, denn wenn sich erst mal die große Traube, die sich vor der Besetzungsliste aufgebaut hat, auflöst, habe ich den Plan für mich allein.

Aus dem Stimmengewirr dringen einzelne Gesprächsfetzen zu mir herüber: ›Hab ich es doch gleich gewusst‹ oder ›War ja klar‹. In dem Gewusel erkenne ich Maes schwarzen Dutt. Dann wird ein Freudenschrei laut und die Menge teilt sich, spuckt Mae und Bonnie hervor.

Mae hat die Hände vor den Mund geschlagen. Als sich unsere Blicke treffen, senkt sie die Arme.

Ich lese pure Freude in ihrem Gesicht. Bonnie neben ihr wirkt blass und ihrem Blick fehlt jeglicher Glanz.

»Sie haben mir die Hauptrolle gegeben.« Mae schießen Glückstränen in die Augen. »Und ich bin die einzige Tänzerin aus dem ersten Jahr, die ein Solo tanzen darf.« Sie springt mir quiekend in die Arme und ich drehe mich mit ihr um die Achse.

Ich freue mich für Mae und bin verdammt stolz auf sie. Sie hat die Hauptrolle bekommen, die eigentlich jemandem aus der letzten Stufe zugedacht war. Das ist eine große Chance für sie. »Herzlichen Glückwunsch!«, sage ich und lasse sie wieder runter. »Das ist großartig.«

»Und jetzt rate mal, mit wem ich das Pas de deux tanze?«

»Du wirst es mir sicher gleich verraten.«

»Mit so einem komischen Russen!« Ich hätte es nicht für möglich gehalten, aber ihr Lächeln wird noch breiter. »Wir tanzen zusammen!«

Mir wird ganz schwer ums Herz, doch ich zwänge ein Lächeln auf meine Lippen. Was mich betrifft, hält sich die Freude in Grenzen. Ich weiß wirklich nicht, ob die männliche Hauptrolle ein Grund zur Freude ist. Hat Archer wirklich aufgegeben? Oder haben sich die anderen Dozenten gegen ihn durchgesetzt? Es kann verschiedene Gründe haben, warum ich trotz meiner Weigerung, ihm gefällig zu sein, die Solorolle bekommen habe.

Damit ich mich nicht verstellen muss, ziehe ich Mae noch einmal in meine Arme. »Das ist … gut.«

Als ich mich von ihr löse, fällt mein Blick auf Bonnie. Sie steht etwas abseits und lässt resigniert den Kopf hängen. Wir gehen zu ihr und ich hebe ihr Kinn, doch Bonnie schüttelt nur den Kopf und entzieht sich mir. »Ich bin noch nicht mal für eine lumpige Zweitbesetzung gut genug.« Ihre Stimme klingt rau. Ich habe sie noch nie so traurig gesehen.

Ich lege den Arm um sie. »Das, was du brauchst, ist ein Tapetenwechsel. Ich wäre dafür, die Mittagspause heute ins Freie zu verlegen. Ihr setzt euch raus in die Sonne und tankt frische Luft. Ich besorg uns derweilen einen starken Kaffee.«

Mae nickt mir zu und zieht Bonnie an der Hand mit sich.

Nachdem ich zwei Kaffee und einen Grünen Tee für Mae an der Essensausgabe entgegengenommen habe, hole ich mir ein Tablett. Ich ziehe scharf Luft ein, als ich mir beinah die Finger an den heißen Bechern verbrenne. Unvermittelt beißt mir ein herber Geruch von Aftershave in die Nase. Mein Brustkorb zieht sich schmerzhaft zusammen. Ich brauche mich nicht umzudrehen, ich weiß auch so, wer hinter mir steht.

Archer. Die Nackenhaare stellen sich mir auf, als sein warmer Atem mein Ohr streift. Er legt den Arm um mich, klopft mir auf die Schulter und grinst, sodass es für jeden Außenstehenden so aussieht, als würde er mir gratulieren. Doch seine Worte bewirken, dass mein Gesicht versteinert, ich kann nichts dagegen tun. »Du bist mir was schuldig, Kumpel. Heute Abend um acht Uhr erwarte ich dich vor dem Chelsea Market, ich trage ein rotes Cappy. Ich empfehle dir zu kommen.« Ein letzter Klaps auf die Schulter, dann dreht er sich um und geht.

Wut brodelt unter meiner Haut, ich spüre, wie sie mir heiß ins

Gesicht steigt. Was hat er mit mir vor? Mich in einen Hinterhof ziehen, in ein schmuddeliges Sexkino abschleppen oder will er mich womöglich sogar mit zu sich nach Hause nehmen?

Mein Kiefer mahlt und ich schnaufe vor Wut. Ich werde mir das nicht länger gefallen lassen. Ohne zu überlegen, lasse ich das Tablett an Ort und Stelle liegen und renne ihm nach.

Der Flur zum Nebengebäude ist leer, kein Schüler weit und breit in Sicht. In einer blitzschnellen Bewegung packe ich Archer an der Schulter und reiße ihn herum. *»Poschol k tschjortu, mudak!«* Ich spucke ihm die Worte förmlich ins Gesicht. Dieser Wichser soll zur Hölle gehen. »Ich bin Ihnen gar nichts schuldig.« Ich versuche, meine Stimme stark klingen zu lassen, gefasst, merke aber, wie sie zittert. Es fällt mir schwer, nicht die Beherrschung zu verlieren und auf ihn einzuschlagen. »Ich hätte auch ohne Sie das Solo bekommen. Ich habe es nicht nötig, mich von Ihnen protegieren zu lassen.«

Archer lacht schallend auf. Gleichzeitig tritt er einen Schritt zurück, bringt Distanz zwischen uns und streicht dann über die Stelle, wo ich ihn angefasst habe, als hätte ich ihn beschmutzt. »Du wirst schon sehen, was du von diesem lächerlichen Auftritt hier hast.«

Eine Schülerin kommt uns entgegen. Verunsichert schaut sie von mir zu Archer – es ist ganz offensichtlich, dass zwischen uns etwas vorgefallen ist, denn unsere Augen sprühen Funken. Schnell streicht ihr Blick zu Boden und sie zieht eilig an uns vorbei.

»Glaub mir, du wirst deine Meinung noch ändern.« Archers schmale Lippen verziehen sich zu einem durchtriebenen Grinsen und es kommt mir so vor, als hätte das Schwarz seiner Pupillen alles Braun verschlungen. Dann dreht er sich um und geht.

Ich schlucke hart. Diese gelassene Art, die er wie ein Schutzschild mit sich trägt, widert mich an. Er hat sich immer im Griff, lässt mich als Verlierer dastehen.

Nein, er hat noch lange nicht aufgegeben. Miles hat er in Ruhe gelassen, doch ich bin sein Auserwählter. Er wird so lange weitermachen, bis er bekommt, was er will. Und das bin ich. Mir entkommt ein verbittertes Schnauben. Ich sollte mir jedoch nichts drauf einbilden, ich möchte nicht wissen, wen er schon alles belästigt hat. Ich bin sicher nicht der Erste.

Ich könnte die Schule wechseln, niemand würde erfahren wohin. Meine Gedanken wandern zu Mae. Aber ich kann sie nicht im Stich lassen. Ich habe ihre Augen noch nie so glücklich leuchten sehen, wie in dem Moment, als sie mir mitgeteilt hat, dass wir das Pas de deux zusammen tanzen. Ihr Traum geht in Erfüllung und sie möchte mich an ihrer Seite haben.

Es muss einfach einen anderen Ausweg geben.

Mae

Bonnie und ich sitzen draußen auf der Bank in dem kleinen Parkabschnitt beim Lincoln Center und ich schäle eine Banane, um wenigstens etwas im Magen zu haben. Mein Bauch kribbelt vor Aufregung bei dem Gedanken, schon bald vor vielen wichtigen Leuten auf der Bühne im Rampenlicht zu stehen. Die harte Arbeit der letzten Wochen hat sich ausgezahlt. Es ist wie ein Traum. Ich habe mir schon hunderttausend Mal vorgestellt, wie es wäre, ein Solo *im David H. Koch Theater* zu tanzen. Vermutlich hat mein sechsjähriges Ich sogar schon davon geträumt.

Und dann darf ich mit Juri an meiner Seite tanzen. Ich bin so froh, dass zwischen uns wieder alles im Lot ist.

Unser Plan scheint aufgegangen zu sein. Archer lässt ihn in Ruhe und stellt sich ihm nicht mehr in den Weg. Er hat geblufft. Es war nur eine leere Drohung, um ihm Angst einzujagen. Ich bin so erleichtert.

Dafür macht mir Bonnie Sorgen. Mein Blick streicht zu ihr hinüber. Ich halte ihr die Banane entgegen, um sie abbeißen zu lassen.

Sie schüttelt den Kopf und sieht mir dann fest in die Augen. »Gott, ich freu mich so für dich. Wirklich, ich bin richtig stolz auf dich.« Ein bittersüßes Lächeln umspielt ihre Lippen. Im nächsten Moment treten ihr Tränen in die Augen, schwappen über den Lidrand und rollen ihre Wange hinab.

Ich beiße mir auf die Unterlippe, weiß nicht, ob ich über ihr widersprüchliches Verhalten lachen oder ebenfalls weinen soll. Aber ich kann sie gut verstehen. Meine Enttäuschung wäre auch groß gewesen, wenn ich nur ein Mädchen aus dem *Corps* geworden wäre. Vermutlich sind heute Dutzende Träume und Hoffnungen geplatzt, weil es eben nur eine Handvoll Solorollen gibt.

»Das ist unser erstes Semester auf der Academy.« Ich reiche ihr ein Taschentuch und streiche ihr sanft eine gelöste Strähne hinters Ohr. »Es kann noch alles passieren. Dieses Mal bist du vielleicht nur eine von vielen, aber das kann sich nächstes Jahr gewaltig ändern. Vielleicht besetzen sie schon im Frühjahr eine größere Rolle mit dir.« Ich fasse ihre Hand und drücke sie.

Bonnie löst sich von mir und schnäuzt geräuschvoll in ihr Taschentuch. »Sicher nicht.«

In dem Moment vibriert mein Smartphone vorne im Rucksack. Ich öffne den Reißverschluss und krame es hervor. Die Nachricht ist von Juri.

Izvini. Dahinter ein Emoji mit gefalteten Händen. *Mir ist etwas dazwischengekommen. Wartet nicht auf mich.*

Ich seufze leise. »Juri kommt nicht mehr. Schade. Ein Kaffee hätte dir bestimmt gutgetan.« Ich beiße das letzte Stück Banane aus der Schale und werfe sie in den Abfalleimer neben mir.

Bonnie geht nicht auf das Gesagte ein, sondern flüstert kaum hörbar: »Ich wusste es schon vorher.«

Irritiert ziehe ich die Augenbrauen zusammen. »Was?«

»Dass ich keine Solorolle bekomme. Ich werde es nie in die Company schaffen.«

»Warum versuchst du dir das ständig einzureden, anstatt dafür zu kämpfen?«

Bonnie senkt den Blick. »Die letzte Klasse vor der Pause hatte ich bei Archer. Er hat mir unmissverständlich zu verstehen gegeben, was er von mir hält.«

Mein Herz setzt einen Schlag lang aus, als ich seinen Namen höre und ich halte im Kauen inne. »Was hat er zu dir gesagt?«

»Mein Getanze reicht vielleicht für ein drittklassiges Varietétheater, waren seine Worte. Und dass ich mich so viel anstrengen kann, wie ich will, aus mir wird nie eine richtige Ballerina.«

Bekümmert presse ich die Lippen aufeinander. Das ist gemein. Bonnie hat das wirklich nicht verdient, ich weiß, wie hart sie an sich gearbeitet hat. Obwohl sie kein Wort mehr darüber verlor, hat sie sich Archers Kritik, sie wäre zu pummelig, zu Herzen genommen. Ich habe sie seitdem nur noch Smoothies trinken und Rohkost essen sehen.

Dass ein Mensch allein so viel Kummer hervorrufen kann … Ich wünschte, Archer würde sich einfach in Luft auflösen.

Juri

»Juri, wir sind die nächsten«, raunt Mae mir zu und meint damit, dass wir das Finale unseres gemeinsamen Tanzes vor der Klasse präsentieren müssen. Es ist der schwierigste Part und muss deshalb am intensivsten geprobt werden.

Seit Samstag waren wir nicht mehr allein, ständig kam irgendetwas dazwischen. Ich vermisse Mae und würde mich ihr gerne anvertrauen, ihr von Archers Drohung berichten. Doch sie würde sich nur unnötig Sorgen machen. Ich will ihre Freude über unser gemeinsames Solo nicht trüben.

Die letzten Tage habe ich wie in Trance verbracht. Ich funktioniere und kann die gespeicherten Schrittfolgen abrufen, aber das ist auch schon alles. Mir ist es nicht möglich, meinen angestauten Frust freizutanzen, mein Innerstes ist blockiert, meine Gefühle Gefangene in meiner Brust. Die Angst, vor dem, was als nächstes passieren wird, ist mein ständiger Begleiter. Ich bin auf der Hut, rechne jeden Moment damit, dass Coleman mich zu sich ruft und mir mitteilt, dass ein anderer meine Rolle tanzt.

Ich blicke aus dem Fenster, das gegenüberliegende Gebäude versperrt mir die Sicht. Ich wünsche mir Weite, um meine Gedanken fließen zu lassen. Der Klangteppich aus dem leisen Klackern der Spitzenschuhe, die Klaviermusik und Mrs Jones' Stimme rauscht im Hintergrund und lullt mich ein.

In der Repertoire-Klasse arbeite ich hart an meinem Solo und Archer beachtet mich kaum, sieht mir nicht mehr in die Augen. Dennoch bin ich davon überzeugt, dass das nicht alles war. Ich bin abhängig von seiner Willkür.

Er wird nicht aufgeben.

Ich hingegen kann es immer noch nicht fassen. Hat er ernsthaft geglaubt, ich würde für die Rolle bis zum Äußersten gehen? Für ihn die Seife aufheben. Und mich von ihm ficken lassen. Wenn ich nur daran denke, kriecht eiskalte Wut in mir hoch. Tanzen bedeutet mir alles, dennoch würde ich mich nicht in tausend Jahren dafür selbst opfern.

Miles ist meine Zweitbesetzung geworden. Ich weiß, wie enttäuscht er ist, aber er lässt es sich nicht anmerken. Wenn er nur wüsste, was für ein Glück er hat, nicht an meiner Stelle zu sein.

Wer letztendlich die Entscheidung getroffen hat, werde ich wohl nie erfahren. Archer lässt ihn jede Probe mittrainieren, korrigiert und lobt ihn, als wäre er es, der auf der Bühne stehen wird. Vermutlich ist das auch sein Ziel, er will mir Angst machen, er will mir an die Substanz gehen.

Auf Kosten von Miles.

Dieser miese Wichser.

Miles hat immer sauberer getanzt als ich, doch ihm fehlt die Emotion, ihm fällt es schwer, Gefühle zu transportieren. Momentan gelingt ihm das jedoch ausgesprochen gut, er tanzt besser denn je. Hinter unserer Freundschaft verbirgt sich jetzt verbitterte Rivalität seinerseits, diese negativ aufgeladene Emotion wandelt er um und gibt sie im Tanz frei. Er ist so von Ehrgeiz durchdrungen, dass es ihm aus jeder Pore seines Körpers strahlt. In manchen Momenten stehe ich kurz davor, ihm den Vortritt zu lassen. So stünde nichts mehr zwischen uns und das Problem mit Archer erübrigte sich von selbst. Bis mein schlechtes Gewissen Mae gegenüber mich daran erinnert, dass ich es ihr schuldig bin, das Pas de Deux mit ihr zu tanzen.

Ich spüre ihre Hand in meiner. »Wir sind dran.« Ihre Stimme erwärmt mein Herz, für einen Moment verstummen meine sorgenvollen Gedanken.

Wir nehmen unsere Positionen ein und ich besinne mich auf die ersten Schritte, mit denen ich den Tanz eröffne.

Als die ersten zarten Geigentöne erklingen, dreht Mae Piqués bis in meine Arme. Ich hebe sie über meinen Kopf und lasse sie langsam hinab, während ich mich mit ihr um die Achse drehe. Unsere Blicke begegnen sich und ein tiefes Glücksgefühl steigt in mir auf. Die Blockade in meinem Inneren löst sich, mein Verstand lässt los und mein Körper übernimmt.

Endlich!

Ich blende alles um uns herum aus, es gibt nur noch sie und mich.

Sanft lasse ich sie zu Boden gleiten. Mein Herz schlägt im Einklang mit der Musik, während ich meinen Oberkörper kreisen lasse und dann eine Pirouette Attitude drehe. Meine Gedanken werden klar und ruhig. Selbst meine Atmung geht leichter, müheloser.

Mae erhebt sich. Ihr Tanz ist voller Hingabe. Wäre ich ihr nicht schon verfallen, würde es in diesem Moment geschehen. Das leichte Flattern ihrer Wimpern, wenn sie ihren Blick senkt, lässt mein Herz schneller schlagen.

Nicht nur jede ihrer Bewegungen ist ausdrucksstark, auch ihr Gesicht spiegelt die Zerrissenheit ihrer Gefühle und ihren inneren Kampf wider.

Die zusammengezogenen Augenbrauen, die ihre Sehnsucht verkörpern.

Der leicht geöffnete Mund, der lautlos nach Vergebung bittet.

Der Glanz in ihren Augen, der von Freude und Leid zugleich erzählt.

Ihre Gefühle sind so klar wie ein See, auf dessen Grund man sehen kann.

Ich komme ihr entgegen – doch sie holt mich ab.

Ich führe – doch Mae gibt den Weg vor.

Ich hebe sie – doch sie trägt mich davon.

Es ist eine Choreografie voller Emotionen, ein verzweifelter Versuch zweier Liebender zueinanderzufinden.

Hinter der Tarnkappe des künstlerischen Ausdrucks versteckt, kann ich meinen Emotionen freien Lauf lassen und ausleben, was ich für Mae empfinde. Ich lege all meinen Schmerz in den Tanz, lasse mich tragen von der Melodie. Die Töne schwellen an, bis sie den Höhepunkt erreichen und die Ketten um meine Brust endgültig sprengen.

In dem Augenblick springt Mae hoch in die Luft, mir entgegen. Ich fange sie mit meinen Armen auf, halte sie umklammert, will sie nie mehr loslassen, nur, um sie im nächsten Moment von mir zu stoßen.

Für die Dauer von ein paar Sekunden verschmelzen wir zu einer Einheit, in den nächsten ist jeder für sich, doch ohne einander zersplittern unsere Herzen in tausende Teile.

Wir lassen uns vollkommen aufeinander ein, Mae lässt mich in ihre Seele sehen und ich erlaube ihr einen Blick in meine.

Unser Pas de deux ist eine Geschichte zweier Liebender, die nicht mit und nicht ohne einander können. Während des Tanzes stelle ich fest, wie sehr ich Mae brauche. Ihre Nähe gibt mir die Kraft, meinen Traum allen Schwierigkeiten zum Trotz weiterzuverfolgen. Sie erinnert mich daran, dass es sich lohnt, nicht aufzugeben.

Als die Musik endet, verharren wir keuchend und schwer atmend am Boden, unsere Körper ineinander verschlungen. Ich spüre ihren Schweiß auf meiner Haut, der sich mit meinem vermischt. Schmecke das Salz unserer Anstrengung auf der Zunge. Fühle ihren rasenden Herzschlag an meiner Brust. Ich habe mich noch nie so geborgen gefühlt.

»Das war sehr ausdrucksstark«, holt mich Mrs Jones in die Wirklichkeit zurück.

Jubelrufe und Applaus setzen ein.

Mae und ich lösen uns voneinander und erheben uns.

»Nur an den Lifts solltet ihr arbeiten, um sie leichter aussehen zu lassen«, fährt Mrs Jones fort, als die übrigen Tänzer sich beruhigt haben. »Bisher wirken sie noch zu technisch.«

Die Hände in den Rücken gestützt nicke ich, während ich nach Atem ringe. Bislang habe ich die Hebungen noch nicht so verinnerlicht, fühle mich noch nicht sicher genug. Die Angst, ich könnte abrutschen und Mae fallen lassen, überwiegt.

»Kriegen wir hin«, sage ich zu Mae gewandt und zwinkere ihr

zu. »Was hältst du davon, wenn wir dieses Wochenende proben?«, frage ich sie, während wir eine Trinkpause einlegen. Endlich bietet sich eine Gelegenheit, mit ihr allein zu sein.

Mae grinst. »Ich glaube, ich habe dafür schon eine Idee.«

»Ein weiterer stiller Ort?«

Mae zieht ein geheimnisvolles Gesicht und zuckt mit den Schultern. »Vielleicht.«

An unserem Stammtisch in der Mensa herrscht Schweigen, bis Selena das Wort an Mae richtet. »Hast du gesehen, wie Gabriella gerade an unserem Tisch vorbeigelaufen ist? Wenn Blicke töten könnten, würdest du jetzt mit dem Kopf vornüber in deinem Salat liegen.«

»Wirklich?« Mae legt ihre Stirn in Falten. »Das ist mir gar nicht aufgefallen. Bei den Proben ist sie immer so nett zu mir.«

Selena stößt ein Schnauben aus. »Ja, aber sobald du ihr den Rücken zukehrst, schmiedet sie perfide Pläne, wie sie dich ausknocken kann, damit sie dein Solo übernimmt. Sie hat letztes Jahr die Hauptrolle eingeheimst und kommt offenbar nicht damit klar, dass du sie vom Thron gestoßen hast. Nimm dich nur vor ihr in Acht. Sie wird jede Gelegenheit nutzen, dir ein Bein zu stellen. Ich kenne sie schon eine ganze Weile und weiß, wie sie tickt. Sie lässt keine Möglichkeit aus, um sich in den Vordergrund zu drängen.«

»Wie man sich in Menschen täuschen kann … Ich werde in Zukunft versuchen, ihr aus dem Weg zu gehen.«

»Je weniger Beachtung du ihr schenkst, umso besser. Mir ist nicht entgangen, wie sie Juri schöne Augen gemacht hat. Sie sieht dich also nicht nur beim Tanz als Rivalin.«

»Diese Bitch«, mischt Brad sich ein. »Wenn ich mitbekomme, dass sie dir zu nahe tritt, kriegt sie es mit mir zu tun.«

Selena bedenkt ihn mit hochgezogener Augenbraue. »Was willst du tun? Ihr das aufdringliche Aftershave, das du neuerdings so gerne trägst, unter die Nase reiben?«

Brad zieht ein beleidigtes Gesicht und ich muss mir ein Lachen verkneifen. Selena kann es einfach nicht lassen, ihn aufzuziehen.

»Trotzdem danke, Brad«, wirft Mae ein.

»Außerdem habe ich da ein Wörtchen mitzureden«, sage ich, damit die Stimmung nicht völlig kippt. »Selbst, wenn diese Schlange das letzte weibliche Wesen auf diesem Planeten wäre, würde ich nichts mit ihr zu tun haben wollen.« Mein Blick bleibt an Miles hängen, der sofort die Augen niederschlägt und die Kiefer aufeinanderpresst. Ich kann sehen, wie es in ihm arbeitet, denn als meine Zweitbesetzung muss er mit Gabriella proben.

»Wo ist eigentlich Bonnie?«, wechselt Selena abrupt das Thema und ich bin ihr dankbar dafür.

Mae nimmt die Wasserflasche von den Lippen und stellt sie auf den Tisch. »Sie hat sich den Magen verdorben, hängt den ganzen Tag über der Kloschüssel.«

Selena verzieht bedauernd das Gesicht. »Die Arme! Richte ihr gute Besserung aus, falls du mit ihr sprichst.«

»Mach ich.«

Normalerweise hätte einer der Jungs jetzt einen dummen Witz darüber gerissen, aber keiner scheint dazu in Stimmung. Stattdessen macht sich erneut unbehagliche Stille breit. Jeder kaut vor sich hin, unsichere Blicke werden ausgetauscht.

»Seit die Rollen feststehen, ist hier irgendwie dicke Luft am Tisch«, platzt Selena mit ungewohnt angespannter Stimme heraus. »Was ist los mit euch?«

Ihr Blick wandert zu Miles, der missmutig auf seinen leeren Teller starrt. Als er merkt, wie Selena ihn anvisiert, schiebt er seine Hände in die Taschen seiner Trainingsjacke und lehnt sich zurück. Typische Abwehrhaltung.

Ich verziehe das Gesicht und unterdrücke ein Seufzen.

»Sind aus Freunden auf einmal Konkurrenten geworden?« Selena lässt nicht locker. Schaut abwechselnd von mir zu Miles. Sie nimmt kein Blatt vor den Mund, das bewundere ich an ihr. Wenigstens weiß man bei ihr immer, woran man ist.

Seufzend lasse die Gabel sinken und lege sie neben meinen halbleer gegessenen Teller mit Spinat-Gnocchi. Mir ist der Appetit vergangen.

»Ich verstehe das auch nicht«, wirft Brad ein. »Juri war von Anfang an der heimliche Favorit für die männliche Hauptrolle. Er ist einfach der Beste und hat es verdient.« Das war eindeutig gegen Miles gemünzt. Ich sehe aus dem Augenwinkel, wie ihm Röte ins Gesicht steigt. »Außerdem bist du die Zweitbesetzung der *Hauptrolle.*«

Ich zögere einen Moment lang. Doch dann gebe ich mir einen Ruck. Es kommt sicher keine bessere Gelegenheit, für ihn einzutreten. Ich will ihm zeigen, dass mir unsere Freundschaft mehr bedeutet als diese Rolle. »Ich weiß nicht, ob ich die Rolle verdient habe. Miles tanzt sauberer als ich. Außerdem wartet Archer nur darauf, dass ich einen Fehler mache und Miles für mich einspringen kann.«

Ich spüre, wie Mae neben mir die Luft anhält und mich fragend ansieht.

Miles legt die Stirn in Falten. »Was meinst du damit?«

»Es ist wohl mehr als offensichtlich, wen Archer das Solo tanzen lassen würde, wenn es nach ihm ginge.«

Miles beugt sich nach vorne, legt seine Ellbogen auf den Tisch. »Sein Verhalten dir gegenüber verwundert mich ehrlich gesagt auch. Was hat er gegen dich?«

Ich stoße ein bitteres Schnauben aus. »Das musst du wohl besser ihn fragen.«

Miles senkt den Kopf, nimmt einen tiefen Atemzug, ehe er die Luft zischend ausströmen lässt. »Es tut mir leid, dass ich die letzten Tage so abweisend war. Es ist nicht deine Schuld, sondern Archers. Er hat mich heiß auf die Rolle gemacht. Ich bin vor Enttäuschung aus allen Wolken gefallen, als ich hörte, dass du sie tanzt.«

»Mach dir keinen Kopf. Nächstes Jahr wird es vermutlich anders herum sein, dafür wird Archer schon sorgen. Er lässt es sicher nicht auf sich sitzen, nicht seinen Willen bekommen zu haben. Er wird dich hart rannehmen.« Als mir die Zweideutigkeit meines letzten Satzes bewusst wird, wird mir ganz mulmig zumute. *Glaub mir, du wirst deine Meinung noch ändern.* Archers

Worte bohren sich wieder in mein Bewusstsein und ich frage mich unwillkürlich, wie weit er noch gehen wird.

»Auf jeden Fall bin ich froh, dass nichts mehr zwischen uns steht.« Miles streckt mir seine Faust entgegen.

Ich brauche einen kurzen Moment, um zu begreifen, was er von mir will. Doch dann stoße ich meine geballte Hand gegen seine. Amerikaner und ihre seltsamen Rituale.

Mit einem kleinen, selbstzufriedenen Lächeln rückt Selena ihren Stuhl zurück. Ich kann es ihr nicht verdenken. Dank ihr scheint die Anspannung zwischen Miles und mir wenigstens aus der Welt zu sein.

»Was hat das zu bedeuten, dass Archer dich bei den Proben links liegen lässt?«, will Mae wissen, als ich sie nach dem Mittagessen zu ihrem Studio begleite. »Ist das gut oder schlecht?«

Mir bleibt wohl nichts anderes übrig, als ihr meine Befürchtungen zu verschweigen. Also zwinge ich mir ein Lächeln auf die Lippen. »Ich sehe es positiv, offenbar hat er mich abgeschrieben.«

»Das ist ja wundervoll!« Mae stellt sich vor mich und schaut zu mir hinauf. »Dann hat unsere Maskerade funktioniert.« Mit leuchtenden Augen schlingt sie die Arme um meinen Körper und drückt ihren Kopf an meine Brust.

»Das sowieso. Ich habe noch nie etwas so sehr genossen, wie mit dir ein Paar zu spielen. Und es ist noch lang nicht vorbei.«

Mae sieht zu mir hoch und hebt eine Augenbraue. »Müssen wir das jetzt noch bis zu unserem Abschluss weiterspielen?«

»Also schlecht wäre es nicht.« Meine Mundwinkel verziehen sich zu einem verschlagenen Grinsen. »Nur zur Sicherheit natürlich.«

Mae erwidert mein Lächeln und ich meine einen Hauch Verlegenheit in ihren Augen zu lesen.

Als ich am nächsten Morgen erwache und mir einfällt, dass heute Samstag ist, durchströmt mich Erleichterung. Trotz meiner Unruhe und der Besorgnis, was als nächstes auf mich zukommt, habe ich diese Nacht geschlafen wie ein Baby. Strahlender

Sonnenschein dringt durch den Vorhang, es verspricht ein schöner Herbsttag zu werden.

Vorfreude kribbelt in meinem Bauch, als ich daran denke, Mae heute zu treffen. Wir haben uns am Nachmittag an der Metrostation verabredet. Natürlich hat sie mir wie immer nicht verraten, wohin es geht.

Doch zuvor will ich trainieren.

Ich habe mich bei einem Fitnessstudio in der Nähe angemeldet. Es tut mir gut, meinen angestauten Frust loszuwerden und für ein paar Stunden abzuschalten. Und es schadet nicht, den Körper zu definieren. Besser, als meine Sinne mit Alkohol zu betäuben und mich danach elend zu fühlen.

Nachdem ich mir die Zähne geputzt habe, tapse ich barfuß in Pyjamahose und T-Shirt in die Küche. Dort lässt mich ein ungewohnter Anblick innehalten.

Marco, Kate und Sara sitzen gemeinsam am Küchentisch und frühstücken.

Kate sieht zu mir auf und lächelt. »Komm, leiste uns Gesellschaft.« Sie schiebt den Stuhl neben sich beiseite und ich bemerke, dass der Platz für mich eingedeckt ist.

Lieber würde ich auf einer Bahnhofstoilette mein Frühstück einnehmen, als Marco gegenüber am Tisch zu sitzen, aber für Kate und Sara springe ich über meinen Schatten und komme der Einladung nach.

Sara trägt bereits ihr Fußballtrikot und strahlt mich an, während sie ihre *Froot Loops* löffelt.

Der Kaffee, den Kate mir eingießt, verströmt einen herrlichen Geruch. Dankbar setze ich die Tasse an die Lippen und nippe daran.

Marco räuspert sich umständlich. »Es freut mich, dass du, was das Tanzen angeht, offenbar nicht nach mir kommst.«

Verwundert blicke ich von meiner Kaffeetasse auf. Spricht er mit mir? Ich kann mich nicht erinnern, wann er mich das letzte Mal direkt angesprochen hat.

Sara kichert und Kate wirft Marco einen amüsierten Blick zu.

»Wenn das ein Kompliment sein sollte, war es für den Anfang nicht schlecht. Aber auf jeden Fall noch ausbaufähig.«

Es kann nur Kates Idee gewesen sein. Bestimmt hat sie Marco gebeten, auf mich zuzugehen.

Ich nicke nur und streiche mir durchs Haar. Was erwartet er von mir? Dass ich ihm dankbar um den Hals falle, wenn er mich anspricht? Ich habe keinen blassen Schimmer, wie zum Teufel ich darauf reagieren soll.

»Du kannst jedenfalls nicht schlecht sein, wenn du die Hauptrolle bekommst.«

»Hab ich dir doch gesagt«, zischt Sara ihm zu.

»Sie hat mir ebenfalls gesagt, dass du eine Freundin hast und ihr euch geküsst habt«, richtet Marco das Wort wieder an mich.

Dann scheint er wohl von seinem *Mein-Sohn-ist-schwul-ich-schäme-mich-für-ihn-Trip* runter zu sein. Wie schön für ihn. Ich zucke die Achseln und muss mir ein Grinsen verkneifen. »Wenn Sara das sagt.«

»Du bist also gar nicht … *homosexuell.*« Es scheint ihm offenbar schwerzufallen, dieses Wort auszusprechen. *Idiota kusok.* Er ist so ein Idiot.

»Nein.« Jetzt muss er sich wohl einen neuen Vorwand einfallen lassen, um mich auf Abstand zu halten.

Marco nickt und versucht, einen verstehenden Eindruck zu erwecken, was ihm jedoch nicht gelingt. »Aber warum hast du es nicht abgestritten?«

»Warum sollte ich? Du wolltest dich nicht von deiner festgefahrenen Meinung abbringen lassen.«

Marco brummt etwas Unverständliches, pikt seine Gabel in das Rührei und geht damit wieder zur Tagesordnung über – mir Reserviertheit und Skepsis entgegenzubringen.

Dieses leere Gerede aus Höflichkeit hätte er sich sparen können, es hat mich ihm auch nicht näher gebracht.

Mae

Benommen schlurfe ich im Schlafanzug in den Laden.

Mum wirft mir einen grimmigen Blick zu. »Das Frühstück hast du verschlafen, das Mittagessen steht kurz bevor. Wie kann man nur so lange in den Federn liegen?«

»Mum, sei nicht so hart, heute ist Samstag.« Ich gähne ausgiebig. »Mir tun alle Knochen weh. Mein Körper muss sich von den Strapazen der letzten Woche erholen.« Ich drücke ihr einen Kuss auf die Wange und lasse mich auf den Stuhl hinter der Kasse plumpsen. Während ich mir den Schlaf aus den Augen reibe, gähne ich noch einmal herzhaft.

Mum bedeutet mir mit einem Kopfnicken und mahnenden Blick, dass wir nicht allein sind.

Ein älteres Pärchen starrt mich an, die Frau schüttelt empört den Kopf.

Ich schaue auf mein mit Zahnpasta beflecktes, rosa Snoopy-Oberteil und beiße mir auf die Unterlippe. Manchmal vergesse ich einfach, dass das nicht unser Wohnzimmer, sondern ein Verkaufsraum ist, in dem Kundschaft ein- und ausgeht.

Sofort rutsche ich wieder vom Stuhl, schenke den Kunden ein entschuldigendes Lächeln und tapse nach hinten.

Tian und Dad sitzen sich schweigend an dem kleinen Tisch gegenüber und trinken Tee. Aus dem alten Radio dudelt chinesische traditionelle Musik – das einzige, was Dad ein Gefühl von Heimat gibt. Ich weiß, dass er manchmal große Sehnsucht hat und seine Brüder und Verwandten vermisst. Als Tian noch klein war, sind wir einmal nach Shanghai geflogen. Mum und Dad haben ihr Erspartes zusammengekratzt, nur um den Flug zu bezahlen. Ich kann mich kaum noch an etwas erinnern, außer an die abertausend Menschen auf den Straßen. Wer also denkt, New York sei betriebsam, der sollte sich einmal diese Stadt ansehen, die aus allen Nähten platzt.

Dad blickt auf und lächelt mich an. »Guten Morgen, Mae.«

»Guten Morgen oder besser gesagt: guten Mittag.« Ich setze mich, nehme die Kanne vom Stövchen und schenke mir eine Tasse ein.

»Hast du heute schon was vor?«, will Dad wissen.

»Ich treffe mich mit Juri, meinem Tanzpartner. Wir müssen noch unser Pas de deux üben.« Bei dem Gedanken an ihn wird mir heiß und mein Herz verfällt in einen schnelleren Rhythmus. Seit gestern sehne ich sosehr unser Wiedersehen herbei, dass ich die Nacht kaum schlafen konnte. Schnell stecke ich meine Nase in meine Teetasse, um die aufsteigende Röte vor Dad zu verbergen. Verflucht, ich will nicht, dass er mir unangenehme Fragen stellt, die mich noch mehr erröten lassen. Verliebtsein ist wirklich kein Thema, das ich mit meinen Eltern besprechen möchte.

Tian verzieht keine Miene, aber ein Blitzen in seinen Augen verrät, dass seine Neugier geweckt ist.

»So ist gut, du bist ein fleißiges Mädchen.« Dad tätschelt meine Hand. »Wann können wir dich endlich auf der Bühne bewundern?«

Erleichtert atme ich auf und setze gleichzeitig die Tasse auf dem Tisch ab. Noch mal Glück gehabt, Dad hat die aufgeschreckten Schmetterlinge in meinem Bauch nicht wahrgenommen.

»Kurz vor Weihnachten, an zwei aufeinanderfolgenden Tagen sind die Aufführungen der Ausbildungsklassen der Academy.«

»Das wird ein großer Tag für mich und deine Mum.«

Ich lächle, denn ich sehe Dad schon vor mir, wie er eine Woche vorher seinen Smoking zur Reinigung bringt und mich voller Stolz nötigen wird, ein Foto von mir an meinem großen Tag zu machen.

»Sheng!«, ruft Mum Dads Namen.

Mit einem tiefen Seufzen erhebt sich Dad, zuckt die Achseln und macht sich auf den Weg in den Verkaufsraum.

Tian hat die ganze Zeit geschwiegen und sieht mich nun durchdringend an. Ich weiß, wie er darauf brennt, dass ich ihm von Juri erzähle.

»Juri und ich verstehen uns sehr gut.«

Tian hebt die Augenbrauen.

»Er mag mich und ich mag ihn.«

Tian schiebt die Brauen noch höher.

»Wir sind ein Paar, aber eigentlich auch nicht.«

Tians Augenbrauen kleben beinahe am Haaransatz. Ich lese Unverständnis in seinem Blick.

»Könntest du das näher erläutern?«

Mit gesenktem Kopf stütze ich die Unterarme auf die Tischplatte. »Juri wird von einem Dozenten sexuell belästigt, deshalb spielen wir vor aller Welt ein Paar.«

Tians Blick streicht unruhig hin und her, während er an einer Antwort arbeitet. »Ich schätze mal, ihr könnt nicht gegen ihn vorgehen, weil man euch nicht glauben würde?«

Ich nicke. Mein Bruder ist ein schlaues Kerlchen.

»Und seitdem dieser Dozent denkt, du und Juri seid zusammen, lässt er ihn in Ruhe?«

»Seit er uns zusammen gesehen hat, ist zumindest nichts mehr vorgefallen. Aber …« Ich nehme ein paar Schlucke meines mittlerweile abgekühlten Tees und suche nach den richtigen Worten. Juris Reaktion nach dem Fotoshooting kommt mir erneut in den Sinn.

»Aber leider steht Juri auf Männer?«, vervollständigt mein Bruder meinen Satz.

»Nein!«, widerspreche ich mit solcher Vehemenz, dass ich selbst erschrecke.

»Woher willst du das so genau wissen?«

»Er hat mit mir geflirtet.«

»Auch als ihr allein wart?«

Ich nicke.

»Aber warum seid ihr dann kein richtiges Paar, wenn ihr euch doch mögt?«

Ich seufze leise und schüttle den Kopf. »Das geht einfach nicht. Ich kann nicht mit jemandem zusammen sein, der sich mir verpflichtet fühlt.«

Tian schnalzt mit der Zunge. Das muss er sich von Mum abgeguckt haben. »Du meinst, Juri würde nur aus Dankbarkeit mit dir zusammenkommen?«

Ich zucke die Achseln.

»Bullshit!« Seine erhobene Stimme lässt mich kurz zusammenzucken. Das bin ich gar nicht von ihm gewohnt.

»Mae, mach die Augen auf und sieh dich im Spiegel an. Niemand, der auch nur annähernd normal ist, würde bloß aus Pflichtgefühl mit dir zusammen sein wollen.«

Ich kann mich nicht erinnern, wann mein Bruder mir je ein Kompliment für mein Aussehen gemacht hat. Zwei Wimpernschläge lang starre ich ihn an und suche in seinem Gesicht nach einem Hinweis, ob er es ehrlich meint. Aber da ist nichts als pure Ernsthaftigkeit in seinen Augen.

Blinzelnd senke ich den Blick und trinke noch einen Schluck meines Tees. Daran, dass mein Bruder mir Komplimente macht, muss ich mich wohl noch gewöhnen.

Nachdem ich mir einen Becher Cup Noodles mit kochendem Wasser aufgegossen und die Hälfte davon ausgelöffelt habe, stehe ich eine ganze Weile vor meinem Kleiderschrank und zerbreche mir den Kopf, was ich anziehen soll. Da ich mich mit Juri treffe, um zu trainieren, und es bequem sein sollte, entscheide ich mich schließlich für einen eisblauen Oversize Pullover, der so weit ausgeschnitten ist, dass er mir lässig über die Schultern fällt, einer schwarzen Leggins und weißen hohen Sneakern. Während ich mir zu guter Letzt noch einen dunkelgrauen Wollschal um den Hals schlinge, schweifen meine Gedanken zu unserem letzten Tanz.

Unser Pas de Deux war so voller Leidenschaft, noch nie zuvor haben wir auf diese Weise miteinander getanzt. Während der Choreografie bin ich nicht nur in eine Rolle geschlüpft, sondern ich war diese Person. Ich musste nichts spielen, ich habe es gefühlt.

Ich habe gelitten, mich nach ihm verzehrt und bin tausend Tode gestorben.

So stelle ich mir guten Sex vor. Ein Zusammenspiel von Zärtlichkeit und Begehren. Sensibel. Emotional. Manchmal auch hart und wild. Wenn ich all diese Gefühle beim Tanz ausleben kann, müsste es mir auch beim Sex leichtfallen, mich hinzugeben und loszulassen, oder?

Gott, Mae! Ich grinse in mich hinein und schüttle mich dann, um diese Idee aus meinem Kopf zu verjagen. Besonders, wenn ich mit Juri zusammen bin. Ich weiß zwar nicht, wie mir das gelingen soll, denn mein Körper steht neuerdings bei seinen Berührungen in Flammen, aber gleichzeitig treibt es mich an und setzt Emotionen in mir frei, die unserem gemeinsamen Tanz nur zugutekommen. Sie beamen mich in eine andere Welt, in der nur wir beide existieren.

Auf dem Bahnsteig der *High Street Metro Station* warte ich ganz zittrig vor Aufregung und mein Magen spielt verrückt. Anstatt einen Ausflug zu machen, hätten wir uns genauso gut in die Liste für einen Probenraum eintragen können, der allen Schülern zur Verfügung steht. Aber es war einfach zu verlockend, Juri einen weiteren meiner Lieblingsplätze zu zeigen.

Und ihn dort für mich allein zu haben. Ich sollte wenigstens ehrlich zu mir selbst sein. Ich habe mein Herz an Juri verloren und es gibt nichts, wie ich das wieder rückgängig machen kann. Was ich will, ist mehr als Freundschaft. Viel mehr.

Als er mir nur nach kurzer Wartezeit entgegenkommt, gerät mein Herz ins Stolpern.

In den bequemen Klamotten sieht er heiß aus. Er trägt eine graue Jogginghose mit passender Kapuzenjacke, darunter ein weißes Shirt und eine schwarze Wollmütze auf dem Kopf, die ihm ein Bad-Boy-Image verpasst, ihm aber ausgesprochen gut zu Gesicht steht.

Mit der Trainingstasche über der Schulter kommt er mir im lässigen Gang entgegen. Juri begrüßt mich mit einem breiten Lächeln und mein Herz trommelt wie verrückt gegen die Brust.

Zögerlich nähern sich unsere Gesichter, halten inne, als unsere Münder nur Zentimeter voneinander entfernt sind. Ich weiß nicht, wer von uns zuerst verlegen lacht. Der Augenblick und mit ihm die Chance auf einen Kuss sind so schnell vorbei, wie sie gekommen sind.

Die Bremsen des heranrauschenden Zuges quietschen, bis er neben uns zum Stehen kommt.

»Ist das unsere Metro?«

»Nein, wir fahren mit dem Bus. Und was hast du da alles in deiner Tasche?«, lenke ich das Gespräch rasch in eine andere Richtung. Ich will ihn auf die Folter spannen und ihm erst ganz zum Schluss verraten, wohin es geht.

»Eine kleine Überraschung.« Juris Augen leuchten. Ein Funke davon springt direkt auf mich über, durchströmt warm meinen Körper und lässt die Schmetterlinge in meinem Bauch wie verrückt randalieren.

Als wir aus dem Metroschacht steigen, empfängt uns strahlender Sonnenschein. Für Anfang Oktober ist das Wetter wirklich grandios, für unseren kleinen Ausflug könnte es nicht passender sein.

Sobald wir in den Bus gestiegen sind und einen Platz auf der hinteren Sitzbank ergattert haben, kann ich doch nicht länger an mich halten. »Hebefiguren im Sand sind nicht so gefährlich wie auf hartem Boden, meinst du nicht?«

Juri grinst mich an. »Wenn du fällst, tut es zumindest nicht so weh.«

Ich boxe ihm kichernd in die Seite, denn ich weiß, er würde mich nie fallen lassen. »Jetzt, wo ich dir einen Tipp gegeben habe, wohin unser Ausflug geht, musst du mir verraten, was du in deiner Tasche hast.«

»Eigentlich nur etwas für mich zur Stärkung, damit ich genug Kraft habe, um dich hochzustemmen.« Ein verschlagenes Grinsen umspielt seine Mundwinkel und bringt mich erneut zum Lachen. »Wenn du nett bist, gebe ich dir vielleicht was ab.«

Am *Rockaway Beach* angekommen atme ich tief ein, um meine Lungen mit der frischen Meeresluft zu füllen. Schon von Weitem erkenne ich eine Handvoll Surfer über die großen Wellen jagen, die in ihren schwarzen Neoprenanzügen aussehen wie Robben. Der Wind weht mir die Haare ins Gesicht, und als ich gerade denke, wie richtig meine Entscheidung war, hierher zu kommen, legt Juri wie selbstverständlich den Arm um mich. Ich sauge seinen Duft in mich auf, während er mich zu eine der Dünen führt.

»Heute ist der perfekte Tag. Für Hebefiguren am Strand. Und ein Picknick in den Dünen.«

»Als hättest du gewusst, wohin es geht.«

»Vielleicht kann ich ja deine Gedanken lesen.« Juri bedenkt mich mit einem unergründlichen Blick, der in mir ein Kribbeln auslöst. Hastig entziehe ich mich ihm. Mein Körper spielt mal wieder verrückt. Wo soll das nur hinführen? Ich denke an Tians Worte, dass niemand nur aus Pflichtgefühl mit mir zusammen sein wollen würde, es sei denn er wäre bekloppt oder so ähnlich. Ich weiß zwar, dass ich eine gute Tänzerin bin, aber äußerlich habe ich mir immer gewünscht, Europäerin zu sein mit blondem Haar und hellen Augen. Manchmal möchte ich mich verändern, verrückte Sachen mit meinen Haaren anstellen und mein Gesicht mit Make-up und Lippenstift betonen, aber immer, wenn ich das versucht habe, kam ich mir lächerlich vor, weil das nichts mehr mit mir zu tun hatte. Ich fühle mich so aufgestylt einfach nicht wohl in meiner Haut, aber vermutlich liegt das auch daran, dass ich keine Ahnung davon habe. Vielleicht sollte ich Bonnie diesbezüglich um Hilfe bitten, sie kann mir bestimmt ein paar Kniffe verraten.

Grübelnd sehe ich Juri dabei zu, wie er eine Wolldecke aus der Trainingstasche hervorholt und zwischen dem Strandhafer ausbreitet. Ich freue mich, dass er, genau wie ich, das Angenehme mit dem Nützlichen verbinden will. Ich spüre, dass er mich mag, trotz allem bin ich mir noch immer nicht sicher, ob seine Gefühle ebenfalls über eine Freundschaft hinausgehen.

Während ich noch meinen Gedanken nachhänge, wirft Juri mir einen auffordernden Blick zu.

Hastig beeile ich mich damit, meine Schuhe auszuziehen und die Ecken der Decke damit zu beschweren, denn der Wind spielt mit ihr, bauscht sie auf und lässt sie flattern.

Als wir sie endlich gezähmt haben, setze ich mich in den Schneidersitz und schaue Juri dabei zu, wie er in Folie verpackte Sandwiches aus seiner Tasche holt und mir eins davon reicht.

»Das Beste kommt zum Schluss.« Mit einem breiten Grinsen im Gesicht fördert er eine Flasche Chardonnay zutage. »Den habe ich aus Marcos Weinbestand mitgehen lassen.«

Ich sehe ihn mit geweiteten Augen an. »Sag nicht, dass du den vor unserer Probe trinken willst?«

»Ein Glas schadet bestimmt nicht, den Rest heben wir uns für später auf.« Juri zwinkert mir zu, packt zwei in Küchentücher eingewickelte Weinkelche aus und hält mir einen entgegen.

Schweigend essen wir unsere Sandwiches und trinken den Wein dazu. Kühl fließt er meine Kehle hinab und schon nach kurzer Zeit durchströmt Wärme meinen Körper. Er schmeckt köstlich und ich genieße es, wie ich mich langsam entspanne. Ich trinke eigentlich nie Alkohol, nur zum Anstoßen bei besonderen Anlässen. Deshalb vertrage ich auch so gut wie nichts, mir wird meist nach ein paar Schlucken schwindelig. Aber der Chardonnay schmeckt so gut, dass ich immer weiter trinken könnte.

Irgendwann zieht Juri seine Trainingsjacke aus, fasst nach meiner Hand und zieht mich hoch. Ich folge ihm die Düne hinab und fühle mich dabei, als würde ich schweben. Beschwingt und glücklich irgendwie.

Juri führt mich nahe ans Ufer, wo der Sand fester ist und er besseren Stand hat.

»Wir beginnen mit der ersten Hebung. Bist du bereit?« Er sieht mir tief in die Augen und während ich nicke, heben sich meine Mundwinkel wie von selbst.

Ich gehe in die Hocke und Juri fasst mich überkreuz an den Händen. Ich spüre das Spiel seiner Muskeln, als ich hochspringe, er seine Arme öffnet, sie streckt und mich gleichzeitig in einer halben Drehung hoch über seine Schulter hebt. Ich spanne mich an, spreize meine Beine zur Seite, meine Oberschenkel berühren seine Schultern. Wir halten diese Position einige Sekunden, so lange, bis ich merke, wie sehr es Juri Kraft in den Armen kostet, mich zu halten, denn die Anstrengung lässt seine Muskeln zittern. Deshalb umklammere ich seinen Leib mit den Beinen, während er seine Arme wieder kreuzt und ich mich an ihm hinabgleiten lasse.

Es dauert viel zu lange, bis ich mich von ihm löse und wieder den Sand unter den Füssen spüre. Zu lange, dafür, dass die Bewegungen schnell ineinander übergehen und hitzig sein sollen. Ich kann nur hoffen, dass mein trommelndes Herz nicht das Donnern der Brandung übertönt.

Wir stehen dicht voreinander, sehen uns tief in die Augen. Zu tief, deshalb sage ich: »Das war nicht schlecht … für den Anfang.«

»Ich will nicht länger spielen, Mae.« Juris Stimme klingt rau und zärtlich zugleich. »Ich will, dass du mein Mädchen bist.«

Ich schlucke hart. Hat er das eben wirklich gesagt? Mein Herz schlägt Purzelbäume, als ich die Antwort darauf in seinen Augen lese. Diesen Moment habe ich mir sosehr herbeigesehnt, ich bin vollkommen überwältigt. Juri empfindet genauso wie ich. Kurz gerate ich in Panik, weil ich so unerfahren bin. Was soll ich nur tun? Doch dann ist der Drang, seine Lippen auf meinen zu spüren, so gewaltig, dass ich nicht länger an mich halten kann. Ohne nachzudenken, umfasse ich sein Gesicht, ziehe ihn zu mir herunter und presse meine Lippen hart auf seine.

Eine Sekunde später streichen seine Finger durch mein Haar. Seine Zunge sucht sich ihren Weg durch meine Lippen, umspielt meine, so fordernd, dass meine Knie weich werden. Er schmeckt so gut! Nach Chardonnay, einem Hauch von Süße und nach all der Sehnsucht, die sich in ihm aufgestaut hat. Es muss so sein, ich kann es fühlen.

Warum haben wir nur so lange damit gewartet?

Unsere Körper eng aneinander gedrückt, graben sich seine Hände in mein Haar.

Er küsst so gut, dass mir schwindlig wird. Genauso, wie ich es erwartet, wie ich es mir gewünscht habe. Selbstsicher und voller Leidenschaft.

Meine Gedanken reißen mittendrin ab, ich kann keinen mehr fassen, verliere mich vollkommen in unserem Kuss. Kann nur noch fühlen.

Juris Hände gleiten meinen Nacken hinab, streicheln über meine Schultern. Seine Finger bringen jede meiner Nervenzellen zum Vibrieren – er soll mich nie mehr loslassen.

Plötzlich löst Juri seinen Mund von meinem, reißt sich von mir los und sieht mir tief in die Augen.

Ich schnappe nach Luft. Und ehe ich mich fragen kann, warum er aufgehört hat, legt er erneut seine Hände um meine Wangen und bedeckt jeden Quadratzentimeter meines Gesichts mit Küssen. Diesmal zärtlich und sanft. »Du bist mein Mädchen«, haucht er, während seine weichen Lippen meine Schläfe und meine Stirn liebkosen. »Das ist alles, was ich mir gewünscht habe.«

Seine Worte jagen mir einen warmen Schauer über den Rücken. Es kommt mir alles so unwirklich vor. Ich habe die Hauptrolle, darf mit Juri das Pas de Deux tanzen und jetzt gerade erfüllt sich sogar mein größter Wunsch: Juri und ich sind verliebt und müssen nicht mehr vorgeben, ein Paar zu sein. *Ich bin Juris Mädchen.* Das klingt wie aus einem kitschigen Groschenroman, aber es sind die vier schönsten Worte, die ich je gehört habe.

Während er mir mit seinen Daumen über die Wangen fährt, sieht er mir noch einmal intensiv in die Augen, um mich im nächsten Moment fest an sich zu ziehen und seine Arme um mich zu schlingen. »Mae …«

Ich erwidere seine Umarmung, schließe die Augen. Manche Momente im Leben muss man so lange wie möglich festhalten, damit man sie nie mehr vergisst. Ich werde mich immer an das Hier und Jetzt mit Juri am Strand erinnern, an den Augenblick, in dem ich glücklicher nicht sein konnte.

Etwas Nasses tropft mir auf die Stirn. Träge öffne ich die Lider und blicke nach oben in den Himmel.

Über uns hängt ein dunkler Schleier, eine tintenblaue Regenwolke. Ich lache auf, als ich merke, wie egal mir das ist. Soll der Himmel doch weinen, mein Herz tanzt gerade vor Glück.

Juri streckt seine Hand nach mir aus und wischt mir den Tropfen von der Stirn. Im nächsten Moment trifft ihn ein Regentropfen mitten auf die Nase. Wir müssen losprusten. Als sich unsere Blicke begegnen, verblasst Juris Lächeln und weicht einem sehnsuchtsvollen Ausdruck.

»Das war's dann wohl mit unserer Probe«, sage ich. Zögerlich fallen weitere Tropfen, platschen in immer kürzeren Abständen auf unsere Haut. Juri und ich rühren uns nicht von der Stelle.

»Das war die beste Probe, die wir je hatten. Ab jetzt werden wir nichts anderes mehr tun.« Juris Blick taucht ein in meinen und ich spüre wieder das verräterische Kribbeln in meinem Bauch.

Ich ziehe ihm seine Mütze vom Kopf und stopfe sie in seine Hosentasche. Wühle meine Finger durch sein dichtes Haar, das wollte ich schon seit dem Vortanzen. Aus den Augenwinkeln sehe ich, wie Leute an uns vorüberziehen und den Strand verlassen. Mich kümmert es nicht, dass ich nass werde. Diesen Moment lasse ich mir von niemandem nehmen, auch nicht vom Wetter. In Juris Gegenwart werde ich sowieso nicht frieren.

Entschlossen dem Regen zu trotzen, stelle ich mich auf Zehenspitzen, schlinge meine Arme um Juris Hals und probiere aus, wie mein Körper auf das Aufeinandertreffen unserer Lippen reagiert. Je sanfter ich seinen Mund berühre, desto mehr durchfluten zuckende Energiewellen meinen Körper.

Juri bewegt sich nicht, während ich seinen halbgeöffneten Mund mit meinen Lippen erforsche. Ich knabbere, ziehe und sauge leicht an seiner Unterlippe, nehme seinen schneller werdenden Atem in mir auf. Es erregt mich, wie er einfach nur dasteht und mich mit seinem lustverhangenen Blick ansieht.

Der Regen prasselt mittlerweile gleichmäßig und sanft auf uns hernieder. Meine Haare hängen mir klatschnass über die Schultern, aber das alles stört mich nicht.

Tropfen rinnen aus Juris Haar die Stirn hinab, über seine vollen

Lippen und den Hals hinunter. Eine Haarsträhne klebt ihm in der Stirn, ich streiche sie ihm zärtlich nach hinten. Ein brennendes, noch nie gefühltes Verlangen steigt in mir hoch. Hastig streife ich mir meinen durchweichten Pullover über den Kopf und werfe ihn achtlos zur Seite, um meinen Körper an seinen zu pressen. Ich spüre seine Brust und jeden Muskel unter seinem nassen Shirt.

Er umfasst meinen Po und hebt mich hoch, dreht sich mit mir im Kreis, immer schneller, bis wir schließlich lachend zu Boden fallen.

Nach nur kurzer Zeit sind wir bis auf die Knochen durchnässt. Ich sitze auf seinem Schoß und wir küssen uns bis zur Besinnungslosigkeit.

Nach einer himmlischen Ewigkeit löst Juri seine Lippen von meinen und blickt auf. »Es hat aufgehört.« Die Sonne blitzt hinter dem grauen Schleier hervor. »Ich will nicht, dass du dich erkältest, *Malyschka*.« Juris Stimme hat einen zärtlichen Klang angenommen.

»*Malyschka*, das klingt schön. Was bedeutet das?«

Juri fährt mit dem Daumen meinen Mundwinkel entlang und schenkt mir dabei ein zärtliches Lächeln. »*Malyschka* bedeutet *Baby*, du bist mein Baby. Komm, wir gehen uns aufwärmen und einen heißen Tee trinken.«

Nachdem wir die klatschnasse Decke mit den übrig gebliebenen Picknicksachen zusammengeräumt haben, streife ich mir die nasse Leggings von den Beinen. Nur noch im Sport-BH bekleidet schlinge ich zitternd die Arme um den Oberkörper.

Juri fischt einen trockenen Pulli aus seiner Trainingstasche und hält ihn mir entgegen. »Zieh das an, bevor du dir den Tod holst.«

Ich runzle die Stirn, während mein Blick an Juris völlig durchweichter Jogginghose hängenbleibt. »Und du?«

Ein Lächeln huscht über sein Gesicht. »Ich komm schon klar, *Malyschka*.«

Da bin ich mir nicht so sicher, eine Gänsehaut überzieht seine Unterarme.

Zögerlich ziehe ich mir den XL-Pulli über den Kopf. Es ist wirklich süß, dass er sich so um mich sorgt und für mich friert. Sein nasses Shirt zeichnet allerdings auch jeden Muskel seines Oberköpers ab. Sogleich schießt Hitze in meinen Unterleib und ich weiß gar nicht, wie mir geschieht.

»Zieh dir wenigstens das nasse T-Shirt aus«, bitte ich ihn. »Du musst für mich nicht den Helden spielen, ich möchte nicht auf meinen Tanzpartner verzichten.«

Gebannt sehe ich ihm dabei zu, wie er mit einer raschen Bewegung seinen Oberkörper von dem nassen Stück Stoff befreit. Kein einziges Haar wächst auf seiner Brust, genauso wie ich es mag.

Juri tritt ganz nah an mich heran, sodass sich beinahe unsere Nasen berühren. Ein herausforderndes Grinsen stiehlt sich auf sein Gesicht. »Das heißt also, als Freund könntest du ohne Weiteres auf mich verzichten?« Seine Stimme klingt rau. Und sexy.

Kopfschüttelnd erwidere ich sein Grinsen. »Nein, niemals.« Mein Blick wandert von seinen Augen zu seinem Mund. Er scheint mich magisch anzuziehen. Nur den Bruchteil einer Sekunde später treffen unsere Lippen aufeinander, wir umschlingen uns wie Ertrinkende und versinken erneut in einem leidenschaftlichen Kuss. Am liebsten würde ich ewig so stehenbleiben, doch ich spüre, wie sein Körper unter meinem bebt. Mit einem leisen Seufzen beende ich den Kuss, fasse seine Hand und zerre ihn in Richtung der nächsten Bar.

Es ist ein kleiner gemütlicher Surfertreff mit dunklen Dielen und dunkelbraunen Möbeln.

Nachdem uns die Kellnerin zwei Decken in die Hand gedrückt hat, in die wir uns hüllen, setzen wir uns an einen Tisch in der Ecke. Obwohl meine Lippen von seinen Küssen ganz geschwollen sind, stellt sich zunächst verlegenes Schweigen meinerseits ein. Auf einmal fühlt sich meine Kehle so trocken an, als hätte ich Sandpapier verschluckt. Wie kann man nur derart verklemmt sein und sich für etwas schämen, das man so sehr genossen hat? Schon seltsam. Beim Küssen war ich alles andere als schüchtern.

Juris Mundwinkel zucken verräterisch, er scheint sich köstlich über mich zu amüsieren.

Schnell senke ich den Blick.

Im nächsten Moment spüre ich ihn neben mir. Er hat sich dicht neben mich auf die Bank gesetzt und kuschelt sich an mich heran.

Juri

Ich kann mir ein Grinsen nicht verkneifen. So zaghaft und unerfahren wie Mae gerade wirkt, würde man niemals denken, dass sie so rangeht. Aber stille Wasser sind bekanntlich tief.

Ich ziehe sie noch enger an mich – falls das überhaupt noch möglich ist – und knabbere an ihrem Ohrläppchen.

Mir entgeht nicht, wie verrückt ich sie damit mache, denn sie zieht scharf die Luft ein und beißt sich auf die Unterlippe. Ich wünschte, wir wären jetzt allein.

Noch nie habe ich bei einer Frau solch eine körperliche Anziehung gespürt. Die noch so kleinste Berührung ihrer Lippen wirkt auf mich elektrisierend.

Sie ist ein Naturtalent.

Sanft streiche ich ihr die feuchten Haare zurück und küsse sie. Ich kriege einfach nicht genug von ihr.

Als die Kellnerin unseren Tee auf dem Tisch abstellt, lösen wir uns widerwillig voneinander.

Wenn ich genauer darüber nachdenke, liegt es nicht an Maes Talent zu küssen, sondern daran, dass ich vorher noch nie wirklich verliebt war. Wenn es sich immer so verdammt gut anfühlt wie mit Mae, möchte ich den Rest meines Lebens verliebt sein.

In sie. In keine andere. Mae ist perfekt. Man könnte meinen, wir sind füreinander gemacht, so wie mein Körper auf sie reagiert. Die Spannung zwischen uns lädt sich immer mehr auf, jede Berührung sendet ein Kribbeln durch meine Adern.

Ich will sie mit Haut und Haaren.

Natürlich weiß ich, dass ich ihr Zeit geben muss. Ich werde sie zu nichts drängen, zu dem sie nicht bereit ist. Wenn ich Mae richtig einschätze, hat sie noch nie mit einem Mann geschlafen.

Ich muss ihr einfach sagen, wie ich empfinde, sonst platze ich vor lauter Glückshormonen. »Es ist lange her, dass ich das letzte Mal so glücklich war.« Ich küsse sie auf die Stirn. »Ich wünschte, es könnte alles so einfach sein wie mit uns.« Wenn ich es mir recht überlege, ist Mae seit Mamas Tod bereits die wichtigste Person in meinem Leben. Sie ist für mich da und ich kann mich auf sie verlassen. Ich seufze tief, während meine Gedanken zu Marco wandern. Auch wenn er heute Morgen einen Schritt auf mich zu gegangen ist, gibt er mir immer das Gefühl, ich wäre nur ein lästiges Anhängsel und kein neu hinzugekommenes Mitglied seiner Familie. Allerdings bin ich achtzehn Jahre ohne ihn klargekommen, ich werde es auch weiterhin. Lieber habe ich keinen Vater als einen, der sich nur aus schlechtem Gewissen mit mir abgibt – und das eher schlecht als recht.

»Was meinst du?«, unterbricht Mae meinen Gedankenfluss. »Ist es wegen Archer?«

Ich sollte das Thema lieber in eine andere Richtung lenken, auf diese Weise ist Marco wenigstens zu etwas gut. »Nein.« Ich lehne mich nach vorne und fahre mir mit beiden Händen durchs Gesicht. »Mit dir zusammen, fühle ich mich angekommen. Denn Marco wird nie ein richtiger Vater für mich sein. Er hat mich von Anfang an spüren lassen, dass er nichts mit mir anfangen kann.«

Mae lehnt sich ebenfalls nach vorn, stützt einen Ellbogen auf die Tischplatte und legt ihr Kinn in die Hand. Ich kann ihr ansehen, wie sie mit mir leidet. Jetzt bin ich derjenige, der sie trösten will. Ich fasse nach ihrer Hand und küsse sanft ihren Handrücken. »Das ist schon okay, ich komm damit klar«, erwidere ich leise.

Mae sieht mir einen Moment lang in die Augen. »Ich glaube, bei deinem Vater brauchst du mehr Geduld. Ihr müsst euch erst kennenlernen und versuchen, wenigstens einen Teil der verlorenen Zeit aufzuholen. Schließlich hat er deine ganze Kindheit verpasst.«

Bitterkeit steigt in mir hoch und sammelt sich als dicker Kloß in meiner Kehle. »Marco hat kein Interesse daran. Aber es ist mir egal, ich scheiß auf ihn«, setze ich schnell hinzu, damit meine belegte Stimme nicht das Gegenteil vermittelt. Ich nehme meine Teetasse in beide Hände und höre, wie Mae neben mir den Atem ausstößt.

»Mit mir hast du einen chinesischen Familienclan dazugewonnen – oder soll ich besser sagen *am Hals*?«, fügt sie nach einer kurzen Pause hinzu. »Meine Mutter wird dich lieben, ich weiß es, auch wenn sie mit ihrem spröden Charme nicht den Eindruck erwecken wird. Und meine Tante wird solange nörgeln, bis wir einmal in ihrem Studio trainiert haben, um dann bis in alle Ewigkeit jedem zu erzählen, dass der Schweiß eines Iwanowas an ihrem Boden klebt.« Mae schenkt mir ein schiefes Lächeln und schafft es damit, mich von einem Moment auf den nächsten aufzuheitern. »Ich bin jedenfalls immer für dich da. Und was das Problem mit Archer angeht: Das scheint so gut wie aus der Welt geschafft.«

Mein Lächeln friert augenblicklich ein. Krampfhaft versuche ich, meine Aufmerksamkeit auf meine Tasse zu richten, und trinke hastig einen weiteren Schluck. Ich spüre Maes Blick auf mir und schlucke hart. *Blját!* Verdammt, ich hätte einfach zustimmend nicken sollen. Ich will nicht, dass sie sich sorgt.

»Juri?« Maes warme Hand greift nach meiner. »Hat er dich etwa wieder belästigt?«

Ich streiche mir mit den Fingern durch mein Haar, das immer noch ganz feucht ist, ehe ich einmal tief durchatme. »Nein, das hat er nicht. Jedoch wollte er sich mit mir treffen.«

Maes Augenbrauen heben sich überrascht.

»Ich habe abgelehnt. Mehr war es nicht.« Bitte, lass sie nicht weiterbohren, sie soll es einfach dabei belassen.

»Und mehr war es nicht?« Zwei winzige, senkrechte Falten furchen ihre sonst so glatte Stirn zwischen den Augenbrauen.

Ich hätte es mir denken können.

»Du verschweigst mir doch was, um mich zu schonen. Juri, bitte sag es mir!«

Yebat! Ihr flehender Blick lässt mich erweichen. Ich seufze tief. »Er meinte, ich sei ihm etwas schuldig, so, als ob ich ihm die

Hauptrolle zu verdanken hätte. Daraufhin hab ich die Nerven verloren und bin ihm hinterher, um ihm zu sagen, dass ich das nicht nötig habe.«

»Was meinst du damit, dass du die Nerven verloren hast?« Maes Augen weiten sich. »Bist du auf ihn losgegangen?«

Ich schüttele den Kopf. »Nein.« Seufzend fahre ich mir über den Nacken. »Oder ja, vielleicht, ich hab ihn gepackt. Aber er hat mich einfach bis aufs Blut gereizt. Ich weiß, das war dumm von mir. Aber wenn ich ihn im Ungewissen gelassen hätte und einfach nicht erschienen wäre, wäre Archer ebenso sauer gewesen.«

»Vielleicht schon. Du hättest dich zumindest rausreden können. Jetzt weiß er, dass du ihn verabscheust und er nie das von dir bekommen wird, was er will.«

»Weiß er offenbar nicht. Seine letzten Worte waren: *Du wirst deine Meinung noch ändern*.«

»Juri, mach dich nicht verrückt.« Mae berührt sanft meinen Kopf, streichelt mein Haar. »Ich denke, er blufft. Was soll er schon groß gegen dich vorbringen? Jeder weiß, was für ein guter Tänzer du bist. Er hat kein Mittel, um dich zu erpressen.« In ihrer Stimme liegt so viel Trost und Wärme, dass ich ihren Worten für einen Moment Glauben schenke.

Nachdem wir unter dem Handtrockner der Toilette einigermaßen die Feuchtigkeit aus unseren nassen Klamotten geföhnt haben, machen wir uns auf den Heimweg. Anstatt unsere Hebefiguren im nassen Sand zu proben, ziehen wir es vor, mit unseren Erkundungen des anderen weiterzumachen. Kichernd wie zwei verknallte Teenager laufen wir Hand in Hand und bleiben alle paar Meter stehen, um erneut übereinander herzufallen. Auch die gesamte Busfahrt geht an mir vorüber, ich habe nur Augen für Mae.

Nur schwer können wir uns am Bahnsteig voneinander trennen, doch Mae hat ihrer Mutter versprochen, bis acht Uhr zuhause zu sein.

Kaum ist sie weg, vermisse ich Mae und in meinen Gedanken spielt sie die Hauptrolle.

Die Sonne ist schon lange untergegangen, als ich unser Haus erreiche.

Alle sitzen am Tisch beim Abendessen. Langsam scheint es zur Gewohnheit zu werden, dass ich während der Mahlzeiten dazwischen platze. Wäre ich doch bloß noch einmal um den Block gelaufen. Oder besser zweimal.

Marcos Blick bohrt sich in meinen, als ich mich dazusetze. »Das ist hier kein Hotel, in das du kommen und gehen kannst, wann es dir passt.« Was für eine tolle Begrüßung. »Kate hat dir die SIM-Karte geschenkt, damit du ab und an auf dein Smartphone schaust oder uns mitteilst, wann du gedenkst zurückzukommen.«

Da ich davon ausgehe, dass dies nicht als Ich-habe-mir-Sorgen-gemacht-Apell gemeint ist, sondern einfach um sich aufzuspielen, versuche ich, meine Stimme so ausdruckslos wie möglich klingen zu lassen. »Es tut mir leid, wir haben beim Proben die Zeit vergessen.«

»Kate hat sich extra für dich die Arbeit gemacht, damit du heute auch noch etwas Warmes isst.«

Kate damit reinzuziehen, ist natürlich eine wahnsinnig clevere Taktik, um sie und den Rest der Welt gegen mich aufzubringen.

Verstohlen blicke ich auf Marcos Teller, auf dem noch ein paar vereinzelte Cheese-Makkaroni liegen. Ich frage mich wirklich, warum er sich so aufbläst, schließlich bin ich alt genug, um für mich selbst zu sorgen. Wieder nur ein Vorwand, um den Chef raushängen zu lassen. Wenn man sonst nichts zu sagen hat …

Kate hebt beschwichtigend die Hand. »Ist schon in Ordnung. Ich kann sein Essen auch noch mal aufwärmen.«

Wir beide tauschen einen verschwörerischen Blick, dann erhebt sie sich und geht Richtung Küche.

Während ich Wasser in mein Glas einschenke, huscht Saras Blick zwischen mir und Marco hin und her.

Ich lächle ihr aufmunternd zu.

Ihr Gesicht erhellt sich augenblicklich. »Hast du mit Mae geprobt?«

»Ja, genau, wir mussten noch an unseren Hebungen feilen.«

Marco räuspert sich umständlich. »Warum bringst du deine Freundin nicht mal mit? Ich würde sie gerne kennenlernen.«

Ich stoße ein unterdrücktes Schnauben aus. Jetzt auf einmal versucht er, das Ruder herumzureißen. Oder lag es daran, dass Kate sein Aufspielen einfach unterbunden hat?

»Letztes Wochenende war sie hier, da hättest du ihre Bekanntschaft machen können«, erwidere ich so beiläufig wie möglich. Ich fühle mich unbehaglich, wenn Marco sich bemüht, freundlich zu sein. Und es macht mich wütend, weil es nur aufgesetzt ist. Ich würde besser damit klarkommen, wenn er sich mir gegenüber wie ein Arschloch verhält.

»Wir könnten nach eurer Probe gemeinsam zu Abend essen«, sagt er, meinen spitzen Kommentar geflissentlich ignorierend.

Ich zwinge mir ein Lächeln ins Gesicht. »Du brauchst dir keine Mühe geben, Marco.« Meine Stimme trieft vor Sarkasmus.

»Was meinst du damit?« Seine Stirn irritiert in Falten gelegt, stützt Marco die Ellbogen auf den Tisch.

Wie gerufen kommt Kate mit einem vollen Teller hereingerauscht und stellt ihn vor mir ab.

Ich tue so, als ob die Cheese-Makkaroni meine gesamte Aufmerksamkeit beanspruchen und sauge genießerisch den Duft nach Käse in mich auf. Was Marco kann, kann ich schon lange.

Nach einem verdammt langen Sonntag, bei dem ich fast vor Sehnsucht nach Mae vergangen bin, und den ich nur mit Fitness, Joggen und Karatetraining mit Sara überstehen konnte, treffen sich alle Tänzer des gesamten Jahrgangs vor dem Theater. An diesem Montag dürfen wir zum ersten Mal einen Blick hinter die Kulissen werfen – ein kleiner Vorgeschmack auf unseren zukünftigen Alltag, wenn wir es in die Company schaffen.

Ein aufgeregter Schauer überläuft mich, als ich Mae entdecke.

Sie hat ihre Haare zu einem Dutt hochgesteckt, ihr Pulli ist so weit ausgeschnitten, dass er ihre wunderschönen zarten Schultern entblößt. Ihre Natürlichkeit ist verdammt sexy. Als sie mich zwischen all den Tänzern entdeckt, erhellt sich ihr Gesicht und sie kommt mir entgegen.

Am liebsten würde ich sie an mich reißen und in meine Begrüßung alles an Zärtlichkeit hineinlegen, was ich aufbringen kann. Es fällt mir unendlich schwer, ihr nicht zu zeigen, wie sehr ich sie vermisst habe. Doch wir sind nicht allein, deshalb drücke ich ihr nur einen kurzen Kuss auf den Mund.

»Na, wie war dein Familientreffen?«, frage ich sie, während wir vor dem *David H. Koch Theater* warten, bis alle da sind.

Dank Mae war es mir gestern erfolgreich gelungen, das Problem mit Archer zu verdrängen. Erst als ich ihn jetzt an der Seite von Mrs Jones kommen sehe, verkrampft sich meine Brust und ich möchte am liebsten in Deckung gehen. Aber wie all die Tage zuvor geht er an mir vorbei, ohne mich nur eines Blickes zu würdigen.

»Viel Essen, viel Lärm und der neueste Klatsch«, erwidert Mae. »So gerne ich dich meinen Verwandten vorstellen möchte, du hättest einen Kulturschock bekommen. Erst einmal ist Schmatzen, Rülpsen und Schlürfen bei uns gang und gebe und signalisiert, dass es einem schmeckt. Als Highlight kam diesmal noch hinzu, dass mein kleiner Cousin Chi meiner Tante so ins Ohr gebissen hat, dass sie geschrien hat wie am Spieß und mit dem Jammern gar nicht mehr aufhörte. Es reicht schon, wenn du erst mal die geballte Ladung Charme-Offensive meiner Mutter zu spüren bekommst.«

Ich muss laut auflachen. »Langsam machst du mich wirklich neugierig auf deine Familie. Aber mach dir keinen Kopf, wir haben alle Zeit der Welt. Wichtig ist, dass wir genügend Zeit für *uns* haben.«

»Die nehmen wir uns einfach. Immerhin haben wir immer einen Vorwand für unsere Treffen: Unser Pas de Deux muss schließlich sitzen.« Mae zwinkert mir verschwörerisch zu.

Ich lege lachend den Arm um sie und ziehe sie kurz an mich.

Es ist der erste Tag an der Academy, an dem Mae und ich zusammen sind. Richtig zusammen – sie ist mein Mädchen. Ich war zwar schon vorher verrückt nach ihr, aber dass sie meine

Gefühle erwidert und wir wirklich ein verliebtes Paar sind, das ist neu. Und ungewohnt. Ich kann es noch gar nicht richtig fassen – was hab ich nur für ein gottverdammtes Glück.

Miles winkt uns zu sich, neben ihm stehen Selena und Brad und blicken uns fragend an. Sie sind es nicht gewohnt, dass wir uns abkapseln. Wie immer in neuen Situationen, in denen ich nicht weiß, wie ich mich verhalten soll, überspiele ich meine Unsicherheit mit Humor. In einer übertriebenen Geste zucke ich also die Achseln, zeige auf Mae und halte ihr die Hände entgegen, als würde ich darauf warten, dass sie mir Handschellen anlegt.

Mae verdreht gespielt die Augen, wirft mir ein imaginäres Lasso um den Hals, und tut so, als würde sie mich damit hinter sich herziehen.

Wie sie sofort mit einsteigt und über meinen teilweise sonderbaren Humor lachen kann, zeigt mir, wie gut wir zusammen passen. Wir sind ein perfektes Team.

Gespielt willenlos trotte ich hinter ihr her und ernte dafür lautes Gelächter.

Als unsere Clique sich von uns abgewandt hat, lege ich lässig einen Arm um Maes Schulter und gebe ihr einen Kuss auf die Schläfe. Ich will sie heute ganz für mich haben. »Jetzt gehörst du nur mir«, flüstere ich mit verstellt kehliger Stimme und klinge dabei wie ein Irrer aus einem Horrorstreifen.

Mae kichert haltlos vor sich hin und ich habe meine Mission damit erfüllt. Wenn sie lacht, lacht auch mein Herz.

Zum ersten Mal in meinem Leben fühle ich mich einer Frau ausgeliefert – ich würde alles für sie tun. Früher habe ich die Mädchen nach spätestens zwei Treffen abgeschossen, weil ich mich nicht binden wollte – Mae möchte ich immer um mich haben, jede Sekunde meiner Zeit mit ihr verbringen.

Sobald wir vollzählig sind, folgen wir Mrs Jones in die hauseigene Schneiderei.

Ich werfe einen kurzen Blick über die Schulter.

Archer marschiert mit seinen Schülern schnurstracks zu einer Tür mit der Aufschrift *Requisiten*. Ich konnte mich gerade noch rechtzeitig in Maes Gruppe schmuggeln. Abgesehen davon, dass ich bei ihr sein möchte, kann ich gut auf Archers Anwesenheit verzichten.

Ein älterer Mann mit rotem Schal sitzt hinter einer Nähmaschine und begrüßt uns freundlich, als wir an ihm vorbei in einen Raum mit riesigen fahrbaren Kleiderständern spazieren. Die Kostüme hängen an prall gefüllten Stangen und sind nach Ballettstücken sortiert. Der Geruch nach abgestandener Luft steigt mir sofort in die Nase, ich atme ihn ein und nehme ihn tief in mich auf. Es riecht nach Staub, uraltem Schweiß und Lampenfieber. Ein Geruch, der mir seit klein auf vertraut ist und für mich ein Stück Heimat bedeutet. Natürlich werden die Kostüme auch gereinigt, aber von Mama weiß ich, dass manche Tänzer lieber den alten Schweiß einer berühmten Primaballerina auf ihrer Haut fühlen und riechen wollen, weil sie glauben, dass ihr Ruhm dann auf sie abfärbt.

Ich spüre ein schmerzliches Ziehen in meiner Brust, ausgelöst von meinen frühesten Erinnerungen am Theater und wie mich alle umsorgt haben. Die schönsten Tänzerinnen haben mich an die Hand genommen, ich habe mich von ihnen durch die Garderoben tragen lassen und es mir auf ihren Schößen bequem gemacht, während ich Mama dabei zusah, wie sie sich zu einer unnahbaren Schönheit mit angeklebten Wimpern verwandelte. Nie hat es einer der Intendanten gewagt, unfreundlich zu mir zu sein, denn dann hätten sie Mamas Unmut auf sich gezogen und das wollte nun wirklich keiner. Also hatte ich absolute Narrenfreiheit.

Wir streifen durch die Reihen mit farbenfrohen Federkostümen, Roben, Flügeln, Kronen und Kopfschmuck aller Art.

Ein Tutu aus weißem Tüll erweckt Maes Aufmerksamkeit. Zärtlich streicht sie über das funkelnde Mieder mit künstlichen Diamanten. Ich kann mir das Kostüm perfekt an ihr vorstellen, dazu einen Kranz aus Federn auf dem Kopf und ein diamantbesetztes Diadem. »Es ist wie für dich gemacht«, flüstere ich ihr zu. »Irgendwann wirst du es tragen.«

Maes Augen strahlen. »Odette zu tanzen, ist mein großer

Wunsch, seit ich zum ersten Mal Ballettstunden genommen habe. Und wenn *du* dann noch meinen Siegfried mimst, wäre mein Traum perfekt.«

Ich lächle, ehe meine Gedanken abschweifen. »Mama hätte mich auch gerne in dieser Rolle gesehen«, sage ich wie zu mir selbst.

Um mir Trost zu spenden, drückt Mae kurz meine Hand, doch Mrs Jones trommelt uns zusammen, um uns über die gigantische Hauptbühne zu führen.

Während die anderen Backstage die vielen Bühnenprospekte bestaunen, ziehe ich Mae an der Hand die an der Wand befestigte Leiter zum Schnürboden hinauf.

»Hey, wo willst du hin?« Maes Widerstand ist mehr als kläglich, deshalb lege ich ihr nur den Zeigefinger auf die Lippen und ziehe sie weiter nach oben.

»Ich will dir etwas zeigen«, flüstere ich. Das entspricht nicht ganz der Wahrheit, denn eigentlich will ich nur einen ungestörten Moment mit ihr haben und ihr einen Kuss stehlen. Oder zwei. Oder drei.

Ihrem erwartungsfrohen Lächeln nach zu urteilen, scheint Mae auch alles andere als abgeneigt.

Hand in Hand laufen wir über den Gitterboden durch einen Irrgarten aus Seilkonstruktionen und Gerüsten. Von hier aus betätigen die Bühnenarbeiter die Zugmaschinen, richten Scheinwerfer aus und drehen die Kulissen. Für mich ist es nicht das erste Mal, dass ich diese begehbare Trägerkonstruktion über der Bühne sehe, aber Mae steht vor lauter Faszination der Mund offen. Eine Hand ans Herz gelegt, wirft sie einen verängstigten Blick nach unten auf die Bühne. »Hier oben muss man eindeutig schwindelfrei sein.«

Ich schlinge meine Arme von hinten um ihre Taille, vergrabe meine Nase in ihrem Nacken und inhaliere ihren Duft. »Ich nicht. In deiner Nähe fühle ich mich, als könnte ich fliegen.«

Ich spüre, wie sie lächelt, während sie ihren Kopf seitlich an meinen schmiegt und ihre Hände auf meine legt. Ich drücke mich noch enger an sie und bedecke ihre nackte Schulter mit Küssen, ziehe eine heiße Spur bis hoch hinauf zu ihrem Nacken und fühle, wie ein leichtes Beben ihren Körper durchläuft.

»Warst du schon mal auf einem Schnürboden?«, flüstert sie in einem fast ehrfürchtigen Tonfall.

»Während Mamas Auftritten durfte ich oft die Vorstellung von oben sehen.« Ich lege mein Kinn auf ihrer Schulter ab, gemeinsam blicken wir auf die Bühne hinunter. »Für mich ist es der beste Platz im Theater, denn von hier oben kann man die Choreografie aus Vogelperspektive verfolgen. Früher habe ich mir oft vorgestellt, ich hätte ein Kaleidoskop in der Hand und würde das Geschehen auf der Bühne lenken, wäre verantwortlich, wenn sich die verschiedenen Formationen zusammenfügen und wieder auseinanderdriften.«

Mae dreht sich zu mir um. »Ja, mit einem Kaleidoskop habe ich als Kind auch gespielt, die Vorstellung ist wirklich schön.« Ihr intensiver Blick lässt mein Herz schneller schlagen.

In diesem Moment wird der Drang übermächtig, ihr zu zeigen, wie sehr sie mir gefehlt hat. »Mae, wenn du mich weiterhin so ansiehst, kann ich für nichts garantieren …«, flüstere ich mit rauer Stimme.

Ein kleines Lächeln huscht über ihre Lippen. »Küss mich endlich, Juri, bevor ich noch verrückt werde.«

Ein Geräusch voller Sehnsucht entringt sich meiner Kehle, dann reiße ich sie an mich.

Unsere Lippen prallen aufeinander, unsere Arme schlingen sich um unsere Rücken, so fest, dass mir der Atem stockt, aber momentan brauche ich Mae mehr als die Luft zum Atmen.

Wir stehen so eng aneinandergepresst, dass ich ihren rasenden Herzschlag spüren kann. Ihr entkommt ein leises Seufzen, als ich meine Zunge in ihren Mund gleiten lasse. Ich lege alles, was ich ihr zu geben habe, in diesen Kuss: Das Glück, sie mein Mädchen nennen zu dürfen, das gestrige Sehnen nach ihr und das Versprechen, dass sie die Einzige ist.

Doch es ist nicht genug. Sie macht mich so heiß, dass ich nach ein paar Sekunden nicht mehr klar denken kann. Ich will sie mit Haut und Haaren, sosehr, dass es mir körperlich wehtut. Das Blut schießt mir pochend in die Lenden und ich gebe einen knurrenden Laut von mir. Ich will ihr die Kleider vom Leib reißen, um ihre sanfte Haut auf meiner zu fühlen – hier auf dem Schnürboden des *David H. Koch Theaters.* Es wäre mir verdammt egal, wenn uns jemand erwischen würde. Mae zu spüren, sie zu küssen, ist momentan das Einzige, was zählt.

Ihre Hand liegt in meinem Nacken, die andere klammert sich an meinem Rücken fest. Sie will es genauso sehr wie ich, ich kann es fühlen.

Mit wummernden Herzen beginnen meine Hände ihren Körper zu erkunden, doch plötzlich dringen Stimmen von der Bühne zu uns herauf. Wir müssen sofort damit aufhören, bevor ich mich vergesse.

Ein letztes Mal gebe ich meiner Lust nach und ich küsse sie voller Leidenschaft, ehe ich mich mit lautem Keuchen von ihr löse. »*Malyschka,* …« Ich habe Mühe, meine Atmung wieder unter Kontrolle zu bekommen.

»Eben sind wir wohl beide geflogen …«, murmelt sie an meiner Wange. »Ich weiß, wir müssen zurück.«

Ich ziehe sie ein letztes Mal zu mir heran. »Versprich mir, dass wir heute Nachmittag dort weitermachen, wo wir aufgehört haben.«

»Ich verspreche es dir hoch und heilig«, haucht Mae. Sie bedeckt meinen Mund mit einem Kuss und ich kann spüren, wie ihre Lippen sich zu einem Lächeln verziehen.

Das Knarzen der Leiter lässt uns auseinanderfahren. Jemand kommt die Stufen hinauf.

Einen Moment lang erwäge ich den Gedanken, uns hinter eine der eisernen Streben zu verstecken und lasse meinen Blick hektisch umherwandern.

Lächerlich! Wir haben nichts Verbotenes getan. Haben uns nur ein wenig umgeschaut. Ich muss grinsen, als mir dieser fadenscheinige Vorwand durch den Kopf geht.

Mae fasst mich am Arm. Ihre Augen sind schreckgeweitet. Sie wirft mir einen alarmierten Blick zu.

Ich folge ihm.

Mein Herz macht einen schmerzhaften Satz.

Archer steht auf dem Treppenabsatz und sieht uns aus dunklen Augen entgegen.

Nein, eigentlich sieht er nur Mae an. Mich würdigt er keines Blickes.

Reflexartig greife ich nach Maes Hand und verflechte meine Finger mit ihren. Wir gehören zusammen und sein Auftreten – sei es auch noch so finster – jagt mir absolut keine Angst ein.

»Wie alt seid ihr eigentlich?«, blafft er uns in übertriebener Lautstärke an. »Wollt ihr mich und Mrs Jones in Schwierigkeiten bringen?«

Sie sicher nicht, aber dich, schießt es mir durch den Kopf. Wäre zumindest eine Überlegung wert.

»Ihr steht unter unserer Aufsicht, wenn euch hier etwas geschieht, tragen wir die Verantwortung. Ihr bekommt beide eine Verwarnung von mir. Ich denke, ihr wisst, was das bedeutet? Beim nächsten Mal fliegt ihr hochkant von der Academy.«

Dass ich nicht lache. Ihm ist wohl jedes Mittel recht, um sich an mir zu rächen. Soll er doch, so lange er Mae nicht mit reinzieht.

Ich schnaube demonstrativ, doch er beachtet mich nicht.

»Es tut uns wirkl…«, setzt Mae an.

»Bilde dir ja nichts auf deine Hauptrolle ein«, unterbricht er sie barsch. Sein Gesicht hat mittlerweile die Farbe einer reifen Tomate angenommen, und eine gewundene Zornesader pulsiert an seiner linken Schläfe, die ich sogar im Halbdunkel erkennen kann.

Das Ganze hier wirkt auf mich eher wie eine Eifersuchtsszene als die Mahnung eines Dozenten. Warum sonst regt er sich so übermäßig auf?

»Die Rolle hast du nur Juri zu verdanken, weil er dein Tanzpartner ist.«

Bitte, was?

Blját! So ein verdammter Bullshit! Letzte Woche noch hat er versucht, meine Zweitbesetzung gegen mich auszuspielen, und jetzt will er Mae einschüchtern. Aber nicht mit mir. Wut schäumt in mir hoch, während mir tausend Sätze durch den Kopf schwirren, um ihm Einhalt zu gebieten.

Doch Mae drückt sanft meine Hand. Ein Zeichen, dass ich mich zusammenreißen soll.

Ich presse die Kiefer aufeinander und dränge meine Wut so gut, wie es geht, zurück. Für sie. Ich will nicht, dass sie meinetwegen in Schwierigkeiten gerät. »Lassen Sie Mae verdammt noch mal in Ruhe«, ist alles, was ich zwischen zusammengepressten Zähnen hervorbringe.

Archer sieht mich nicht an, ignoriert mich immer noch.

»Du kannst hochsteigen beim Ballett, aber genauso gut kannst du tief fallen.« Sein Blick ist immer noch auf Mae gerichtet. »Vergiss das nicht. Und dein Stipendium hilft dir auch nicht weiter, wenn du dich nicht an die Regeln hältst.« Dann dreht er sich auf dem Absatz um, geht zur Leiter und klettert sie Stufe für Stufe hinunter.

Ich streiche über Maes Wange. »Er will dir Angst einjagen, um mich damit zu treffen.«

»Ich weiß«, sagt sie und ihre Stimme klingt dabei rau vor Traurigkeit.

Mae

In der Pause suchen wir uns einen Platz auf einer Bank im kleinen Park. Ein eisiger Wind beißt mir in den Nacken und beschert mir eine Gänsehaut. Rasch schlinge ich die Arme um meinen Oberkörper. Letzte Woche hat die Sonne uns noch ordentlich Wärme gespendet, jetzt hat der Sommer dem Herbst endgültig das Feld überlassen. Ich muss mich erst daran gewöhnen, eine warme Jacke mitzunehmen.

Das Aufeinandertreffen mit Archer geht mir nicht aus dem Kopf. Aber ich habe ihn durchschaut. Er hat Juris wunden Punkt gesucht und ihn gefunden.

»Du zitterst ja, hast du keinen Schal dabei?« Fürsorglich legt Juri den Arm um meine nackten Schultern. »Wollen wir nicht lieber reingehen?«

»Schon in Ordnung. Mir ist heute nicht nach Mensa. Lass uns noch ein bisschen hier draußen sitzen.«

Juri fischt seine Trainingsjacke aus seiner Tasche und legt sie mir um.

Dankend lächle ich ihm zu und kuschle mich wieder in seine Arme.

Ich bin Juris wunder Punkt. Archer hat gemerkt, dass ich ihm etwas bedeute. Bisher hat es nicht funktioniert, Juri zu drohen, er ist auf keine von Archers Forderungen eingegangen. Mit mir hat er ein weiteres Druckmittel gefunden. Er will mich schlecht machen und mir zeigen, wie schnell er meinen Traum platzen lassen kann.

»Was beschäftigt dich die ganze Zeit, *Malyschka*? Du bist so still.«

Seufzend zucke ich mit den Schultern.

»Mach dir keine Sorgen wegen Archer. Du hast nichts zu befürchten, dafür arbeitest du zu hart. Selbst wenn er verbreiten würde, du hättest stark nachgelassen – man kann sein Stipendium nicht aufgrund von schwachen Leistungen verlieren. Jeder Dozent weiß, dass Tänzer mit Formtiefs zu kämpfen haben. Wir sind ja keine Maschinen, die konstant auf gleich hoher Leistung funktionieren.«

Wenn man unfair handelt oder sich nicht an die Regeln der Academy hält, können sie dir aber dein Stipendium entziehen, spinne ich den Gedanken weiter. Wer weiß, was Archer so alles auf Lager hat, um Juri unter Druck zu setzen. Meine Befürchtung teile ich jedoch besser nicht mit ihm, er soll sich darüber nicht auch noch den Kopf zerbrechen.

»Ich mache mir keine Sorgen deswegen. Ich mache mir Sorgen um dich. Ich habe das Gefühl, das war noch nicht alles. Das dicke Ende steht noch bevor.«

Juri drückt mir einen Kuss auf den Kopf. »*Malyschka,* male nicht alles schwarz. Alles wird gut, ich verspreche es dir.«

»Das wird es erst, wenn Archer die Academy verlässt. Das weißt du genauso gut wie ich. Er wird nicht aufgeben, bis er seinen Willen bekommen hat. Hast du nicht bemerkt, dass er rasend vor Eifersucht war, als er dich mit mir gesehen hat?«

»Ja, er scheint wirklich ein Narren an mir gefressen zu haben.« Juri lässt seine Stimme heiter klingen, aber ich merke, wie sehr ihn die Angelegenheit bedrückt. »Seltsam ist nur, dass er uns bei Mrs Jones nicht angeschwärzt hat, obwohl er uns mit einer Verwarnung drohte. Er hat weder erwähnt, dass wir uns aus der Gruppe entfernt haben, noch dass wir unerlaubt den Schnürboden betreten haben.«

»Vermutlich hat er wirklich als einziger gegen dich gestimmt, was die Rollenverteilung betraf. Jetzt will er kein Aufsehen erregen, irgendwann würden sich die anderen fragen, warum er dich auf dem Kieker hat. Vermutlich war er so in Rage, dass er die Verwarnung nur aus dem Affekt heraus ausgesprochen hat.«

»Ja, könnte sein …«

Ich atme tief durch und versuche, mich an Juris Schulter gelehnt zu entspannen.

»Was ist eigentlich mit Bonnie, ist sie immer noch krank?«, fragt er nach längerem Schweigen.

»Ich habe nichts von ihr gehört. Es muss sie ziemlich schlimm erwischt haben, wenn sie das ganze Wochenende noch flach gelegen hat und heute auch nicht erschienen ist. Eigentlich wollte ich ihr in der Mittagspause schreiben, aber …« Ich muss nicht weiter ausführen, dass das Zusammentreffen mit Archer mich abgelenkt hat.

Kurz nachdem ich eine Textnachricht an Bonnie in mein Smartphone getippt habe, kündigt ein Piepen eine eingegangene Antwort an.

»Und?« Juri sieht mich abwartend an.

»Bonnie will mich heute nach dem Unterricht im Blackbirds treffen. Meinst du, du kommst ohne mich aus?«

»Niemals.« Juri verzieht die Lippen zu einem schelmischen Lächeln. »Hast du schon vergessen, was du mir hoch und heilig versprochen hast?«

Ich wende mich zu ihm, hefte meinen Blick auf seine magischen Lippen und säusle: »Wir haben noch ein paar Minuten.«

Juris Lächeln wird noch breiter. »Dann sollten wir keine weitere Sekunde davon verstreichen lassen.«

Nach meiner letzten Stunde Charaktertanz bin ich total erschöpft. Am liebsten würde ich mich zu Hause in meinem Bett verkriechen und mich von Mum durchmassieren lassen. Ihre Hände bewirken Wunder. Müdigkeit ist in letzter Zeit bei mir zum Dauerzustand geworden, aber da ich darauf brenne, Bonnie wiederzusehen, überwinde ich meinen inneren Schweinehund und mache mich auf in Richtung Blackbirds. Sie klang am Telefon, als hätte sie mir etwas Wichtiges zu erzählen. Bestimmt geht es mal wieder um Patricio. Hoffentlich hat sie nicht Liebeskummer und den Unterricht deswegen sausen lassen.

Meine Füße sind trotz der Luftpolsterfolie, die ich für den Spitzentanz um meine Zehen gewickelt habe – Mrs Jones' Geheimtipp, den sie uns dummerweise erst vor Kurzem verraten hat – mit Blasen und Schwielen übersät und selbst in meinen bequemen Sneakers bereitet mir das Laufen Schmerzen. Durch die vielen Proben habe ich in zehn Tagen bereits vier Spitzenschuhe verschlissen und meine wunden Zehen sehen aus, als wäre ein Traktor darübergefahren.

Aber da muss ich durch. Schmerz gehört zum Leben einer Ballerina dazu. Was einen nicht umbringt, ermöglicht einen den Platz in der Company.

Bonnie winkt mir von unserem Stammplatz zu, als ich humpelnd das Café betrete. Die Stoßzeit ist Gott sei Dank vorüber, die meisten Tische sind unbesetzt.

Sogleich atme ich den herrlichen Duft nach Kaffee und alten Büchern ein, wie sehr habe ich das Blackbirds vermisst. Wie lange ist es her, dass ich mir die Zeit genommen habe, in einem der dicken Wälzer zu blättern und einfach abzuschalten?

»Hey, Lovely!« Janis kommt mir mit einem Strahlen im Gesicht entgegen und umarmt mich herzlich. »Wo warst du die letzten Wochen? Ich hatte schon befürchtet, dass du weggezogen bist?«

Ich muss laut auflachen. »Du glaubst doch nicht ernsthaft, dass Mum mich so einfach ziehen lässt. Aus Chinatown komm ich so schnell nicht raus, dafür wird sie schon sorgen.«

»Jedenfalls bin ich froh, dich mal wiederzusehen.« Sie legt kurz ihre Hand auf meine Schulter. »Einen Chai-Latte wie immer?«

Ich nicke zustimmend und sie wendet sich ab, um von der Theke die bereitgestellten Heißgetränke abzuholen.

Ich stutze, als ich vor Bonnie trete. Sie sieht aus wie das blühende Leben. Ich begrüße sie mit einer festen Umarmung und lasse mich neben sie aufs Sofa plumpsen. »Na, wie geht es dir?«

»Könnte nicht besser sein.«

Mein Blick fällt auf das Stück Cheesecake, das vor ihr auf dem Tisch steht. »Ich dachte, du machst eine Rohkost-Diät«, sage ich halb belustigt, halb verwundert.

Bonnie grinst und zuckt entschuldigend die Achseln. »Der

alten Zeiten willen. Ich konnte einfach nicht widerstehen. Während ich auf dich gewartet habe, musste ich an unser Sündigen nach der Audition denken und wie viel Spaß wir hier hatten. Erinnerst du dich?«

Ich blinzle verwirrt. »Klar, ist noch gar nicht lange her.«

»Irgendwie ist der Spaß und die Unbeschwertheit auf der Strecke geblieben.« Sie stößt einen tiefen Seufzer aus und trinkt einen Schluck von ihrem Latte macchiato.

Ich weiß nicht, was ich darauf sagen soll, deshalb nehme ich den Faden mit dem Cheesecake wieder auf. »Wie kannst du jetzt diesen Süßkram essen, wenn du dir gerade den Magen verdorben hast?«

Ein schuldbewusstes Lächeln stiehlt sich auf Bonnies Züge. »Das war gelogen.«

Augenblicklich macht sich ein ungutes Gefühl in mir breit. »Was hast du dann die letzten Tage gemacht?« Nervös nage ich an meiner Unterlippe.

Dafür, dass Bonnies Redefluss normalerweise schwer zu stoppen ist, schweigt sie unverhältnismäßig lange und stellt meine Nerven damit auf eine Zerreißprobe.

Sie holt tief Luft, ehe sie sagt: »Ich habe eine Entscheidung getroffen. Die Academy ist nicht das Richtige für mich.«

Ihre Offenbarung schnürt mir die Kehle zu und ich schlucke hart. *Oh nein, Bonnie, tu mir das bitte nicht an! Du willst doch nicht alles hinschmeißen, nur, weil du im ersten Jahr keinen Solopart bekommen hast?,* will ich am liebsten herausschreien. Doch ich kann mich noch rechtzeitig bremsen, und sage stattdessen: »Du wusstest, was dich erwartet. Dass es nicht einfach wird. Wir stehen erst ganz am Anfang.«

Bonnie streicht seufzend ihren Pferdeschwanz glatt. »Es tut mir leid, aber das ist nicht mein Weg. Alle Anzeichen haben dagegengesprochen und ich hör lieber auf mein Bauchgefühl, als mich weiter zu quälen. Ich liebe das Ballett, doch zur Ballerina muss man berufen sein. So wie du.«

Ich presse die Lippen aufeinander. Eigentlich ist mir zum Heulen zumute, doch es geht hier nicht um mich, sondern um Bonnie. Ich will ihr eine gute Freundin sein und frage deshalb: »Welcher ist dann dein Weg?«

»Ich glaube daran, dass gewisse Ereignisse im Leben unveränderbar sind. Es führen jedoch viele unterschiedliche Wege dorthin. Ich bin kurz vom direkten Weg abgekommen, das ist aber nicht schlimm, denn dadurch habe ich herausgefunden, was *nicht* das Richtige für mich ist.«

»Bonnie, du sprichst in Rätseln, könntest du bitte zum Punkt kommen?« Meine Unterlippe ist vor lauter Nervosität schon wund gebissen. Im gleichen Moment bringt Janis meinen Chai-Latte an den Tisch und stellt ihn vor mir ab. »Hier, Honey, lass es dir schmecken.«

Ich nicke nur dankend, ohne meinen Blick von Bonnie abzuwenden.

Sie atmet tief durch, als müsste sie sich für die folgenden Worte Mut machen. »Ich war letzten Freitag bei einer Audition für das Musical Chicago.« Ein breites Lächeln stiehlt sich auf ihr Gesicht.

Es ist nicht schwer zu erraten, was sie mir gleich mitteilen wird. »Und sie haben dich genommen«, greife ich deshalb voraus.

Bonnie nickt nach kurzem Zögern. Dann fällt sie mir um den Hals.

Es dauert einen Moment, bis ich ihre Umarmung erwidere und mich für sie freuen kann. »Das ist großartig! Gratuliere!«

Sie löst sich von mir und sieht mich an. »Im Ernst? Meinst du das wirklich?«

»Ja, von ganzem Herzen. Ich brauchte bloß einen Augenblick, um mich an den Gedanken zu gewöhnen, dass du von nun an nicht mehr an meiner Seite bist.«

»Aber wir bleiben trotzdem Freundinnen?«

»Was für eine Frage. Sicher bleiben wir das! Wir werden uns so oft sehen wie möglich.«

Die Anspannung scheint mit einem Mal von Bonnie abzufallen. Sie greift zum Teller, spießt ein großes Stück Kuchen auf die Gabel und schiebt es sich in den Mund. »Es ist zwar nur eine einfache Rolle im Ensemble, aber ich verdiene von nun an mein eigenes Geld«, sagt sie kauend. »Der Choreograf war ganz angetan von meiner Ausstrahlung und meinte, wenn ich zusätzlich noch Gesangsunterricht nehme, habe ich gute Chancen, irgendwann eine Hauptrolle zu bekommen.«

»Ich freue mich so für dich!«

»Das ist aber noch nicht alles.« Bonnies Augen leuchten noch immer mit dem Kristalllüster über uns um die Wette. »Patricios Vater hat einen Künstler-Freund, der mit mir zusammen eine Vernissage veranstalten will. Und rate mal, was ich dort ausstellen soll?«

»Doch nicht etwa die Flour-Bilder?«

Bonnies breites Grinsen ist Antwort genug. »Ich brauche nur noch euer Einverständnis.«

»Das sind ja wirklich tolle Neuigkeiten. Na klar, gebe ich dir mein Einverständnis und das von Juri bekommst du auch ganz bestimmt.«

Die Woche vergeht wie im Fluge. Vor lauter Proben komme ich nicht einmal dazu, Bonnie zu vermissen. In den wenigen freien Minuten tausche ich mich mit den anderen Tänzern darüber aus, wie wir am besten unsere geschundenen Füße kurieren können.

Und schon steht der Tag an, auf den ich mich am meisten gefreut und den ich am meisten gefürchtet habe: Samstag, der Tag, an dem Juri meine Familie kennenlernt.

Natürlich habe ich Mum und Dad vorbereitet. Das Gespräch beim gestrigen Abendessen verlief in etwa folgendermaßen:

»Ich möchte euch gerne jemanden vorstellen.«

Tian hielt im Kauen inne und starrte mich an.

Vater stellte seine Schüssel ab und blickte mich ebenfalls an.

»Wer soll das sein?«, fragte Mum im barschen Tonfall.

»Juri, mein Pas de deux Partner.«

Dad nickte. »Ah, der Russe.«

Mum gab ein kurzes Grunzen von sich.

»Ich möchte, dass ihr ihn kennenlernt.«

»Weil er dein Freund ist«, mutmaßte Mum.

Auf alles vorbereitet, nickte ich vorsichtig. Ich rechnete mit einer Standpauke, dass ich meine wenige Zeit nicht auch noch mit einem Jungen verschwenden und mich lieber auf mein Tanzen fokussieren sollte. Dass die Jungs in dem Alter nur an das Eine dächten und dass die Beziehung sowieso nicht lange hielte.

Jedoch nichts dergleichen folgte, was mich noch nervöser werden ließ. »Er ist der Sohn von Polina Iwanowa«, fügte ich aus lauter Verzweiflung noch hinzu.

Dad verzog anerkennend die Mundwinkel, bis er sich wohl an meinen Stunden-Monolog erinnerte, dass ihr Tod ein herber Verlust für die Ballettszene war.

»Aha«, war alles, was Mum zu diesem Thema noch von sich gab.

Mum hat den ganzen Morgen die Wohnung auf den Kopf gestellt, damit alles blitzt und blinkt und sogar Dad den Kassenposten überlassen, was selten bis nie vorkommt. Sie würde natürlich nie zugeben, dass sie einen guten Eindruck hinterlassen will, deshalb beachten wir sie nicht weiter, als sie mit dem Putzlappen zum hundertsten Mal über die staubfreie Fensterbank wischt.

Mit vor der Brust verschränkten Armen tritt sie kurz vor der vereinbarten Zeit von einem Bein aufs andere, offenbar noch unschlüssig, wie sie Juri begegnen soll. Den Laden hat sie heute schon zur Mittagszeit geschlossen, was auch ungewöhnlich ist, denn selbst samstags sitzt sie normalerweise bis mindestens vier Uhr am Nachmittag auf ihrem Posten.

Pünktlich um halb zwei klingelt es an der Wohnungstür.

Ich öffne erwartungsvoll.

Juri steht vor mir, ein breites Lächeln im Gesicht und mit einem Blumenstrauß bewaffnet.

Mein Herzschlag beschleunigt sich augenblicklich. Er sieht höllisch gut aus in seinem beigefarbenen Jackett mit hellem T-Shirt darunter und den Sneakers. Seine gewellten Haare hat er mit Gel streng nach hinten frisiert, wodurch seine leuchtend blauen Augen noch besser zur Geltung kommen.

So schick habe ich ihn noch nie gesehen. Einfach zum Anbeißen. Gerade, als ich ihn zur Begrüßung küssen will, quetscht Mum sich dazwischen. »Was soll das werden, ein Bestechungsversuch?« Sie blickt auf die pink-weißen Rosen in Juris Hand.

»Die Blumen sind für Mae. Mir wurde zugetragen, dass Sie keine Schnittblumen mögen.« Juri zieht aus der Innentasche seiner Jacke eine Pralinenschachtel hervor. »Die sind für Sie.«

Seit Langem sehe ich Mum sprachlos. Wenn auch nur für wenige Sekunden. »Das ist mein Lieblingskonfekt. Woher wussten Sie …«

»Hellseher bin ich nicht.« Juri und ich tauschen einen kurzen, aber bedeutsamen Blick. »Aber ich bin ein verdam… Ich bin ein sehr guter Zuhörer.« Er schenkt Mum ein entwaffnendes Lächeln. »Und nennen Sie mich bitte Juri.«

»Wie wär's, wenn du erst mal reinkommst, ehe du uns die Kälte ins Haus bringst.«

Ich presse die Lippen aufeinander, um das aufsteigende Lachen zu unterdrücken. Sie kann es einfach nicht lassen.

»Aber gerne doch.« Juri folgt Mum die Treppe zur Wohnung hinauf, während er sich immer wieder zu mir umdreht und irgendwelche Faxen macht, die mich zum Kichern bringen.

Am Treppenabsatz angekommen wendet er sich zu mir. »Sie hat ganz schön Haare auf den Zähnen, was?«, flüstert er so leise, dass Mum es nicht hören kann.

»Das kannst du laut sagen. Lass dich nur nicht unterkriegen!«

»Niemals! Du kennst mich doch.« Juri haucht einen Kuss auf meine Nasenspitze und ich führe ihn in unsere Küche, in der sich bei uns der größte Teil des Tages abspielt, da wir kein Wohnzimmer besitzen.

Juri streicht sein Jackett glatt. Er scheint nervös zu sein, obwohl er mich die letzten Tage alles Mögliche über meine Eltern ausgefragt hat. Wie sie ihre Freizeit verbringen, was sie mögen und vieles mehr. Das ist echt süß, denn es hat mir gezeigt, wie wichtig es ihm ist, einen guten Eindruck bei ihnen zu hinterlassen.

»Ich danke Ihnen für die Einladung.« Juri reicht Dad die Hand, der sofort die Zeitung zusammenfaltet und beiseitelegt.

Jetzt lerne ich eine völlig neue Facette an Juri kennen. Dass er so ein kultiviertes Benehmen an den Tag legt, ist ungewohnt. Dass er Charme besitzt, wusste ich ja schon immer. Andererseits ist er der Sohn einer gefeierten Ballerina, bestimmt hat seine Mutter ihm das beigebracht.

»Setz dich doch«, sagt Dad und bietet ihm den Platz vis-a-vis an.

Als Juri seiner Aufforderung nachkommt, mustert Dad ihn interessiert, während Mum lautstark mit dem Geschirr hantiert.

»Du bist also der junge Mann, der meine Tochter auf Händen trägt«, scherzt Dad.

»Könnte man so sagen.«

»Du bist Russe, studierst aber in New York, wie kommt das?«, hakt er nach.

»Mein Vater lebt hier. Nach dem Tod meiner Mutter bin ich zu ihm gezogen.«

Ich muss daran denken, wie ich Juri die gleiche Frage gestellt habe und wie er mich daraufhin schroff abgefertigt hat. Nur ein paar Wochen liegen dazwischen, trotzdem kommt es mir wie eine Ewigkeit vor. Juri hat sich verändert, ist nicht nur mir gegenüber offener geworden. Ich habe den Eindruck, dass er lernt, seine Trauer zu bewältigen.

Dad nickt verständnisvoll. »Verstehst du dich gut mit ihm?«

Ich verdrehe die Augen und setze mich an Juris Seite. »Dad, bitte frag Juri keine Löcher in den Bauch.«

Ein schiefes Grinsen zupft an Juris Mundwinkel. »Wenn ich ehrlich bin, ist das kein Thema, mit dem ich beim ersten Besuch bei den Eltern meiner Freundin punkten kann.«

Meine Mutter wird hellhörig und schaut über die Schulter zurück. »Ihr habt also kein gutes Verhältnis?« Sie nimmt den dampfenden Topf von der Herdplatte und stellt ihn in die Mitte des Tisches, der bereits für Fünf gedeckt ist.

Taktgefühl und Diskretion gehören nicht gerade zu Mums hervorzuhebenden Eigenschaften. Wenn, dann will sie es genau wissen.

»Wir haben gar kein Verhältnis«, antwortet Juri und fährt sich über den Nacken. »Wir haben uns erst vor ein paar Wochen kennengelernt.«

Mum nickt kurz, bohrt aber nicht weiter nach. »Womit kannst du dann punkten?«

Juri grinst. »Mit Ihrer Tochter.«

Mum wirft ihm einen skeptischen Blick zu.

»Sie ist eine wundervolle Tänzerin, die beste, wenn ich ehrlich bin«, fährt Juri fort. Währenddessen stellt Mum Schüsseln voll mit gebratenem Reis, Servierteller mit Teigtaschen sowie Hühnchen Kung Pao – eine meiner Lieblingsspeisen – auf den Tisch. »Aus ihr wird mal eine große Ballerina, so, wie meine Mutter eine war.«

»Sie fehlt dir, nicht wahr?« Mit einem mitfühlenden Lächeln setzt Mum sich an die Stirnseite des Tisches, ihrem unangefochtenen Stammplatz. In ihrer Stimme schwingt nichts von der gewohnten Härte mit.

Juri stößt ein tiefes Seufzen aus, ehe er nickt. »Ja, sehr. Sie war streng, aber das hat mir gutgetan und mir geholfen, Disziplin an den Tag zu legen, wenn ich etwas erreichen will.«

»Das braucht man wohl auch als Tänzer«, wirft Dad ein. »Nur manchmal befürchte ich, dass Mae zu streng mit sich und ihrem Körper ist. Seit sie die Academy besucht, ist sie völlig abgemagert. Sie isst ja kaum noch was.«

»Das stimmt nicht, Dad«, protestiere ich. »Wenn man ständig Höchstleistung erbringen muss wie wir, dann verbraucht man automatisch mehr Kalorien. Da kann ich so viel essen, wie ich will.«

»Das kann ich mir auch gar nicht vorstellen, bei dem, was Sie hier auftischen«, ergreift Juri wieder das Wort. »Es duftet köstlich.« Genießerisch atmet er den Essensgeruch ein. »Und außerdem müssen wir einmal die Woche zu unserer Ernährungsberaterin und uns wiegen lassen. Die hat einen Blick darauf, vor allem bei den Tänzerinnen. Sobald jemand als untergewichtig gilt, darf er nicht mehr am Training teilnehmen und die Eltern werden davon in Kenntnis gesetzt.«

Mum runzelt argwöhnisch die Stirn. »Das ist mir neu.«

»Bisher müssen Sie sich um Mae auch keine Sorgen machen. Sie ist perfekt, so wie sie ist.« Juri wirft mir einen Blick zu, der mir durch und durch geht und die Schmetterlinge in meinem Bauch zum Einsatz bringt.

Während ich Juri zeige, was von Mums Köstlichkeiten in einer Schale oder auf einem Teller serviert wird, erfreut uns Tian mit seiner Anwesenheit.

»Hi.« Kurz hebt er seine Hand zum Gruß – was etwas verklemmt wirkt – und verzieht den Mund sogar zu einem kleinen Lächeln. Dann nimmt er neben Dad Platz.

»Hi, Tian«, begrüßt ihn Juri ebenfalls.

Während Dad Juri einen Becher Tee auffüllt, hält Mum ihm zwei Essstäbchen entgegen. »Willst du es versuchen?«

Juri grinst breit. »Klar.«

Schweigend machen wir uns über das Essen her.

»Es schmeckt fantastisch«, sagt Juri.

Mum blickt von ihrem Teller auf, ohne eine Miene zu verziehen, aber das Leuchten in ihren Augen entgeht mir nicht.

»Was ist das?«, will Juri wissen und zeigt auf das *Kung Pao.*

»Hund in Sojasoße«, antwortet Mum trocken. Tian und ich müssen kichern. Dad schaut todernst, um den Scherz zu untermauern.

Juri nickt gespielt erstaunt. »Ich hätte gedacht, Hundefleisch ist zäh, aber dieses hier schmeckt köstlich.« Er zwinkert mir zu und widmet sich wieder seiner Portion.

»Normalerweise gehören da noch geröstete Erdnüsse hinein, aber Mae sagte mir, du hast eine Nussallergie, deshalb habe ich stattdessen Gemüse hinzugefügt.«

»Ja, das stimmt. Meine Zunge schwillt sofort an und beginnt zu jucken. Eine vernünftige Unterhaltung wäre dann nicht mehr möglich gewesen.« Juris rechter Mundwinkel verzieht sich zu einem schiefen Lächeln.

Mum nickt und beobachtet eine Weile amüsiert, wie Juri mit den Stäbchen kämpft. Nur mit Mühe gelingt es ihm, das Fleisch zwischen die Stäbchen zu quetschen, die klein geschnittenen Paprikastücke rutschen immer wieder hinunter.

»Wirklich beeindruckend«, sagt Mum nach einer Weile.

»Danke«, erwidert Juri.

»Das war nicht als Kompliment gedacht«. Mum hat Mühe, ein Lächeln zu unterdrücken. Sie steht auf, öffnet den Besteckkasten und kommt mit Löffel und Gabel in der Hand zurück, die sie Juri hinhält. »Das kann man wirklich nicht mit ansehen, Junge.«

Juri schüttelt abwehrend den Kopf. »Kommt überhaupt nicht infrage. Das lässt mein Stolz nicht zu. Ich beweise Ihnen, dass ein Russe ebenso in der Lage ist, mit diesem Teufelswerkzeug zu essen.« Die Ernsthaftigkeit in seiner Stimme lässt mich auflachen.

Ich zeige Juri, wie er die Stäbchen mittig fassen, dann das obere zwischen Mittel-, Zeigefinger und Daumen einklemmen muss, um es zu führen, während das untere auf seinem Ringfinger liegt.

Tiefe Falten graben sich in Juris Stirn, als er es mit hoch konzentrierter Miene alleine versucht. Immer wieder schweift sein Blick zu Dad, der mit routinierter Behändigkeit Reis zum Mund führt. Doch je mehr Juri sich anstrengt, desto schwieriger scheint es ihm zu fallen.

Wir beobachten ihn dabei und brechen in haltloses Gekicher aus. Sogar um Mums Augen bilden sich Lachfalten.

»Ja, macht euch nur über mich lustig«, gibt Juri gespielt beleidigt von sich. »Ich kapituliere. Die Stücke sind viel zu klein, ich kann sie nicht greifen.«

Mum hält sich sogar mittlerweile den Bauch vor Lachen. Ein ungewohnter Anblick, der mich glücklich macht. Ich habe sie lange nicht mehr so fröhlich gesehen.

»Hier, mein Junge«, sagt sie und bietet ihm erneut das Besteck an.

Diesmal greift er zu. »Ehe das Essen kalt wird«, gibt er klein bei und ich tausche mit Tian amüsierte Blicke.

»Es kommt wohl nicht oft vor, dass du so schnell aufgibst?« Ich meine, einen Hauch Schadenfreude in Mums Augen zu erkennen.

»Normalerweise bin ich ein zäher Bursche und lasse mich so schnell nicht unterkriegen. Aber ich verspreche Ihnen, ich werde daran arbeiten.«

»Mae war auch immer sehr ehrgeizig, was das Tanzen betraf«, sagt Mum, während sie sich noch eine großzügige Portion gebratenen Reis auf den Teller schaufelt. »Manchmal befürchte ich jedoch, dass sie sich übernimmt.«

»Machen Sie sich keine Sorgen«, beruhigt Juri sie. »Hätte sie nicht diesen Biss, wäre ihr nicht die Hauptrolle zuteil geworden. Außerdem ist Ihre Tochter bei mir in guten Händen, ich gebe auf sie Acht.« Juris Augen huschen zu mir herüber. »Ich würde alles für sie tun.« Den letzten Satz sagt er kaum hörbar, und ich weiß, er ist nur für mich bestimmt. Unsere Blicke verhaken sich ineinander, ich fühle eine tiefe Verbundenheit. Nein, nicht nur das. Es ist mehr.

Es ist Liebe.

Als mir das klar wird, spüre ich ein verräterisches Stechen hinter den Lidern.

»Tu lieber nicht zu viel und sorge dafür, dass sie ihre Jungfräulichkeit noch eine Weile behält«, durchbricht Mum den Kokon, den wir für einen Augenblick um uns aufgebaut haben.

Rasch blinzle ich die Tränen fort. Am liebsten würde ich mich vor Scham in Luft auflösen, während Juris Mundwinkel verräterisch zucken und er Mühe hat, ernst zu bleiben. »Jawohl, Mrs Sun, das werde ich. Ich lebe zwar gerne gefährlich, aber mich mit Ihnen anzulegen, wäre mir dann doch zu heikel.« Er schenkt ihr ein einnehmendes Lächeln, das sie jedoch nicht erwidert, sondern nur misstrauisch die Stirn runzelt.

»Mum, ich werde bald achtzehn. Wie lange muss ich deiner Meinung nach noch warten?«

Räuspernd erhebt sich Dad vom Stuhl und stellt seinen leeren Teller im Spülbecken ab. Man sieht ihm an, dass ihm dieses Thema mehr als unangenehm ist, denn er schüttelt den Kopf und murmelt Unverständliches auf Mandarin vor sich hin. Bloß Tian gibt sich unbeeindruckt von der peinlichen Situation.

Mums eiserner Blick bohrt sich in meinen. »So lange, bis ich es dir sage.« Von einer Sekunde auf die nächste verleiht sie ihrem Gesicht einen interessierten Ausdruck und wendet sich an Juri. »Du willst also in die Fußstapfen deiner Mutter treten?«

Ich unterdrücke ein Seufzen. Mum hat wirklich Talent dafür, von einem heiklen Thema ins nächste überzugehen.

»Nein, da passe ich wohl nicht rein.«

Ich grinse in mich hinein. Zumindest Juri hat meine Mutter gut im Griff und ist um keine Antwort verlegen, ich bin stolz auf ihn.

»Was heißen soll, dass sie eine Nummer zu groß für dich sind?«, stichelt Mum.

»Was heißen soll, dass ich mich nicht mit meiner Mutter vergleichen will.«

Man könnte meinen, Mum und Juri haben Spaß miteinander, so wie sie sich die Bälle zuwerfen. Mum liebt Menschen, die wie sie nicht auf den Mund gefallen sind.

Als alle aufgegessen haben, steht Tian auf und verzieht sich in sein Zimmer. Juri und ich erheben uns ebenfalls und helfen Mum beim Abräumen, während Dad schon mit dem Abwasch begonnen hat, was von jeher eine seiner Aufgaben ist.

»Zeigst du mir noch dein Zimmer?«, will Juri wissen, als wir fertig sind.

Gott, bin ich froh, dass er endlich fragt. Ich kann es gar nicht abwarten, mit ihm allein zu sein und ihn zu küssen.

Nachdem ich meinen Plan in die Tat umgesetzt habe, setzen wir uns auf mein schmales Bett und Juri lässt seinen Blick durch den kleinen Raum schweifen. Ich habe alles in Weiß gehalten, damit mein Zimmer hell und freundlich wirkt. Mein Bett ist mit türkisfarbenen Kissen übersät, die zum Hineinkuscheln einladen. Eine Lichterkette und viele Fotos von meiner Familie hängen über dem Kopfende.

Juris Blick bleibt an einem Bild von Mum hängen, auf dem sie mich voller Stolz in die Luft hebt. Ich war damals vielleicht ein Jahr alt.

»Und du meinst wirklich, sie mag mich?«, fragt Juri.

Ich schmunzele über seine Unsicherheit. »Drei Dinge, die das eindeutig beweisen, sind:

Erstens hat sie dich noch nicht rausgeschmissen, zweitens, sie hat mehr als drei Worte mit dir gewechselt. Und drittens hat sie dich angelächelt und über dich gelacht, was bei ihr schon einer Liebeserklärung gleichkommt. Das letzte Mal, als ihre Augen so gestrahlt haben, war, als Jackie Chan sich in der Tür geirrt hat.«

»*Jackie Chan* hat sich bei euch in der Tür geirrt?«, fragt Juri amüsiert.

»Ja. Er ist Mums absoluter Lieblingsschauspieler. Er ist nur kurz in den Laden rein, hat sich umgeschaut und wollte wieder gehen, aber Mum hat ihm einen Tee aufgedrängt. Das war wirklich schreiend komisch, wie er aus Höflichkeit alle Fragen über sich ergehen lassen hat. Dagegen bist du wirklich gut weggekommen. Abgesehen von dem Versprechen, das sie dir abgenommen hat.« Ich blicke verstohlen zu ihm auf. »Du wirst dich doch nicht daran halten?«

Juris Gesicht verzieht sich zu einem breiten Grinsen. »Möchtest du denn, dass ich mich daran halte?«

Lächelnd schüttle ich den Kopf, während sich in meinem Bauch langsam ein Kribbeln ausbreitet.

»Wenn das dein Wunsch ist, würde ich das Schicksal herausfordern und sogar das Risiko eingehen, von deiner Mutter gelyncht zu werden.«

Juri

»Gut, gut, weiter so«, spornt Archer mich an, nachdem ich die neue Choreografie vorgetanzt habe, die er kurzfristig mit eingebaut hat. Er verhält sich mir gegenüber wie ein ganz normaler Lehrer, beachtet mich und Miles gleichermaßen. Keine herausfordernden Blicke mehr, keine unsittlichen Berührungen und kein Gespräch unter vier Augen nach der Stunde. Vielleicht hat er es endlich begriffen. Schon sonderbar, als hätte er meine Gedanken gelesen. Nach dem Vorfall auf dem Schnürboden hatte ich mir nämlich fest vorgenommen, das Risiko einzugehen und mit Coleman zu reden, falls es noch mal zu einem unangenehmen Zusammentreffen mit Archer kommen sollte.

Da der neue Part ziemlich schwierige Elemente beinhaltet, verabrede ich mich mit Miles für den Abend zum Proben. Ich trage uns für acht Uhr ein, vorher sind noch alle Studios belegt. Ab dann können wir sicher sein, dass uns keiner stört.

Um ehrlich zu sein, wollte ich Miles nur dabeihaben, um vor Archer in Sicherheit zu sein, falls er unvermittelt auftaucht. Niemals würde er es wagen, mich in Begleitung eines anderen zu bedrängen.

Im Nachhinein komme ich mir verdammt lächerlich vor. Als hätte ich keinen Arsch in der Hose, ihm allein gegenüber zu treten.

Es ist angenehm, durch die ausgestorbenen Gänge zu laufen, aber irgendwie hat diese Ruhe auch etwas Gespenstisches an sich. Ich drehe mich um, doch natürlich ist da niemand außer mir. Nur meine Schritte hallen zwischen den Wänden wider. Offenbar sind

Miles und ich heute die einzigen, die um diese Zeit in einem der drei Studios proben wollen.

Als ich die Tür zur Umkleide öffne, gehen nacheinander die Deckenstrahler an. Ich blinzle gegen das Licht. Miles ist noch nicht da. Ein mulmiges Gefühl breitet sich in meinem Bauch aus und ich muss unwillkürlich daran denken, wie ich hier nach dem Vortanzen auf Archer getroffen bin. Bei der Erinnerung schlägt mein Magen einen Salto, als ich mir vorstelle, er kommt plötzlich hier herein und ich bin ihm ausgeliefert.

Absurd. Warum sollte er so spät noch in der Academy sein? Außerdem taucht Miles jeden Moment auf.

Seufzend setze ich mich auf die Bank und überlege, ob ich auf ihn warten oder schon mal den Probenraum aufsuchen soll.

Da es erst kurz nach acht ist, beschließe ich, Miles noch ein paar Minuten zu geben. Während ich mir durchs Haar fahre, fliegen meine Gedanken zurück zum gestrigen Tag.

Kate musste arbeiten, während Marco es sich vor dem Fernseher bequem gemacht hatte und ein Spiel der New York Yankees verfolgte. Also habe ich mir Sara geschnappt und bin mit ihr in den Park gelaufen, um uns mit Mae zu treffen. Sara hat uns stolz ihre neuen Inline Skater präsentiert. Es hat mich verdammt glücklich gemacht, mit den beiden wichtigsten Menschen in meinem Leben Zeit zu verbringen. Ausgelassen wie Kinder sind wir neben Sara hergerannt und haben sie lachend durch die Luft gewirbelt. Später haben Mae und ich ihr ein paar Hebefiguren gezeigt, die ich vereinfacht auch mit Sara versucht habe. Irgendwann haben wir dann die Eichhörnchen bemerkt, die uns verfolgt haben, weil Mae wie bei Hänsel und Gretel eine Spur von Erdnüssen gelegt und sie dadurch angelockt hatte.

Das Licht in der Umkleide erlischt. Ein Geräusch lässt mich zusammenzucken und ich halte den Atem an. Lausche in die Stille.

Als mir klar wird, dass es nur ein Windstoß war, der gegen das Fenster geschlagen hat, stoße ich schnaubend den Atem aus. *Trus!* Ich bin eine verfluchte Memme! Jetzt sitze ich hier im Dunkeln und meine Fantasie geht langsam mit mir durch. Ein Zeichen, dass ich meine Zeit nicht länger mit Warten vergeuden sollte.

Schnellen Schrittes verlasse ich die Umkleide und mache mich auf den Weg zu Studio 2.

Nachdem ich das Licht angemacht und die Musik angestellt habe, dehne ich mich an der Stange und markiere danach noch einmal die Schrittfolge.

Wo bleibt Miles nur? Ein Blick auf die Wanduhr verrät mir, dass es bereits zwanzig nach acht ist. Vielleicht hat ihn jemand aufgehalten. Ungeduldig krame ich mein Smartphone aus der Tasche.

Nichts. Keine einzige Mitteilung. Seltsam. Normalerweise kann man sich auf ihn verlassen. Seufzend streiche ich meine Haare zurück und stelle mich vor dem Spiegel auf Position.

Die Tür öffnet sich. Na endlich!

»Das wird aber auch langsam Zeit, Alter! Wo treibst du dich die gan…«

Ich vernehme ein heiseres Lachen.

Mir stockt der Atem, als ich im Spiegel Archer erblicke. Sofort ist mir klar, dass er einen über den Durst getrunken hat.

Langsam und bedächtig wankt er auf mich zu, ein anzügliches Grinsen im Gesicht. »Juri. Es freut mich, dich hier zu später Stunde anzutreffen.«

Von wegen. Er muss mir aufgelauert haben. Die Gedanken überschlagen sich in meinem Kopf. *Blját!* Verdammter Mist, ich hätte es wissen müssen! Wahrscheinlich hat er nur darauf gewartet, dass ich irgendwann einen der Probenräume nutze. Ein unangenehmer Schauer läuft mir über den Rücken. Ich bin so ein verdammter Idiot! Hätte ich nicht nur meinen Namen, sondern auch Miles' in die Liste eingetragen …

Archer steht jetzt direkt vor mir. Seine Augen schimmern glasig und sein Atem stinkt nach Schnaps.

Ich recke mein Kinn, spanne mich an. Mein ganzer Körper steht in Alarmbereitschaft. Er soll bloß nicht denken, dass ich mich von ihm einschüchtern lasse.

»Willst du mir nicht etwas vortanzen, wenn dein Dozent schon mal hier ist?«, lallt er.

»Sicher nicht.« Ich blicke ihn hasserfüllt an. Er kann mir nichts anhaben.

»Wenn ich das Feuer in deinen Augen richtig interpretiere … willst du wohl lieber gleich zur Sache kommen.«

Meine Selbstbeherrschung hängt am seidenen Faden. Ich hole tief Luft, stoße den Atem aus. Er will doch nur, dass ich die Fassung verliere. »Lassen Sie mich in Ruhe und verschwinden Sie.«

»So lange hast du dich geziert wie ein Mädchen, dabei willst du es genauso wie ich.« Den Bruchteil einer Sekunde später streift er seine Trainingshose herunter.

Im ersten Moment stehe ich wie gelähmt da, befinde mich im Schockzustand. In einer Mischung aus Faszination und Abscheu starre ich auf seinen erigierten Schwanz. Mein Blick weicht aus und fällt auf ein riesiges Muttermal, das auf seiner rechten Leiste prangt.

In einer ruckartigen Bewegung packt Archer meine Hand und legt sie an sein steifes Glied.

Es reicht. Ich zucke zurück, als hätte ich mich verbrannt. *Ublyudok.* Ekel überkommt mich, der sich mit rasender Wut vereint. »Du perverses Schwein!« Ich zögere keine Sekunde länger, hole aus und verpasse ihm einen kräftigen Faustschlag ins Gesicht. Ich spüre ein brennendes Pochen in meiner Hand, doch es ist mir egal, ich hole ein weiteres Mal aus. Wie von Sinnen schlage ich blind auf ihn ein. Zweimal. Dreimal. Bis ich ein Knirschen vernehme.

Archer stößt ein gequältes Heulen aus. Blut schießt aus seiner Nase hervor. Taumelnd weicht er zurück, eine Hand auf sein Gesicht gepresst. Er stöhnt vor Schmerz, unverkennbar ist seine Nase gebrochen.

Ein paar keuchende Atemzüge lang sieht er mich nur an, scheint völlig fassungslos. Dann zieht er mit der Linken seine Hose hoch. Blut sickert zwischen den Fingern seiner anderen Hand hindurch und tropft den Boden voll.

»Das wirst du … bitter bereuen.« Archer spricht stockend und abgehackt, kann offenbar nur durch den Mund atmen. »Kein Choreograf in New York wird dich je engagieren … Und solltest du versuchen, jemals wieder einen Schritt in dieses Gebäude zu setzen … wird deine kleine Freundin dafür bezahlen. Ich werde dafür sorgen, … dass die schlitzäugige Schlampe ihr Stipendium verliert.«

Juri

Mein Atem geht unkontrolliert und viel zu schnell. Wie ferngesteuert verlasse ich das Studio und jage in die Umkleide. *Yobannoe dno.* Das ist gerade nicht wirklich passiert, das kann nur ein verfickter Albtraum gewesen sein. Ich fühle mich, als hätte man mir eben das Herz herausgerissen.

Es ist vorbei. Mein großer Traum binnen weniger Minuten zerplatzt. Ich balle meine Hand zur Faust und schlage sie irgendwo gegen die Wand. Meine Fingerknöchel pochen nur dumpf, im Vergleich zum Schmerz in mir. Ich habe versagt.

»Mamutschka«, sage ich mit erstickter Stimme in die Stille hinein. »*Izvini*. Es tut mir so leid …«

Was soll ich jetzt tun?

Wie konnte das passieren?

Und wie konnte ich es überhaupt soweit kommen lassen?

Es ging alles so schnell. Ich habe im Affekt gehandelt. Als ich seinen widerlichen Schwanz in meiner Hand spürte, habe ich Rot gesehen. Dieses perverse Schwein hat mich genötigt und damit alle Grenzen gesprengt.

Ich muss hier raus.

Hastig ziehe ich meine Trainingsjacke über, schnappe mir meine restlichen Klamotten und stürme aus dem Raum. Ich laufe schnellen Schrittes, plötzlich bekomme ich keine Luft mehr. Habe das Gefühl zu ersticken. Immer zwei Stufen auf einmal nehmend, rausche ich die Treppe zum Ausgang hinunter.

Kalte Luft schlägt mir entgegen, als ich nach draußen trete. Gierig sauge ich sie in meine Lungen. Endlich.

Das war das letzte Mal, dass ich dieses Gebäude betreten habe.

Coleman würde mir eh nicht glauben. Nicht, nachdem er mich nach der Sache mit Jason als Prügelknabe abgestempelt hat. Alles spricht gegen mich. Und Archer würde dafür sorgen, dass Mae ihr Stipendium verliert, so viel ist sicher. Diese Drohung bricht mir das Genick, er hat mich in der Hand. Mittlerweile weiß ich, dass er nicht blufft. Ich muss schlucken, so sehr ist mir plötzlich nach Weinen zumute.

Kurz spiele ich mit dem Gedanken, meinen Frust in Alkohol zu ertränken. Doch in diesem beschissenen Land ist selbst das kompliziert. Es wird mir wohl nichts anderes übrig bleiben, als nach Hause zu gehen.

Als ich den dunklen Flur betrete, strömt warmes Licht aus der Küche, aber ich will mit niemanden sprechen. Ich will einfach nur in mein Zimmer und Ruhe haben, um meine Gedanken zu ordnen.

»Juri«, dringt Marcos Stimme zu mir herüber, bevor ich die Treppen hochschleichen kann. Er steuert auf mich zu. »Hast du schon etwas gegessen?«

»Nein. Mir ist auch weiß Gott nicht danach.« Warum habe ich das jetzt gerade gesagt? Ich verdammter Idiot.

Marco verzieht fragend das Gesicht. »Was ist dir denn über die Leber gelaufen?«

»Die Frage lautet wohl eher, *welche Laus* mir über die Leber gelaufen ist«, murmle ich mehr zu mir selbst. Ich gehe weiter die Stufen hinauf, das Gespräch ist für mich beendet. Marcos gespieltes Interesse, nur um sein Gewissen zu beruhigen, ist das Letzte, was ich jetzt gebrauchen kann.

Kaum habe ich die Tür hinter mir geschlossen, höre ich Schritte auf dem Gang. Kurz darauf tritt Marco ohne anzuklopfen ein. Er räuspert sich umständlich. »Ich weiß, wir beide hatten nicht gerade den perfekten Start.« Er setzt sich auf die Bettkante und klopft mit der Hand neben sich.

Ich unterdrücke ein Stöhnen. Dies ist nun wirklich nicht der geeignete Zeitpunkt, um eine vernünftige Vater-Sohn-Beziehung aufzubauen. Genervt fahre ich mir mit der Hand übers Gesicht, bewege mich jedoch nicht von der Stelle.

»Also: *Welche Laus* ist dir über die Leber gelaufen? Hat sie einen Namen?«

»Das kann dir doch egal sein. Du hast dich bisher auch nicht für mich interessiert.«

»Jeder hat eine Chance verdient, meinst du nicht?«

»Marco, bitte lass mich in Ruhe. Ich schaff es nicht, mich auch noch mit dir auseinanderzusetzen.«

»Du machst es mir nicht gerade einfach, weißt du das?«

Ich stoße den Atem aus. »Es geht gerade alles den Bach runter. Warum lässt du mich nicht einfach in Frieden?«

»Was meinst du damit? Was geht gerade den Bach runter? Hattest du Streit mit Mae?«

Ich schnaube, verschränke die Arme in einer Abwehrhaltung. »Komm, lass es.«

»Ich will dir doch nur helfen.«

»Mir ist nicht mehr zu helfen. Ich werde nicht mehr in die Academy gehen.«

»Warum das denn nicht?« Seine Stimme hat einen scharfen Klang angenommen und lässt mich aufblicken.

»Weil mich ein Dozent …« Ich stocke. Das ist eigentlich das letzte Thema, das ich mit Marco besprechen will.

»Ein Dozent … was?«

Aber in diesem Moment schwindet meine Selbstbeherrschung, es ist zu viel, einfach zu viel. Und er wird es sowieso früher oder später erfahren. »Ich habe ihm die Nase gebrochen, weil er …«

»Du hast was?«, schneidet Marco mir das Wort ab und fährt hoch. Sein Blick brennt sich in meinen. »Sag, dass das nicht wahr ist!«

»Ach, scheiß drauf!« Wie kam ich nur auf die verfluchte Idee, ihm die Wahrheit zu sagen? Wie kam ich nur auf den Gedanken, dass er einmal auf meiner Seite sein könnte?

»Du trinkst exzessiv Alkohol, wirst verhaftet und jetzt greifst du auch noch deinen Dozenten an?« Er brüllt so laut, dass ich befürchte, Sara könnte wach werden.

»Er hat mich bis aufs Blut gereizt und …«

»Das ist aber doch kein Grund, so die Kontrolle zu verlieren.«

»Du hörst mir einfach nie zu«, murmle ich zähneknirschend. Doch meine Worte haben ihn mal wieder nicht erreicht, denn er starrt mich nur aus seinen stechend blauen Augen an. Es ist sinnlos.

»Bisher hast du noch nichts Anständiges geleistet in deinem Leben und jetzt verspielst du deine einzige Chance. Wie dumm kann man in deinem Alter sein? Wie lange willst du mir noch auf der Tasche liegen?«

Mit einem Mal überkommt mich unbändige Wut. *»Dir?«* Meine eigene Stimme dröhnt mir in den Ohren. »Soviel ich weiß, verdient Kate den größten Teil des Geldes. Du bist wohl nicht derjenige, der sich dieses Haus leisten kann. Machst nur einen auf Macho und lässt dich von deiner Frau aushalten.«

Marco holt aus, seine Hand klatscht in mein Gesicht.

Ein brennender Schmerz frisst sich in meine Wange. Mir klappt der Kiefer herunter, so entsetzt bin ich. Über die Ohrfeige, aber auch über meine haltlosen Anschuldigungen.

Einige Atemzüge lang starren wir uns an, zu keiner Reaktion fähig. Mein Herz rast und das Blut rauscht in meinen Ohren.

Dann kehrt Marco mir den Rücken zu. »Pack deine Sachen und verschwinde, ich will dich hier nicht länger sehen.« Seine Stimme ist überraschend belegt und kaum hörbar.

Es musste einfach raus. Nie hat er sich um mich gekümmert und jetzt *liege ich ihm auf der Tasche*. Das ist das einzige, was ihm Sorgen bereitet. Ich bin ihm noch unwichtiger, als ich gedacht habe.

Kaum ist er aus der Tür, reiße ich die nötigsten Klamotten aus dem Schrank und stopfe sie in meine Trainingstasche. Den Koffer werde ich hierlassen, sowieso nur unnötiger Ballast. Ich bin völlig neben der Spur, fast hätte ich den Bilderrahmen mit Mamas Foto auf dem Nachttisch vergessen. Rasch schnappe ich ihn mir und quetsche ihn so lange in die Tasche hinein, bis der Reißverschluss sich endlich schließen lässt.

Als ich den dunklen Flur entlanglaufe, kommt mir Sara in den

Sinn und ich verharre für einen Moment auf der Stelle. Ich spüre ein schmerzhaftes Ziehen in der Brust. Zu gerne hätte ich sie noch einmal in den Arm genommen. Aber ich werde sie nicht wecken. Es würde uns beiden nur unnötig wehtun.

Gut sichtbar lasse ich meinen Hausschlüssel auf dem Küchentresen zurück.

Dunkelheit umgibt mich, als ich ins Freie trete und ich die Tür hinter mir ins Schloss ziehe. Das Gefühl von Einsamkeit überfällt mich aus dem Hinterhalt und nimmt mich ein. Jetzt habe ich auch noch den letzten Rest meiner Familie verloren. Der wichtigste Mensch ist mir genommen worden, und mein Vater will mich nicht. Nichts scheint noch einen Sinn zu ergeben.

Wenn das Leben hart zu dir ist, sei noch härter zu dir selbst, erst dann wirst du etwas erreichen, flüstert Mamas Stimme in meinem Kopf. Ob sie mir das in dieser Situation auch geraten hätte?

Ich atme tief durch, um jegliche Emotion konsequent von mir zu schieben.

Es gibt nur noch eine Person, die mir nahesteht und zu der ich gehen kann.

Mae.

Es ist spät, ich will ihren Eltern nicht zur Last fallen. Aber ich muss ihr zumindest erzählen, was geschehen ist. Von Angesicht zu Angesicht. Ich will nicht, dass sie zuerst Archers Lügen morgen Früh in der Academy hört.

Ich krame mein Smartphone hervor, um ihr eine Nachricht zu schreiben, und entdecke eine Mitteilung von Miles. Über zwei Stunden zu spät.

Sorry, Alter. Meine Mum hatte einen Autounfall, mussten ins Krankenhaus. Nichts Schlimmes, nur zur Sicherheit. Sehen uns morgen. Miles.

Das Schicksal ist ein echt mieses Arschloch. Hätte es den Unfall nicht gegeben, wäre das alles nicht passiert. Womit habe ich das verdient?

Es ist bereits halb elf. Ich sollte mich schnellstens auf den Weg machen, bevor Mae eingeschlafen ist. Diesmal werde ich allerdings nach Chinatown joggen, mir den ganzen Ärger von der Seele laufen.

Rasch tippe ich eine Nachricht in mein Smartphone.

Bist du noch wach?

Ja! Alles in Ordnung?

Die Lippen fest aufeinander gepresst, streiche ich mir durchs Haar. Mae scheint eine feine Antenne dafür zu haben, wann es mir schlecht geht.

Nicht wirklich. Kann ich vorbeikommen? Muss mit dir reden.

Sicher. Schreib mir eine Nachricht, wenn du unten bist, dann mach ich dir auf.

Nachdem ich mir die kürzeste Route auf Google Maps herausgesucht habe, renne ich los. Ich habe zwar nur leichtes Gepäck dabei, trotz allem stört die Tasche über meiner Schulter. Mittlerweile ist es so kalt geworden, dass Atemwölkchen meinem Mund entweichen und meine Lungen schon nach kurzer Zeit brennen.

Als ich endlich den Fußgängerweg der *Manhattan Bridge* erreiche, zucke ich beim nervtötend lauten Rauschen der Subway zusammen. Rasch krame ich meine Kopfhörer aus der Tasche und setze sie mir als Lärmschutz auf. Besser russischer Metal im Ohr als dieses Rattern der Schienen. Der Blick hinüber zur beleuchteten *Brooklyn Bridge* bleibt dennoch einzigartig. Ein Lichtermeer spiegelt sich auf der Oberfläche des *East Rivers*, die nächtliche Skyline Manhattans im Hintergrund, deren Wolkenkratzer wie Edelsteine funkeln. Wenn ich New York nicht so hassen würde, könnte ich mich jetzt darin verlieben.

Von Weitem kann ich Chinatown erkennen, das mit seinen grellen Lichtern von hier oben fast surreal wirkt.

Völlig erschöpft erreiche ich schließlich nach vierzig Minuten die *Canal Street*. Grelle Leuchtreklametafeln mit chinesischen Schriftzeichen heißen mich willkommen. Manche Läden haben noch immer geöffnet, die Händler bieten kitschige Souvenirs feil. Rücklichter vereinzelter Fahrzeuge leuchten ab und zu im Dunkeln auf, in der Ferne wird das Knattern eines Mopeds laut. Chinatown schläft nie.

Maes Fenster im ersten Stock ist erleuchtet, sie scheint auf mich zu warten. Wenn die Feuerleiter ausgefahren wäre, könnte ich mühelos zu ihr hinaufklettern und wir müssten nicht Gefahr laufen, dass ihre Eltern uns hören. Aber so muss ich dieses Risiko wohl eingehen.

Ich tippe eine Nachricht an Mae in mein Smartphone:

Bin da.

Kurz darauf geht die Eingangstür auf und Mae steht vor mir. In ihren Augen liegt Sorge. Und gleichzeitig so viel Wärme.

»Juri!« Ihre Stimme ist so sanft, wirkt wie Balsam auf meine Seele.

Ich bin unfassbar erleichtert, sie zu sehen. Es fühlt sich an, als wäre ich nach einer langen, beschwerlichen Reise zu Hause angekommen. »Mae«, hauche ich. Ich reiße sie an mich und drücke sie so fest, dass sie unter mir aufkeucht.

Sie löst sich von mir.

Ich tauche ein in ihren Blick, der mir das Gefühl gibt, alles überstehen zu können. Die Leere in meinem Inneren füllt sich mit Hoffnung. Hoffnung, dass alles gut wird. Ich bin nicht allein. Gleichzeitig kribbelt meine Nase und ich nehme einen verräterischen Druck hinter meinen Lidern wahr.

Nein, ich werde jetzt nicht heulen. Es gibt keinen Grund dazu. Außerdem würde ich Archer jetzt und auch in Zukunft die Nase brechen, wenn er mir gegenüber übergriffig wird.

Leise steige ich hinter Mae die Stufen hinauf.

Doch leider nicht leise genug.

Am Treppenabsatz erwartet uns Maes Mum, die Hände abwartend in die Hüften gestemmt.

Ich hätte es mir denken können.

Mit gerunzelter Stirn sieht sie mich an.

»Mrs Sun«, sage ich müde und folge Mae in die beleuchtete Küche.

Mrs Sun zieht einen Küchenstuhl zurück und bietet ihn mir an. Es ist mehr eine Aufforderung als eine Bitte. »Was ist der Grund, warum du mitten in der Nacht hier aufkreuzt?« Sie füllt ein Glas mit Wasser und reicht es mir. »Trink das, Junge. Du siehst aus, als wäre der Leibhaftige hinter dir her gewesen.«

Nachdem ich das Glas in einem Zug geleert habe, drücke ich es ihr wieder in die Hand. »Mein Dad hat mich rausgeschmissen. Wir kommen einfach nicht miteinander aus.« Ich blicke hinab auf meine Schuhe, ich will ihre Reaktion nicht sehen. Die Erinnerung an das Gespräch mit Marco steigt wieder in mir hoch und ich muss schwer schlucken.

Auf einmal spüre ich eine Hand auf meiner Schulter. »Ich beziehe dir unten die Matratze, du kannst fürs Erste bei uns bleiben. Dann sehen wir weiter.«

Als Mrs Sun nach unten verschwindet, werfe ich Mae einen verwunderten Blick zu.

Die zuckt bloß mit den Schultern. »Sie ist gar nicht so hart wie sie immer vorgibt. Ihr Herz ist butterweich.«

Ich nicke und verziehe die Lippen zu einem halben Lächeln.

»Mae, da ist noch etwas, was ich dir sagen muss«, bringe ich schließlich nach einer kurzen Pause hervor. Ich raufe mir die Haare, überlege, wie ich am besten damit rausrücke. Das alles fällt mir unendlich schwer. Es ist besser, ich bringe es ihr schonend bei. »Miles kam nicht zur Probe.«

Mae sieht mich abwartend an. Weiß sie eigentlich, wie sehr sie mit dieser Geste ihrer Mutter ähnelt?

»Dafür kam Archer.« Ich schlucke hart und weiche Maes bestürztem Blick aus. »Er schien nur darauf gewartet zu haben, mich allein anzutreffen.«

Sorgenfalten erscheinen auf Maes Stirn.

»Er hat mich …« Ich sollte nicht ins Detail gehen. »Es kam zu Handgreiflichkeiten. Dabei habe ich ihm die Nase gebrochen, worauf er mir gesagt hat, ich soll mich nie wieder blicken lassen.« Jetzt ist es raus. Ich schließe für einen Moment die Augen und hole tief Luft.

Mae schnappt nach Luft und schlägt die Hand vor den Mund. »Das bedeutet, er hat dich angefasst, nicht wahr?« Tränen schießen ihr in die Augen, die sie energisch wegblinzelt. »Dieses miese

Stück Scheiße. Du musst etwas unternehmen, du darfst das nicht einfach so hinnehmen!«

»Es gibt nichts, was ich tun kann.«

»Er hat dich sexuell belästigt und das mehrfach.« Maes Stimme überschlägt sich beinah. »Und du hast dich nur verteidigt.«

Ich schüttele müde den Kopf. »Es tut mir so leid, Mae.« Es kostet mich große Mühe zu sprechen. Meine Kehle ist bestückt mit Reißzwecken, jedes Wort schmerzt.

»Was tut dir leid?« Ihre Stimme zittert. Sie sieht genauso verzweifelt aus, wie ich mich fühle.

»Dass ich nicht mit dir tanzen kann. Ich werde nichts gegen ihn unternehmen. Und ich bitte dich darum, es auch nicht zu versuchen.«

»Du musst zu Coleman gehen, es führt kein Weg daran vorbei. Wenn du es nicht tust, werde ich es tun!«

Ich fasse sie mit einem eindringlichen Blick an den Handgelenken. »Das wirst du nicht, Mae. Du musst es mir versprechen. Du hast zu hart dafür gearbeitet, dass dieses Arschloch dich jetzt aus einem perfiden Grund von der Schule wirft.«

Ihre Augen schimmern glasig. »Aber jemand muss ihm das Handwerk legen, sonst wird anderen das Gleiche widerfahren.« Mae befreit sich aus meinem festen Griff und dreht mir den Rücken zu. Ich weiß, sie steht kurz davor, in Tränen auszubrechen.

»Wir haben keine Beweise, Mae. Aussage steht gegen Aussage. Ich möchte nicht, dass du dich für mich ins Unglück stürzt. Wenigstens einer von uns muss seinen Traum le…«

Mrs Sun erscheint auf dem Treppenabsatz.

Mein Herz macht einen Satz und ich verstumme augenblicklich. Sie muss etwas von unserem Gespräch mitbekommen haben. Ich habe sie nicht die Stufen hochkommen hören. *Blját!* So ein verfluchter Mist!

»Ich habe alles für dich vorbereitet.« Wenn sie gelauscht hat, lässt sie es sich zumindest nicht anmerken. Ihre Miene ist so ausdruckslos wie immer. »Es ist wohl besser, ihr geht jetzt ins Bett.« Sie wirft Mae einen auffordernden Blick zu, der unmissverständlich zu verstehen gibt, dass wir unser Gespräch beenden sollen.

Mae stößt einen tiefen Seufzer aus und nimmt mich kurz in den Arm. »Wir reden morgen weiter.« Mitfühlend fasst sie mich an der Schulter und geht dann an ihrer Mum vorbei, die wie ein Aufpasser an Ort und Stelle steht, direkt in ihr Zimmer.

Ich bedanke mich noch einmal bei ihrer Mum, erhebe mich und laufe mit schleppenden Schritten die Wendeltreppe hinunter.

Mrs Sun hat eine alte Matratze mit einem Laken bezogen und mit Decke und Kissen für mich bereitgestellt. Ich lasse mich darauf nieder, lege mich auf den Rücken, alle Viere ausgestreckt und starre an die Wand. Die vergangenen Stunden kommen mir so unwirklich vor. Als wäre das hier ein böser Traum, aus dem ich aufwachen kann, wenn ich mich nur fest genug kneife.

Es kostet mich meine letzte Kraft, nicht in Tränen auszubrechen. *Wenn das Leben hart zu dir ist, sei noch härter zu dir selbst …*

Ich versuche, nicht an Mama zu denken. Doch es gelingt mir nicht. Abgesehen vom Tanzen hat sie mir immer alle Freiheiten gelassen. Wenn ich gewollt hätte, hätte ich jede Nacht ein anderes Mädchen mit nach Hause nehmen können – ganz im Gegensatz zu Mrs Sun, die offenbar konservative Ansichten pflegt. Doch mein Zuhause war mir heilig, ich habe nie ein Mädchen gehabt, das mir so viel bedeutete, dass ich es Mama hätte vorstellen wollen.

Wie gerne hätte ich ihr Mae vorgestellt, ich bin mir sicher, sie hätte sie gemocht.

Ich werde sie nie wieder um Rat bitten können.

Was hätte sie wohl an meiner Stelle getan?

Mae

Rasch schließe ich die Tür hinter mir und setze mich aufs Bett. Juri wird nicht mehr in die Academy gehen. Diese Erkenntnis erschüttert mich so tief, dass mich mit einem Mal grenzenlose Verzweiflung überkommt. Wenn ich ihm nur helfen könnte …

Natürlich hat er recht. Wenn ich zu Coleman gehe, laufe ich ebenfalls Gefahr, wegen Verleumdung mein Stipendium zu verlieren. Ich habe keine Beweise.

Mit hängendem Kopf stütze ich mich auf der Bettkante ab und versuche, gleichmäßig zu atmen. Ein leises Schluchzen befreit sich aus meiner Kehle, ehe heiße Tränen meine Wange hinabrinnen. Nach dem Tod seiner Mutter gab es keinen, der ihn aufgefangen hat. Ich kann mir kaum vorstellen, wie furchtbar das für ihn gewesen sein muss. Und jetzt geht auch noch der letzte Teil seiner Familie zu Bruch und er verliert seinen Platz an der Academy durch so ein Schwein von Dozenten. Dabei war das Tanzen immer das, was Juri am meisten bedeutet hat.

Ich kann ihn auf keinen Fall im Stich lassen. Juri hat so unglaublich traurig ausgesehen. Daher nehme ich mir vor, eine halbe Stunde zu warten, bis alle eingeschlafen sind. Mum hat einen festen Schlaf, wenn sie einmal eingeschlummert ist, kriegt man sie so schnell nicht wach. Nie hätte sie meine Frage gutgeheißen, ob Juri bei mir im Zimmer schlafen kann, dazu ist sie einfach zu altmodisch. Vermutlich bestünde sie sogar auf getrennte Schlafzimmer, wenn ich verheiratet wäre. Doch Mums altertümliche Vorstellung ist jetzt Nebensache. Ich werde Juri nicht alleine lassen. Und wenn sie uns zusammen erwischt, ist mir das auch egal. Alles, was jetzt zählt, ist, dass ich für Juri da bin.

Dreißig Minuten später öffne ich meine Tür einen Spalt breit und luge um die Ecke.

Unter der Türritze des Schlafzimmers meiner Eltern sickert kein Licht mehr durch. Erleichtert atme ich auf und schleiche mit T-Shirt und Pyjamahose bekleidet aus meinem Zimmer. Barfuß tapse ich den Flur entlang. Bevor ich die Wendeltreppe hinabsteige, lausche ich mit angehaltenem Atem in die Stille.

Nichts.

»Juri?«, rufe ich mit gesenkter Stimme, als ich unten angekommen bin. »Bist du wach?«

Langsam gewöhnen sich meine Augen an die Dunkelheit. Dank des Vollmonds fällt ein Lichtschimmer durchs Fenster, vor dem sich Juris Silhouette dunkel abhebt.

Er bewegt sich. »Ja. Komm zu mir.«

Ich schlüpfe unter die gelüpfte Bettdecke und kuschle mich an ihn. »Es tut mir so leid«, flüstere ich und blicke in Juris Gesicht, das jetzt im fahlen Licht zu erkennen ist.

»Es muss dir nicht leidtun. Das letzte, was ich jetzt ertragen kann, ist Mitgefühl. Das Schicksal wollte es so.«

»Nein, Juri, das ist vollkommener Blödsinn. Es wird sicher eine Lösung geben.«

Juri dreht sich zu mir und nimmt mein Gesicht in seine Hände. »Und wenn nicht? Die Welt wird sich weiterdrehen, auch ohne mich an der Academy.«

Stille breitet sich zwischen uns aus. In meinem Kopf herrscht heilloses Durcheinander. Ich lausche eine Weile unserem regelmäßigen Atem, doch dieses Thema ist für mich noch lange nicht vom Tisch. *Du darfst nicht einfach so aufgeben*, möchte ich ihn anflehen. Aber jeder Satz, der mir in diesem Moment einfällt, erscheint mir bedeutungslos. Alles, was ich Juri jetzt geben kann, ist Trost und Liebe.

Ich streiche ihm sanft über den Kopf und liebkose sein Gesicht mit zarten Küssen.

»Es war so widerlich«, sagt Juri nach einer Weile mit belegter Stimme. »Er hat nach Alkohol gestunken und ist mir so nahe gekommen, dass mir fast übel wurde. Dann hat er sich die Hose runtergezogen.« Juri schluckt.

»Und was ist dann passiert?«, frage ich mit gebrochener Stimme. Ich wage es kaum zu atmen, so fürchte ich mich vor dem, was als nächstes kommt.

»Bevor ich mich versah, hat er mich am Arm gepackt und ich hatte seinen steifen Schwanz in der Hand.«

Es schüttelt mich bei dem Gedanken, doch ich sage kein Wort. Offenbar muss Juri sich das von der Seele reden.

»Immer, wenn ich die Augen schließe, sehe ich das hässliche Muttermal an seiner rechten Leiste vor mir. Ich kriege das Bild einfach nicht aus meinem Kopf.« Juri stößt schwer den Atem aus und streicht sich durchs Haar. »Ich habe einfach rotgesehen.«

»Du hast dich gewehrt, das ist alles. Das, was er dir angetan hat, ist schlimmer als jeder Schlag ins Gesicht.« Ein Schauer durchrieselt mich, als Juris Hand sanft meinen Arm entlangfährt. Ich möchte ihm so gerne dabei helfen, die schlimmen Erinnerungen zu vergessen, und küsse ihn auf den Mund.

Juri stöhnt leise, als unsere Zungen aufeinandertreffen und sich sanft umschmeicheln. Auch ich erzittere einen Moment lang, als hätte mich ein kleiner Stromschlag durchzuckt.

Unsere Kussgeräusche vermischen sich mit unserem Atem in der Dunkelheit. Ich taste nach seinem Shirt, lasse meine Hand darunter gleiten, streiche über seine Muskeln und den harten Brustkorb.

»Zieh das aus«, wispere ich ihm zu.

»Was hast du vor?« Juris leises Lachen vibriert durch meinen Körper. »Willst du jetzt das Schicksal herausfordern? Deine Mutter kann uns jeden Moment entdecken.«

Ich muss grinsen. »Sie ist nachtblind. Um die Treppe runterzukommen, muss sie das Licht anschalten.« Dann setze ich mich auf und entledige mich rasch meines T-Shirts. Ich will ihn spüren, meine Haut auf seiner Haut. Keine einzige Lage Stoff soll mehr zwischen uns sein.

Juris Augen schimmern aus der Dunkelheit heraus. Zügig

kommt er meiner Bitte nach und streicht sich ebenfalls sein Shirt über den Kopf. »Wenn das so ist, mach da weiter, wo du gerade aufgehört hast.«

Grinsend lege ich mich mit nacktem Oberkörper auf ihn. Ich spüre ein Ziehen in meinem Unterleib, wie ich es schon einmal mit ihm empfunden habe. Das ist pures Verlangen, ich will ihn in mir fühlen.

Unsicherheit flackert in Juris Augen auf. »Bist du sicher, dass du bereit dafür bist?«, fragt er mit rauer Stimme. »Vielleicht sollten wir noch …«

»Ich will nicht länger warten«, unterbreche ich ihn und ersticke jeden weiteren Einwand, indem ich meine Lippen auf seine drücke. Meine Zunge bahnt sich einen Weg in seinen Mund.

Er küsst mich so sanft und zärtlich, als wäre ich etwas Zartes, was unter ihm jeden Moment zu Staub zerfallen könnte.

Ich halte es nicht aus, ich will mehr. Erwidere seinen Kuss voller Leidenschaft. Gierig und wild.

Juri schlingt seine Arme um mich und streicht sanft mit seinen Händen über meinen Rücken, bis hinunter zu meinem Po, was das Kribbeln in meinem Unterleib noch verstärkt.

Ich dränge mich gegen ihn und spüre seine Erektion durch den dicken Stoff seiner Jogginghose. Wir reiben uns aneinander und es macht mich rasend, als meine Mitte immer heißer wird und brennt. Wir bringen uns gegenseitig so auf Touren, bis ich hastig aus meiner Pyjamahose schlüpfe.

Nachdem Juri es mir gleichgetan hat und nur noch in Boxershorts bekleidet ist, lege ich mich auf den Rücken und fasse nach seinen Händen. Ich lege sie auf meine Brüste, damit er langsam meinen Körper erkundet.

»Du glaubst nicht, wie sehr ich mich danach gesehnt habe«, sagt er mit rauer Stimme, während er mich streichelt und meine Brustwarzen härter werden lässt. »Nach deiner weichen Haut, der Rundung deiner Brüste, dich überall fühlen zu dürfen …« Juri nimmt meinen Nippel in seinen Mund, leckt und saugt daran, während heisere Laute der Lust aus meiner Kehle hervordringen.

Natürlich weiß er genau, wo er mich anfassen muss, damit ich schier verrückt werde.

Dann geht er ein Stück auf Abstand und lässt seinen Blick über meinen Körper wandern. »Du bist so wunderschön, Mae.« Seine Stimme klingt rau und zärtlich zugleich. In seinem Gesicht kann ich nichts anderes als Leidenschaft und pures Verlangen erkennen.

Ich schlinge die Arme um seinen Nacken und ziehe ihn wieder zu mir heran.

Er beugt sich herab. Seine Lippen hinterlassen eine heiße Spur auf meiner Haut, als sein Mund sich über meine Schulter bis zu meinem Hals bewegt und dort sanft hineinbeißt.

Ein Stöhnen entfährt mir, ich habe nicht gewusst, wie empfindlich ich an dieser Stelle bin.

»Noch nie habe ich jemanden so sehr begehrt wie dich«, haucht Juri an meinen Lippen. »Ich bin verrückt nach dir.«

»Hör niemals auf damit«, flüstere ich, während meine Hände in sein weiches, welliges Haar greifen. Ich will ihn um den Verstand küssen, ihn zum Stöhnen bringen und ihm ein tiefes Gefühl der Lust bescheren, so, wie er es mit mir macht.

Ich streife ihm die Boxershorts über seinen festen Po.

»Gott, Mae …« Juri stößt keuchend den Atem aus, als ich meine Finger um seine Erektion schließe und ihn streichle. Niemals hätte ich gedacht, dass ich den Mumm dazu habe, doch jetzt fühlt es sich wie die natürlichste Sache der Welt an.

»Ich will dich in mir spüren. Bitte, Juri …«, flehe ich und spreize meine Schenkel für ihn. Plötzlich schießt mir ein Gedanke siedend heiß durch den Kopf. »Hast du daran gedacht …«

»Pssst«, sagt er und legt den Zeigefinger auf meine Lippen. »Bleib, wo du bist und rühr dich nicht von der Stelle.«

Ich höre einen Reißverschluss ratschen, danach folgt ein Rascheln.

Mein Herz flattert hektisch in meiner Brust. Mit einem Mal bin ich furchtbar aufgeregt. Mein erstes Mal steht kurz bevor. Mit dem Mann, den ich liebe.

Adrenalin flutet meinen Körper. In Erwartung seiner nächsten Berührung wird mir schwindlig vor Nervosität.

Mit einem verschmitzten Grinsen hält Juri das Kondom in die Luft und reißt die Verpackung auf.

»Bist du in Ordnung?«, versichert er sich, kaum, dass er es übergestreift hat.

Ich nicke und schenke ihm ein erwartungsvolles Lächeln.

Juri beugt sich über mich und ich hebe ihm mein Becken entgegen, sodass er sanft in mich hineingleitet.

Ich spüre ein kurzes Brennen, das augenblicklich von meiner Lust fortgespült wird, als Juri beginnt, sich langsam in mir zu bewegen. Feuchte Hitze sammelt sich in mir und ich nehme ihn immer tiefer in mir auf.

»Du fühlst dich so verdammt gut an …« Juris Gesicht verzieht sich lustvoll im Schein des Mondes. Sein Blick ist so tief und intensiv, dass mein Verlangen nach ihm noch stärker wird.

Ich passe mich seinem Rhythmus an und schlinge meine Beine um seine Taille.

Juris Stöße werden immer schneller. Und härter. Es fühlt sich unbeschreiblich gut an.

»Mae, ich will, dass du dein erstes Mal nie vergisst.«

»Das werde ich sicher nicht. Niemals.« Ich verflechte seine Finger mit meinen, während heiße Wogen in mir aufsteigen.

Juri legt den Kopf in den Nacken, beginnt zu keuchen und ich stöhne im Einklang mit ihm, während wir uns aneinander festkrallen. Dieses Gefühl in mir wird immer stärker, bis eine alles verzehrende Hitze in mir aufsteigt und kurz darauf eine gewaltige Woge meinen Körper erzittern lässt.

Fast im gleichen Moment bricht Juri verschwitzt über mir zusammen.

Langsam kommen wir wieder zu Atem. Wir bewegen uns nicht, Juri liegt noch immer auf mir und hält mich fest umschlungen. Es fühlt sich an, als würden wir miteinander verschmelzen.

Als ich um 7:30 Uhr am nächsten Morgen von meinem Wecker aus dem Schlaf gerissen werde, haftet Juris wundervoller Geruch noch in meiner Nase. Nur er liegt nicht neben mir. Ich bin erst gegen 6 Uhr in mein Zimmer geschlichen – vorher konnten wir nicht voneinander lassen – und bin sofort eingeschlafen. Ich weiß wirklich nicht, wie ich den heutigen Tag an der Academy überleben soll. Völlig übermüdet. Und ohne Juri.

Rasch gehe ich ins Bad, putze mir die Zähne und spritze mir kaltes Wasser ins Gesicht. Danach ziehe ich mir eine Jeans und einen schwarzen Pullover an, binde meine Haare zu einem Pferdeschwanz und schlüpfe in meine Sneakers.

In der Küche sitzt Juri bereits fertig angezogen neben meinem Vater und schenkt mir ein zärtliches Lächeln, das eine warme Brise durch meinen Körper sendet.

Die gestrige Nacht hat uns noch enger zusammengeschweißt. Wir gehören zusammen, uns kann nichts auseinanderbringen.

Wir haben entschieden, so zu tun, als ob alles seinen normalen Gang nimmt. Juri und ich gehen zur Academy so wie jeden Tag in der Woche. Mum und Dad sollen nicht wissen, dass Juri sich nicht mehr dort blicken lässt und von der Geschichte mit Archer erst recht nicht. Wer weiß, wie sie reagieren würden. Meine Mum hat einen sehr kämpferischen Charakter. Es würde zu ihr passen, dass sie bei Coleman anrückt, weil sie denkt, sie könnte uns damit helfen. Aber vermutlich würde sie alles noch schlimmer machen. Wenn das überhaupt möglich ist.

»Hast du gut geschlafen, Mae?«, fragt Juri und gießt mir eine Tasse Tee ein.

Wir tauschen einen verschwörerischen Blick und ich habe Mühe, ein Grinsen zu unterdrücken. »So gut wie schon lange nicht mehr.«

Er greift über den Tisch nach meiner Hand und streicht mit den Daumen über meinen Handrücken. Diese sanfte Berührung verursacht ein leichtes Prickeln auf meiner Haut.

»Hier, für dich.« Er schiebt mir einen Teller mit einem dick belegten Käse-Schinken-Sandwich entgegen.

Ich werfe einen gequälten Blick darauf. »Das krieg ich unmöglich runter.«

»Was isst du denn sonst zum Frühstück?«, will er wissen.

»Meist gar nichts«, mischt sich Dad ein und sieht mich vorwurfsvoll an. »Ein halbes Sandwich mit Erdnussbutter und Banane ist das höchste der Gefühle.«

»So früh am Morgen habe ich einfach noch keinen Appetit«, verteidige ich mich. »Komm lass uns gehen.« Gleich von zwei Leuten wegen meiner Ernährungsgewohnheiten kritisiert zu werden, ist zu viel des Guten.

»Dann nimm dir wenigstens die Banane für den Weg mit«, sagt Juri und hält sie mir mit aufforderndem Blick hin.

»Schon gut.« Ich rolle mit den Augen und reiße sie ihm seufzend aus der Hand. »Und jetzt komm.«

»Du hast es aber eilig heute.« Dad setzt seine Lesebrille von der Nase und mustert mich forschend.

Ich zucke mit erzwungener Ruhe die Schultern und wende mich ab.

»Ich kann das einfach nicht«, sage ich, als wir endlich draußen auf der Straße sind. »Ich bin nicht gut darin, meinen Eltern etwas vorzuspielen.«

»Ist es dir unangenehm, dass ich bei euch geschlafen habe?« Juri hebt fragend die Augenbrauen. »Ich kann das verstehen. Deshalb werde ich mir schnellstens eine andere Bleibe suchen.«

»Nein!« Ich bleibe stehen und streiche mir in einer hilflosen Geste den Pferdeschwanz glatt. »So war das doch nicht gemeint.« Schnell greife ich nach Juris Hand. »Du kannst so lange bleiben, wie du willst. Ich habe nur ein furchtbar schlechtes Gewissen, sie anzulügen.«

An der Metro Station bleibe ich stehen, um mich von Juri zu verabschieden.

»Was hast du jetzt vor?«, will ich wissen.

Sein Blick verliert sich im Verkehrschaos der *Grand Street.* »Ich werde mir fürs Erste eine Arbeit suchen. Ich will nicht auf anderer Leute Kosten leben, verstehst du?«

Ich schiebe meine Hände in die Taschen meiner Jeansjacke. »An was hast du gedacht?«

»Egal was. Mach dir um mich keine Sorgen, ich schlag mich irgendwie durch.« Juri sieht mich an, ein kleines Lächeln auf den Lippen, greift mich am Kragen meiner Jacke und zieht mich dicht zu sich heran. »Und jetzt konzentrier dich aufs Tanzen, *Malyschka.*« Seine Lippen berühren unerträglich kurz die meinen, ehe er mir mit der Hand über meine Wange streicht, was einen prickelnden Funkenschauer auf meiner Haut hinterlässt.

»Wir sehen uns heute Abend.« Dann dreht er sich um und geht davon, ohne sich noch ein einziges Mal umzusehen.

Ich blicke ihm nach, wie er im Strom der vielen Menschen schwimmt, um nach wenigen Metern zwischen ihnen unterzugehen.

Ein beklemmendes Gefühl macht sich in mir breit, als ich die Academy betrete. Alle werden mich mit ihren Fragen bombardieren: Wo ist Juri? Was ist passiert? Wie konnte es dazu kommen?

Den Blick fest auf den Boden geheftet, steige ich die Stufen hinauf. Es soll mich bloß niemand ansprechen. Ich fühle mich nicht in der Lage, irgendwelche Lügen zu erfinden. Erst gibt Bonnie auf und jetzt bleibt auch Juri noch weg, aus einem Grund, den niemand erfahren darf. Ich seufze leise. Am liebsten würde ich mich in meinem Bett verkriechen und alles um mich herum ausblenden. Zusammen mit Juri.

Die Vorstellung, nie mit ihm auf der Bühne zu tanzen, macht mich fertig. So gerne ich Miles habe, es ist einfach nicht dasselbe mit ihm. All meine Gefühle für Juri liegen in unserem Pas de Deux.

Der Tag verläuft noch grausamer, als ich ihn mir ausgemalt habe. In der ersten Ballett-Klasse nimmt noch alles seinen gewohnten Gang. Vonseiten der Dozenten wird Stillschweigen gehalten. Auch in der nächsten Stunde, Charaktertanz, die ich normalerweise zusammen mit Juri habe, hält niemand es für nötig, eine Erklärung abzugeben, so, als hätte er an dieser Academy nie existiert.

Während des Trainings merke ich, dass mir die nötige Energie fehlt, die meiste Zeit bin ich mit den Gedanken woanders. Ich mache mir Sorgen um Juri. Wie soll es jetzt nur weitergehen? Er könnte sich an einer anderen Academy bewerben. Aber was, wenn Archer ihn bei sämtlichen Schulen New Yorks in Misskredit gebracht hat? Ob er wirklich noch so viel Einfluss hat?

Meine Laune schwankt zwischen Weltuntergangsstimmung und Selbsterhaltungstrieb. Bei jeder Ecke, um die ich biege und bei jedem Studio, das ich betrete, hoffe ich, dass Juri auftaucht, es alles nur ein böser Scherz war und wir mit den Proben fortfahren können. Bis mir Archer auf dem Gang entgegenkommt und mich seine einbandagierte Nase auf den harten Boden der Tatsachen katapultiert.

Mein Brustkorb verengt sich augenblicklich und mir stockt der Atem. Ich schlucke trocken, als ich bei näherem Hinsehen die Blutergüsse in seinem Gesicht erkenne.

Er kommt näher. Und sein Blick trifft mich bis ins Mark. Seine Augen fixieren mich, nageln mich fest, als wollte er mir sagen: *Nimm dich nur in Acht!*

Jemand, der andere sexuell nötigt und Drohungen ausspricht, mit dem ist nicht zu spaßen. Er weiß, dass ich eingeweiht bin. Es ist eine stumme Warnung, die mich einschüchtern soll.

Das ist ihm mehr als gelungen.

Mühsam halte ich den Atem ruhig, doch meine Beine drohen jeden Moment nachzugeben. In meinem Inneren treten die unterschiedlichsten Emotionen gegeneinander an: unsägliche Wut, aufschäumender noch nie gefühlter Hass – und Angst. Kurz bevor er an mir vorbei geht, senke ich die Lider. Ich bin nicht stark genug, um seinem eisigen Blick standzuhalten.

Als er endlich an mir vorüber ist, ziehe ich scharf die Luft ein und wische mir die schweißfeuchten Hände unauffällig an meiner Trainingshose ab. Ich zittere am ganzen Körper, doch ich zwinge mich, einen Fuß vor den anderen zu setzen. Bloß kein Aufsehen erregen, sonst könnten die anderen misstrauisch werden.

Zumindest ist Archer dieses hämische Grinsen ein für alle Mal vergangen. Was wohl in ihm vorgeht? So selbstsicher, wie er sich gibt, ist er bestimmt nicht.

Ich habe noch nie einen Menschen gehasst, doch Archer verabscheue ich auf eine Art, die mir Angst bereitet. Mein Bedürfnis nach Gerechtigkeit ist so groß, dass ich zum ersten Mal in meinem Leben Rachegelüste verspüre. Irgendwann, wenn der richtige Zeitpunkt da ist, wird er bekommen, was er verdient. Dafür werde ich sorgen.

Es kostet mich unendlich viel Überwindung, das Studio der Pas de Deux-Klasse zu betreten.

Mein ungutes Gefühl trügt mich nicht. Sogleich überfällt mich die Erinnerung daran, wie Juri und ich unser Finale getanzt haben und mir steigen Tränen in die Augen. Verstohlen wische ich mit den Fingern am unteren Lidrand entlang und stelle mich ans Fenster. Bis zum Eintreffen der Dozentin schaue ich hinaus, damit niemand es wagt, mich anzusprechen.

»Juri wird von nun an durch Miles ersetzt«, verkündet Mrs Jones, unmittelbar nach ihrem Erscheinen. »Er wird nicht mehr wiederkommen. Mr Coleman hat ihn von der Academy verwiesen.« Sie ist die erste, die in meiner Anwesenheit seinen Namen erwähnt.

Verwunderte Blicke werden getauscht.

»Aber was hat Juri getan?«, fragt Lyn. Ihr Blick huscht zu mir herüber, doch ich wende mich schnell ab.

Mrs Jones atmet einmal tief durch, ihr ist das Thema sichtlich unangenehm. »Gut, ihr habt schließlich auch ein Recht darauf, es zu erfahren. Juri hat Mr Archer ohne ersichtlichen Grund die Nase gebrochen. Offenbar hat er ein psychisches Problem, denn das war nicht das erste Mal, dass er handgreiflich geworden ist.«

Die Umstehenden keuchen auf, ein erstauntes Raunen geht durch die Gruppe.

Das ist eine schreiende Ungerechtigkeit! Die Wut treibt mir Röte ins Gesicht und eine ungeheure Hitze breitet sich in mir aus. So hat Archer also die ganze Angelegenheit erklärt? Juri sei gewaltbereit und nicht zurechnungsfähig?

Ich kämpfe mit den Tränen, kann sie jedoch nicht zurückhalten. Hastig wische ich mir mit dem Handrücken über die Wange. Ich möchte die Wahrheit am liebsten herausschreien, doch ich bin gefangen in einem Wirbelsturm aus Wut, Traurigkeit – und Zweifeln. *Mae, reiß dich zusammen und halt den Mund*, rede ich mir ins Gewissen.

Verstohlen blicke ich in betroffene Gesichter. Juri war beliebt, keiner hätte ihm das gewünscht. Selbst Jason nicht, mit dem er sich sogar ab und zu übers Krafttraining ausgetauscht hat.

Miles tritt neben mich und ich spüre seine Hand auf meiner Schulter. Doch ich kann diese tröstliche Nähe gerade nicht gebrauchen und entziehe mich ihm.

»Ist schon gut«, sage ich, um meine Reaktion etwas zu mildern. Er kann schließlich nichts dafür. Über die Neuigkeit scheint er genauso bestürzt wie alle anderen.

Doch es muss irgendwie weitergehen.

Als Mrs Jones Miles und mich auf Position bittet, um die Choreografie schrittweise durchzugehen, stemme ich die Hände in die Hüften, ziehe die Nase hoch und stelle mich vor ihn.

»Bist du in Ordnung?«, raunt er mir zu.

Ich nicke und blinzle mir die restlichen Tränen aus den Augen. Als die ersten Töne der Musik erklingen, beginne ich mit der Schrittfolge. Bei den Sprüngen habe ich das Gefühl, man hätte mir Bleigewichte an die Beine gehangen. Ich bin heute einfach nicht gut in Form.

Mein Magen verkrampft sich, als Miles seine Hände fest um meine Taille legt und mich über den Kopf hebt.

Plötzlich bricht die Musik ab.

Miles hält kurz inne, ehe er mich langsam hinabgleiten lässt und auf dem Boden abstellt. Wir wenden uns zu Mrs Jones um.

»So geht das nicht.« Resigniert schüttelt sie den Kopf. »Wo sind die Gefühle? Ihr seid ein Liebespaar, aber Mae, du siehst aus wie eine Trauernde.« Seufzend winkt sie mich zu sich heran.

Alle Blicke sind auf mich gerichtet. Ich lese Bestürzung und Mitleid darin.

Mrs Jones gibt den anderen ein Zeichen weiterzumachen und lässt durch einen Klick mit der Fernbedienung die Musik weiterlaufen.

Dann legt sie eine Hand auf meine Schulter und sieht mich eindringlich an. »Ich weiß, das ist jetzt nicht einfach für dich.« Für einen kurzen Augenblick flackert Bedauern über ihr Gesicht. »Juri und du … ihr seid zusammen, nicht wahr?«

Ich antworte mit einem kurzen Nicken.

»Es ist wichtig, dass du dich auf dich selbst konzentrierst und dich nicht mit seinen Problemen belastest.«

Ich nicke erneut. Sie soll mich einfach in Ruhe lassen.

»Miles und du, ihr seid beide gute Tänzer, aber das nutzt nichts, wenn ihr nicht miteinander harmoniert.« Sie hebt mein Kinn und schenkt mir so etwas wie ein aufmunterndes Lächeln, das jedoch an mir abprallt. »Ich weiß, du schaffst das.«

Ich ringe mich zu einem weiteren Nicken durch und gehe wieder zurück zu Miles.

Die ganze Stunde über rufe ich Erinnerungen ab und versuche mir vorzustellen, Miles wäre Juri. Wider Erwarten klappt das, besonders beim dramatischen Teil gelingt es mir gut, die gewünschten Gefühle zu transportieren.

Mrs Jones ist zufrieden. Ich hingegen fühle mich leer und erschöpft.

Auf die Mensa verzichte ich heute. Miles wird den anderen schon Bericht erstatten. Ich werde heute allen aus dem Weg gehen, spätestens morgen weiß sowieso jeder Bescheid.

Als Selena mir entgegenkommt, weiß ich, dass der Tag nur noch schlimmer werden kann. Nichts wie weg.

Ich tue so, als hätte ich sie nicht bemerkt, und biege schnell um die nächste Ecke.

»Mae!« Selena fasst mich an der Schulter. Ihr Atem kommt keuchend über die Lippen, sie muss mir nachgelaufen sein.

Ich schließe kurz die Augen, drehe mich dann langsam zu ihr um.

»Was ist los, gehst du mir etwa aus dem Weg?«

Ich zwinge mir ein Lächeln ins Gesicht. »Nein, wie kommst du denn da drauf?« Ich könnte mir in den Arsch beißen, eine dümmere Floskel ist mir wohl nicht eingefallen.

Selena nickt verstehend. Natürlich weiß sie, dass ich sie anschwindele, ich war schon immer eine schlechte Lügnerin.

»Das mit Juri tut mir leid.« Unschlüssig tritt sie von einem Bein aufs andere.

Ich kriege keinen Ton raus. Meine Kehle ist wie zugeschnürt.

»Wollen wir uns einen Kaffee besorgen und dann draußen an den Springbrunnen setzen?«

Ich atme tief durch, irgendwie muss ich diese Farce aufrechterhalten. »Sei mir nicht böse, Selena, aber mir ist gerade nicht nach reden.« Ich drehe mich um, gehe weiter, wohin, weiß ich selbst noch nicht. Einfach weg.

Doch Selena bleibt hartnäckig. »Musst du auch nicht«, sagt sie, als sie zu mir aufschließt. »Ich kann das einfach nicht glauben.« Und einen Atemzug später: »Die Dozenten hüllen sich in Schweigen. Was ist zwischen Juri und Archer vorgefallen? Das fragen wir uns alle. Juri ist kein Schlägertyp, das mit Jason war was anderes. Nach dem Tod seiner Mutter hatte sich so viel Frust in Juri angestaut, Jasons Anpöbeln war nur ein Tropfen auf den heißen Stein.«

Ein wenig beruhigt mich Selenas Sicht auf die Dinge und dass sie das Geschehene so rational hinterfragt. Und auch die anderen scheinen der Meinung zu sein, dass mehr dahintersteckt und es einen Auslöser für Juris Reaktion gegeben haben muss. Aber was soll ich dazu sagen?

»Miles hat erzählt, er war mit Juri abends im Studio verabredet«, fährt Selena fort. »Doch weil seine Mutter einen Unfall hatte, konnte er nicht kommen. In dieser Zeit müssen Archer und Juri in der Academy aufeinandergetroffen sein. Niemand sonst war im Studio. Findest du das nicht auch alles seltsam? Wir wissen doch alle, dass Archer ein richtiges Arschloch sein kann.«

Ich sollte das Gespräch schnellstens abwürgen, um Mutmaßungen zu verhindern. Mutmaßungen, die genau ins Schwarze treffen und sich soweit streuen würden, dass Archer davon Wind bekommt. Dann bin ich so was von am Arsch. Mir bleibt nur eine Möglichkeit: allem und jedem aus dem Weg gehen. Oder eine falsche Fährte legen.

Ich bleibe abrupt stehen, krampfe meine Finger um die Riemen meines Rucksacks und sehe Selena fest in die Augen. »Es ging wohl um seine Mutter, aber Genaueres habe ich nicht aus ihm herausbekommen«, sage ich ausweichend. »Juri redet nicht mit mir darüber. Bitte sprich mich in Zukunft nicht mehr auf dieses Thema an, es belastet mich zu sehr.«

Juri

Harte Drums und schrille Gitarrenakkorde dröhnen in meinen Ohren, mit rhythmischem Kopfwippen folge ich dem Beat. Schon ewig habe ich mich nicht mehr so beschallen lassen, aber nur so überstehe ich diese monotone Arbeit. Außerdem hilft es, die Wut und die Verzweiflung zu betäuben und meine lauten Gedanken zum Schweigen zu bringen.

Ich senke meinen Kopf und spähe von der winzigen Spüle durch das niedrige Fenster in die Nudelküche. Eine aromatische Dampfwolke aus Ingwer und Knoblauch wabert mir entgegen. Für den Bruchteil einer Sekunde erkenne ich Chang, den Nudelmeister, der gerade einen Batzen Teig kunstvoll zu einer Spirale dreht, doch dann wird eine riesige Plastikwanne voll dreckiges Geschirr vor mir abgeladen und versperrt mir die Sicht.

Ich blase die Wangen auf und lasse die Luft geräuschvoll entweichen. Scheiß drauf, ich bin ja froh, dass ich diesen Job überhaupt bekommen habe.

Vor fünf Tagen habe ich draußen im Fenster dieses chinesischen Restaurants das Schild *Tellerwäscher gesucht* gesehen und mich direkt vorgestellt. Man hat mich nicht nach meinen Qualifikationen gefragt, sondern man warf mir eine Schürze zu und ich wurde in die Spülküche verbannt – aus der ich gefühlt seitdem nicht mehr herausgekommen bin. Ich arbeite dort täglich von 10 Uhr morgens bis 18 Uhr abends beinahe ohne Pause durch. Ich stoße ein verächtliches Schnauben aus, als ich an den Spruch denken muss, dass in dieser Stadt Träume gemacht werden. Ich würde eher sagen, hier werden dir Träume genommen.

Gleichmütig kratze ich Speisereste aus den Schüsseln, um sie danach von Hand zu spülen.

Als mir jemand unsanft auf die Schulter klopft, zucke ich zusammen. Ich ziehe einen Kopfhörer vom Ohr und hebe fragend die Augenbrauen.

»Leg einen Zahn zu, du bist hier nicht bei deiner Mum in der Küche«, pflaumt der chinesische Kellner mich an. »Es ist Mittagszeit, die Leute stehen Schlange. Wenn wir alle in deinem Tempo arbeiten würden, könnten wir den Laden dicht machen.«

»Aye, aye, Captain«, salutiere ich, kann mir ein spöttisches Grinsen jedoch nicht verkneifen.

Auf Mandarin fluchend schüttelt er den Kopf und macht sich wieder aus dem Staub. Die Leute hier interessiert es einen Scheißdreck, dass ich eigentlich Balletttänzer war und der Sohn der großen Iwanowa bin.

Ich sehe ihm nach, während die Tür noch ein paar Mal hin und her schwingt. Ich brauche dringend noch einen anderen Job, so werde ich mir in hundert Jahren keine Wohnung leisten können, nicht mal irgendwo zur Untermiete. Das Geld reicht gerade mal, um sich etwas zu essen zu kaufen.

Kalte Luft schneidet durch den dünnen Stoff meiner Jacke, als ich endlich Feierabend habe und aus dem Restaurant trete. Gänsehaut kriecht mir den Rücken hinauf, schnell setze ich die Kapuze meines Hoodies auf und ziehe sie mir tief in die Stirn. Die Temperatur hat sich merklich abgekühlt, schon seit Tagen hat sich die Sonne nicht mehr blicken lassen.

Mit entschlossenen Schritten gehe ich der *Canal Street Metro Station* entgegen. Doch je näher ich ihr komme, desto langsamer werde ich. Denn jeden Abend, wenn ich Mae sehe, verengt sich meine Brust ein wenig mehr.

So auch jetzt, als sie mir aus dem Metroschacht entgegenkommt, ein sehnsuchtsvolles Lächeln im Gesicht.

Ich hole sie seit Tagen an dieser Stelle ab, um weiterhin den Schein zu wahren. Lausche auf dem Nachhauseweg ihren Erzählungen, dass die Proben momentan auf Hochtouren laufen. Mae machen die zwei Stunden mehr am Tag körperlich zu schaffen. Sie ist müde und kaputt, sodass ich sie nicht zusätzlich mit meinem Kram belasten will. Aber so wie jetzt kann es nicht weitergehen. Ich muss mir schnellstens eine andere Bleibe suchen. Schließlich kann ich ihren Eltern nicht ewig zur Last fallen.

Ich lege den Arm um ihre Schultern und küsse sie auf die Schläfe. »Wie war dein Tag?«

»Es ging.« Sie seufzt tief, während wir uns langsam Richtung Chinatown in Bewegung setzen. »Zumindest habe ich nicht mehr den Drang, vor allen flüchten zu wollen. Heute habe ich zum ersten Mal wieder mit den anderen in der Mensa gegessen. Brad sagte, es ist nicht dasselbe ohne dich und alle haben ihm zugestimmt. Aber sonst hinterfragt keiner mehr den Grund für die Prügel, die du Archer verpasst hast. Meine Andeutung, dass er etwas über deine Mutter gesagt haben muss, haben sie offenbar geschluckt.«

»Gut gemacht, *Malyschka*. Und wie verhält sich Archer dir gegenüber? Hattest du ihn heute nicht in Repertoire?«

»Wir vermeiden Blickkontakt. Er korrigiert mich kaum, gerade noch so viel, dass sein Verhalten mir gegenüber niemanden stutzig werden lässt.« Sie macht eine kurze Pause, in der sie scharf Luft holt. »So lange Archer einfach so davonkommt, werde ich keine Nacht ruhig schlafen können. Ich hasse ihn aus tiefstem Herzen. Er hat deinen Traum zerstört und meint jetzt, uns erpressen zu können.«

»Wenn das meine Bestimmung ist, dann soll es wohl so sein.« Resignation färbt meine Stimme rau, doch nach einem anstrengenden Tag ohne Perspektive fühle ich mich genauso.

Mae bleibt ruckartig stehen und sieht mich an. »Deine Bestimmung ist es, der Welt dein großartiges Talent zu zeigen«, sagt sie im kämpferischen Tonfall, während der Wind flatternde Haarsträhnen in ihr Gesicht treibt. »Ich will das nicht mehr hinnehmen. Mittlerweile ist es mir egal, ob ich von der Schule fliege.«

Genau das habe ich befürchtet. Seufzend schiebe ich meine kalten Hände in die Jackentaschen. »Sag das nicht, Mae. Wenigstens du sollst deinen Traum weiterverfolgen.«

»Wir stehen das gemeinsam durch. Ich gehe morgen zu Coleman.«

Ich drehe mich um und laufe ein paar Schritte rückwärts, damit ich ihr in die Augen blicken kann. Schüttele den Kopf. »Tu das bitte nicht, Mae. Das ist es nicht wert.«

»Ich lasse dich nicht im Stich.«

Entschlossenheit spiegelt sich in ihrer Miene und lässt mich schlucken. Sie meint es wirklich ernst.

Ich packe sie an den Schultern, vor Wut steigt mir Hitze in den Kopf. »Wir hatten das doch geklärt. Du unternimmst nichts in dieser Sache, hast du verstanden?« Ich erschrecke selbst darüber, wie laut meine Stimme aus mir hervorbricht und wie aggressiv sie klingt. Noch nie habe ich mit Mae in diesem Ton gesprochen.

Schmerz huscht über ihr Gesicht und ich erkenne dieselbe Verzweiflung, die auch ich spüre.

»Aber ich liebe dich, Juri«, bringt sie mit Tränen erstickter Stimme hervor. »Ohne dich will ich dort nicht mehr weitermachen.«

Eine heftige Woge der Sehnsucht wallt mit einem Mal in mir auf. Ich fühle mich zu schwach, um ihr zu widerstehen.

Aber ich muss.

In einer hilflosen Geste reibe ich mir über den Nacken. Mein Herz zerbricht gerade in tausend Teile, aber ich kann nichts darauf erwidern. Mein Kiefer mahlt, sosehr beiße ich die Zähne zusammen. Ich liebe sie auch so sehr. Doch wenn ich ihr das jetzt sage, dann zerstöre ich auch Maes Traum. Sie lässt mir keine Wahl. Es gibt keine andere Möglichkeit. Ich muss es tun. Für sie.

Mae tritt einen Schritt an mich heran und umfasst zärtlich mein Gesicht. »Dann versprich mir wenigstens, dich an einer anderen Schule zu bewerben. Ich kann es nicht mehr mit ansehen, wie du deine Zeit vergeudest.«

Ich nehme ihre Hände von meinen Wangen und gehe ein Stück

auf Abstand. Ich will sie nicht verletzen, vor den Kopf stoßen, aber ich muss. Wie, um mich selbst zu beruhigen, schüttele ich fortwährend den Kopf. Ich kann einfach nicht damit aufhören. Nichts in der Welt würde ich lieber tun, als sie noch einmal in den Arm zu nehmen. Stattdessen balle ich die Hände zu Fäusten, nur um sie im nächsten Moment wieder zu lösen. Was ich ihr gleich sagen werde, wird mein Herz langsam ausbluten lassen. Aber es führt kein Weg daran vorbei. Irgendwann wird sie mir dankbar dafür sein. Manchmal im Leben muss man loslassen, um dem anderen die Chance zu geben, sich frei zu entfalten.

Kurz schließe ich die Augen, um Kraft zu sammeln. »Ich *kann* dir nichts versprechen, Mae. Es tut mir leid. Aber wir werden uns nicht mehr wiedersehen.« Ich will unseren Abschied nicht unnötig in die Länge ziehen. Es tut einfach zu weh. Mir ist lieber, sie hasst mich, als dass sie meinetwegen ihren Traum aufgibt. Ich muss hart bleiben. All meine Worte, dass sie eine beeindruckende Tänzerin ist, entsprachen der Wahrheit. Deswegen darf sie das zwischen uns nicht von ihrem Weg abbringen.

Mae schluchzt laut auf. Einen Atemzug später schlägt sie die Hand vor den Mund. »Das ist jetzt nicht dein Ernst, Juri!« Ein verzweifelter Ausdruck gräbt sich tief in ihr Gesicht.

Yebat! Ich weiche ihrem Blick aus, presse einen Moment lang meine Lippen fest aufeinander, um meine aufsteigenden Tränen zurückzuhalten. »Ich will das alles hinter mir lassen, ich gehöre einfach nicht hierher. New York hat mir kein Glück gebracht. Alles ist schiefgelaufen, als sollte mir das etwas sagen. Deshalb werde ich zurück in meine Heimat gehen.«

»Und was ist mit uns?«, fragt sie mit bebender Stimme, während ihr erneut Tränen in die Augen steigen, die im nächsten Moment haltlos über ihre Wangen rinnen.

Rasch wende ich den Kopf zur Seite. Ihr schmerzerfüllter Blick bringt mich noch um.

»Ich bremse dich aus«, erwidere ich tonlos. »Das macht doch keinen Sinn. Ohne mich bist du besser dran, glaube mir. Manchmal läuft das Leben nicht so, wie man es gerne hätte. Und dann sollte man es akzeptieren. Es ist besser so. Für dich.« Ich gebe ihr keine Möglichkeit, etwas zu erwidern oder mich zurückzuhalten.

Während ich davonlaufe, spüre ich einen stechenden Schmerz in meiner Brust, der meinen Atem für einen kurzen Moment zum Stocken bringt.

Mae

Ich sitze im Blackbirds, nippe an meiner heißen Schokolade mit extra viel Marshmallows und warte auf Bonnie. Die satte Süße füllt meinen Mund und breitet sich beruhigend in meinem Magen aus. Himmlisch. Die gefühlt 10.000 Kalorien, die ich gerade meinem Körper zuführe, helfen vorübergehend gegen meinen Liebeskummer, spenden Trost und hüllen mich in einen Mantel der Geborgenheit.

Juris Entschluss hat mich völlig aus der Bahn geworfen.

Ich habe ihn inzwischen schon eine Woche lang nicht mehr gesehen und es kommt mir wie eine Ewigkeit vor. Bislang drehte sich mein Leben um den Erfolg. Meine Gedanken kreisten darum, Schritt für Schritt ein Treppchen höher zu steigen: Wenn ich hart genug trainiere, erhalte ich ein Stipendium. Wenn ich konstant gute Leistungen bringe, erhalte ich eine Solistenrolle. Wenn ich nächstes Jahr noch eine Solistenrolle ergattere, nehmen sie mich vielleicht schon in die Company auf und dann dauert es nicht mehr lange, bis mein Traum in Erfüllung geht und ich eine Primaballerina bin …

Doch ohne Juri an meiner Seite ergibt alles keinen Sinn mehr. Ich will mit ihm zusammen sein, das ist das Einzige, was noch wichtig ist. Alles andere rückt in den Hintergrund.

Nie hätte ich gedacht, dass es einmal soweit kommt. Dass es etwas gibt, das mir mehr bedeutet als Ballett. Die Liebe zu Juri hat mir die Augen geöffnet, was wirklich wichtig ist im Leben. Es hat sich so gut angefühlt, jemanden zu lieben und geliebt zu werden.

Doch jetzt spüre ich einen Schmerz in mir, als hätte man mir mein Herz herausgerissen.

Ich vermisse ihn so sehr. Jeden Tag nach der Academy in das chinesische Restaurant zu gehen und zu fragen, ob Juri noch bei ihnen arbeitet, ist zur Manie geworden. Während ich darauf warte, dass mir jemand Auskunft gibt, bricht mir jedes Mal der Schweiß aus und ich bekomme Herzrasen. Ich habe furchtbare Angst, dass er irgendwann weg ist. Aus New York, und meinem Leben.

Durch Zufall habe ich Juri einmal abgepasst. Ich schlucke und merke, wie sich bei der Erinnerung meine Augen mit Tränen füllen. Schnell blinzle ich sie weg und trinke noch einen großen Schluck Kakao. Er meinte bloß, ich soll seinen Entschluss respektieren und ihn nicht mehr aufsuchen, ihm es nicht noch schwerer machen, als es eh schon sei. Seine Miene war dabei unerschüttert. Es schien, als habe er sein Herz vor seinen Gefühlen verschlossen.

Ich wollte seine Entscheidung nicht einfach so hinnehmen. Doch ich fühlte mich so vor den Kopf gestoßen, dass ich kein Wort herausbrachte und in Tränen aufgelöst das Weite suchte.

Juri opfert praktisch unsere Liebe für mich. Ohne ihn bleibt mir nichts mehr als die Ausbildung an der Academy, die ich dann nicht mehr aufs Spiel setzen werde. Wäre mir das früher klar gewesen, hätte ich ihm nicht gesagt, dass ich zu Coleman gehen will. Jetzt ist es zu spät, denn an seiner Entscheidung lässt sich nicht mehr rütteln. Das hat er mir klar zu verstehen gegeben. Er hat sogar seine Sachen klammheimlich abgeholt, als ich in der Academy war.

Wo er die letzten Nächte geschlafen hat, habe ich bisher nicht herausgefunden. Vielleicht hat er sich ein kleines Zimmer bei den Chinesen genommen. Zu seinem Vater ist er sicherlich nicht zurückgegangen. Dazu ist Juri viel zu stolz. Und enge Freunde hat er in New York nicht. Ich weiß, dass er sich irgendwie durchschlagen wird. Viel schlimmer ist die Ungewissheit, ob ich ihn jemals wiedersehen werde.

Bonnie rauscht durch das Café auf mich zu, einen besorgten Ausdruck im Gesicht, und reißt mich aus meinen Gedanken.

Ich habe ihr am Telefon kurz berichtet, dass Juri zurück nach St. Petersburg möchte. Den Grund dafür kennt sie jedoch noch nicht.

Diesmal ist sie diejenige, die entgeistert auf meine Bestellung blickt und dann mitfühlend das Gesicht verzieht. »Klarer Fall von Liebeskummer würde ich sagen.« Seufzend setzt sie sich neben mich und drückt mir einen Kuss auf die Wange.

Nachdem sie sich ihre Jacke ausgezogen und einen Latte macchiato bestellt hat, wendet sie sich wieder an mich. »Was ist los mit Juri? Erst bricht er Archer die Nase – was schon lange fällig war, wenn du mich fragst – dann macht er mit dir Schluss?«

Ich seufze tief. »Die Entscheidung, mich nicht mehr zu sehen, hat er meinetwegen getroffen.«

Bonnie setzt einen Gesichtsausdruck auf, der an Begriffsstutzigkeit nicht mehr zu überbieten ist. »Jetzt verstehe ich gar nichts mehr.«

»Ich erzähle dir alles. Du musst jedoch vorher schwören, dass du mit niemandem darüber sprichst. Du bist die Einzige, die die Wahrheit erfährt und es muss auch dabei bleiben.«

Bonnie rollt die Augen, hält mir aber ihren kleinen Finger hin. »Noch kryptischer geht's wohl nicht. Nun erzähl schon, ich verspreche es dir.«

Während ich ihr alles berichte, huschen die verschiedensten Emotionen über ihr Gesicht: Von Fassungslosigkeit bis hin zu entsetzlicher Wut ist die ganze Palette vertreten.

Als ich meinen Bericht abgeschlossen habe, atme ich erleichtert durch. Es tat gut, sich alles von der Seele zu reden. Ich musste mich ihr einfach anvertrauen, sonst wäre ich geplatzt. Würde sie noch die Academy besuchen, hätte ich dichthalten müssen, um nicht Gefahr zu laufen, dass sie sich verplappert.

»Dann sind die Gerüchte also wahr.« Bonnie starrt völlig perplex ins Leere. »Ich habe immer gewusst, dass Archer Dreck am Stecken hat. Aber dass er so ein mieses Schwein ist, hätte ich selbst ihm nicht zugetraut.«

Entgeistert sehe ich sie an. »Welche Gerüchte?«

»Archer ist 2004 wegen Belästigungsvorwürfen als Leiter des NYC Ballets zurückgetreten.«

Für einen Moment bin ich sprachlos. »Woher weißt du das?«

»Meine Choreografin Jane hat mir das erzählt. Jane hat vor Ewigkeiten in Archers Company getanzt. Zwei Tänzer des Corps haben Archer vorgeworfen, dass er sie verbal und körperlich angegangen und seine Position missbraucht hat, um sexuelle Gefälligkeiten zu verlangen. Archer hat natürlich alles bestritten.«

Fassungslos öffne ich den Mund, bin zu keiner Entgegnung fähig.

»Aber jetzt halt dich fest, es geht noch weiter: Rate mal, wer damals noch mit Jane im Corps de ballet getanzt hat?«

»Ich habe keinen blassen Schimmer.«

»Coleman!«

Ich schnappe nach Luft, doch Bonnie fährt unbeirrt fort. »Archer war wohl so etwas wie ein Mentor für ihn. Er hat ihn gefördert und ihm jede Hauptrolle zugeschanzt. Es wurde gemunkelt, dass sie damals eine Affäre miteinander hatten.«

Blut rauscht in meinen Ohren. Das ist ja noch prekärer, als ich dachte. »Coleman und Archer waren mal zusammen?« Diese Informationen muss ich erst mal verarbeiten.

»Ja, aber die Vorwürfe gegen Archer kamen erst auf, als Coleman schon nicht mehr dabei war. Er hat eine Zeit lang an der Pariser Oper getanzt, um seiner Karriere einen weiteren Schub zu verleihen. Auch Jane war da schon eine Weile weg, weil sie schwanger geworden ist. Danach hat sie sich vom klassischen Ballett verabschiedet und ist später ins Musicalgeschäft eingestiegen.«

Mein Magen zieht sich zu einem einzigen Knäuel zusammen. »Dann kann ich wohl von Glück sagen, dass ich nicht zu Coleman gegangen bin. Wie es scheint, hat er Archer seine Karriere zu verdanken und steht irgendwie in seiner Schuld.«

Bonnie zuckt mit den Schultern. »Ohne ihn wäre er wohl nicht dahin gekommen, wo er heute ist. Aber ich kann mir nicht vorstellen, dass er die Hand über Archer halten würde, wenn er die Wahrheit erfährt.«

»Dafür müsste es allerdings Beweise geben.« Um mich zu beruhigen, nehme ich einen großen Schluck von meiner Schokolade, die mittlerweile abgekühlt ist und durch die geschmolzenen Marshmallows noch zusätzlich an Süße gewonnen hat.

»Du könntest der Sache mal nachgehen und im Internet recherchieren«, sagt Bonnie im nachdenklichen Tonfall. »Wenn du Glück hast, stehen dort die Namen der Tänzer, die ihn damals beschuldigt haben. Vielleicht wären sie zu einem Gespräch bereit.«

Ich hebe skeptisch die Augenbrauen. »Meinst du wirklich, das bringt mich weiter?«

»Du solltest nichts unversucht lassen, um die Wahrheit über Archer ans Licht zu bringen.«

Kopfnickend stoße ich einen leisen Seufzer aus. Für Juri würde ich alles tun.

Als ich Bonnie wieder ansehe, muss ich schmunzeln, obwohl mir weiß Gott nicht danach zumute ist. Der Latte macchiato hat einen dünnen Schaumbart auf ihrer Oberlippe hinterlassen. Ich nehme eine Serviette und tupfe ihn vorsichtig weg, während Bonnie sich kichernd dagegen sträubt.

»Sag, wie läuft es eigentlich bei dir?«, frage ich, nachdem ich den Schaum entfernt habe.

»Die Chicago-Proben gehen gut voran. Die Tänzer des Ensembles sind alle superlieb, wir sind echt ein gutes Team. Es gibt kein Konkurrenzdenken wie an der Academy und die Choreografen behandeln uns auf Augenhöhe.«

»Das klingt großartig!« Ich lehne mich zurück und schlage ein Bein über das andere, während ich Bonnie zuhöre, wie sie mit glänzenden Augen davon erzählt, wie Patricio sie jeden Tag von der Probe abholt und dass sie glücklicher nicht sein könnte.

Wenn ich das bloß von mir behaupten könnte. Ich schlucke schwer und kämpfe mit den Tränen, bis ich Bonnies Hand auf meinem Knie spüre. »Ich bin ein unsensibles Trampeltier, bitte verzeih mir.«

»Ist schon gut«, sage ich heiser und zwinge mich zu einem

Lächeln. »Jetzt weiß ich wenigstens, wie es sich anfühlt, verliebt zu sein.«

Bonnie stößt einen tiefen Seufzer aus. »Es ist noch nicht alles verloren, Honey. Vielleicht überlegt er es sich und bewirbt sich an einer anderen Academy. Ich kann mir gut vorstellen, wie hart das für Juri sein muss. Nicht nur die Sache mit Archer macht ihm zu schaffen, es fehlt ihm auch der familiäre Rückhalt, nachdem ihn sein Vater vor die Tür gesetzt hat. Ich denke, deswegen möchte er zurück nach St. Petersburg. Dort ist seine Heimat.«

»Aber *ich* bin doch für ihn da.«

»Er möchte dir aber nicht im Weg stehen. Außerdem hast du eine eigene Familie.«

Grübelnd puste ich mir Luft ins Gesicht. Juri wird sich für keine andere Academy entscheiden. Es war der Wunsch seiner Mutter, dass er an die *NYC Academy of Ballet* geht, um bei seinem Vater zu leben. In St. Petersburg könnte er sicherlich seine Ausbildung an der *Waganowa* fortsetzen.

»Mae, es bringt nichts, sich darüber den Kopf zu zerbrechen. Um Juris Abreise zu verhindern, musst du schnellstens Beweise gegen Archer sammeln. Vielleicht ist noch nicht alles verloren.«

Nachdem Bonnie und ich uns verabschiedet haben, beeile ich mich, nach Hause zu kommen. Ermutigt durch ihre Worte, will ich die Sache endlich angehen. Tian kann mir dabei bestimmt eine nützliche Hilfe sein.

Kaum zu Hause klopfe ich an seiner Tür, ein Tablett mit zwei Tassen Tee in der Hand.

Tian antwortet nicht, also drücke ich die Klinke herunter und trete ein.

Mein Bruder sitzt vor dem Computer, vertieft in ein Samurai-Spiel.

Ich stelle das Tablett auf der einzig freien Fläche auf dem Schreibtisch ab. »Du musst mir helfen!«

Tian zuckt zusammen und starrt mich an, als wäre ich eine

Erscheinung. »Musst du mir so einen Schrecken einjagen?« Geräuschvoll entlässt er den angehaltenen Atem.

»Ich habe ein paar Mal geklopft«, verteidige ich mich.

Kopfschüttelnd fährt er sich durch sein verstrubbeltes Haar, was es irgendwie noch zerzauster aussehen lässt. »Was gibt's?«

»Du musst mir bei einer Recherche helfen.«

»Nur, wenn du mir endlich sagst, was eigentlich los ist.«

Ich runzele die Stirn. »Was meinst du?«

Tian schickt mir einen vorwurfsvollen Blick, fast könnte man meinen, er wäre der Ältere von uns. »Mae, bitte. Ich merke doch, dass zwischen Juri und dir etwas vorgeht. Ihr irgendein Geheimnis mit euch rumtragt. Warum hat sein Vater ihn rausgeschmissen? Dafür gibt es sicher einen Grund.«

Ich seufze leise. Tian kann man einfach nichts vormachen. »Wenn du versprichst, dass du dichthältst, erzähle ich dir alles.«

»Was denkst du denn?« Mit hochgezogener Augenbraue zeigt er mir ein halbes Lächeln.

Nachdem ich Tian berichtet habe, warum Juri nicht mehr die Academy besucht und aus welchem Grund ich nicht zu Coleman gehen kann, schweigt er nachdenklich, bis er sich übers Gesicht reibt und erstaunlich energisch die Schultern strafft. »Was soll ich tun?«

»Finde heraus, ob es irgendwelche Artikel über die Belästigungsvorwürfe gibt. Oder etwas, das Archer belasten könnte.«

Tian zieht abschätzend die Mundwinkel nach unten. »Dürfte ein Leichtes sein.«

Vor lauter Übermut schlinge ich die Arme um ihn. »Danke, du bist der beste Bru…«

»Ja, ja, ist schon gut«, gibt er gequält von sich, während er sich augenblicklich versteift. »Könntest du mich bitte wieder loslassen?«

»Sicher.« Ich grinse in mich hinein und löse rasch meine Umarmung.

Tian trinkt einen Schluck Tee, ehe er in Windeseile etwas in die Suchleiste eingibt und dann eine Seite des FBI öffnet.

Mein Herz beginnt wie wild zu pochen, als ich die Überschrift lese. Das ist ein Register für verurteilte Sexualstraftäter! Wenn Archer darin aufgelistet ist, dann *muss* man Juri glauben. Dass ich nicht selbst darauf gekommen bin. Ich könnte mir in den Hintern treten.

Meine Euphorie schlägt schnell in Ernüchterung um. »Unter dem Namen Bill Archer ist nichts zu finden, das bedeutet, er ist nie wegen eines Sexualdeliktes verurteilt worden«, erklärt mir Tian.

Wäre ja auch zu schön gewesen. Enttäuscht verziehe ich den Mund und nippe an meiner Tasse Tee.

»Ich werde weitersuchen.« Tian ist jetzt voll in seinem Element. Seine Stirn vor Konzentration in tiefe Falten gelegt, hämmert er wie ein Besessener auf seine Tastatur ein. Unter dem Namen Bill Archer wird er jedoch nur im Zusammenhang mit Ballettaufführungen fündig. ›Bill Archer führt das *NYC Ballet* zu außergewöhnlichen künstlerischen Höhen‹, heißt es in einem Artikel der New York Times. Ich schnaube, da mir Bonnies Worte einfallen, dass Archer die Tänzer verbal und körperlich angegangen hat. Unter den Bedingungen war das wirklich eine Höchstleistung.

Tian kneift die Augen zusammen. »Wie lange ist es her, dass Archer das *NYC Ballet* geleitet hat?«

»2004 ist er abgetreten«, sage ich, während ich nervös auf meiner Unterlippe kaue.

Als nächstes gibt Tian ›sexuelle Belästigung und Leiter des New Yorker Ballets‹ in die Suchleiste ein.

Nichts. Die Suche bleibt auch nach mehrmaliger Eingabe verschiedenster Schlagwörter erfolglos.

Zischend stoße ich den Atem aus. Ich hätte es mir denken können.

»Wenn es wirklich zu den Vorwürfen gegen ihn kam, muss es darüber auch Medienberichte gegeben haben. So einen Skandal lässt sich die Presse nicht entgehen. Vor 15 Jahren war die MeToo-Debatte zwar noch nicht in aller Munde, aber sexuelle Belästigung war schon immer ein Thema, das für Aufregung gesorgt hat.«

»Meinst du, Archer hat die Berichte löschen lassen?«

Tian zuckt die Schultern. »Für ihn war es die einzige Möglichkeit für einen Neuanfang. Bestimmt hat er die betreffenden Zeitungen bestochen, damit sie alles entfernen, was ihn ins schlechte Licht rückt. Anders kann ich mir das nicht erklären.«

Ich nicke zustimmend. »Du hast recht. Wenn die Belästigungsvorwürfe noch im Umlauf wären, hätte Archer die Academy in Verruf gebracht. Niemand hätte mehr sein Kind dort angemeldet. Stell dir allein Mum vor. Sie hätte mich niemals in die Nähe eines Dozenten gelassen, der in Zusammenhang mit sexueller Belästigung gebracht wird.« Seufzend stütze ich meine Ellbogen auf den Tisch und lege den Kopf in meine Hände. So komme ich also nicht weiter. Schweigend trinken wir unseren Tee und ich beobachte Tian noch eine Weile dabei, wie er sein Computerspiel fortsetzt.

Um meine Gedanken zu ordnen, gehe ich zu Mum in den Laden und helfe ihr, Eincentstücke in Rollen zu wickeln. So sitzen wir in stiller Eintracht, bis die Türglöckchen läuten. Beinah gleichzeitig blicken wir auf.

Kate steht in der Tür, in einen eleganten Kamelhaarmantel gekleidet. Ihr Haar trägt sie ordentlich frisiert über die Schulter. Sie passt so wenig hierher wie eine Ballerina auf eine Kuhweide, schießt es mir durch den Kopf, als ich sie unter den bunten China-Laternen betrachte.

Mein Blick fällt auf Sara, die schüchtern hinter ihrem Rücken hervorlugt.

»Hallo, Mae!«, sagt Kate und kommt zögerlich ein paar Schritte auf uns zu.

Mums Blick geht misstrauisch zwischen uns hin und her, bis ich mich schließlich erhebe.

»Hey.« Die Situation ist mir furchtbar unangenehm, denn mir ist klar, dass sie nur wegen Juri hier sind. Soll ich ihnen sagen, wo er ist? Wäre das Juri überhaupt recht?

»Das ist Juris Stiefmutter Kate und seine kleine Schwester Sara«, sage ich zu Mum.

Sogleich steht sie von ihrem Stuhl auf, zieht sich den Pullover glatt und reicht Kate die Hand über den Ladentisch. »Ich bin Maes Mutter.«

»Wie haben Sie mich gefunden?«, will ich wissen.

Ein verlegenes Lächeln huscht über Kates Gesicht. »Das rote Haus mit blauer Feuerleiter in der Canal Street habe ich mir gemerkt. Du hast mir davon erzählt, erinnerst du dich?«

Ich erwidere ihr Lächeln. »Das war, als Sie uns nach Coney Island gefahren haben.«

Sie nickt. »Ich bin mir nicht sicher, ob Juri es bemerkt hat, aber ich wollte wirklich, dass er zu unserer Familie gehört.«

Mein Blick wandert zu Sara. Als sie langsam auf mich zukommt, gehe ich in die Hocke und schließe sie in die Arme. »Hey! Wie geht es dir?«, frage ich sie.

»Nicht so gut.« Sara löst sich von mir, stößt einen theatralischen Seufzer aus und rückt ihre Brille auf der Nase zurecht. »Juri ist schon so lange weg und ich vermisse ihn ganz doll. Kannst du uns sagen, wo er ist?« Sie schielt um die Ecke, als bestünde die Möglichkeit, dass er sich dahinter verstecken würde. »Ist er bei dir?«

Ich schüttele den Kopf und schenke ihr ein bedauerndes Lächeln. »Tut mir leid.«

»Er hat fast eine Woche bei uns geschlafen. Dann hat er seine Sachen geholt und sich nicht mehr blicken lassen«, klärt Mum sie auf.

Tief seufzend gebe ich mir einen Ruck. Egal, was Juri darüber denkt, für mich wäre es die Gelegenheit, ihn noch einmal zu sehen. »Aber ich weiß, wo er arbeitet. Ich hole schnell meine Jacke, dann bringe ich euch dorthin.«

Kaum, dass Kate mit einem Nicken zustimmt, renne ich nach hinten und werfe mir einen weißen Poncho aus dicker Wolle über. Mein Herz pocht vor Aufregung. Vielleicht kann ich Juri sogar noch einmal sprechen.

»Wir wollten schon viel früher nach ihm suchen«, lächelt Kate entschuldigend, als wir nach draußen treten. »Aber im Krankenhaus war die Hölle los und das ist mein erster freier Tag. Wie geht es ihm?«

»Den Umständen entsprechend«, antworte ich und nehme Sara an die Hand. »Er will New York verlassen.«

»Aber das kann er doch nicht machen«, wimmert sie. »Er hat mir versprochen, dass er immer für mich da ist.«

Ich bleibe kurz stehen und streiche ihr beruhigend über den Kopf. »Bisher ist er noch nicht fort.«

»Was ist eigentlich genau mit diesem Dozenten vorgefallen?«, hakt Kate nach. »Weißt du Näheres?«

»Leider nicht. Juri will nicht darüber reden.«

Kate senkt betrübt den Kopf. »Das, was geschehen ist, tut mir schrecklich leid. Ich hatte viel zu wenig Zeit, mich um ihn zu kümmern. Marco fiel es von Anfang an schwer, ein Vater-Sohn-Verhältnis aufzubauen. Juri war ihm gegenüber sehr abweisend. Offenbar hat er Marco nie verziehen, dass er damals die Familie verlassen hat. Im Nachhinein macht Marco sich schwere Vorwürfe, dass er Juri vor die Tür gesetzt hat, ohne nachzuhaken, was wirklich passiert ist. Diese impulsive Ader teilen die beiden wohl …«

Ich weiß nicht, was ich darauf sagen soll. Einerseits fühle ich mich geschmeichelt, dass sie mir ihr Herz ausschüttet. Andererseits würde ich mir wünschen, dass Marco hier wäre, um sich bei Juri zu entschuldigen. Solange sein Vater nicht den ersten Schritt macht, wird Juri sicherlich nicht seine Meinung über ihn ändern.

Vor dem chinesischen Restaurant angekommen wechselt Kates Blick von Befangenheit zu Irritation. »Hier arbeitet er?«

»Ja, als Tellerwäscher. Ich glaube, er will das Geld für einen Flug nach St. Petersburg sparen.«

Ich stelle mich dicht an die Fensterscheibe und spähe hinein, um einen Blick auf die Spülküche zu erhaschen. Aber ich kann von draußen nichts erkennen.

In dem Moment, als ich die Tür zum Restaurant öffne, stellt sich mir einer der Kellner in den Weg. Ich kenne ihn, weil ich ihn schon einige Male wegen Juri ausgehorcht habe.

»Juri arbeitet nicht mehr bei uns«, sagt er, ohne, dass ich gefragt habe.

Mein Herz setzt einen Schlag lang aus. Er wird doch nicht schon weg sein? »Wissen Sie zufällig, wo er jetzt ist?« Panik vibriert in meiner Stimme.

»Nein, keine Ahnung.«

Ein leises Schluchzen ertönt hinter mir.

Über Saras Wangen kullern dicke Tränen. Sie sieht genauso aus, wie ich mich fühle. »Ich wollte ihm doch einen Brief von mir geben«, schnieft sie. Sie nimmt ihre Brille ab und wischt sich die Tränen fort, während Kate ihr mitfühlend über den Kopf streicht.

»Er ist bestimmt noch irgendwo in der Stadt«, sage ich mit besänftigender Stimme, auch, um mir selbst Mut zu machen. »Wenn du magst, nehme ich den Brief und gebe ihn Juri, sobald ich ihn treffe.« Ich weiß, ich mache mir gerade selbst etwas vor, aber zumindest habe ich jetzt einen triftigen Grund, ihn zu finden.

»Das ist eine gute Idee!« Kate holt einen weißen Umschlag aus ihrer Handtasche hervor und hält ihn mir entgegen.

Sara zieht die Nase hoch und nickt. »Und sag ihm, er soll sich zuhause melden.«

»Das werde ich«, erwidere ich und nehme den Brief an mich. »Versprochen.«

Juri

Flaschenhälse bohren sich tief in meine Pobacken. So ein leerer Bierkasten ist alles andere als bequem, aber was soll's, stehen werde ich heute noch genug.

Ich sitze im dunklen Lagerraum von *Jack's Saloon* und nutze die kurze Pause, um mich selbst zu quälen. Ich weiß nicht, wie oft ich mir die Fotos schon angesehen habe, aber es tut jedes Mal aufs Neue weh. Mae, wie sie Sara auf ihren Inlinern hinter sich herzieht, ihren Blick nach hinten direkt in die Handykamera gerichtet, und ihr bezauberndes Lächeln zeigt. Sara und ich, – ein Schnappschuss einer misslungenen Hebefigur – als ich sie wie einen zappelnden Fisch hochhalte und fast vor Lachen zusammenbreche. Und ein Selfie von uns Dreien, auf dem wir die verrücktesten Grimassen schneiden. Festgehaltene Erinnerungen von dem Tag im Park, einem der schönsten überhaupt.

Mein Verhalten grenzt an Masochismus. Ich sollte es beenden. Ein letztes Mal scrolle ich durch die Bilder, dann klicke ich auf Auswählen, verpasse allen Fotos mit Mae und Sara ein Häkchen und tippe auf den Mülleimer.

Gelöscht. Aus meinem Smartphone und hoffentlich auch bald aus meinen Gedanken. Alles, was wehtut, werde ich von jetzt an nicht mehr an mich heranlassen.

Die Zigarettenspitze glimmt in der Dunkelheit hell auf, als ich noch einen letzten kräftigen Zug nehme. Ich ziehe den Rauch tief in meine Lungen und nehme ihn dort eine Weile gefangen. Ich spüre, wie der blaue Dunst mir eine angenehme Beruhigung verschafft. Nie hätte ich gedacht, dass ich damit mal anfangen würde. Jetzt rauche ich bereits drei Wochen mindestens eine Schachtel am Tag.

Ich schnippe den noch glühenden Zigarettenstummel auf den Boden, erhebe mich und trete ihn aus. Dann fahre ich mir durchs Haar, atme einmal kräftig durch und öffne die Tür zur Bar.

Das Gitarrensolo von *Thunderstruck* dröhnt aus den Boxen, auf der kleinen dunklen Tanzfläche in der Ecke sind bereits die ersten Luftgitarrenspieler unterwegs. Es ist erst kurz nach neun, aber der Laden läuft bereits auf Hochtouren. Die Barhocker sind bis auf den letzten Platz besetzt und die Leute drängeln sich an der Theke, um ihre Bestellung aufzugeben.

Zügig geselle ich mich hinter dem Tresen zu Jane und Jack, Miles' Bruder, dem der Laden gehört. Weil ihm ein Barkeeper kurzfristig abgesprungen war, brauchte er dringend Unterstützung im Service. Für mich ein Wink des Schicksals, so konnte ich meinen Job als Tellerwäscher aufgeben. Nicht, dass ich mir zu schade für diese Arbeit war – nein, ich konnte es einfach nicht länger ertragen, in Maes Nähe zu sein, ohne sie in den Arm nehmen und küssen zu können.

Ich weiß, Jack wollte mir einen Gefallen tun. Eigentlich hätte er mich nicht einstellen dürfen, da ich noch nicht volljährig bin. Da wir uns aber beide in einer Notfallsituation befänden und die Zeit absehbar wäre – so seine Worte – würde er das Risiko eingehen. Kontrollen habe es noch nie gegeben und ich wirke sowieso ein paar Jahre älter.

»Du kommst wie gerufen, der Laden brummt«, sagt Jack, der gerade mit einem Korb voll schmutziger Gläser an mir vorbeiläuft. »Ich muss mal eben eine Ladung spülen. Also Attacke und ran an die Gäste.«

»Wird gemacht.«

Miles' Bruder ist ein netter Typ. Er ist nur ein paar Jahre älter als Miles und ich, hat aber trotzdem etwas Väterliches an sich. Der perfekte Bruder, den ich mir immer gewünscht habe. Da ich meist schlafen gehe, wenn Jack gegen Mittag aufsteht, sehen wir uns erst abends zum Arbeiten in seiner Bar und auch auf Miles treffe ich nur kurz, wenn er von der Academy nach Hause zurückkehrt. So kann ich wenigstens keinem in die Quere kommen.

»Zwei Bier, zwei Tequila«, brüllt mir ein Kerl ins Ohr, der nicht viel älter sein kann als ich.

In Windeseile stelle ich zwei Shots bereit, neige den Flaschendosierer oben aus der Verankerung und fülle die Gläser mit Tequila. Danach halte ich ein Bierglas schräg unter den Zapfhahn und drehe es, bis es sich langsam mit der goldgelben Flüssigkeit füllt. Zum Schluss drücke ich den Hebel in die andere Richtung, damit sich eine Schaumkrone bildet. Genauso verfahre ich mit dem nächsten Glas.

Momentan fühle ich mich, als hätte ich nie etwas anderes gemacht. Die Arbeit hält mich auf Trab und ich habe keine Zeit, mir über irgendetwas Gedanken zu machen. Genau das, was ich wollte.

Nichts hätte mir gelegener kommen können, als Miles mir eine Nachricht schrieb. Er bot mir an, dass ich bei ihm schlafen könnte, wenn ich keine Bleibe hätte. Offenbar wusste er durch Mae von meinem Rauswurf Zuhause.

Ich habe nicht lange gezögert und sein Angebot angenommen.

Seit Miles die Academy besucht, teilt er sich mit seinem Bruder eine Wohnung. Die beiden sind echt gut drauf und führen einen typischen Männerhaushalt. Ihre Klamotten verteilen sich über die ganze Wohnung und der Kühlschrank ist so gut wie immer leer – abgesehen von Bierdosen und ein paar Proteinriegeln.

Mittlerweile habe ich fast das Geld für den Flug nach St. Petersburg zusammen. Zur Sicherheit spare ich noch mehr, wer weiß, was mich in meiner Heimatstadt erwartet, bis ich Zugriff auf Mamas Erbe habe, dauert es schließlich noch eine Weile. Seit einer Woche arbeite ich deshalb zusätzlich als *Picker* für den Großmarkt, wo ich in einem riesigen Lagerhaus Obst und Gemüse kommissioniere.

Es ist halb zwei, als die letzten Gäste die Bar verlassen. Nachdem ich die verklebte Theke mit warmer Seifenlauge abgewischt habe, gehe ich nach hinten in den kleinen Personalraum. Ich habe noch genau eine Stunde, bis meine Schicht in der Lagerhalle beginnt.

Jane kommt dazu, scheint in Gedanken. Sie bindet ihr langes blondes Haar zu einem nachlässigen Dutt. Als sie ihren Mantel vom Garderobenständer nimmt, bemerkt sie mich und ihre Bewegungen werden langsamer.

Ich wende mich ab und ziehe mein Shirt über den Kopf, wechsele es mit einem sauberen. Dabei spüre ich Janes' Blick auf mir.

»Mach's gut, Juri, bis morgen. Und gönn dir mal eine Mütze voll Schlaf nach deiner Schicht, du siehst echt scheiße aus.«

Ich stoße ein schnaubendes Lachen aus. »In Ordnung, ich gebe mein Bestes.«

Zögernd bleibt sie stehen, unschlüssig, ob sie noch etwas sagen soll. Ihre eindringlichen Blicke sind mir natürlich nicht entgangen, wenn sie mich manchmal heimlich beobachtet.

»Wenn du so weitermachst, klappst du irgendwann zusammen.« Ihr hübsches Gesicht legt sich sorgenvoll in Falten. »Gönn dir eine Pause.«

Sie ist nicht dumm, sie weiß, warum ich mich ständig auf die Toilette zurückziehe. Ich rechne es hier hoch an, dass sie bisher dichtgehalten hat. Vielleicht erhofft sie sich auch etwas, was ich ihr nicht geben werde.

Kaum, dass die Tür hinter mir zuschnappt, atme ich erleichtert aus. Endlich! Auf den Weg zur Toilette werfe ich einen Blick in den Spiegel.

Einen Moment lang erkenne ich mich selbst nicht wieder. Meine Haut ist beinah durchsichtig, die dunklen Ringe unter meinen Augen lassen mich düster wirken. Ich fühle raue Stoppeln unter meinen Fingerspitzen, als ich mir über die Wangen fahre. Zu einem Bartschatten habe ich es noch nie kommen lassen und auch die Haare sind mittlerweile so lang, dass sie nur noch zerzaust und ungepflegt aussehen. Ich zucke die Schultern. Wen stört's? Mich zumindest nicht.

Rasch verschwinde ich in der Toilette und verriegle die Tür hinter mir. Da Jack sich um die Kassenabrechnung kümmert, muss ich mir keine Sorgen machen, dass er plötzlich hier auftaucht und sich wundert, was ich so lange auf dem Klo treibe. Ich hole das kleine Röhrchen aus der Tasche meiner Jeans hervor und ziehe den Verschluss ab. Dann knie ich mich vor den geschlossenen Klodeckel und verteile die Hälfte des weißen Pulvers in einer Linie darauf, den Rest hebe ich mir für später auf.

Ich kann es kaum noch abwarten, den ganzen Tag schon habe ich mich auf diesen Moment gefreut. Hektisch ziehe ich die Studentenkarte der Academy aus meiner Gesäßtasche – wenigstens zu etwas ist sie noch gut – und forme zwei Kokslines, die Klümpchen verkleinere ich und lege davon noch eine weitere schmale Linie. Langsam bin ich wirklich geübt darin. Als nächstes krame ich einen Zehn-Dollar-Schein aus meiner Brieftasche, rolle ihn zusammen, halte das linke Nasenloch zu und ziehe eine Line durch das rechte. Das mache ich ein paarmal hintereinander, bis ich alles weggekokst habe.

An meinem zweiten Tag hier habe ich zufällig mitbekommen, wie ein Mädchen dem anderen das Zeug heimlich unter dem Tisch gereicht hat. Ich habe sie angesprochen und sie darum gebeten, mir etwas für den Eigenbedarf zu besorgen. Sie hat draußen vor der Tür ihren Dealer angerufen und sofort eine Bestellung für mich aufgegeben. Wahrscheinlich hat sie für sich noch etwas draufgeschlagen, aber das war mir egal.

Miles und Jack wissen nicht, dass ich mir fast jede Nacht dieses Zeug reinziehe. Wie ich Jack einschätze, würde er nicht lange fackeln und mich sofort vor die Tür setzen. Aber was soll ich machen – das ist das Einzige, was mich momentan über Wasser hält. Wenn es nur nicht so scheißteuer wäre. Das Geld, was ich mir als Spüler für den Flug zusammengespart habe, ist schon fast weg. Deshalb muss ich mir die Rationen gut einteilen und zwischendurch mal einen Tag Pause einlegen, schließlich will ich nicht noch länger hier abhängen, sondern irgendwann zurück in meine Heimat.

Der Schnee lässt mein Herz schneller schlagen. Schon nach kurzer Zeit bildet sich ein bitterer Geschmack in meiner Kehle und mein Gaumen fühlt sich betäubt an. Die allbekannte Euphorie steigt in mir hoch und nimmt mich ein. Ich fühle mich stark und zu allem bereit. Mein Kummer und meine Sorgen sind wie weggesaugt. Ich streife mir meinen Hoodie und die Jacke über, dann ziehe ich mir die Kapuze tief ins Gesicht und beeile mich, die Bar zu verlassen.

»Bis morgen«, murmle ich Jack im Vorbeilaufen zu – er soll mich bloß nicht ansprechen und meine geweiteten Pupillen bemerken.

Als ich hinaus auf die Straße trete, trifft mich die Kälte wie ein Schlag. Ich winke nach dem nächsten Taxi – man gönnt sich ja sonst nichts – und lasse mich von East Village in das zwei Meilen entfernte Chelsea fahren.

Während ich aus dem Fenster auf die hellbeleuchteten Straßen hinausschaue, stelle ich mir vor, ich wäre ein berühmter Balletttänzer und mein Chauffeur würde mich zur Oper fahren. Dort würde ich von einer Meute Journalisten und Fans empfangen werden, die mir meinen Namen entgegenrufen und mir Rosen in die Hand drücken. Vor meinem inneren Auge sehe ich mich als nächstes in einer tiefen Verbeugung auf der Bühne stehen, während tausende Zuschauer im Saal in tosenden Applaus ausbrechen.

Die knallharte Realität trifft mich erst wieder, als ich das Lagerhaus betrete. Ich grüße einen der wenigen Arbeiter, der gerade damit beschäftigt ist, Ware einzuscannen.

Nachdem ich mich in die Anwesenheitsliste eingetragen habe, schnappe ich mir einen der Gabelstapler und kurve durch die riesige Halle – einfach, weil es Spaß macht. Hier überprüft sowieso niemand, was ich die ganze Zeit über treibe, Hauptsache, ich arbeite meine Bestellliste ab.

Ich versuche, an nichts zu denken und meinen Verstand auszuschalten, während ich das aufgeführte Obst auf Qualität und Größe überprüfe.

Nachdem ich die erste Palette der Liste vollgeladen habe, umwickle ich sie mit Folie und beschließe, dass es Zeit ist, auf die Toilette zu verschwinden.

Vier Stunden später ist mein Körper erschöpft, aber mein Verstand noch immer hellwach. Deshalb laufe ich wie jeden Morgen den Weg zu meiner vorübergehenden Bleibe zu Fuß.

Als ich die Wohnungstür aufschließe, ist es noch dunkel. Im Flur, auf dem Weg zum Bad, tapst mir Miles verschlafen entgegen. »Guten Morgen, Alter. Willst du auch einen Kaffee?«

Es muss also mindestens 7 Uhr sein. »Nein, besser nicht. Ich hau mich gleich aufs Ohr.« Wenn er wüsste, wie vollgekokst ich bin, würde er nicht fragen. Das ist der Nachteil an diesem Zeug, es putscht dich stundenlang auf.

Ich mache mir nicht die Mühe, meinen Pyjama anzuziehen, sondern schäle mich lediglich aus Jacke und Schuhen und schlüpfe unter die Decke auf dem Sofa.

Ich lausche den Geräuschen, die aus der Küche zu mir herüberdringen. Schranktür auf und zu, das Klappern von Geschirr und das Gluckern der Kaffeemaschine. Wie gerne hätte ich in diesem Moment mein altes Leben zurück.

Mein Herz beginnt, ungesund zu stolpern. *Yebat!* Sobald ich in St. Petersburg bin, muss ich mit dem Koksen aufhören, sonst bringt es mich noch um. Langsam setze ich mich auf und stelle die Füße auf den Boden. Die Ellbogen auf die Oberschenkel gestützt, streiche ich mir durchs Gesicht. Als ich hochblicke, fällt mir auf dem Couchtisch ein schwarzer Flyer ins Auge. Ich nehme ihn zur Hand.

Es ist die Einladung zu einer Vernissage. Am 2. Dezember, also in zwei Wochen. *Bonnie Edwards* steht darauf und noch ein anderer Name, der mir nichts sagt. Bonnie hat mich damals um mein Einverständnis gebeten, damit sie die Flour-Bilder von Mae und mir ausstellen kann. Ich habe natürlich zugesagt und mich darauf gefreut, sie bald in Großformat zu sehen. Jetzt scheint es mir unmöglich, dorthin zu gehen.

Ich lege mich wieder zurück auf die Couch und schließe die Augen. Plötzlich taucht Maes Gesicht vor mir auf. Der verletzte Ausdruck in ihrem Gesicht, als ich ihr sagte, sie soll mich nicht mehr aufsuchen. Ich kann Mae nicht aus meinen Gedanken verbannen. Je stärker ich dagegen ankämpfe, desto intensiver werden die Erinnerungen.

Die Tage kommen und gehen. Ich führe einen Kampf gegen mich selbst, versuche stark zu sein, obwohl ich auf jeden Fall als Verlierer herausgehen werde. Das Koks brennt mich aus, doch ich brauche es, um weiterzumachen. Um überhaupt zu überleben. Nicht mehr lange, dann ist es endlich soweit und ich werde New York den Rücken kehren. Bis dahin muss und werde ich durchhalten, obwohl ich mich mit jedem Tag kraftloser fühle.

Ein schneidender Wind lässt meinen Atem in der Luft gefrieren, als ich kurz vor sechs Uhr abends aus der Tür trete. Meine Schicht in *Jack's Saloon* beginnt in einer Stunde, ich habe also noch Zeit, mir ein Paar Handschuhe zu kaufen. In den letzten Tagen ist es so kalt geworden, dass ich nachts auf dem Weg zur Lagerhalle befürchtete, dass mir die Hände abfrieren.

Der Schnee knirscht unter meinen Sohlen. Normalerweise liebe ich dieses Geräusch. In St. Petersburg sind die Häuser im Winter alle mit einer dicken Schneeschicht bedeckt, die an Zuckerguss erinnert und die beleuchteten Paläste und Parks schimmern märchenhaft bei Nacht. In New York ist alles nur grau und neblig. Der schmutziggraue Schnee verwandelt sich allzu schnell in einen einzigen Matsch. Ich seufze leise, ziehe den Reißverschluss meiner Jacke hoch bis unters Kinn und vergrabe meine durchgefrorenen Hände tief in den Jackentaschen.

Heute ist Donnerstag, der 2. Dezember. Das weiß ich so genau, weil in fünf Tagen mein Flug in meine Heimat geht.

2. Dezember – da war doch was. Ich halte abrupt inne.

Bonnies Vernissage! Sie beginnt um sechs am Abend und die Galerie ist gar nicht weit, nur einen Fußmarsch von hier entfernt. Ich hätte also Zeit, vorbeizugehen und wenigstens einen Blick durch die Glasfront zu werfen. Vielleicht kann ich dabei noch einen Blick auf Mae erhaschen.

Sie ein letztes Mal sehen.

Das ist alles, was ich will. Still und leise von ihr Abschied nehmen.

Als ich diesen Entschluss gefasst habe, verfällt mein Herz in einen schnelleren Rhythmus und meine Beine setzen sich wie von selbst in Bewegung.

Der Ausstellungsraum ist hell erleuchtet. Die Besucherzahl ist noch überschaubar, nur wenige Gäste schlendern mit einem Glas Sekt in der Hand umher.

Ich stoße weiße Dampfwolken in die Luft und schiebe meine Hände tiefer in die Jackentaschen. Es ist bitterkalt heute. Um besser hineinsehen zu können, trete ich einen Schritt näher an die Scheibe heran und spähe auf die andere Seite.

Mae.

Ich schlucke hart. Ihr Anblick löst ein Ziehen in meiner Brust aus.

Sie steht mit dem Rücken zu mir, blickt auf ein Bild an der Wand. Das Haar fällt wie schwarze Seide über ihre Schultern.

Unbändige Sehnsucht nach ihr überkommt mich. Ich wünsche mir so sehr, sie noch einmal in die Arme schließen zu können.

Mein Blick wandert zu dem Schwarz-Weiß-Foto, das sie so eingehend betrachtet.

Mein Herz setzt einen Takt lang aus.

Das sind wir: Mae hat ihre Finger in meinem Haar vergraben, während sich unsere Lippen beinahe berühren – wie hatte ich diesen Fast-Kuss damals herbeigesehnt! Um uns herum staubt eine Wolke aus Mehl und gibt dem Bild den besonderen Touch. Es ist wunderschön und vermittelt genau das, was ich in diesem magischen Moment empfunden habe. Das unbeschreibliche Gefühl, zum ersten Mal wirklich verliebt zu sein.

Mit einem strahlenden Lächeln im Gesicht kommt Bonnie von der Seite auf Mae zu, zwei Sektkelche in der Hand. Als sie ihr ein Glas reicht, senkt Mae den Kopf. Ihre Schultern beginnen zu beben.

Oh, nein bitte nicht …

Bonnies Lächeln verblasst und Besorgnis huscht über ihre Züge. Sie lässt das hingehaltene Glas sinken, sieht sich suchend um und stellt die zwei Kelche einfach nah an die Wand auf den Boden.

Dann nimmt sie Mae in den Arm und streichelt ihr in einer tröstenden Geste über den Rücken.

Fuck. Fuck. Fuck. Ich muss schnellstens von hier weg. Bei ihrem Anblick bricht mir das Herz.

Plötzlich blickt Bonnie auf. Schaut genau in meine Richtung, als hätte sie meine Anwesenheit gespürt.

Yebat! Ich könnte mir in den Arsch treten.

Abrupt löst sie ihre Umarmung und sagt etwas zu Mae, die sich sogleich umdreht.

In dem Moment, als sich unsere Blicke begegnen, macht mein Herz einen so großen Satz, dass ich befürchte, es findet nicht mehr in seinen Rhythmus zurück.

Maes warme Augen spiegeln ihre Sehnsucht und ihren Schmerz gleichermaßen. Sie hebt die Hand zum Gruß.

Ich presse die Lippen aufeinander, spanne mich komplett an, um nicht zu reagieren. *Idiota kusok.* Was zur Hölle tue ich hier eigentlich? Wie konnte ich nur so dumm sein? Ihr noch mehr Kummer bereiten, ist das Letzte, was ich will. Ich sollte schleunigst von hier verschwinden.

Mae

Bonnie zuliebe habe ich mich zu dieser Vernissage gequält. Ich wusste, wenn ich die Fotos von Juri und mir sehe, kommt alles wieder hoch, was ich in den letzten Wochen mühsam unterdrückt habe. Trotz allem schwelt noch ein kleiner Funken Hoffnung in mir, ihn heute hier zu treffen.

Während Bonnie ins Gespräch mit zwei Gästen vertieft ist, schaue ich durch die vordere Glasfront. Schneeflocken treiben gegen die Scheibe und schmelzen zu wässrigen Rinnsalen. So viel Zeit ist vergangen, seit ich Juri zum letzten Mal gesehen habe, doch keine Stunde verstreicht, in der ich nicht an ihn denke und ihn vermisse.

Mit einem tiefen Seufzer wende ich mich um und gehe zum nächsten Bild.

Juri und ich. Sein Blick trifft mich bis ins Mark. Ich glaube, an dem Tag hat er sich in mich verliebt. Es knisterte so offensichtlich zwischen uns, dass dieses Gefühl sogar durch das Bild auf den Betrachter transportiert wird.

Eine Woge von Sehnsucht nach ihm überkommt mich so plötzlich, dass ich glaube, keine Luft mehr zu bekommen. Es tut so verdammt weh.

Eine Flutwelle aus Traurigkeit reißt mich mit sich, ich komme nicht mehr dagegen an. Heiße Tränen steigen in mir hoch und brennen in meinen Augen. Ich versuche noch nicht einmal, sie wegzublinzeln, sondern lasse meinen Gefühlen freien Lauf.

Als Bonnie mich tröstend in den Arm nimmt, macht sie alles nur noch schlimmer. Verzweiflung schwappt in einer riesigen Welle über mich hinweg und lässt mich in Hoffnungslosigkeit versinken.

»Juri ist draußen«, dringt plötzlich Bonnies Stimme zu mir durch.

Ich tauche aus meinem Meer der Verzweiflung auf, schnappe nach Luft und sauge den winzigen Funken Hoffnung wie Sauerstoff in mir auf. Wie sehr habe ich mir gewünscht, ihn hier zu treffen.

Mein Blick zuckt zum Fenster, Juri fängt ihn auf.

Juri. Ich liebe ihn so sehr. Und werde alles dafür tun, um ihn aufzuhalten.

So schnell ich kann, renne ich nach draußen. Der Wind bläst mir entgegen und treibt mir erneut Tränen in die Augen. Ich ziehe den Schal fester um den Hals und sehe mich blinzelnd um.

Sanfte Flocken wirbeln durch die klirrend kalte Luft. Von Juri ist weit und breit nichts zu sehen. Hat er etwa Reißaus vor mir genommen?

Panik steigt in mir auf. Ich wirble herum, werfe einen kurzen Blick zur Galerie zurück.

Da ist er.

An die Hauswand gelehnt fischt er gerade eine Zigarette aus der Schachtel.

Ich runzele die Stirn. Seit wann raucht Juri? Er wirkt völlig verändert. Das beunruhigt mich.

Während er sich hinter vorgehaltener Hand die Zigarette ansteckt, laufe ich ihm entgegen.

Als ich vor ihm stehe, ist mein Kopf plötzlich wie leer gefegt. Die Nähe zu ihm reicht, um meinen Puls in die Höhe zu treiben. Mein gesamter Körper fühlt sich zu ihm hingezogen, ich komme nicht dagegen an.

»Ich habe so gehofft, dich hier zu sehen«, sage ich schließlich. »Wie geht es dir?« Eigentlich erübrigt sich die Frage bei seinem Anblick. Sein Gesicht wirkt müde und eingefallen, als hätte er etliche Pfunde verloren. Er sieht aus wie der Schatten seiner Selbst. Es tut mir in der Seele weh.

Juri verzieht den Mund, um den Rauch zur Seite auszublasen. »Könnte nicht besser sein.« Seine Stimme klingt ausdruckslos, er meidet meinen Blick. »In fünf Tagen geht mein Flug nach St. Petersburg.«

Ich schlucke hart. Einerseits bin ich froh, da mir so noch ein wenig Zeit bleibt, andererseits haben seine Worte etwas Endgültiges.

»Ich habe einen Brief für dich.« Mit zittrigen Händen ziehe ich Saras Zeilen aus meinem Rucksack und reiche sie ihm. Seit dem letzten Treffen mit ihr trage ich sie immer und überall mit mir herum.

Juri wendet den Briefumschlag. »Von Sara. War sie bei dir?«

»Ja, mit Kate. Sie haben nach dir gesucht. Aber da hast du nicht mehr in dem Restaurant gearbeitet.«

Er nickt nur und zieht dann den Brief aus dem Kuvert. Er nimmt einen letzten Zug seiner halbaufgerauchten Zigarette, schnippt sie zu Boden und tritt sie aus. Dann beginnt er zu lesen.

Ich weiß genau, was darin steht, ich kenne jeden Satz auswendig. Da er nicht zugeklebt war, konnte ich es einfach nicht lassen, ihn wieder und wieder zu lesen.

Lieber Juri!
Ich vermisse dich so. Wann komst du zurück? Du wolltest mir doch noch zeigen, wie man eine Piruete dreht. Ich habe geträumt das du nach Hause komst und alle haben sich gefreut.
Gestern ist mir ein Zahn vorne rausgefallen, tat aber gar nicht so weh, obwohl es geblutet hat.
Ich hab dich ganz doll lieb, komm bald wieder
Deine Malenkajasestra oder wie heist noch mal kleine Schwester auf russisch?

Ich sehe dabei zu, wie Juri die Zeilen liest und sein Gesichtsausdruck sich dabei kaum merklich verändert. Was wohl gerade in ihm vorgeht? Wie schafft er es nur, seine Gefühle abzuschalten? Ich erkenne ihn kaum wieder.

Nachdem er den Brief in der Innentasche seiner Jacke verstaut hat, herrscht Schweigen. Sein Blick ist in die Ferne gerichtet, während ich verstohlen zu ihm aufschaue, inständig hoffend, dass noch irgendwas von ihm kommt. Bis ich es nicht mehr aushalte. »Wo schläfst du eigentlich und was machst du?«

Juri schafft es immer noch nicht mich anzusehen. »Bei einem Freund. Ich komme schon über die Runden, mach dir keine Gedanken. Außerdem sind es ja nur noch ein paar Tage.« Einen Moment lang schweigt er und starrt auf seine Schuhspitzen.

Ich würde gerne irgendetwas sagen, nur um das Gespräch in Gang zu halten, aber mir fällt nichts ein.

»Ich muss jetzt gehen.«

»Juri, bitte … lass uns nicht so auseinandergehen.« Ich presse die Lippen aufeinander, als ich merke, wie mir erneut Tränen in die Augen schießen. Ich schiele zu ihm, doch sein Gesicht ist wie versteinert. Dennoch starte ich einen neuen Versuch. »Ich will nicht, dass du gehst. Ich möchte für dich da sein, aber du lässt mich nicht.«

Juri entgegnet nichts, schüttelt nur den Kopf, als würde es ihm helfen, seine Entscheidung zu bekräftigen.

Ich habe noch ein letztes Ass im Ärmel, die einzige Möglichkeit, die ihn von seiner Abreise abhalten könnte.

»Deine Mum hätte nicht gewollt, dass du alles hinschmeißt«, fahre ich leise fort. »Erinnerst du dich nicht mehr, was du ihr versprochen hast?« Mit einem einzigen Schritt überwinde ich die Distanz zwischen uns und streiche über seinen rechten Oberarm. »Du kannst es gar nicht vergessen, denn du trägst es immer mit dir.« Ich merke, wie er sich augenblicklich versteift. *Mamutschka, ich werde nie aufhören für dich zu tanzen.* Ich muss nichts sagen, denn wir beide wissen, was dort steht.

Juri seufzt tief und schüttelt meine Hand ab. »Manchmal scheißt das Leben auf das, was dir wichtig ist. Auf deine Wünsche und Träume.« Ein Muskel an seinem Kiefer zuckt. »Ich gehöre nicht hierher. Es ist zu spät.«

Meine Brust fühlt sich an, als würde sie jeden Moment explodieren, und es kostet mich alle Kraft, die Tränen aufzuhalten.

Ohne ein weiteres Wort dreht Juri sich auf dem Absatz um und verschwindet.

Das kann er doch nicht machen. Soll das wirklich ein Abschied für immer gewesen sein?

Ich verharre auf dem Gehweg, blicke ihm hinterher, fassungslos, was die letzten Wochen aus ihm gemacht haben und wie kalt er geworden ist. Das ist nicht mehr mein Juri, in den ich mich verliebt habe.

Ich will meinen Juri zurück.

Mir bleibt nur noch eine letzte Möglichkeit.

Wilde Entschlossenheit wächst in mir, als ich am nächsten Morgen das Sekretariat betrete. Ich bin auf alles vorbereitet, auch wenn das Gespräch schlimme Konsequenzen für mich haben kann. Ich setze alles auf eine Karte.

»Ist er da?« Ich zeige auf die Tür des Direktors.

Marcella, die Sekretärin, blickt von ihren Unterlagen auf und sieht mich verwundert an. Es ist ungewohnt, dass einer der Studenten vor Unterrichtsbeginn ein Gespräch mit dem Direktor wünscht.

»Ich muss Mr Coleman sprechen.«

»Er bereitet sich gerade auf ein Meeting vor, hat das nicht Zeit bis später?«

»Es ist dringend.« Mit einem entschiedenen Gesichtsausdruck unterstreiche ich das Gesagte noch zusätzlich.

Seufzend steht sie auf, geht zu Colemans Arbeitszimmer und klopft leise an. Dann steckt sie ihren Kopf durch die Tür. Was sie sagt, kann ich nicht hören.

Als Marcella mir zunickt und mich in den Raum bittet, pocht mein Herz wie verrückt und kurz überkommen mich Zweifel.

Nein, es gibt kein Zurück mehr.

Jetzt oder nie.

Ich atme tief durch, betrete das Büro und schließe die Tür hinter mir.

Coleman nimmt die Lesebrille von der Nase und bittet mir den Platz vor seinem Schreibtisch an. »Was gibt es, Mae? Wie kann ich dir helfen?«

Ich räuspere mich, meine Kehle fühlt sich auf einmal ausgetrocknet an. »Es geht um Juri«, krächze ich und lasse mich zaghaft auf der Stuhlkante nieder.

Coleman legt die Stirn in Falten, während er sich die Ärmel seines Rollkragenpullovers hochschiebt.

»Es gibt einen Grund, warum er nicht mehr zur Academy gekommen ist und nie das Gespräch mit Ihnen gesucht hat.«

»Es braucht keinen Grund. Wer auf einen Dozenten einprügelt, sollte sich hier nicht mehr blicken lassen.«

»Haben Sie nie hinterfragt, wie es dazu kam?«

Er sieht mich aufmerksam an. »Das habe ich. Mr Archer hat mir berichtet, dass er ihn während einer Probe am Abend korrigieren wollte und Juri dann ohne einen nachvollziehbaren Grund auf ihn losgegangen ist.«

Ich habe Mühe, ein Schnauben zu unterdrücken. Archer ist an Abgebrühtheit wirklich nicht mehr zu übertreffen. »Sie haben nie die andere Seite gehört. Das, was wirklich vorgefallen ist.«

Coleman lehnt sich mit verschränkten Armen in seinen Sessel zurück. »So, dann erzähl mir doch mal, was wirklich vorgefallen ist, deiner Meinung nach. Ich frage mich nur gerade, wie du das wissen kannst, wenn du gar nicht dabei warst.«

Ich puste meinen nicht vorhandenen Pony aus der Stirn. *Jetzt bloß nicht entmutigen lassen.* »Niemand war dabei, nur Mr Archer und Juri waren anwesend. Es steht also Aussage gegen Aussage. Aber Juri hat sich mir anvertraut.« Ich atme tief ein, um Kraft zu sammeln. Die nächsten Worte sage ich langsam und mit fester Stimme: »Archer hat Juri von Anfang an belästigt. Durch anzügliche Bemerkungen, sexuelle Anspielungen und Berührungen.«

Coleman lacht bitter auf. »Das hat Juri also behauptet.« Er nimmt einen Kugelschreiber zur Hand und klickt mit dem Daumen den Druckknopf hoch und runter.

»Er hat es nicht nur behauptet, es ist die Wahrheit. Soviel ich weiß, war dies auch nicht das erste Mal, dass Mr Archer jemanden belästigt hat. Er hat seine Position missbraucht, um sexuelle Gefälligkeiten von Juri zu verlangen.«

Coleman schnaubt abfällig. »Also daher weht der Wind. Es werden alte, nicht nachgewiesene Vorwürfe hervorgeholt, um Mr Archer etwas anzuhängen und Juris Weste reinzuwaschen.«

Ich darf mich auf keinen Fall aus der Ruhe bringen lassen. »Nein, so ist es nicht«, gebe ich leise aber mit Nachdruck zurück. Insgeheim verfluche ich mich, dass ich mich überhaupt zu den damaligen Vorwürfen geäußert habe.

»Warum kommst du erst jetzt damit zu mir? Mehr als ein Monat ist vergangen. Da stimmt doch hinten und vorne was nicht.«

»Juri wollte nicht, dass ich zu Ihnen gehe. Archer hat ihn damit erpresst, mich fertig zu machen, wenn er Ihnen erzählt, wie es wirklich war.« Ich beiße mir auf die Unterlippe und rutsche nervös auf dem Stuhl herum.

»Das wird ja immer besser!« Colemans Gesicht hat inzwischen eine rötliche Farbe angenommen. »Das sind schlimme Anschuldigungen, die du da vorbringst, Mae. Aufgrund der Tatsache, dass du für das alles keine Beweise hast, fällt es mir schwer, dir zu glauben. Juri ist schon vorher durch sein jähzorniges Verhalten aufgefallen. Gleich am ersten Tag ist er auf einen anderen Studenten losgegangen und hat ihn dabei verletzt.«

Mit diesem Einwurf habe ich gerechnet. »Ja, das stimmt. Aber er hat sich bei Jason entschuldigt. Juri hatte durch den Tod seiner Mutter eine harte Zeit hinter sich und hat überreagiert. Bei Archer hat er aus Notwehr gehandelt, weil der sexuell übergriffig wurde.«

»Ich kenne Bill Archer schon eine ganze Weile und weiß, dass er damals aufgrund einer Verkettung von unglücklichen Umständen und übler Nachrede von seinem Posten zurücktreten musste. Wenn ihr vorhabt, seinen Ruf hier an der Schule zu schädigen, dann wird euch das nicht gelingen.«

Verkettung von unglücklichen Umständen und üble Nachrede, dass ich nicht lache. »Aber wie können Sie wissen, dass an den Vorwürfen von damals nichts dran ist? Sie haben zu dieser Zeit nicht mehr in seiner Company getanzt.«

Coleman schießt hoch von seinem Stuhl, sein Blick ist starr auf mich gerichtet. »Du weißt ja sehr viel. Vor allem Dinge, die dich nichts angehen und auch nichts mit der Sache zu tun haben.«

Hitze steigt in meine Wangen. Ich fahre den Wagen gerade total an die Wand, aber zum Bremsen ist es jetzt zu spät. »Ich kann verstehen, dass sie die Hand über Archer halten, für das, was er alles für Sie getan hat.« Er muss zumindest den Anschuldigungen nachgehen. Nur, weil er eine persönliche Bindung zu ihm hatte, kann er das nicht einfach so auf sich beruhen lassen.

Coleman verengt die Augen zu Schlitzen. »Was meinst du damit?«

»Er hat Sie doch gefördert. Außerdem waren sie beide eine Zeit lang ein Paar.« So, damit ist es raus.

»Jetzt bist du zu weit gegangen, Mae.« Er weist zur Tür. »Unser Gespräch ist hiermit beendet. Ich werde Mr Archer mit den Vorwürfen konfrontieren. Bis dahin will ich, dass du Stillschweigen über die Sache bewahrst. Sollte ich mitbekommen, dass Gerüchte im Umlauf sind, wirst du bis auf Weiteres von der Academy verwiesen.« Coleman lässt sich in seinem Sessel nieder, für ihn ist das Gespräch beendet.

Bitte nicht. Mein Magen zieht sich schmerzhaft zusammen. *Mae, lass dir verdammt noch mal was einfallen. Denk nach!* Sonst trifft genau das ein, was Juri vorausgesagt hat. Archer wird die Vorwürfe abstreiten. Und dann wird er alles dafür tun, um mich fertigzumachen.

Es kommt mir vor wie in Zeitlupe, als ich mich vom Stuhl erhebe und zur Tür gehe. Meine Knie sind weich, scheinen das Gewicht meines Körpers nicht länger tragen zu können. An der Tür angekommen, schließe ich die Augen und kralle die Hände mit letzter Kraft um die Klinke. Beweise. Warum fällt mir verdammt noch mal nichts ein? Ich habe alle Register gezogen, doch Coleman will mir einfach nicht glauben.

Ich habe es vermasselt. Doch ich kann mir nichts vorwerfen. Ich habe es zumindest probiert, auch wenn ich damit gerade alles in den Sand gesetzt habe, was mir je wichtig war.

In dem Moment als ich die Tür aufmache, streift mich ein Gedanke. Ein kurzes Bild, das in meinem Kopf aufblitzt.

Ich wirble herum. »Mr Coleman …« Mein Herz pocht mir bis zum Hals. Ich muss es ihm sagen, auch wenn ich dadurch noch alles schlimmer mache. »Da ist noch eine Sache, die mir gerade einfällt.«

Coleman bedenkt mich mit einem skeptischen Blick.

»Juri erzählte mir, dass Archer ein großes Muttermal auf seiner rechten Leiste hat. Er konnte es sehen, als Archer sich vor ihm entblößte.«

Juri

Ich steuere direkt auf die Anzeigetafel für die internationalen Abflüge zu: *St. Petersburg 2.15 p.m., Terminal 2*. Ich bin früh dran, das Gate ist noch nicht ausgeschrieben.

Jack hat mich zum Flughafen gebracht, aber ich konnte es ihm gerade noch ausreden, mit hineinzukommen. Ich hasse Abschiede. Vor allem welche, die für immer sind.

Miles konnte uns nicht begleiten, da er heute zum ersten Mal auf der Bühne für das Ballett probt. Unser Abschied fiel seltsam aus, er wirkte überhaupt nicht traurig darüber, dass ich gehe. Vielleicht habe ich mich doch in ihm getäuscht und er ist einfach froh, dass ich ihm nicht mehr als Konkurrent im Weg stehe?

Als ich mich auf eine der Sitzbänke im Wartebereich vor der Sicherheitskontrolle setze, schwappt plötzlich ein Gefühl totaler Einsamkeit über mich hinweg. In St. Petersburg ist niemand, der auf mich wartet. Alle Menschen, die mir etwas bedeutet haben, lasse ich zurück.

Wie soll es jetzt nur weitergehen?

Fürs Erste muss ich wohl zu meiner Tante, obwohl wir uns noch nie sonderlich nahestanden. Ich bin noch unschlüssig, ob ich zurück auf die *Waganowa* gehen soll, um dort meinen Abschluss zu machen. Vielleicht ist Ballett doch nicht das Richtige für mich und die Katastrophe der letzten Wochen war ein Wink des Schicksals. Ich hätte mich einfach Mamas letztem Wunsch widersetzen sollen. Dann wäre das alles nicht passiert.

Und ich hätte nie so sehr gelitten wegen einer Frau.

Und nie gewusst, dass ich zu solchen Gefühlen imstande bin.

Ob diese widersprüchlichen Gedanken jemals aufhören?

Plötzlich tippt mir jemand auf die Schulter.

Ich fahre herum.

Vor mir steht Miles. Verwundert starre ich ihn einen Moment lang an. »Was … machst du hier? Solltest du nicht längst …« Maes Gesicht taucht plötzlich in meinem Sichtfeld auf. Ich kann es nicht fassen. Was machen sie hier? Was soll das?

Beide grinsen mich an, als wäre mein Abflug Anlass zu größter Freude.

»Juriii!« Saras Stimme ertönt in meinen Ohren. Ich drehe mich um und traue meinen Augen nicht.

Kate kommt mir mit Sara an der Hand entgegen. Hinter ihnen läuft Marco.

Ich blinzle irritiert, doch ehe ich mich versehe, fällt Sara mir um den Hals.

Ich schiebe sie ein Stück von mir weg. »Könnte mir mal jemand erklären, was hier los ist?« Verdattert blicke ich von Kate, zu Miles und schließlich zu Mae. In ihren Augen schimmern Tränen, doch sie strahlt geradezu vor Glück. »Wir holen dich zurück nach Hause. Da, wo du hingehörst.«

Langsam erhebe ich mich, meine Gedanken stieben wie angestoßene Billardkugeln auseinander. Warum akzeptieren sie meinen Entschluss nicht einfach und lassen mich in Ruhe?

»Wir wollen, dass du wieder zu uns zurückkommst«, sagt Kate und bufft Marco mit dem Ellbogen in die Seite.

»Ja, das wollen wir.« Er räuspert sich umständlich. »Es tut mir sehr leid, dass ich dir nicht zugehört habe. Mae war bei uns und hat uns erzählt, was geschehen ist.«

Ich kriege nur ein knappes Nicken zustande, mir fehlen einfach die Worte. Aus Marcos Mund eine Entschuldigung zu hören, hätte ich in hundert Jahren nicht erwartet.

»Hätte ich gewusst, dass du die ganze Zeit bei Miles warst, wäre ich schon ein paar Tage früher gekommen und hätte dir die gute Nachricht überbracht«, sagt Mae.

Von was redet sie?

»Ich habe natürlich dichtgehalten«, wirft Miles ein. »Schließlich hatte ich es Juri versprochen.«

Deshalb ist ihm die Verabschiedung heute so leichtgefallen! Er wusste, dass wir uns am Flughafen wiedersehen. Und ich hatte gedacht, er freut sich, mich loszuwerden. *Durak!* Was bin ich doch nur für ein verdammter Idiot!

»Coleman hat erst gestern offiziell verkündet, dass er Archer suspendiert hat«, fügt Miles hinzu.

Mir stockt der Atem. »Archer ist suspendiert?«

»Du glaubst nicht, was da los war«, fährt Miles fort. »Alle sind durcheinander gerannt wie die Hühner. Dann erst hat Mae von ihrem Gespräch mit Coleman erzählt und ich habe ihr gestanden, dass du bei mir untergetaucht bist.«

Fassungslos blicke ich Mae an. »Du bist wirklich zu Coleman gegangen?«

Mae nickt. »Mir war alles egal, ich wollte endlich die Wahrheit ans Licht bringen. Als ich gesehen habe, wie fertig du warst und wie dich das alles verändert hat, bin ich schrecklich wütend geworden.«

Sie hat es für mich getan. Hat sogar ihr Stipendium aufs Spiel gesetzt. Ein warmes Gefühl macht sich in meinem Bauch breit und das Herz wird ganz schwer in meiner Brust. Ein kleines Lächeln zupft an meinem Mundwinkel, traut sich aber nicht, sich vollkommen zu entfalten. Passiert das gerade wirklich? Oder ist es nur Einbildung meines zugekoksten Geistes?

»Mae konnte Coleman tatsächlich davon überzeugen, dass du von Archer sexuell belästigt wurdest«, wirft Miles ein. »Ich soll dir in seinem Namen sagen, dass du an der Academy willkommen bist und wieder einsteigen darfst – vorausgesetzt du möchtest das noch.«

Ungläubig blicke ich von einem zum anderen. Ich kann das alles immer noch nicht fassen. Bis mein Blick an Mae hängen bleibt. »Aber wie konntest du ihn überzeugen?«

»Ein kleiner Hinweis hat gereicht … Aber das erzähle ich dir alles später, jetzt lass uns erst mal von hier verschwinden.«

Epilog

2 Wochen später

Juri

Es ist kurz vor Weihnachten, der 21. Dezember. Heute ist der große Tag, an dem Mae und ich zum ersten Mal gemeinsam auf der Bühne stehen.

Ich sehe ihr dabei zu, wie sie ihre Spitzenschuhe in die Kolophoniumkiste taucht, um sie durch das Baumharz rutschfest zu machen. Mae scheint die Ruhe selbst. Wie macht sie das nur? Ob es daran liegt, dass sie schon ihre Premiere hinter sich hat?

Zwei Wochen hartes Training liegen hinter mir. Obwohl ich in den ersten Tagen körperlich nicht in bester Verfassung war, habe ich wieder zu meiner alten Fitness zurückgefunden. Zugute kam mir, dass ich die Choreografien damals schon so gut wie drauf hatte. Die Drogen habe ich nicht mehr angerührt – seit sich alles zum Guten gewendet hat, brauchte ich keine Aufputschmittel mehr. Aber ich habe Mae alles gebeichtet. Statt mich zu verurteilen, hat sie mich aufgepäppelt und alles dafür getan, damit es mir wieder gut ging. Sie ist wirklich das Beste, was mir je passiert ist.

Miles hat mir den Vortritt beim Proben mit ihr gelassen, obwohl er vor mir an der Reihe war. Das Mindeste, um mich bei ihm für alles zu bedanken, war, meine Rolle mit ihm zu teilen, wo er sich so ins Zeug gelegt hat. Deshalb durfte er gestern zur Premiere mit Mae tanzen. Neidlos kann ich sagen, dass er einen grandiosen Auftritt hingelegt hat.

Die Anspannung hinter der Bühne ist zum Greifen nah. Tänzer huschen an mir vorbei, einige von ihnen dehnen sich in vollkommener Konzentration an der Stange.

Mae sieht wunderschön aus. Sie trägt ein schlichtes weißes Kleid, passend zu meinem Ganzanzug. Ich kann mich gar nicht an ihr sattsehen.

Als hätte sie meinen Blick gespürt, schaut sie zu mir auf und ein Strahlen erhellt ihre Züge. »Bist du bereit?«

Wie von selbst breitet sich ein Lächeln auf meinem Gesicht aus. Ich komme im Schlenderschritt auf sie zu und nehme sie besitzergreifend von hinten in die Arme. »Seit dem Tag, an dem wir uns kennengelernt haben, bin ich dazu bereit, *Malyschka*«, flüstere ich ihr mit heiserer Stimme ins Ohr.

Mae kichert und wendet sich zu mir um. »Das ist nicht wahr! Du hättest dein Gesicht sehen sollen, als du mir damals zugeteilt wurdest.«

»Das war nur Fassade. Insgeheim wusste ich schnell, dass du die Eine bist. Ich wollte mich nur nicht auf jemanden einlassen.« Ich bedenke sie mit einem so ernsten Blick, dass ihr Lächeln verblasst und ihre Augen hinab zu meinen Lippen wandern.

In Zeitlupengeschwindigkeit nähere ich mich ihrem Gesicht – ich weiß, dass sie das um den Verstand bringt.

Mae lacht, boxt mir leicht in den Bauch und sieht mich mit leuchtenden Augen an. Dann erhebt sie sich auf Spitze, sodass wir auf einer Höhe sind und raunt: »Dann hole ich mir eben selbst, wonach ich mich schon die ganze Zeit sehne.« Einen Herzschlag später legt sie ihre Lippen auf meine und küsst mich mit solch einer Intensität, dass ich vergesse, wo ich bin und was ich hier mache.

»Mae, du bist gleich dran«, zischt Mrs Jones von der Seite und zerreißt damit den selbst erschaffenen Kokon um uns herum. »Könnt ihr nicht mal eine Minute die Finger voneinander lassen?«

Unterdrücktes Kichern erklingt von allen Seiten. Ich nehme Mae bei der Hand und ziehe sie zur abgedunkelten Seitenbühne, um wenigstens noch einen Moment lang ungestört mit ihr zu sein.

Mit beiden Händen umfasse ich ihren Kopf und sehe sie eindringlich an. »Tanze bis es Sterne regnet und du trunken bist vor Glück, mein Mädchen.« Ich drücke ihr einen Kuss auf die Stirn. »Ich liebe dich, vergiss das nie.«

Mae schenkt mir ein letztes Mal ihr umwerfendes Lächeln, dann lasse ich sie allein, damit sie sich auf ihren Auftritt konzentrieren kann.

Mein Herz beginnt, hektisch in der Brust zu hämmern, und ich hab ein flaues Gefühl im Magen, als ich sie von Weitem beobachte. Die ersten Anzeichen von Lampenfieber. Aber nicht meinetwegen, sondern wegen Mae. Ich weiß, sie wird fantastisch sein, aber ich will auch, dass alle sehen, wie wir als Paar harmonieren.

Die Hände in die Taille gestemmt atmet sie tief ein und aus, völlig in ihrer Konzentration gefangen.

Dann ist es soweit. Mae geht auf Position. Nur wenige rasende Herzschläge später hebt sich der Vorhang.

Mit einer Leichtigkeit schwebt sie über die Bühne, nimmt sie vollkommen in Besitz, als hätte sie nie etwas anderes getan. Sie überstrahlt einfach alles.

»Wenn du Mae weiter so anstarrst, verpasst du noch deinen Einsatz«, flüstert Miles von hinten in mein Ohr.

Ich zucke kurz zusammen und drehe mich zu ihm um. »Hey Alter, was machst du hier?«

»Ich will mich nur davon überzeugen, dass du vor deinem großen Auftritt genauso leidest, wie ich es getan habe«, sagt er, ein diabolisches Grinsen im Gesicht.

Ich muss schmunzeln. »Hätte ich mir denken können. Aber da hast du bei mir Pech: Ich bin die Ruhe selbst.«

Miles stößt ein schnaubendes Lachen aus. »Das sehe ich. Du bist dir innerhalb einer Minute schon fünf Mal durchs Haar gefahren und wirkst alles andere als entspannt. *Merde!«*, wünscht er mir dann, was unter Tänzern so viel wie ›Hals und Beinbruch‹ bedeutet. »Du schaffst das, Mann!« Danach klopft er mir zum letzten Mal auf die Schulter und lässt mich allein.

Der Moment ist gekommen, von dem ich mein ganzes Leben

lang geträumt habe. Mein Blick gleitet auf meinen rechten Oberarm, das Tattoo ist von Schminke verdeckt, aber den Spruch trage ich im Herzen. »Ich hoffe, du kannst mich jetzt sehen, Mamutschka. Ich werde alles geben. Für dich.«

»Merde«, raunt mir Mrs Jones von hinten zu. Und dann ist es soweit.

Ich spüre, wie Adrenalin meinen Körper flutet. Noch nie habe ich vor so vielen Leuten getanzt, die über 2500 Plätze im Theater sind restlos ausverkauft.

Ich lausche meinem Atem und versuche, den Augenblick zu genießen.

Als ich die Bühne betrete, spüre ich, wie das Scheinwerferlicht über meine Haut streift. Der Theatersaal ist in Dunkelheit getaucht, aber ich bin mir der Anwesenheit der Zuschauer bewusst, ich spüre ihre Blicke.

Die Musik schwillt an, ich springe mit einem hohen Jeté auf Mae zu. Es ist dieser magische Moment, in dem alle Anspannung von mir abfällt. Ich befinde mich in einer anderen Sphäre, werde eins mit der Musik. Es existieren nur noch Mae und ich.

Sie kommt auf mich zu, ich fasse sie an der Taille und hebe sie über den Kopf. Von da an passiert alles wie im Traum. Bis die Musik verklingt und Applaus aufbrandet.

Eng umschlungen liegen wir am Boden und rühren uns für Sekunden nicht. »Du warst perfekt«, keuche ich leise. Dann löse ich mich von Mae, reiche ihr die Hand und helfe ihr hoch. Wir gehen an den Rand der Bühne und verbeugen uns.

Tosender Applaus bricht aus. Ich blicke hinunter in die erste Reihe und sehe Marco. Er nickt mir klatschend zu und lächelt. Ich meine, Stolz auf seinen Zügen zu erkennen.

Das Corps de Ballet betritt jetzt hinter uns die Bühne und wir verbeugen uns alle gemeinsam. Am Schluss ziehe ich Mae an mich heran und küsse sie auf den Mund. Ich bin so stolz auf sie: Jede Bewegung hat gesessen, es war, als würden wir schon immer miteinander tanzen. Ich fühle mich berauscht, doch dieses Gefühl vermag keine Droge der Welt zu erzeugen: pures Glück.

Kaum sind wir hinter der Bühne, lässt Mae sich in meine Arme sinken. Ihre Brust bewegt sich heftig auf und ab. Noch völlig außer Atem halten wir uns fest. Ich triefe vor Schweiß, aber mein Körper ist aufgeladen mit Energie.

»Du warst grandios, Juri. Es war mir eine große Ehre mit dir zu tanzen.« Ihre Stimme klingt heiser und brüchig.

Besorgt sehe ich sie an.

Tränen verschleiern ihren Blick, doch ihr Gesicht strahlt pure Freude aus.

»Glaube mir, *Malyschka*, das wird nicht das letzte Mal gewesen sein.«

Nachdem wir uns geduscht und umgezogen haben, nehmen wir am Empfang im Foyer teil.

»Schau mal, da vorne sind unsere Familien. Ich habe Mum noch nie so schön gesehen.«

Ich folge Maes Blick und entdecke Mrs Sun in der Menge. Sie trägt ein rotes chinesisches Kleid, was ungewohnt elegant an ihr aussieht. Während sie an Mr Suns Krawatte herumnestelt, schauen Kate und Marco ihr amüsiert dabei zu. Sara steht mit einem Glas Orangensaft in der Hand daneben und hält offenbar nach mir Ausschau. Ich winke ihr zu.

Sofort drückt sie Kate ihr Glas in die Hand und rennt mit einem Strahlen im Gesicht auf uns zu. Sie springt mir in die Arme und ich drehe mich mit ihr einmal um die Achse.

»Ich möchte zum Ballettunterricht gehen«, sagt sie, als ich sie wieder herunterlasse. »Meinst du, ich kann so gut werden wie Mae?«

»Vielleicht.« Ich muss schmunzeln, als mir Marcos Worte wieder in den Sinn kommen. »Aber seit wann hast du eine Vorliebe für Glitzer und Pink?«

Kichernd winkt sie ab. »Das werde ich nie. Aber irgendwann mal mit meinem großen Bruder zusammen auf der Bühne zu tanzen, wäre mein größter Traum.«

»Ich fühle mich geehrt, Madame«, sage ich gespielt ernst, doch meine Stimme klingt vor Rührung ganz heiser. Ich nehme ihre Hand in meine und deute einen Handkuss an, worauf Sara erneut kichert. Als ich ein leises Räuspern vernehme, blicke ich auf.

Marco streicht über seinen Bart, tritt zögerlich an mich heran und legt väterlich den Arm um meine Schultern. »Deine Mutter wäre heute sehr stolz auf dich gewesen.«

Ein Lächeln schleicht sich auf meine Lippen – das erste Mal, dass mir das in Marcos Anwesenheit passiert.

»Ich bin es jedenfalls, du hast mich wirklich umgehauen, mein Sohn.« Ein verdächtiger Glanz tritt in seine Augen.

Ohne länger darüber nachzudenken, umfasse ich ihn. Ein seltsames Gefühl, ihn in den Armen zu halten. Aber es war längst überfällig, denn seine Worte kamen von Herzen. Marco wirkt zwar immer noch ein bisschen unbeholfen und steif im Umgang mit mir, doch wir sind endlich auf einem guten Weg.

Als ich damals in den Flieger stieg, habe ich mit allem gerechnet, nur nicht damit, dass New York einmal zu meiner Heimat wird. Der Ort, an den ich hingehöre, weil alles dort ist, was ich liebe: eine Ausbildung an der besten Ballett-Akademie, die tollste Freundin, die man sich vorstellen kann, und eine Familie, die für mich da ist.

Meine Familie.

Danksagung

Zunächst möchte ich mich bei all den wunderbaren Menschen da draußen bedanken, die mich beim *Write! Love! Sport!*-Wettbewerb unterstützt und mir somit ermöglicht haben, dieses Buch bei Piper Digital zu veröffentlichen. Ich danke Euch von ganzem Herzen!

Zu besonderem Dank verpflichtet bin ich meiner Freundin Katharina Münz, die von Anfang an schreibtechnisch mit mir durch dick und dünn gegangen ist, mich immer unterstützt und an mich geglaubt hat. Ohne sie wäre ich nicht da, wo ich heute bin. Katharina, Du bist und bleibst the best writing buddy ever!

An dieser Stelle auch ein riesiges Dankeschön an die wunderbare Ayla Dade, die kurzfristig als Testleserin eingesprungen ist und die mir, in der kurzen Zeit, in der wir uns kennen, sosehr ans Herz gewachsen ist. Danke, dass Du dazu beigetragen hast, meine Geschichte besser zu machen!

Nicht unerwähnt lassen möchte ich Tine Nell und Mira Manger, die ich ohne diesen Wettbewerb nie kennengerlernt hätte und so unsere Piper-Gang nie entstanden wäre. Mädels, es macht so viel Spaß, sich mit Euch auszutauschen, ich freue mich sehr, Euch beiden als Freundinnen dazugewonnen zu haben!

Besonders danken möchte ich Eliane Wurzer, der Verlagsleiterin von Piper Digital, für die Möglichkeit, ihre Unterstützung und dass sie mir geholfen hat, alle Unstimmigkeiten auszumerzen. Ich danke Dir für alles!

Nicht zu vergessen meine Lektorin Cornelia, die etliche Schönheitskorrekturen am Manuskript vorgenommen und der Geschichte so den letzten Schliff verpasst hat. Danke für Deine tollen Vorschläge, Deinen Zuspruch und dass Du dir für mein Manuskript so viel Zeit genommen hast!

Unterstützt bei der Übersetzung ins Russische haben mich Tatiana Spelsberg und Vitali Birkel – auch wenn es sich hauptsächlich um Schimpfwörter gehandelt hat – herzlichen Dank dafür!

Mein Dank gilt ebenso dem gesamten Team von Piper Digital sowie Buchszene, die den Wettbewerb ins Leben gerufen haben – ohne ihn wäre die Geschichte über Juri wohl nie entstanden. Es war eine großartige Gelegenheit, über die größte Leidenschaft meiner Jugend zu schreiben: Ballett.

Zu guter Letzt möchte ich mich bei meiner Familie, allen voran meinem Mann, bedanken: Danke für Deine Unterstützung und dass Du mir ermöglichst, meinen Traum zu leben!